笑傲江湖

叁

新修版

金庸作品集 30

图书在版编目（CIP）数据

笑傲江湖/金庸著. —广州：广州出版社，2002.11
ISBN 978-7-80655-339-8

Ⅰ. 笑…　Ⅱ. 金…　Ⅲ. 侠义小说—中国—当代　Ⅳ. I247.5

中国版本图书馆 CIP 数据核字（2001）第 071538 号
广东省版权局版权合同登记图字：19-2007-087 号

封面图画选自董培新先生金庸小说国画

金庸先生（摄于香港）

《笑傲江湖》之令狐冲岳灵珊

由著名画家董培新先生创作

目录

黑白子微觉不妥，手腕已遭对方抓住，当即右手急旋，反打擒拿，手臂向内急夺，左足疾踢而出，当的一声大响，左足三趾早断。

二十一 囚 居

令狐冲也不知昏迷了多少时候，终于醒转，脑袋痛得犹如已裂了开来，耳中仍似雷霆大作，轰轰不绝。睁眼漆黑一团，不知身在何处，支撑着想要站起，浑身更没半点力气，心想："我定是死了，给埋在坟墓中了。"一阵伤心，一阵焦急，又晕了过去。

第二次醒转时仍头脑剧痛，耳中响声却轻了许多，只觉得身下又凉又硬，似是卧在钢铁之上，伸手去摸，果觉草席下是块铁板，右手这么一动，竟发出一声呛啷轻响，同时觉得手上有什么冰冷的东西缚住，伸左手去摸时，也发出呛啷一响，左手竟也有物缚住。他又惊又喜，又是害怕，自己显然没死，身子却已为铁链所系，左手再摸，察觉手上所系的是根细铁链，双足微一动弹，立觉足胫上也系了铁链。

他睁眼出力凝视，眼前更没半分微光，心想："我晕去之时，是在和任老先生比剑，不知如何中了江南四友的暗算，看来也是给囚于湖底的地牢中了。但不知是否和任老前辈囚于一处。"当即叫道："任老前辈，任老前辈。"叫了两声，不闻丝毫声息，惊惧更增，纵声大叫："任老前辈！任老前辈！"

黑暗中只听到自己嘶嘎而焦急的叫声，大叫："大庄主！四庄主！你们为什么关我在这里？快放我出去！快放我出去！"可是除了自己的叫喊之外，始终没听到半点别的声息。由惶急转为愤怒，破口大骂："卑鄙无耻的奸恶小人，你们斗剑不胜，便想关住我不放吗？"想到要像任老先生那样，此后一生便给囚于这湖底的黑牢之中，霎时间心中充满了绝望，不由得全身毛发皆竖。

他越想越怕，又张口大叫，叫了一会，只听得叫出来的声音竟变成了号哭，不知从什么时候起，已然泪流满面，嘶哑着嗓子叫道："你梅庄这四个……这四个卑鄙狗贼，我……我……令狐冲他日得脱牢笼，把你们……你们的眼睛刺瞎，把你们双手双足都割了……割了下来。我出了黑牢之后……"突然间静了下来，一个声音在心中大叫："我能出这黑牢么？我能出这黑牢么？任老前辈如此本领，尚且不能出去，我……我怎能出去？"一阵焦急，哇的一声，喷出了几口鲜血，又晕了过去。

昏昏沉沉之中，似乎听得喀的一声响，跟着亮光耀眼，蓦地惊醒，一跃而起，却没记得双手双足均已为铁链缚住，兼之全身乏力，只跃起尺许，便即摔落，四肢百骸似乎都断折了一般。他久处暗中，陡见光亮，眼睛不易睁开，但生怕这一线光明稍现即隐，就此失去了脱困良机，虽双眼刺痛，仍使力睁得大大的，瞪着光亮来处。

亮光是从一个尺许见方的洞孔中射进来，随即想起，任老前辈所居的黑牢，铁门上有一方孔，便与此一模一样，再一瞥间，自己果然也是处身于这样的一间黑牢之中。他大声叫嚷："快放我出去！黑白子、秃头鬼，卑鄙狗贼，有胆的快放我出去！"

只见方孔中慢慢伸进来一只大木盘，盘上放了一大碗饭，饭上堆着些菜肴，另有一个瓦罐，当是装着汤水。

令狐冲一见，更加恼怒，心想："你们送饭菜给我，定是要将我在此长期拘禁了。"大声骂道："四个狗贼，你们要杀便杀，要剐便剐，没的来消遣大爷。"只见那只木盘停着不动，显是要他伸手去接，他愤怒已极，伸出手去用力一击，呛当当几声响，饭碗和瓦罐掉在地下打得粉碎，饭菜汤水泼得满地都是。那只木盘慢慢缩了出去。

令狐冲狂怒之下，扑到方孔上，只见一个满头白发的老者左手提灯，右手拿着木盘，正缓缓转身。这老者满脸都是皱纹，却是从来没见过的。令狐冲叫道："你去叫黄钟公来，叫丹青生来，那四个狗贼，有种的就来跟大爷决个死战！”那老者毫不理睬，弯腰曲背，一步步地走远。令狐冲大叫：“喂，喂，你听见没有？”那老者竟头也不回地走了。

令狐冲眼见他背影在地道转角处消失，灯光也逐渐暗淡，终于瞧出去一片漆黑。过了一会，隐隐听得门户转动之声，再听得木门和铁门依次关上，地道中便又黑沉沉的，既无一丝光亮，亦无半分声息。令狐冲又一阵晕眩，凝神半晌，躺倒床上，寻思：“这送饭的老者定然奉有严令，不得跟我交谈。我向他叫嚷也是无用。”

又想：“这牢房和任老前辈所居一模一样，看来梅庄地底筑有不少黑牢，不知囚禁着多少英雄好汉。我若能和任老前辈通上消息，又或能和哪一个被囚于此的难友联络上了，同心合力，或有脱困之机。”当下伸手往墙壁上敲去。

墙壁上当当几响，发出钢铁之声，回音既重且沉，显然隔墙并非空房，而是实土。

走到另一边墙前，伸手在墙上敲了几下，传出来的亦是极重实的声响，他仍不死心，坐回床上，伸手向身后敲去，声音仍然如此。他摸着墙壁，细心将三面墙壁都敲遍了，除了装有铁门的那面墙壁之外，似乎这间黑牢竟是孤零零地深埋地底。这地底当然另有囚室，至少尚有一间囚禁那姓任老者的地牢，但既不知在什么方位，亦不知和自己的牢房相距多远。

他倚在壁上，将昏晕过去以前的情景，仔仔细细地想了一遍，只记得那老者剑招越使越急，呼喝越来越响，陡然间一声惊天动地的大喝，自己便晕了过去，至于如何为江南四友所擒，如何给送入这牢房监禁、上了铐镣，便一无所知了。

心想：“这四个庄主面子上都是高人雅士，连日常遣兴的也是琴棋书画，暗地里竟卑鄙龌龊，无恶不作。武林中这一类小人甚多，原不足为奇。所奇的是，这四人于琴棋书画这四门，确是喜爱出自真诚，要假装也假装不来。秃笔翁在墙上书写那首《裴将军诗》，大笔淋漓，决非寻常武人所能。”又想：“师父曾说：‘真正大奸大恶之徒，必是聪明才智之士。'这话果然不错，江南四友所设下的奸计，委实令人难防难避。"

忽然间叫了一声："啊哟！"情不自禁地站起，心中怦怦乱跳："向大哥却怎样了？不知是否也遭了他们毒手？"寻思："向大哥聪明机变，看来对这江南四友的为人早有所知，他纵横江湖，身为魔教的光明右使，自不会轻易着他们的道儿。只须他不为江南四友所困，定会设法救我。我纵然被囚在地底之下百丈深处，以向大哥的本事，自有法子救我出去。"想到此处，不由得大为宽心，嘻嘻一笑，自言自语："令狐冲啊令狐冲，你这人忒也胆小没用，适才竟吓得大哭起来，要是给人知道了，颜面往哪里搁去？"

心中一宽，慢慢坐下，登觉又饿又渴，心想："可惜刚才大发脾气，将好好一碗饭和一罐水都打翻了。若不吃得饱饱的，向大哥来救我出去之后，哪有力气来和这江南四狗厮杀？哈哈，不错，江南四狗！这等奸恶小人，又怎配称江南四友？江南四狗之中，黑白子不动声色，最为阴沉，一切诡计多半是他安排下的。我脱困之后，第一个便要杀了他。丹青生较为老实，便饶了他狗命，却又何妨？只是他的窖藏美酒，却非给我喝个干净不可了。"一想到丹青生所藏美酒，更加口渴如焚，心想："我不知已昏晕了多少时候，怎地向大哥还不来救？"

忽然又想："啊哟，不好！以向大哥的武功，倘若单打独斗，胜这江南四狗自绰绰有余，但如他四人联手，向大哥便难操必胜之算，纵然向大哥大奋神勇，将四人都杀了，要觅到这地道的入口，却也千难万难。谁又料想得到，牢房入口竟会在黄钟公的床下？"

只觉体困神倦，便躺了下来，忽尔想到："任老前辈武功之高，只在向大哥之上，决不在他之下，而机智阅历，料事之能，也非向大哥所及。以他这等人物，尚且给关入黑牢，为什么向大哥便一定能胜？自来光明磊落的君子，多遭小人暗算，常言道明枪易躲，暗箭难防。向大哥隔了这许多时候仍不来救我，只怕他也已身遭不测了。"一时忘了自己受困，却为向问天的安危担起心来。

如此胡思乱想，不觉昏昏睡去，一觉醒来时，睁眼漆黑，也不知已是何时，寻思："凭我自己，无论如何是不能脱困的了。如向大哥也不幸遭了暗算，又有谁来搭救？师父已传书天下，将我逐出华山一派，正派中人自然不会来救。盈盈，盈盈……"

一想到盈盈，精神一振，当即坐起，心想："她曾叫老头子他们在江湖上扬言，务须将我杀死，那些旁门左道之士，自也不会来救我的了。可是她自己呢？她如知我被禁于此，定会前来相救。左道中人听她号令的人极多，她只须传一句话出去，嘻嘻……"忽然之间，忍不住笑了出来，心想："这个姑娘脸皮子薄得要命，最怕旁人说她喜欢了我，就算她来救我，也必孤身前来，决不肯叫帮手。若有人知道她前来救我，这人还多半性命难保。唉，姑娘家的心思，真好叫人难以捉摸。像小师妹……"

一想到岳灵珊，心头蓦地一痛，伤心绝望之意又深了一层："我为什么只想有人来救我？这时候，说不定小师妹已和林师弟拜堂成亲，我便脱困而出，做人又有什么意味？还不如便在这黑牢中给囚禁一辈子，什么都不知道的好。"想到在地牢中被囚，倒也颇有好处，至少不会知晓岳灵珊与林平之的事，登时便不怎么焦急，竟然有些洋洋自得。

但这自得其乐的心情挨不了多久，只觉饥渴难忍，想起昔日在酒楼中大碗饮酒、大块吃肉的乐趣，总觉还是脱困出去要好得多，心想："小师妹和林师弟成亲却又如何？反正我给人家欺侮得够了。我内力全失，早已是废人一个，平大夫说我已活不了多久，小师妹就算愿意嫁我，我也不能娶她，难道叫她终身为我守寡吗？"

但内心深处总觉得：倘若岳灵珊真要相嫁，他固不会答允，可是岳灵珊另行爱上了林平之，却又令他痛心之极。最好……最好……最好怎样？"最好小师妹仍然和以前一样，最好这一切事情都未有过，我仍和她在华山的瀑布中练剑，林师弟没到华山来，我和小师妹永远这样快快活活地过一辈子。唉，田伯光、桃谷六仙、仪琳师妹……"

想到恒山派的小尼姑仪琳，脸上登时露出了温柔的微笑，心想："这个仪琳师妹，现今不知怎样了？她如知道我给关在这里，一定焦急得很。她师父收到了我师父的信后，当然不会准许她前来救我。但她会求她的父亲不戒和尚设法，说不定还会邀同桃谷六仙一齐前来。唉，这七个人乱七八糟，说什么也成不了事。只不过有人来救，总是胜于没人理睬。"想起桃谷六仙的缠七夹八，不由得嘻嘻一笑，当和他们共处之时，对这六兄弟不免有些轻视，这时却恨不得他们也在这牢房内做伴，那些莫名其妙的怪话，这时倘能听到，实如仙乐纶音一般了，想了一会，又复睡去。

黑狱之中，不知时辰，矇矇眬眬间，又见方孔中射进微光。令狐冲大喜，当即坐起，一颗心怦怦乱跳："不知是谁来救我了？"但这场欢喜维持不了多久，随即听到缓慢滞重的脚步之声，显然便是那送饭的老人。他颓然卧倒，叫道："叫那四只狗贼来，瞧他们有没脸见我？"听得脚步声渐渐走近，灯光也渐明亮，跟着一只木盘从方孔中伸了进来，盘上仍放着一大碗米饭、一只瓦罐。

令狐冲早饿得肚子干瘪，干渴更是难忍，微一踌躇，便接过木盘。那老人木盘放手，转身便行。令狐冲叫道："喂，喂，你慢走，我有话问你。"那老人毫不理睬，但听得踢跶、踢跶，拖泥带水的脚步声渐渐远去，灯光也即隐没。

令狐冲诅咒了几声，提起瓦罐，将口就到瓦罐嘴上便喝，罐中果是清水。他一口气喝了半罐，这才吃饭，饭上堆着菜肴，黑暗中辨别滋味，是些萝卜、豆腐之类。

如此在牢中挨了七八日，每天那老人总是来送一次饭，跟着接去早一日的碗筷、瓦罐，以及盛便溺的罐子。不论令狐冲跟他说什么话，他脸上总是绝无半分表情。

也不知是第几日上，令狐冲一见灯光，便扑到方孔之前，抓住了木盘，叫道："你为什么不说话？到底听见了我的话没有？"

那老人一手指了指自己耳朵，摇了摇头，示意耳朵是聋的，跟着张开口来。令狐冲一见之下，惊得呆了，只见他口中舌头只剩下半截，模样甚为可怖。他"啊"的一声大叫，说道："你的舌头给人割去了？是梅庄这四名狗庄主下的毒手？"那老人并不答话，慢慢将木盘递进方孔，显然他听不到令狐冲的话，就算听到了，也没法回答。

令狐冲心头惊怖，直等那老人去远，兀自静不下心来吃饭，那老人给割去了半截舌头的可怖模样，不断出现在眼前。他恨恨地自言自语："这江南四狗如此可恶。令狐冲终身不能脱困，那便罢了，有一日我得脱牢笼，定当将这四狗一个个割去舌头、钻聋耳朵、刺瞎眼睛……"

突然之间，内心深处出现了一丝光亮："莫非是那些人……那些人……"想起那晚在药王庙外刺瞎一十五名汉子的双目，这些人来历如何，始终不知。"难道他们将我囚于此处，是为了报当日之仇么？"想到这里，叹了口长气，胸中积蓄多日的恶气，登时便消了大半："我刺瞎这一十五人的眼睛，他们要报仇，那也是应当的。"

他气愤渐平，日子也就容易过了些。黑狱中日夜不分，自不知已给囚了多少日子，只觉过一天便热一天，想来已到盛夏。

小小一间囚室中没半丝风息，湿热难当。这一天实在热得受不住了，但手足上都缚了铁链，衣裤没法全部脱除，只得将衣衫拉上，裤子褪下，又将铁板床上所铺的破席卷起，赤身裸体地睡在铁板上，登时感到一阵清凉，大汗渐消，不久便睡着了。

睡了个把时辰，铁板给他身子煨热了，迷迷糊糊地向里挪去，换了个较凉的所在，左手按在铁板上，觉得似乎刻着什么花纹，其时睡意正浓，也不加理会。

这一觉睡得甚是畅快，醒转来时，顿觉精神饱满。过不多时，那老人又送饭来了。令狐冲对他甚为同情，每次他托木盘从方孔中送进来，必去捏捏他手，或在他手背上轻拍数下，表示谢意，这一次仍然如此。他接了木盘，缩臂回转，突然之间，在微弱的灯光之下，只见自己左手手背上凸起了四个字，清清楚楚是“我行被困”四字。

他大感奇怪，不明白这四个字的来由，微一沉吟，忙放下木盘，伸手去摸床上铁板，原来竟刻满了字迹，密密麻麻的也不知有多少字。他登时省悟，这铁板上的字是早就刻下了的，只因前时床上有席，因此未曾发觉，昨晚赤身在铁板上睡卧，手背上才印了这四个字，反手在背上、臀上摸了摸，不禁哑然失笑，触手处尽是凸起的字迹。每个字约有铜钱大小，印痕甚深，字迹却颇潦草。

其时送饭老人已然远去，囚室又漆黑一团，他喝了几大口水，顾不得吃饭，伸手从头去摸铁床上的字迹，慢慢一个字、一个字地摸索下去，轻轻读了出来：

“老夫生平快意恩仇，杀人如麻，囚居湖底，亦属应有之报。唯老夫任我行被困……”读到这里，心想：“原来‘我行被困’四字，是在这里印出来的。”继续摸下去，那字迹写道：“……于此，一身通天彻地神功，不免与老夫枯骨同朽，后世小子，不知老夫之能，亦憾事也。”

令狐冲停手抬起头来，寻思：“老夫任我行！老夫任我行！刻这些字迹之人，自是叫做任我行了。原来这人也姓任，不知与任老前辈有没干系？”又想：“这地牢不知建成已有多久，说不定刻字之人，在数十年或数百年前便已逝世了。”

继续摸下去，以后的字迹是：“兹将老夫神功精义要旨，留书于此，后世小子习之，自可纵横天下，老夫死且不朽矣。第一，坐功……”以下所刻，都是调气行功的法门。

令狐冲自习“独孤九剑”之后，于武功中只喜剑法，而自身内力既失，一摸到“坐功”二字，便自怅然，只盼以后字迹中留有一门奇妙剑法，不妨便在黑狱之中习以自遣，脱困之望越来越渺茫，坐困牢房，若不寻些事情做做，日子委实难过。

可是此后所摸到的字迹，尽是“呼吸”、“意守丹田”、“气转金井”、“任脉”等等修习内功的用语，直摸到铁板尽头，也寻不着一个“剑”字。他好生失望:“什么通天彻地的神功?这不是跟我开玩笑么!什么武功都好,我就是不能练内功,一凝内息,胸腹间立时气血翻涌。我去练内功,那是自找苦吃。”

叹了口长气,端起饭碗吃饭,心想:“这任我行不知是什么人物?他口气好狂,什么通天彻地,纵横天下,似乎世上更无敌手。原来这地牢是专门用来囚禁武学高手的。”初发现铁板上的字迹时,原有老大一阵兴奋,此刻不由得意兴索然,心想:“老天真是弄人,我没寻到这些字迹,倒还好些。”又想:“那个任我行若确如他所自夸,功夫这等了得,又怎会仍被困于此,无法得脱?可见这地牢固密之极,纵有天大本事,一入牢笼,也只有慢慢在这里等死了。”对铁板上的字迹不再理会。

杭州一到炎暑,全城犹如蒸笼。地牢深处湖底,不受日晒,本该阴凉得多,但一来不通风息,二来潮湿无比,身居其中,另有一般困顿。令狐冲每日都拉高了衣裤,睡上铁板取凉,一伸手便摸到字迹,不知不觉间,已将其中许多字句记在心中。

一日正自思忖:“不知师父、师娘、小师妹他们现今在哪里?已回到华山没有?”忽听得远远传来一阵脚步声,既轻且快,和那送饭老人全然不同。他困处多日,已不怎么热切盼望有人来救,突然听到这脚步声,不由得惊喜交集,本想一跃而起,但狂喜之下,突然全身无力,竟躺在床上一动也不能动。只听脚步声极快地便到了铁门外。

只听门外有人说道:“任先生,这几日天气好热,你老人家身子好吧?”

话声入耳,令狐冲便认出是黑白子,倘若此人在一个多月以前到来,令狐冲定然破口大骂,什么恶毒的言语都会骂出来,但经过这些时日的囚禁,已然火气大消,沉稳得多,又想:“他为什么叫我任先生?是走错了牢房么?”当下默不作声。

只听得黑白子道:“有一句话,我每隔两个月便来请问你老人家一次。今日七月初一，我问的还是这一句话，老先生到底答不答允？”语气甚是恭谨。

令狐冲暗暗好笑：“这人果然走错了牢房，以为我是任老前辈了，怎地如此糊涂？”随即心中一凛：“梅庄这四个庄主之中，显以黑白子心思最为缜密。如是秃笔翁、丹青生，说不定还会走错了牢房。黑白子却怎会弄错？其中必有缘故。”当下仍默不作声。

只听得黑白子道：“任老先生，你一世英雄了得，何苦在这地牢之中与腐土同朽？只须你答允了我这事，在下言出如山，自当助你脱困。”

令狐冲心中怦怦乱跳，脑海中转过了无数念头，却摸不到半点头绪，黑白子来跟自己说这几句话，实不知是何用意。只听黑白子又问：“老先生到底答不答允？”令狐冲心知眼前是个脱困机会，不论对方有何歹意，总比不死不活、不明不白地困在这里好得多，但没法揣摸到对方用意所在，生怕答错了话，致令良机坐失，只好仍然不答。

黑白子叹了口气，说道：“任老先生，你怎么不做声？上次那姓风的小子来跟你比剑，你在我三个兄弟面前，绝口不提我向你问话之事，足感盛情。我想老先生经过那一场比剑，当年的豪情胜概，不免在心中又活了起来吧？外边天地多广阔，你老爷子出得黑牢，普天下的男女老幼，你要杀哪一个便杀哪一个，没人敢与老爷子违抗，岂不痛快之极？你答允我这件事，于你丝毫无损，却为什么十二年来总不肯应允？”

令狐冲听他语音诚恳，确是将自己当做了那姓任的前辈，心下更加起疑，只听黑白子又说了一会话，翻来覆去只是求自己答允那件事。令狐冲急欲获知其中详情，但料想自己只须一开口，情形立时会糟，只有硬生生地忍住，不发半点声息。

黑白子道：“老爷子如此固执，只好两个月后再见。”忽然轻笑几声，说道：“老爷子这次没破口骂我，看来已有转机。这两个月中，请老爷子再好好思量吧。”说着转身向外。令狐冲着急起来，他这一出去，须得再隔两月再来，在这黑狱中度日如年，怎能再等得两个月？等他走出几步，便即压低嗓子，粗声道："你求我答允什么？"

黑白子转身纵到方孔之前，行动迅捷之极，颤声问："你……你肯答允了吗？"

令狐冲转身向着墙壁，将手掌蒙在口上，含糊不清地道："答允什么？"黑白子道："十二年来，每年我都有六次冒险来到此处，求恳你答允，老爷子怎地明知故问？"令狐冲哼的一声，道："我忘记了。"黑白子道："我求老爷子将那大法的秘要传授在下，在下学成之后，自当放老爷子出去。"

令狐冲寻思："他是真的将我错认作那姓任的前辈？还是另有阴谋诡计？"一时无法知他真意，只得又模模糊糊地咕噜几句，连自己都不知说的是什么，黑白子自然更加听不明白了，连问："老爷子答不答允？老爷子肯答允了？"

令狐冲道："你言而无信，我才不上这当呢。"

黑白子道："老爷子要在下作什么保证，才能相信？"令狐冲道："你自己说好了。"黑白子道："老爷子定是担心传授了这大法的秘要之后，在下食言而肥，不放老爷子出去，是不是？这一节在下自有安排。总是叫老爷子信得过便是。"令狐冲道："什么安排？"黑白子道："请问老爷子，你是答允了？"语气中显得惊喜不胜。

令狐冲脑中念头转得飞快："他求我传大法的秘要，我又有什么大法的秘要可传？但不妨听听他有什么安排。他如真的能放我出去，我便将铁板上那些秘诀说给他听，管他有用无用，先骗一骗他再说。"

黑白子听他不答，又道："老爷子将大法传我之后，我便是老爷子门下的弟子了。本教弟子欺师灭祖，向来须受剥皮凌迟之刑，数百年来没人能逃得过。在下如何胆敢不放老爷子出去？"令狐冲哼的一声，说道："原来如此。三天之后，你来听我回话。"黑白子道:“老爷子今日答允了便是,何必在这黑牢中多耽三天?”

令狐冲心想:“他比我还心急得多,且多挨三天再说,看他到底有何诡计。”当下重重哼了一声,显得甚为恼怒。

黑白子道:“是!是!三天之后,在下再来向你老人家请教。”

令狐冲听得他走出地道,关上了铁门,心头思潮起伏:“难道他当真将我错认为那姓任的前辈?此人甚是精细,怎会铸此大错?”突然想起一事:“莫非黄钟公窥知了他的秘密,暗中将任前辈囚于别室,却将我关在此处?不错,这黑白子十二年来,每隔两月便来一次,多半给人察觉了。定是黄钟公暗中布下了机关。”

突然之间,想起了黑白子适才所说的一句话来:“本教弟子欺师灭祖,向来须受剥皮凌迟之刑,数百年来没人能逃得过。”寻思:“本教?什么教?难道是魔教,莫非那姓任的前辈和江南四狗都是魔教中人?向大哥是魔教右使,此事自必跟他相干。也不知他们捣什么鬼,却将我牵连在内。”一想到“魔教”,便觉其中诡秘重重,难以明白,也就不再多想,只琢磨着两件事:“黑白子此举出于真情,还是作伪?三天之后他再来问我,那便如何答复?”

东猜西想,种种古怪的念头都转到了,却想破了头也没法猜到黑白子的真意,到后来疲极入睡。一觉醒转之后,第一个念头便是:“倘若向大哥在此,他见多识广,顷刻间便能料到黑白子的用意。那姓任的前辈智慧之高,显然更在向大哥之上……啊哟!”

脱口一声大叫,站起身来。睡了这一觉之后,脑子大为清醒,心道:“十二年来,任老前辈始终没答允他,自因深知此事答允不得。他是何等样人,岂不知其中的利害关节?”随即又想:“任老前辈固不能答允,我可不是任老前辈,又为什么不能?”

情知此事十分不妥,中间含有极大凶险,但脱困之心企急,当下打定主意:“三天后黑白子再来问我,我便答允了他,将铁板上这些练气的秘诀传授于他,听他如何应对,再随机应变便是。”

于是摸着铁板上的字迹默默记诵,心想:“我须当读得烂熟,教他时脱口而出,他便不会起疑。只是我口音和那任老前辈相差太远，只好拼命压低嗓子。是了，我大叫两日，把喉咙叫得哑了，到那时再说得加倍含糊，他当不易察觉。”

当下读一会口诀，便大叫大嚷一会，知道黑牢深处地底，门户重叠，便在狱室里大放炮仗，外面也听不到半点声息。他放大了喉咙，一会儿大骂江南四狗，一会儿唱歌唱戏，唱到后来，自觉实在难听，不禁大笑一场，便又去记诵铁板上的口诀，突然间读到几句话：

“当令丹田常如空箱，恒似深谷，须知空箱方可贮物，深谷始能容水。丹田中若有丝毫内息，便即散之于任脉诸穴。”

这几句话，以前也曾摸到过好几次，只是心中对这些练气的法门存着厌恶之意，字迹过指，从不去思索其中含意，此刻却觉大为奇怪：“师父教我修习内功，基本要义在于充气丹田，丹田之中须当内息密实，越是浑厚，内力越强。为什么这口诀却说丹田之中不可存丝毫内息？丹田中若无内息，内力从何而来？任何练功的法门都不会如此，这不是跟人开玩笑么？哈哈，黑白子此人卑鄙无耻，我便将这法门传他，叫他上一个大当，有何不可？”

摸着铁板上的字迹，慢慢琢磨其中含意，起初数百字都是教人如何散功，如何化去自身内力，越来越感骇异：“天下有哪一个人如此蠢笨，居然肯将毕生勤修苦练而成的内力设法化去？除非他是决意自尽了。若要自尽，横剑抹脖子便是，何必如此费事？这般化散内功，比修积内功还着实艰难得多，练成了又有什么用？”想了一会，不由得大是沮丧：“黑白子一听这些口诀法门，便知是消遣他的，怎肯上当？看来这条计策是行不通的了。”

越想越烦恼，口中翻来覆去地只念着那些口诀：“丹田有气，散之任脉，如竹中空，似谷恒虚……”念了一会，心中有气，捶床大骂：“他妈的，这人在这黑牢中给关得怒火难消，便安排这诡计来捉弄旁人。”骂了一会，便睡着了。

睡梦之中，似觉正在照着铁板上的口诀练功，什么“丹田有气，散之任脉”，便有一股内息向任脉中流动，四肢百骸，竟说不出的舒服。

过了好一会，迷迷糊糊的似睡非睡，似醒非醒，觉丹田中的内息仍在向任脉流动，突然动念："啊哟，不好！我内力如此不绝流出，岂不是转眼变成废人？"一惊之下，坐了起来，内息登时从任脉中转回，只觉气血翻涌，头晕眼花，良久之后，这才定下神来。

蓦地里想起一事，不由得惊喜交集："我所以伤重难愈，全因体内积蓄了桃谷六仙和不戒和尚的七八道异种真气，以致连平一指大夫也没法医治。少林寺方丈方证大师言道，只有修习《易筋经》，才能将这些异种真气逐步化去。这铁板上所刻的内功秘要，不就正是教我如何化去自身内力吗？哈哈，令狐冲，你这人当真蠢笨之极，别人怕内力消失，你却是怕内力不能消失。有此妙法，练上一练，那是何等的美事？"

自知适才在睡梦中练功，乃日有所思，夜有所梦。清醒时不断念诵口诀，脑中所想，尽是铁板上的练功法门，入睡之后，不知不觉地便依法练了起来，但毕竟思绪纷乱，并非全然照着法门而行。这时精神一振，重新将口诀和练法摸了两遍，心下想得明白，这才盘膝而坐，循序修习。只练得一个时辰，便觉长期郁积在丹田中的异种真气，已有一些散入了任脉，虽未能驱出体外，气血翻涌的苦况却已大减。

他站起身来，喜极而歌，却觉歌声嘶嗄，甚是难听，原来早一日大叫大嚷以求喊哑喉咙，居然已收功效，心道："任我行啊任我行，你留下这些口诀法门，想要害人。哪知道撞在我手里，反而于我有益无害。你死而有知，只怕要气得你大翘胡子吧！哈哈，哈哈！"

如此毫不间歇地散功，多练一刻，身子便舒服一些，心想："我将桃谷六仙和不戒和尚的真气尽数散去之后，再照师父所传的法子，重练本门内功。虽然一切从头做起，要花上不少功夫，但我这条性命，只怕就此捡回来了。如果向大哥终于来救我出去，江湖之上，岂不是另有一番天地？"忽尔又想："师父既已将我逐出华山派，我又何必再练华山派内功？武林中各家各派的内功甚多，我便跟向大哥学，又或是跟盈盈学，却又何妨？"心中一阵凄凉，又一阵兴奋。

这日吃了饭后，练了一会功，只觉说不出的舒服，不由自主地纵声大笑。

忽听得黑白子的声音在门外说道："前辈你好，晚辈在这里侍候多时了。"原来不知不觉间三日之期已届，令狐冲潜心练功散气，连黑白子来到门外亦未发觉，幸好嗓子已哑，他并未察觉，于是又干笑几声。

黑白子道："前辈今日兴致甚高，便收弟子入门如何？"

令狐冲寻思："我如答允收他为弟子，传他这些练功的法门，他一开门进来，发现是我风二中而不是那姓任的前辈，自然立时翻脸。再说，就算传他功夫的真是任前辈，黑白子练成之后，多半会设法将他害死，譬如在饭菜中下毒之类。是了，这黑白子要下毒害死我，当真易如反掌，他学到了口诀，怎会再将我放出？任前辈十二年来所以不肯传他，自是为此了。"

黑白子听他不答，说道："前辈传功之后，弟子即去拿美酒肥鸡来孝敬前辈。"令狐冲遭囚多日，每日吃的都是青菜豆腐，一听到"美酒肥鸡"，不由得馋涎欲滴，说道："好，你先去拿美酒肥鸡来，我吃了之后，心中一高兴，或许便传你些功夫。"

黑白子忙道："好好，我去取美酒肥鸡。不过今天是不成了，明日如有机缘，弟子自当取来奉献。"

令狐冲道："干吗今日不成？"黑白子道："来到此处，须得经过我大哥的卧室，只有乘着我大哥静坐用功，全神出窍之时，才能……才能……"令狐冲嗯了一声，便不言语了。

黑白子记挂着黄钟公坐功完毕，回入卧室，当下不敢多耽，告辞而去。

令狐冲心想："怎生才能将黑白子诱进牢房，打死了他？此人狡猾之极，决不会上当。何况扯不断手足的铁链，就算打死了黑白子，我仍然不能脱困。"心中转着念头，右手几根手指伸到左腕的铁圈中，用力一扳，那是无意中的随手而扳，决没想真能扯开铁圈，可是那铁圈竟然张了开来，又扳了几下，左腕竟从铁圈中脱出。

这一下大出意外，惊喜交集，摸那铁圈，原来中间竟然有一断口，但若自己内力未曾散开，稍一使力，便欲昏晕，圈上虽有断口，终究也扳不开来。此刻他已散了两天内息，桃谷六仙与不戒大师注入他体内的真气有部分到了任脉之中，自然而然生出强劲内力，而不致如往日般气血翻涌。再摸右腕上的铁圈，果然也有一条细缝。这条细缝以前不知曾摸到过多少次，但说什么也想不到这竟是断口。当即左手使劲，将右腕上的铁圈也扳开了，跟着摸到箍在两只足胫上的铁圈，也都有断口，运劲扳开，一一除下，只累得满身大汗，气喘不已。铁圈既除，铁链随之脱落，身上已无束缚。他好生奇怪："为什么每个铁圈上都有断口？这样的铁圈，怎能锁得住人？"

次日那老人送饭来时，令狐冲就着灯光一看，只见铁圈断口处有一条条细微的钢丝锯纹，显是有人以一条极细的钢丝锯子，将足镣手铐上四个铁圈都锯断了，断口处闪闪发光，并未生锈，铁圈锯断，必是在不久以前，何以这些铁圈又合了拢来，套在自己手足上？"那多半有人暗中在设法救我。这地牢如此隐密，外人决计无法入来，救我之人必是梅庄中的人物。想来他不愿这等对我暗算，因此在我昏迷不醒之时，暗中用钢丝锯子将脚镣手铐锯开了。此人自不肯和梅庄中余人公然为敌，只有觑到机会，再来放我出去。"

想到此处，精神大振，心想："这地道的入口处在黄钟公的卧床之下，如是黄钟公想救我，随时可以动手，不必耽搁这许多时光。黑白子当然不会。秃笔翁和丹青生二人之中，丹青生和我是酒中知己，交情与众不同，十之八九是丹青生。"再想到黑白子明日来时如何应付："我只跟他顺口敷衍，骗他些酒肉吃，教他些假功夫，有何不可？"

随即又想："丹青生随时会来救我出去，须得赶快将铁板上的口诀法门记熟了。"摸着字迹，口中诵读，心中记忆。先前摸到这些字迹时并不在意，此时真要记诵得绝无错失，倒也不是易事。铁板上字迹潦草，他读书不多，有些草字便不识得，只好强记笔画，胡乱念个别字充数。心想这些上乘功夫的法门，一字之错，往往令得练功者人鬼殊途，成败逆转，只要练得稍有不对，难免走火入魔。出此牢后，当再无机会重来读诀，非记得没半点错漏不可。他念了一遍又一遍，不知读了多少遍，几乎倒背也背得出了，这才安心入睡。

睡梦之中，果见丹青生前来打开牢门，放他出去，令狐冲一惊而醒，待觉是南柯一梦，却也并不沮丧，心想："他今日不来救，只不过未得其便，不久自会来救。"

心想这铁板上的口诀法门于我十分有用，于别人却有大害，日后如再有人给囚于这黑牢之中，那人自然是好人，可不能让他上了那任我行的大当。当下摸着字迹，又从头至尾地读了十来遍，拿起除下的铁铐，将其中的字迹刮去了十几个字。

这一天黑白子并未前来，令狐冲也不在意，照着口诀法门，继续修习。其后数日，黑白子始终没来。令狐冲自觉练功大有进境，桃谷六仙和不戒和尚留在自己体内的异种真气，已有六七成从丹田中驱出，散之于任脉、督脉，以及阳维、阴维、阳跻、阴跻，以至冲脉、带脉等奇经八脉。虽要散入带脉、冲脉较为艰难，但铁板上所刻心法详加教导，令狐冲以前修习过华山派内功，于这经脉之学倒也知之甚稔，心想即使目前不成，只须持之有恒，自能尽数驱出。

他每日背诵口诀数十遍，刮去铁板上的字迹数十字，自觉力气越来越大，用铁铐刮削铁板，已花不了多大力气。如此又过了一月有余，他虽在地底，亦觉得炎暑之威渐减，心想："冥冥之中果有天意，我若是冬天被囚于此，决不会发现铁板上的字迹。说不定热天未到，丹青生已将我救了出去。"

正想到此处，忽听得甬道中又传来了黑白子的脚步声。

令狐冲本来横卧在床，当即转身，面向里壁，只听得黑白子走到门外，说道：“任……任老前辈，真正万分对不起。这一个多月来，我大哥一直不出室门。在下每日里焦急万状，只盼来跟你老人家请安问候，总不得其便。你……你老人家千万别见怪才好！”一阵酒香鸡香，从方孔中传了进来。

令狐冲这许多日子滴酒未沾，一闻到酒香，哪里还忍得住，转身道：“把酒菜拿来吃了再说。”黑白子道：“是，是。前辈答允传我神功的秘诀了？”令狐冲道：“每次你送三斤酒、一只鸡来，我便传你四句口诀。等我喝了三千斤酒，吃了一千只鸡，口诀也传得差不多了。”黑白子道：“这样未免太慢，只怕日久有变。晚辈每次送六斤酒、两只鸡，前辈每次便传八句口诀如何？”令狐冲笑道：“那也可以。拿来，拿来！”

黑白子托着木盘，从方孔中递将进去，盘上果是一大壶酒、一只肥鸡。

令狐冲心想：“我未传口诀，你总不能先毒死我。”提起酒壶，咕嘟嘟地便喝。这酒并不甚佳，但这时喝在口里，实在醇美无比，似乎丹青生四酿四蒸的吐鲁番葡萄浓酒也有所不及，当下一口气便喝了半壶，跟着撕下一条鸡腿大嚼起来，顷刻之间，将一壶酒、一只鸡吃得干干净净，拍了拍肚子，赞道：“好酒，好酒！”

黑白子笑道：“老爷子吃了肥鸡美酒，便请传授口诀了。”令狐冲听他再也不提拜师之事，只道自己喝酒吃鸡之余，一时记不起了，当下也就不提，说道：“好，这四句口诀，你牢牢记住了：‘奇经八脉，中有内息，聚之丹田，会于膻中。’你懂得解么？”铁板上原来的口诀是：“丹田内息，散于四肢，膻中之气，分注八脉。”他故意将之倒了转来。黑白子一听，觉这四句口诀平平无奇，乃练气的寻常法门，说道：“这四句，在下领会得，请前辈再传四句。”

令狐冲心想：“这四句经我一改，变得毫无特色，他自感不足了，须当念四句十分古怪的，吓唬吓唬他。”说道：“今天是第一日，索性多传四句，你记好了。‘震裂阳维，塞绝阴跻，八脉齐断，神功自成。’”

黑白子大吃一惊，道："这……这……这人身的奇经八脉倘若断绝了，哪里还活得成？这……这四句口诀，晚辈可当真不明白了。"令狐冲道："这等神功大法，倘若人人都能领会，那还有什么希奇？这中间自然有许多精微奇妙之处，常人不易索解。"

黑白子听到这里，越来越觉他说话的语气、所用的辞句，与那姓任之人大不相同，不由得疑心大起。前两次令狐冲说话极少，辞语又十分含糊，这一次吃了酒后，精神振奋，说话多了，黑白子十分机警，登时便生疑窦，料想他有意改变口诀，戏弄自己，说道："你说'八脉齐断，神功自成'，难道老爷子自己这奇经八脉都已断绝了吗？"

令狐冲道："这个自然。"他从黑白子语气之中，听出他已起了疑心，不敢跟他多说，道："全部传完，你融会贯通，自能明白。"说着将酒壶放在盘上，从方孔中递将出去。黑白子伸手来接。

令狐冲突然"啊哟"一声，身子向前一冲，当的一声，额头撞上铁门。

黑白子惊道："怎样了？"他这等武功高强之人，反应极快，一伸手，已探入方孔，抓住木盘，生怕酒壶掉在地下摔碎。

便在这电光石火的一瞬之间，令狐冲左手翻上，抓住了他右手手腕，笑道："黑白子，你瞧瞧我到底是谁？"黑白子大惊，颤声道："你……你……"

令狐冲将木盘递出去之时，并未有抓他手腕的念头，待在油灯微光下见到黑白子手掌在方孔外一晃，只待接他木盘，突然之间，心中起了一股难以抑制的冲动。自己在这里囚禁多日，全是出于这人的狡计，若能将他手腕扭断了，也足稍出心中的恶气；又想他出其不意地给自己抓住，必然大吃一惊，这人如此奸诈，吓他一跳，又有何不可？也不知是出于报复之意，还是一时童心大盛，便这么假装摔跌，引得他伸手进来，抓住了他手腕。

黑白子本来十分机警，只是这一下实在太过突如其来，事先更没半点朕兆，待得心中微觉不妥，手腕已遭对方抓住，只觉对方五根手指便如是一只铁箍，牢牢地扣住了自己右腕上“内关”、“外关”两处穴道，当即手腕急旋，反打擒拿。

当的一声大响，左足三根足趾立时折断，痛得啊啊大叫。

何以他右手手腕被扣，左足的足趾却会折断，岂非甚奇？原来黑白子于对方向来深自敬惮，这时手腕遭扣，立即想到有性命之忧，忙不迭地使出一招“蛟龙出渊”。这一招乃手腕为人扣住时所用，手臂向内急夺，左足无影无踪地疾踢而出，这一脚势道厉害已极，正中敌人胸口，非将他踢得当场吐血不可。敌人若是高手，知所趋避，便须立时放开他手腕，否则没法躲得过这当胸一脚。也是事出仓促，黑白子急于脱困，没想到自己和对方之间隔了一道厚厚的铁门，这一招“蛟龙出渊”确是使对了，这一脚也踢得部位既准，力道又凌厉之极，只是当的一声大响，踢中的乃是铁门。

令狐冲听到铁门这一声大响，这才明白，自己全仗铁门保护，才逃过了黑白子如此厉害的当胸一脚，忍不住哈哈大笑，说道：“再踢一脚，踢得也这样重，我便放你。”

突然之间，黑白子猛觉右腕“内关”、“外关”两处穴道中内力源源外泄，不由得想起生平最害怕的一件事来，登时魂飞天外，一面运力凝气，一面哀声求告：“老……老爷子，求你……”他一说话，内力更大量涌出，只得住口，但内力还是不住飞快泄出。

令狐冲自练了铁板上的功夫之后，丹田已然如竹之虚、如谷之空，这时觉得丹田中有气注入，却也并不在意。只觉黑白子手腕不住颤抖，显是害怕之极，心中气他不过，索性吓他一吓，喝道：“我传了你功夫，你便是本门弟子了，你欺师灭祖，该当何罪？”

黑白子只觉内力愈泄愈快，勉强凝气，还暂时能止得住，但呼吸终究难免，一呼一吸之际，内力便大量外泄，这时早忘了足趾上的疼痛，只求右手能从方孔中脱出，纵然少了一只手一只脚也所甘愿，一想到此处，伸手便去腰间拔剑。

他身子这么一动，右腕上内关、外关两处穴道便如开了两个大缺口，立时全身内力急泻而出，有如河水决堤，再难堵截。黑白子知道只须再捱得一刻，全身内力便尽数为对方吸去，当下奋力抽出腰间长剑，咬紧牙齿，举将起来，便欲将自己手臂砍断。但这么一使力，内力奔腾而出，耳朵中嗡的一声，便晕了过去。

令狐冲抓住他手腕，只不过想吓他一吓，最多也是扭断他腕骨，以泄心中积忿，没料到他竟会吓得如此的魂不附体，以致晕去，哈哈一笑，便松了手。他这一松手，黑白子身子倒下，右手便从方孔中缩回。

令狐冲脑中突如电光般闪过一个念头，急忙抓住他的手掌，其时出手迅捷异常，及时拉住，心想："我何不用铁铐将他铐住，逼迫黄钟公他们放我？"当下使力将黑白子的手腕拉近，没料想用力一拉，黑白子的脑袋竟从方孔中钻了进来，呼的一声，整个身子都进了牢房。

这一下实大出意料之外，他一呆之下，暗骂自己愚不可及，这洞孔有尺许见方，只要脑袋通得过，身子便亦通得过，黑白子既能进来，自己又何尝不能出去？以前四肢为铐链所系，自然无法越狱，但铐链早已暗中给人锯开，却为何不逃？又忖："丹青生暗中给我锯断了铐链，日日盼望我跟着那送饭的老人越狱逃走，想必心焦之极了。"他发觉铐链已为人锯断之时，正自全副精神贯注于散功，其时铁板上的功诀尚未背熟，自不愿就此离去，只因内心深处不愿便即离开牢房，是以也未曾想到逃狱。

他略一沉吟，已有了主意，匆匆除下黑白子和自己身上的衣衫，对调了穿好，连黑白子那头罩也套在头上，心想："出去时就算遇上了旁人，他们也只道我便是黑白子。"将黑白子的长剑插在自己腰间，一剑在身，更加精神大振，又将黑白子的手足都铐在铐镣的铁圈之中，用力捏紧，这一捏便察觉自己力气大极，铁圈深陷入肉。

黑白子痛得醒了过来，呻吟出声。令狐冲笑道："咱哥儿俩扳扳位！那老头儿每天会送饭送水来。"黑白子呻吟道："任……任老爷子……你……你的吸星大法……"令狐冲那日在荒郊和向问天联手抗敌，听得对方人群中有人叫过“吸星大法”，这时又听黑白子说起，便问：“什么吸星大法？”黑白子道：“我……我……该……该死……”

令狐冲脱身要紧，也不去理他，从方孔中探头出去，两只手臂也伸到了洞外，手掌在铁门上轻轻一推，身子射出，稳稳站在地下，只觉丹田中又积蓄了大量内息，颇不舒服。他不知这些内力乃从黑白子身上吸来，只道久不练功，桃谷六仙和不戒和尚的内力又回入了丹田。这时只盼尽快离开黑狱，当下提了黑白子留下的油灯，从地道中出去。

地道中门户都是虚掩，料想黑白子要待出去时再行上锁，这一来，令狐冲便毫不费力地脱离了牢笼。他迈过一道道坚固的门户，想起这些在黑牢中的日子，当真如同隔世，突然之间，对黄钟公他们也已不怎么怀恨，但觉身得自由，便什么都不在乎了。

走到了地道尽头，拾级而上，头顶是块铁板，侧耳倾听，上面并无声息。自从经过这次失陷，他一切小心谨慎得多了，并不立即冲上，站在铁板之下等了好一会，仍没听得任何声息。确知黄钟公当真不在卧室，这才轻轻托起铁板，纵身而上。

他从床上的孔中跃出，放好铁板，拉上席子，蹑手蹑足地走出来，忽听得身后一人阴恻恻地道：“二弟，你下去干什么？”

令狐冲一惊回头，只见黄钟公、秃笔翁、丹青生三人各挺兵刃，围在身周。他不知秘门上装有机关消息，这么贸然闯出，机关上铃声大作，将黄钟公等三人引了来，只是他戴着头罩，穿的又是黑白子的长袍，无人认他得出。令狐冲一惊之下，说道：“我……我……”黄钟公冷冷地道：“我什么？我看你神情不正，早料到你是要去求任我行教你练那吸星妖法，哼哼，当年你发过什么誓来？”

令狐冲心中混乱，不知是暴露自己真相好呢，还是冒充黑白子到底，一时拿不定主意，拔出腰间长剑，向秃笔翁刺去。秃笔翁怒道：“好二哥，当真动剑吗？”举笔一封。令狐冲这一剑只是虚招，乘他举笔挡架，便即发足奔出。黄钟公等三人直追出来。

令狐冲提气疾奔，脚步奇速，片刻间便奔到了大厅。黄钟公大叫："二弟，二弟，你到哪里去?"令狐冲不答，仍拔足飞奔。突见迎面一人站在大门正中，说道："二庄主，请留步!"

令狐冲奔得正急，收足不住，砰的一声，重重撞在他身上。这一冲之势好急，那人直飞出去，摔在数丈之外。令狐冲忙中看时，见是一字电剑丁坚，直挺挺地横在当地，身子倒确是作"一字"之形，只是和"电剑"二字却拉不上干系了。

令狐冲足不停步地向小路上奔去。黄钟公等一到庄子门口，便不再追来。丹青生大叫："二哥，二哥，快回来，咱们兄弟有什么事不好商量……"

令狐冲只拣荒僻的小路飞奔，到了一处无人的山野，显是离杭州城已远。他如此迅捷飞奔，停下来时竟既不疲累，也不气喘，似乎功力尚胜过了受伤之前。

其时黑夜四野无人，他除下头上罩子，听到淙淙水声，口中正渴，当下循声过去，来到一条山溪之畔，正要俯身去捧水喝，月光掩映下，水中映出一个人来，头发蓬松，满脸污秽，神情甚是丑怪。

令狐冲吃了一惊，随即哑然失笑，囚居数月，从不梳洗，自然是如此龌龊了，霎时间只觉全身奇痒，当下除去外袍，跳在溪水中好好洗了个澡，心想："身上的老泥便没半担，也会有三十斤。"浑身上下擦洗干净，喝饱清水后，将头发挽在头顶，提起剑来，剃去了满腮胡渣，水中一照，已回复了本来面目，与那满脸浮肿的风二中已没半点相似之处。

穿衣之际，觉得胸腹间气血不畅，当下在溪边行功片刻，便觉丹田中的内息已散入奇经八脉，丹田内又是如竹之空、似谷之虚，而全身振奋，说不出的畅快。他不知自己已练成了当世第一等厉害功夫，桃谷六仙和不戒和尚的八道真气、在少林寺疗伤时方生大师注入他体内的内力，均已为他散入经穴，尽皆化为己有，而适才抓住黑白子的手腕，又已将他毕生修习的内力吸了过来贮入丹田，再散入奇经八脉，那便是又多了一个高手的功力，自是精神大振。

须知不同内力若只积于丹田，不加融合，则稍一运使，便互相冲突，内脏如经刀割，但如散入经穴，再汇而为一，那便多一分强一分了。

他跃起身来，拔出腰间长剑，对着溪畔一株绿柳的垂枝随手刺出，手腕略抖，嗤的一声轻响，长剑还鞘，这才左足落地，抬起头来，只见五片柳叶缓缓从空中飘落。长剑二次出鞘，在空中转了个弧形，五片柳叶都收到了剑刃之上。他左手从剑刃上取过一片柳叶，说不出的又欢喜，又奇怪。

在溪畔悄立片时，陡然间心头一阵酸楚："我这身功夫，师父师娘是无论如何教不出来的了。可是我宁可像从前一样，内力剑法，一无足取，却在华山门中逍遥快乐，和小师妹朝夕相见，胜于这般在江湖上孤身一人，做这游魂野鬼。"

自觉一生武功从未如此刻之高，却从未如此刻这般寂寞凄凉。他天生爱好热闹，喜友好酒，过去数月被囚于地牢，孤身一人那是当然之理。此刻身得自由，却仍是孤零零的。独立溪畔，欢喜之情渐消，清风拂体，冷月照影，心中惆怅无限。

任我行提起酒壶，斟满了一杯酒，说道：『你我今日在此相聚，大是有缘，你若听我良言相劝，便请干了此杯，万事都可商量。』

二十二　脱　困

令狐冲悄立良久，眼见月至中天，夜色已深，心想种种疑窦，务当到梅庄去查个明白，那姓任的前辈如不是大奸大恶之辈，也当救他脱困。

当下认明路径，向梅庄行去。上了孤山后，从斜坡上穿林近庄，耳听得庄中寂静无声，轻轻跃进围墙。见几十间屋子都黑沉沉的，只右侧一间屋子窗中透出灯光，提气悄步走到窗下，便听得一个苍老的声音喝道："黄钟公，你知罪么？"声音甚是严厉。

令狐冲大感奇怪，以黄钟公如此身份，居然会有人对他用这等口吻说话，矮下身子从窗缝中向内张去。只见四人分坐在四张椅中，其中三人都是五六十岁的老者，另一人是个中年妇人。四人都身穿黑衫，腰系黄带。令狐冲见了他们的服色，便知是魔教中的人物。又见黄钟公、秃笔翁、丹青生站在四人之前，背向窗外，令狐冲瞧不见他三人的神情，但一坐一站，显然尊卑有别。

只听黄钟公道："是，属下知罪。四位长老驾临，属下未曾远迎，罪甚，罪甚。"

坐在中间一个身材瘦削的老者冷笑道："哼，不曾远迎有什么罪了？又装什么腔。黑白子呢？怎不来见我？"

令狐冲暗暗好笑："黑白子给我关在地牢之中，黄钟公他们却当他已经逃走了。"又想："怎么是长老、属下？是了，他们全都是魔教中人。"只听黄钟公道："四位长老，属下管教不严，这黑白子性情乖张，近来大非昔比，这几日竟不在庄中。"

那老者双目瞪视着他，突然眼中精光大盛，冷冷地道："黄钟公，教主命你们驻守梅庄，是叫你们在这里弹琴喝酒，绘画玩儿，是不是？"黄钟公躬身道："属下四人奉了教主令旨，在此看管要犯。"那老者道："这就是了。那要犯看管得怎样了？"黄钟公道："启禀长老，那要犯拘禁地牢之中。十二年来属下寸步不离梅庄，不敢有亏职守。"那老者道："很好，很好。你们寸步不离梅庄，不敢有亏职守。如此说来，那要犯仍拘禁在地牢之中了？"黄钟公道："正是。"

那老者抬起头来，眼望屋顶，突然间打个哈哈，登时天花板上灰尘簌簌而落。他隔了片刻，说道："很好！你带那名要犯来让我们瞧瞧。"黄钟公道："四位长老谅鉴，当日教主严旨，除非教主他老人家亲临，否则不论何人，均不许探访要犯，违者……"

那老者一伸手，从怀中取出一块东西，高高举起，跟着便站起身来。其余坐着的三人也即站起，状貌恭谨。令狐冲凝目瞧去，只见那物长约半尺，是块枯焦的黑色木头，上面雕刻有花纹文字，看来十分诡异。黄钟公等三人躬身说道："教主黑木令牌驾到，有如教主亲临，属下谨奉令旨。"那老者道："好，你去将那要犯带上来。"

黄钟公踌躇道："那要犯手足铸于精钢铸链之中，没法……没法提至此间。"

那老者冷笑道："直到此刻，你还在强词夺理，意图欺瞒。我问你，那要犯到底是怎生逃出去的？"

黄钟公惊道："那要犯……那要犯逃出去了？决……决无此事。此人好端端地便在地牢之中，不久之前属下还亲眼见到，怎……怎能逃得出去？"

那老者脸色登和，温言道："哦，原来他还在地牢之中，那倒是错怪你们了，对不起之至。"和颜悦色地站起身来，慢慢走近身去，似乎要向三人赔礼，突然间一伸手，在黄钟公肩头一拍。秃笔翁和丹青生同时急退两步。可是他们行动固十分迅捷，那老者出手更快，啪啪两声，秃笔翁和丹青生的右肩也让他先后拍中。那老者这三下出手，实是不折不扣的偷袭，脸上笑吟吟的甚是和蔼，竟连黄钟公这等江湖大行家也没提防。秃笔翁和丹青生武功较弱，虽及时察觉，却已无法闪避。

丹青生大声叫道："鲍长老，我们犯了什么罪？怎地你使这等毒手对付我们？"叫声中既有痛楚之意，又显得大为愤怒。

鲍长老嘴角垂下，缓缓地道："教主命你们在此看管要犯，给那要犯逃了出去，你们该不该死？"黄钟公道："那要犯倘若真的逃走，属下自然罪该万死，可是他好端端地便在地牢之中。鲍长老滥施毒刑，可叫我们心中不服。"他说话之时身子略侧，令狐冲在窗外见到他额角上黄豆大的汗珠不住渗将出来，心想这鲍长老适才这么一拍，定然十分厉害，以致连黄钟公这等武功高强之人，竟也抵受不住。又想：黄钟公的武功该当不在此人之下，这鲍长老若非使诈偷袭，未必便制他得住。

鲍长老道："你们再到地牢去看看，倘若那要犯确然仍在牢中，我……哼……我鲍大楚给你们三位磕头赔罪，自当立时给你们解了这蓝砂手之刑。"黄钟公道："好，请四位在此稍待。"当即和秃笔翁、丹青生走了出去。令狐冲见他三人走出房门时都身子微微颤抖，也不知是因心下激动，还是由于身中蓝砂手之故。

他生怕给屋中四人发觉，不敢再向窗中张望，缓缓坐倒在地，寻思："他们说的什么教主，自必是号称当世武功第一的东方不败。他命江南四友在此看守要犯，已看守了十二年，自不是指我而言，当是指那姓任的前辈了。难道他竟已逃了出去？他逃出地牢，居然连黄钟公他们都不知道，确是神通广大。不错，他们一定不知，否则黑白子也不会将我错认作了任前辈。"心想黄钟公等一入地牢，自然立时将黑白子认出来，这中间变化曲折甚多，想来又希奇，又好笑，又想："他们却为何将我也囚在牢中？多半是我和那姓任的前辈比剑之后，他们怕我出去泄漏了机密，是以将我关住。哼，这虽非杀人灭口，跟杀人灭口也相差无几。此刻他们身中蓝砂手，滋味定然极不好受，也算是为我出了口恶气。"

那四人坐在室中，一句话不说。令狐冲连大气也不敢透一口，和那四人虽有一墙之隔，但相距不过丈许，只须呼吸稍重，立时便会给他们察觉。

万籁俱寂之中，忽然传来“啊”的一声悲号，声音中充满痛苦和恐惧之意，静夜听来，不由得令人毛骨悚然。令狐冲听得是黑白子的叫声，不禁微感歉仄，虽然他为了暗算自己而遭此报，可说自作自受，但他落在鲍大楚诸人手中，定然凶多吉少。跟着听得脚步声渐近，黄钟公等进了屋中。令狐冲又凑眼到窗缝上去张望，只见秃笔翁和丹青生分在左右扶着黑白子。黑白子脸上一片灰色，双目茫然无神，与先前所见的精明强干情状已全然不同。

黄钟公躬身道：“启……启禀四位长老，那要犯果然……果然逃走了。属下在四位长老跟前领死。”他似明知已然无幸，话声颇为镇定，反不如先前激动。

鲍大楚森然道：“你说黑白子不在庄中，怎地他又出现了？到底是怎么一回事？”

黄钟公道：“种种原由，属下实在莫名其妙。唉，玩物丧志，都因属下四人耽溺于琴棋书画，给人窥到了这老大弱点，定下奸计，将那人……将那人劫了出去。”

鲍大楚道：“我四人奉了教主命旨，前来查明那要犯脱逃的真相。你们倘若据实禀告，确无分毫隐瞒，那么……那么我们或可向教主代你们求情，请教主慈悲发落。”

黄钟公长长叹了口气，说道：“就算教主慈悲，四位长老眷顾，属下又怎有面目再活在世上？只是其中原委曲折，属下如不明白真相，纵然死了也不瞑目。鲍长老，教主……教主他老人家是在杭州么？”

鲍大楚长眉一轩，说道：“谁说他老人家在杭州？”黄钟公道：“然则那要犯今晚刚逃走，教主他老人家怎地便知道了？立即便派遣四位长老前来梅庄？”鲍大楚哼的一声，道：“你这人越来越糊涂啦，谁说那要犯是今晚逃走的？”

黄钟公道：“那人确是今日傍晚越狱的，当时我三人还道他是黑白子，没想到他移花接木，将黑白子关入地牢，穿了黑白子的衣冠冲将出来。这件事，我三弟、四弟固然看得清清楚楚，还有那丁坚，给他一撞之下，肋骨断了十几根……”鲍大楚转头向其余三名长老瞧去，皱眉道：“这人胡说八道，不知说些什么。”一个肥肥矮矮的老者道：“咱们是上月十四得到的讯息。”说着屈指计算，道：“到今日是第十七天了。”

黄钟公猛退两步，砰的一声，背脊重重撞上墙壁，说道：“决……决无此事！我们的的确确，今晚是亲眼见到他逃出去的。”

他走到门口，大声叫道：“施令威，将丁坚抬来。”施令威在远处应道：“是！”

鲍大楚走到黑白子身前，抓住他胸口，将他身子提起，只见他手足软软地垂下，似乎全身骨骼俱已断绝，只剩下一个皮囊。鲍大楚脸上变色，大有惶恐之意，一松手，黑白子摔在地下，竟站不起身。另一个身材魁梧的老者道：“不错，这是中了那厮的……那厮的吸星大法，将全身精力都吸干了。”语音颤抖，十分惊惧。

鲍大楚问黑白子道：“你在什么时候着了他道儿？”黑白子道：“我……我……的确是今晚不久之前，那厮……那厮抓住了我右腕，我……我便半点动弹不得，只好由他摆布。”鲍大楚甚为迷惑，脸上肌肉微微颤动，眼神迷惘，问道：“那便怎样？”黑白子道：“他将我从铁门的方孔中拉进牢去，除下我衣衫换上了，又……又将足镣手铐都套在我手足之上，然后从那方孔中钻……钻了出去。”

鲍大楚皱眉道：“今晚？怎能是今晚？”那矮胖老者问道：“足镣手铐都是精钢所铸，又怎地弄开的？”黑白子道：“我……我实在不知道。”秃笔翁道：“属下细看过足镣手铐的断口，是用钢丝锯子锯断的。这钢丝锯子，不知那厮何处得来？”

说话之间，施令威已引着两名家人将丁坚抬了进来。他躺在一张软榻上，身上盖着一张薄被。鲍大楚揭开被子，伸手在他胸口轻轻一按。丁坚长声大叫，显是痛楚已极。鲍大楚点点头，挥了挥手。施令威和两名家人将丁坚抬了出去。

鲍大楚道：“这一撞之力果然了得，显然是那厮所为。”

坐在左面那中年妇人一直没开口，这时突然说道："鲍长老，倘若那厮确是今晚才越狱逃走，那么上月中咱们得到的讯息只怕是假的了。那厮的同党在外面故布疑阵，令咱们心慌意乱。"鲍大楚摇头道："不会是假的。"那妇人道："不会假？"鲍大楚道："薛香主一身金钟罩、铁布衫的横练功夫，寻常刀剑也砍他不入，可是给人五指插入胸膛，将一颗心硬生生地挖了出去。对头中除了这厮之外，当世更没第二人……"

令狐冲正听得出神，突然之间，肩头有人轻轻一拍。这一拍事先更没半点朕兆，他一惊之下，跃出三步，拔剑在手，回过头来，只见两个人站在当地。

这二人脸背月光，瞧不见面容。一人向他招了招手，道："兄弟，咱们进去。"正是向问天的声音。令狐冲大喜，低声道："向大哥！"

令狐冲急跃拔剑，又和向问天对答，屋中各人已然听见。鲍大楚喝问："什么人？"

只听得一人哈哈大笑，发自向问天身旁之人口中。这笑声声震屋瓦，令狐冲耳中嗡嗡作响，但觉胸腹间气血翻涌，说不出的难过。那人迈步向前，遇到墙壁，双手一推，轰隆一声响，墙上登时穿了一个大洞，那人便从墙洞中走了进去。向问天伸手挽住令狐冲的右手，并肩走进屋去。

鲍大楚等四人早已站起，手中各执兵刃，脸上神色紧张。令狐冲急欲看到这人是谁，只不过他背向自己，但见他身材甚高，一头黑发，穿的是一袭青衫。

鲍大楚颤声道："原……原来是任……任前辈到了。"那人哼了一声，踏步而前。鲍大楚、黄钟公等自然而然退开了两步。那人转过身来，往中间的椅中一坐，这张椅子正是鲍大楚适才坐过的。令狐冲这才看清楚，只见他一张长长的脸孔，脸色雪白，更无半分血色，眉目清秀，只脸色实在白得怕人，便如刚从坟墓中出来的僵尸一般。

他对向问天和令狐冲招招手,道:"向兄弟,令狐兄弟,过来请坐。"令狐冲一听到他声音,惊喜交集,道:"你……你是任前辈?"那人微微一笑,道:"正是。你剑法可高明得紧啊。"令狐冲道:"你果然已经脱险了。我正想来救……"那人笑道:"你想来救我脱困,是不是?哈哈,哈哈!向兄弟,你这位兄弟很够朋友啊。"

向问天拉着令狐冲的手,让他在那人右侧坐了,自己坐在那人左侧,说道:"令狐兄弟肝胆照人,是当世少有的堂堂血性男儿。"那人笑道:"令狐兄弟,委屈你在西湖底下的黑牢住了两个多月,我可抱歉得很哪,哈哈,哈哈!"

这时令狐冲心中已隐隐知道了些端倪,但仍未能全然明白。

那姓任的笑吟吟地瞧着令狐冲,说道:"你虽为我受了两个多月牢狱之灾,但练成了我刻在铁板上的吸星大法,嘿嘿,那也足以补偿而有余了。"令狐冲奇道:"那铁板上的秘诀是前辈刻下的?"那人微笑道:"若不是我刻的,世上更有何人会这吸星大法?"

向问天道:"兄弟,任教主的吸星神功,当世便只你一个传人,委实可喜可贺。"令狐冲奇道:"任教主?"向问天道:"原来你到此刻还不知任教主的身份,这一位便是日月神教的任教主,他名讳是上'我'下'行',你可曾听见过吗?"

令狐冲知"日月神教"就是魔教,只不过他本教之人自称日月神教,教外之人则称之为魔教,但魔教教主向来是东方不败,怎地又出来一个任我行?他嗫嚅道:"任……任教主的名讳,我是在那铁板上摸到的,却不知他是教主。"

那身材魁梧的老者突然喝道:"他是什么教主了?我日月神教的教主,普天下皆知是东方教主。这姓任的反教作乱,早已除名开革。向问天,你附逆为非,罪大恶极。"

任我行缓缓转过头来,凝视着他,说道:"你叫做秦伟邦,是不是?"那魁梧老人道:"不错。"任我行道:"我掌执教中大权之时,你是在江西任青旗旗主,是不是?"秦伟邦道:"正是。"任我行叹了口气,道:"你现今身列本教十长老之位,升得好快哪。东方不败为什么这样看重你？你是武功高强呢，还是办事能干？”秦伟邦道：“我尽忠本教，遇事向前，十多年来积功而升为长老。”任我行点头道：“原来如此。”

任我行突然身子一晃，欺到鲍大楚身前，左手疾探，向他咽喉抓去。鲍大楚大骇，右手单刀已不及挥过来砍对方手臂，只得左手手肘急抬，护住咽喉，同时左足退后一步，右手单刀顺势劈下。这一守一攻只在一刹那间完成，守得严密，攻得凌厉，的是极高明手法。但任我行右手还是快了一步，鲍大楚单刀尚未砍落，已抓住他胸口，嗤的一声响，撕破了他长袍，左手将一块物事从他怀中抓出，正是那块黑木令。他右手掠落，抓住了鲍大楚右腕，将他手腕连刀扭转。只听得当当当三声响，却是向问天递出长剑，向秦伟邦以及其余两名长老分别递了一招。三长老各举兵刃相架。向问天攻这三招，只是阻止他们出手救援鲍大楚，三招一过，鲍大楚已全在任我行掌握之中。

任我行微笑道：“我的吸星大法尚未施展，你想不想尝尝滋味？”

鲍大楚在这一瞬之间，已知若不投降，便送了性命，除此之外更无第三条路好走。他决断也是极快，说道：“任教主，我鲍大楚自今而后，效忠于你。”任我行道：“当年你曾立誓向我效忠，何以后来反悔？”鲍大楚道：“求任教主准许属下戴罪图功，将功赎罪。”任我行道：“好，吃了这颗丸药。”放开他手腕，伸手入怀，取出一个瓷瓶，倒出一枚火红色的药丸，向鲍大楚抛去。鲍大楚一把抓过，看也不看，便吞入了腹中。

秦伟邦失声道：“这……这是‘三尸脑神丹’？”

任我行点点头，说道：“不错，这正是‘三尸脑神丹’！”又从瓷瓶中倒出六粒“三尸脑神丹”，随手往桌上掷去，六颗火红色的丹丸在桌上滴溜溜转个不停，道：“你们知道这‘三尸脑神丹’的厉害吗？”

鲍大楚道：“服了教主的脑神丹后，便当死心塌地，永远听从教主驱使，否则丹中所藏尸虫便由僵伏而活动，钻而入脑，咬啮脑髓,痛楚固不必说,更且行事狂妄颠倒,比疯狗尚且不如。”任我行道:“你说得甚是。你既知我这脑神丹的灵效,却何以大胆吞服?”鲍大楚道:“属下自今而后,永远对教主忠心不贰,这脑神丹便再厉害,也跟属下并不相干。”

任我行哈哈一笑,说道:“很好,很好。这里的药丸哪一个愿服?”

黄钟公和秃笔翁、丹青生面面相觑,都是脸色大变。他们与秦伟邦等久在魔教,早知这“三尸脑神丹”中藏有尸虫,平时并不发作,一无异状,但若到了每年端午节的午时不服克制尸虫的药物,原来的药性一过,尸虫脱伏而出。一经入脑,其人行动如妖如鬼,再也不可以常理测度,理性一失,连父母妻子也会咬来吃了。当世毒物,无逾于此。再者,不同药主所炼丹药,药性各不相同,东方教主的解药,解不了任我行所制丹药之毒。

众人正惊惶踌躇间,黑白子忽然大声道:“教主慈悲,属下先服一枚。”说着挣扎着走到桌边,伸手去取丹药。

任我行袍袖轻轻一拂,黑白子立足不定,仰天一跤摔了出去,砰的一声,脑袋重重撞在墙上。任我行冷笑道:“你功力已失,废人一个,没的糟蹋了我的灵丹。”转头说道:“秦伟邦、王诚、桑三娘,你们不愿服我这灵药,是不是?”

那中年妇人桑三娘躬身道:“属下誓愿自今而后,向教主效忠,永无贰心。”那矮胖老者王诚道:“属下谨供教主驱策。”两人走到桌边,各取一枚丸药吞入腹中。他二人对任我行向来十分忌惮,眼见他脱困复出,已吓得心胆俱裂,积威之下,再也不敢反抗。虽然东方教主也有自制丹药,逼他们服了之后受到控制,不敢稍起异心,但火烧眉毛,且顾眼下,日后如何为患作祟,也只有到时再说了。

那秦伟邦却是从中级头目升上来的,任我行掌教之时,他在江西管辖数县之地,还没资格领教过这位前任教主的厉害手段,叫道:“少陪了!”双足一点,向墙洞蹿出。

任我行哈哈一笑,也不起身阻拦。待他身子已纵出洞外,向问天左手轻挥，袖中倏地蹿出一条黑色细长软鞭，众人眼前一花，只听得秦伟邦“啊”的一声叫，长鞭从墙洞中缩转，已然卷住他左足，倒拖了回来。这长鞭鞭身极细，还没一根小指头粗，但秦伟邦给卷住了左足足踝，不住在地下翻滚，竟没法起立。

任我行道：“桑三娘，你取一枚脑神丹，将外皮小心剥去了。”桑三娘应道：“是！”从桌上拿了一枚丹药，用指甲将外面一层红色药壳剥了下来，露出里面灰色的一枚小圆球。任我行道：“喂他吃了。”桑三娘道：“是！”走到秦伟邦身前，叫道：“张口！”

秦伟邦一转身，呼的一掌，向桑三娘劈去。他本身武功虽较桑三娘略逊，但相去也不甚远，可是足踝给长鞭卷住了，穴道受制，手上已无多大劲力。桑三娘左足踢他手腕，右足飞起，啪的一声，踢中胸口，左足鸳鸯连环，跟着在他肩头踢了一脚，接连三脚，踢中了三处穴道，左手捏住他脸颊，右手便将那枚脱壳药丸塞入他口中，右手随即在他喉头一捏，咕的一声响，秦伟邦已将药丸吞入肚中。

令狐冲听了鲍大楚之言，知“三尸脑神丹”中藏有僵伏的尸虫，全仗药物克制，桑三娘所剥去的红色药壳，想必是克制尸虫的药物，又见桑三娘这几下手脚兔起鹘落，干净利落，倒似平日习练有素，专门逼人服药，心想：“这婆娘手脚伶俐得紧！”他不知桑三娘擅于短打擒拿功夫，此刻归附任我行，自是抖擞精神，施展生平绝技，既卖弄手段，又是向教主表示效忠。

任我行微微一笑，点了点头。桑三娘站起身来，神色不动，恭恭敬敬地站在一旁。任我行目光向黄钟公等三人瞧去，显是问他们服是不服。

秃笔翁一言不发，走过去取过一粒丹药服下。丹青生口中喃喃自语，不知在说些什么，终于也过去取了一粒丹药吃了。

黄钟公脸色惨然，从怀中取出一本册子，正是那《广陵散》琴谱，走到令狐冲身前，说道：“尊驾武功固高，智谋又富，设此巧计将这任我行救了出去，嘿嘿，在下佩服得紧。这本琴谱害得我四兄弟身败名裂，原物奉还。”说着举手一掷，将琴谱投入了令狐冲怀中。

令狐冲一怔之际，只见他转过身去，走向墙边，心下不禁颇为歉仄，寻思：“相救这位任教主，全是向大哥的计谋，事先我可半点不知。但黄钟公他们心中恨我，也是情理之常，我可没法分辩了。”

黄钟公转过身来，靠墙而立，说道：“我四兄弟身入日月神教，本意是在江湖上行侠仗义，好好做一番事业。但任教主性子暴躁，威福自用，我四兄弟早萌退志。东方教主接任之后，宠信奸佞，锄除教中老兄弟。我四人更加心灰意懒，讨此差使，一来得以远离黑木崖，不必与人勾心斗角，二来闲居西湖，琴书遣怀。十二年来，清福也已享得够了。人生于世，忧多乐少，本就如此……”说到这里，轻哼一声，身子慢慢软垂下去。

秃笔翁和丹青生齐叫：“大哥！”抢过去将他扶起，只见他心口插了一柄匕首，双目圆睁，却已气绝。秃笔翁和丹青生连叫：“大哥，大哥！”哭了出来。

王诚喝道：“这老儿不遵教主令旨，畏罪自尽，须当罪加一等。你们两个家伙又吵些什么？”丹青生满脸怒容，转过身来，便欲向王诚扑将过去，和他拼命。王诚道：“怎样？你想造反么？”丹青生想起已然服了三尸脑神丹，此后不得稍有违抗任我行的意旨，一股怒气登时消了，只得低头拭泪。

原本倒在一旁的秦伟邦突然发出一声嘶叫，圆睁双目，对着任我行吼道：“我跟你拚了！”但他穴道受点，又怎挣扎得起身？只见他肌肉扭曲，呼呼喘气，显得极为痛苦。向问天走上前去，重重一脚，将他踢死。

任我行道：“把尸首和这废人都撵了出去，取酒菜来，今日我和向兄弟、令狐兄弟要共谋一醉。”秃笔翁和丹青生齐道：“是！”抱了黄钟公和秦伟邦的尸身，以及软瘫在地的黑白子出去。

跟着便有家丁上来摆陈杯筷，共设了六个座位。鲍大楚道：“摆三副杯筷！咱们怎配和教主共席？”一面帮着收拾。任我行道：“你们也辛苦了，且到外面喝一杯去。”鲍大楚、王诚、桑三娘一齐躬身，道：“谢教主恩典。”慢慢退出。

令狐冲见黄钟公自尽，心想此人倒是个义烈汉子，想起那日他要修书荐自己去见少林寺方证大师，求他治病，对己也是一番好意，不由得有些伤感。

向问天笑道："兄弟，你怎地机缘巧合，学到了教主的吸星大法？这件事倒要你说来听听。"令狐冲便将如何自行修习，如何无意中练成等情一一说了。向问天笑道："恭喜，恭喜，这种种机缘，缺一不成。做哥哥的好生为你欢喜。"说着举起酒杯，一口干了。任我行和令狐冲也都举杯干了。

任我行笑道："此事说来也是险极。我当初在那铁板上刻这套练功秘诀，虽是在黑狱中闷得很了，聊以自遣，却未必存着什么好心。神功秘诀固然是真，但若非我亲加指点，助其散功，依法修习者非走火入魔不可，能避过此劫者千中无一。练这神功，有两大难关。第一步是要散去全身内力，使得丹田中一无所有，只要散得不尽，或行错了穴道，立时便会走火入魔，轻则全身瘫痪，从此成了废人，重则经脉逆转，七孔流血而亡。这门功夫创成已达数百年，但得获传授的固已稀有，幸而能练成的更寥寥无几，实因散功这一步太过艰难之故。令狐兄弟却占了极大的便宜，你内力本已全失，原无所有，要散便散，不费半点力气，于旁人最艰难最凶险的一步，在你竟不知不觉间便迈过去了。散功之后，又须吸取旁人的内气，贮入自己丹田，再依法驱入奇经八脉以供己用。这一步本来也甚艰难，自己内力已然散尽，再要吸取旁人内气，岂不是以卵击石，徒然送命？令狐兄弟却又有巧遇，听向兄弟说，你身上早已有几名高手所注的八道异种真气，虽只各人的一部分，亦已极为厉害。令狐兄弟，你居然轻轻易易地渡此两大难关，练成大法，也真是天意了。"

令狐冲手心中捏了把冷汗，说道："幸好我内力全失，否则当真不堪设想。向大哥，任教主到底怎生脱困，兄弟至今仍不明所以。"

向问天笑嘻嘻地从怀中取出一物，塞在令狐冲手中，道："这是什么?”令狐冲觉得入手之物是一枚坚硬的圆球,正是那日他要自己拿去交给任我行的,摊开手掌,见是一枚钢球,球上嵌有一粒小小的钢珠。令狐冲一拨钢珠,那钢珠轻轻转得几转,便拉了一条极细的钢丝出来。这钢丝一端连在钢球之上,钢丝上都是锯齿,却是一把打造得精巧之极的钢丝锯子。令狐冲恍然大悟,道:“原来教主手足上的铐镣,是用此物锯断的。”

任我行笑道:“我在几声大笑之中运上了内力,将你们五人尽皆震倒,随即锯断铐镣。你后来怎样对付黑白子,当时我便怎样对付你了。”令狐冲笑道:“原来你跟我换了衣衫,将铐镣套在我手足之上,难怪黄钟公等没察觉。”向问天道:“本来此事也不易瞒得过黄钟公和黑白子,但他们醒转之后,教主和我早已出了梅庄。黑白子他们见到我留下的棋谱书画,各人神魂颠倒,欢喜得紧,又哪里会疑心到狱中人已掉了包。”

令狐冲道:“大哥神机妙算,人所难及。”心想:“原来你一切早已安排妥当,投这四人所好,引其入彀。但教主脱困已久,却何以迟迟不来救我?”

向问天鉴貌辨色,猜到了他心意,笑道:“兄弟,教主脱困之后,有许多大事要办,可不能让对头得知,只好委屈你在西湖底下多住几天,咱们今日便是救你来啦。好在你因祸得福,练成了不世神功,总算有了补偿。哈哈哈,做哥哥的给你赔不是了。”说着在三人酒杯中都斟满了酒,自己一口喝干。任我行哈哈大笑,道:“我也陪一杯。”令狐冲笑道:“赔什么不是?我得多谢两位才是。我本来身受内伤,没法医治,练了教主的神功后,内伤竟霍然而愈,得回了一条性命。”三人纵声大笑,甚是高兴。

向问天道:“十二年之前,教主离奇失踪,东方不败篡位。我知事出蹊跷,只有隐忍,与东方不败敷衍。直到最近,才探知了教主被囚的所在,便即来助教主脱困。岂知我一下黑木崖,东方不败那厮便派出大队人马来追杀我,又遇上正教中一批混账王八蛋挤在一起赶热闹。兄弟,那日两派的王八蛋追杀你我之时,在山道上你说了内功尽失的缘由，我当时便想，要散去你体内的诸般异种真气，当世唯教主的‘吸星大法’。教主脱困之后，我便会求他老人家传你这项神功，救你性命，想不到不用我出口恳求，教主已自传你了。”三人又一起干杯大笑。

令狐冲心想：“向大哥去救任教主，固然是利用了我，却也确是存了救我性命之心。他当日曾说要办一件大事，坦言是要利用我，要委屈我多时，当时我一口答允，为此坐牢，无可抱怨。何况我若不是在这件事上出了大力，那‘吸星大法’何等神妙，任教主又怎肯轻易便即传给我这毫不相干的外人？”不禁对向问天好生感激，转头问道：“任教主，你这门神功出神入化，任谁都难以猜度，来历如何，尚请指教。”

任我行喝了一口酒，说道：“我这门神功，始创者是北宋年间的‘逍遥派’，后来分为‘北冥神功’和‘化功大法’两门（作者按：请参阅《天龙八部》）。修习北冥神功的是大理段氏。那位段皇爷初觉将别人毕生修习的功力吸了过来作为己用，似乎不合正道，不肯修习。后来读了逍遥派一位前辈高人的遗书，才明白了这门神功的至理。那遗书中说道：不论好人坏人，学武功便是要伤人杀人。武功本身无所谓善恶，用之为善即善，用之为恶即恶，拳脚兵刃都是一般。同一招‘黑虎偷心’，打死了恶人那是好招，打死了好人便是恶招。宝刀宝剑用来杀了好人，那是坏刀坏剑，用来杀了奸人，那是好刀好剑。令狐兄弟，你说是不是啊？”令狐冲点头道：“任教主宏论，精辟之极。”

任我行道：“那不是我的宏论，我不过复述北宋年间那位先辈的遗言而已。有人抡刀使剑杀伤善人良民，咱们就当把他手中的刀剑夺了过来，令他手中没了兵刃，此事乃是为善。坏人内力越强，作恶越厉害，将他的内功吸个干净，便是废了他用以作恶的本领，犹似夺了他的宝刀利剑。逍遥派的传人有善有恶，大理段氏却志在为善，只要所吸的是奸人恶人的内力，那就不错。少林神拳、武当长拳，是污秽功夫吗？一样能用以伤人杀人，只不过千百年来他们不用这拳法去滥伤无辜而已。"他为了要收服令狐冲，言语之中，将"吸星大法"说成具有大篇道理。

任我行又道："哈哈！其实人家来打我，便是敌人，管他是好人坏人，老子便吸他妈的内力，以其内功为我所用，何乐不为？道遥派的前辈言道，百川汇海，是百川自行流入大海，并不是大海去强抢百川之水，这话再对也没有了。敌人不以内力来打我，我便吸他不到，'北冥神功'立意人不犯我，我不犯人。但那'化功大法'却不同了。创始者本出于道遥派，但因他不得师门真传，不明散功吸功的道理，便将他常使的下毒法门用之于这神功，敌人中毒之后，经脉受损，内力散失，似乎为对方所吸去。我这'吸星大法'源于'北冥神功'正宗，并非下毒，这中间的分别，你可须仔细了。"

令狐冲一直心中嘀咕，自觉吸人内力颇有不当，听了任我行这番讲论，心想："人不犯我，我不犯人。我不去立意害人，但若有人想来杀我害我，那么我吸他内力，自卫保命，也不能说是恶事。不过人家辛辛苦苦练成的内功，我吸了它来作为己用，跟任意取人钱财也相差不远。"

又饮得十几杯酒后，令狐冲觉得这位任教主谈吐豪迈，识见非凡，不由得大为心折，先前见他对付秦伟邦和黑白子，手段未免过分毒辣，但听他谈论了一会后，颇信英雄处事，有不能以常理测度者，心中本来所存的不平之意逐渐淡去。

任我行道："令狐兄弟，我对待敌人，出手极狠，御下又是极严，你或许不大看得惯。但你想想，我在西湖湖底的黑牢中关了多久？你在牢中耽过，知道这些日子的滋味。人家待我如何？对于敌人叛徒，难道能心慈么？"

令狐冲点头称是，忽然想起一事，站起身来，说道："我有一事相求教主，盼望教主能够允可。"任我行道："什么事？"令狐冲道："我当日在地牢初见教主，曾听黄钟公言道，教主倘若脱困，重入江湖，单是华山一派，少说便会死去一大半人。又听教主言道，他日见到我师父，要令他大大难堪。教主功力通神，倘欲和华山派为难,没人能够抵挡……”

任我行道:“我听向兄弟说,你师父已传言天下,将你逐出了华山派门墙。我去将他们大大折辱一番,索性就此灭了华山一派,将之在武林中除名,为你出一口恶气。”

令狐冲摇头道:“在下自幼父母双亡,蒙恩师、师娘收入门下,抚养长大,名虽师徒,情同父子。师父将我逐出门墙,一来确是我的不是,二来只怕也有些误会。在下可万万不敢怨怪恩师。”任我行微笑道:“原来岳不群对你无情,你倒不肯对他不义?”

令狐冲道:“在下想求恳教主的,便是请你宽宏大量,别跟我师父、师娘,以及华山派的师弟、师妹们为难。”任我行沉吟道:“我得脱黑牢,你出力甚大,但我传了你吸星大法,救了你命,两者已然相抵,谁也不亏负谁。我重入江湖,未了的恩怨大事甚多,可不能对你许下什么诺言,以后行事未免缚手缚脚。”

令狐冲听他这么说,竟是非和岳不群为难不可,不由得焦急之情,见于颜色。

任我行哈哈一笑,说道:“小兄弟,你且坐下。今日我在世上,只有向兄弟和你二人,才是真正亲信之人,你有事求我,总也有个商量处。这样吧,你先答允我一件事,我也就答允你,今后见到华山派中师徒,只要他们不是对我不敬,我便不去惹他。纵然要教训他们,也当瞧在你面上,手下留情三分。你说如何?”

令狐冲大喜,忙道:“如此感激不尽。教主有何嘱咐,在下无有不遵。”

任我行道:“我和你二人结为金兰兄弟,今后有福同享,有难同当。向兄弟为日月神教的光明左使,你便为我教的光明右使。你意下如何?”

令狐冲一听,登时愕然,万没料到他要自己加入魔教。他自幼便听师父和师娘说及魔教的种种奸邪恶毒事迹,自己虽遭逐出门墙,只盼闲云野鹤,在江湖上做个无门无派的散人,要自己身入魔教,却是万万不能,一时间心中乱成一团,难以回答。

任我行和向问天两对眼睛凝视着他,霎时之间,室中更无半点声息。

过了好一会,令狐冲才道:“教主美意,想我令狐冲乃末学后进,如何敢和教主比肩称兄道弟?再说,在下虽已不属华山一派,仍盼师父能回心转意,收回成命……”

任我行淡淡一笑,说道:“你叫我教主,其实我此刻虽得脱牢笼,仍然性命朝不保夕,‘教主’二字,也不过说来好听而已。今日普天之下,人人都知日月神教的教主乃东方不败。此人武功之高,决不在我之下,权谋智计,更远胜于我。他麾下人才济济,凭我和向兄弟二人,要想从他手中夺回教主之位,确是以卵击石、痴心妄想之举。你不愿和我结为兄弟,原是明哲保身的美事。来来来,咱们杯酒言欢,这话再也休提了。”

令狐冲道:“教主的权位如何给东方不败夺去,又如何给囚在黑牢之中,种种情事,在下全然不明,不知两位能赐告否?”

任我行摇了摇头,凄然一笑,说道:“湖底一居,一十二年,什么名利权位,本该瞧得淡了。嘿嘿,偏偏年纪越老,越是心热。”他满满斟了一杯酒,一口干了,哈哈一声长笑,笑声中却满是苍凉之意。

向问天道:“兄弟,那日东方不败派出多人追我,手段之辣,你是亲眼见到的了。若不是你仗义出手,我早已在那凉亭中给他们砍为肉酱。你心中尚有正派魔教之分,可是那日他们数百人联手,围杀你我二人,哪里还分什么正派,什么魔教?其实事在人为,正派中固有好人,何尝没有卑鄙奸恶之徒?魔教中坏人确是不少,但等咱们三人掌了大权,好好整顿一番,将那些作恶多端的败类给清除了,岂不叫江湖上豪杰之士扬眉吐气?”

令狐冲点头道:“大哥这话,说得甚是。”

向问天道:“想当年教主对待东方不败犹如手足一般,提拔他为教中的光明左使,教中一应大权都交了给他。其时教主潜心修习这吸星大法,要将其中若干小小的缺陷都纠正过来,教中日常事务便无暇多管。不料那东方不败狼子野心,面子上对教主十分恭敬，什么事都不敢违背，暗中却培植一己势力，假借诸般借口，将所有忠于教主的部属或撤或革、或径行处死，数年之间，教主的亲信凋零殆尽。教主是忠厚至诚之人，见东方不败处处恭谨小心，而本教在他手中也算一切井井有条，始终没加怀疑。”

任我行叹了口气，说道：“向兄弟，这件事我实在好生惭愧。你曾对我进了数次忠言，叫我提防。可是我对东方不败信任太过，忠言逆耳，反怪你对他心怀嫉忌，责你挑拨离间，多生是非。以至你一怒而去，高飞远走，从此不再见面。”

向问天道：“属下决不敢对教主有何怨怪之意，只是见情势不对，那东方不败部署周密，发难在即，属下若随侍教主身侧，非先遭了他毒手不可。虽然为本教殉难，分所当为，但属下思前想后，总觉还是先行避开为是。如教主能洞烛他的奸心，令他逆谋不逞，自是上上大吉，否则属下身在外地，至少也能让他心有所忌，不敢太过放肆。”

任我行点头道：“是啊，可是我当时怎知道你的苦心？见你不辞而别，心下大是恼怒，其时练功正当紧要关头，还险些出了乱子。那东方不败却来大献殷勤，劝我不可烦恼。这一来，我更加中了他的奸计，竟将本教的秘籍《葵花宝典》传了给他。”

令狐冲听到《葵花宝典》四字，不禁“啊”了一声。

向问天道：“兄弟，你也知道《葵花宝典》么？”令狐冲道：“我曾听师父说起过这部宝典的名字，知是博大精深的武学秘笈，却不知曾在教主手中。”

任我行道：“多年以来，《葵花宝典》一直是日月神教的镇教之宝，历来均是上代教主传给下一代教主。其时我修习吸星大法废寝忘食，什么事都不放在心上，便想将教主之位传给东方不败。将《葵花宝典》传给他，原是向他表明清楚：不久之后，我便会以教主之位相授。唉，东方不败是个聪明人，这教主之位明明已交在他手里，他为什么这样心急，不肯等到我正式召开总坛，正式公布于众？却偏偏要干这叛逆篡位之事？”他皱起了眉头，似乎直到此刻，对这件事仍弄不明白。

向问天道："他一来是等不及，不知教主到何时才正式相传；二来是不放心，只怕突然之间，大事有变。"

任我行道："其实他一切已部署妥当，又怕什么突然之间大事有变？当真令人好生难以索解。我在黑牢中静心思索，对他的种种奸谋已一一想得明白，只是他何以迫不及待地忽然发难，至今仍想他不通。本来嘛，他对你颇有所忌，怕我说不定会将教主之位传了给你。但你既不别而行，已去了他眼中之钉，尽管慢慢地等下去好了。"

向问天道："东方不败发难那一年，端午节晚上大宴，小姐在席上说了一句话，教主还记得么？"任我行搔了搔头，道："端午节？那小姑娘说过什么话啊？那有什么干系？我可全不记得了。"

向问天道："教主别说小姐是小孩子。她聪明伶俐，心思之巧，实不输于大人。那一年小姐是七岁吧？她在席上点点人数，忽然问你：'爹爹，怎么咱们每年端午节喝酒，一年总是少一个人？'你一怔，问道：'什么一年少一个人？'小姐说道：'我记得去年有十一个人，前年有十二个。今年一、二、三、四、五……咱们只剩下了十个。'"

任我行叹了口气，道："是啊，当时我听了小姑娘这句话，心下甚是不快。早一年东方不败处决了郝贤弟。再早一年，丘长老不明不白地死在甘肃，此刻想来，自也是东方不败暗中安排的毒计了。再先一年，文长老遭革出教，受嵩山、泰山、衡山三派高手围攻而死，此事起祸，自也是在东方不败身上。唉，小姑娘无意中吐露真言，当时我犹在梦中，竟自不悟。"

他顿了一顿，喝了口酒，又道："这门'吸星大法'，原是继承了北宋年间的'北冥神功'，只是学者不得其法，其中颇有缺陷。其时我修习吸星大法已在十年以上，在江湖上这神功大法也大有声名，正派中人闻者无不丧胆。可是我却知这神功之中实有几个重大缺陷，初时不觉，其后祸患却慢慢显露出来。那几年中我已深明其患，心知若不及早补救，终有一日会得毒火焚身。他人功力既是吸取而来，终非己有，会突然反噬作怪，吸来的功力愈多，反扑之力愈大。"

令狐冲听到这里，心下隐隐觉得有一件大事十分不妥。

任我行又道：“那时我身上已积聚了十余名正邪高手的功力。但这十余名高手分属不同门派，所练功力各不相同。我须得设法将之融合为一，以为己用，否则总是心腹大患。那几年中，我日思夜想，所挂心的便是这件事。那日端午节大宴席上，我虽在饮酒谈笑，心中却兀自在推算阳跻二十二穴和阳维三十二穴，在这五十四个穴道之间，如何使内息游走自如，既可自阳跻入阳维，亦可自阳维入阳跻。因此小姑娘那几句话，我听了当时心下虽然不快，但片刻间便也忘了。”

向问天道：“属下也一直奇怪。教主向来机警万分，别人只须说得半句话，立时便知他心意，十拿九稳，从不失误。可是在那几年中，不但对东方不败的奸谋全不察觉，而且日常……日常……咳……”任我行微笑道：“而且日常浑浑噩噩，神不守舍，一副心不在焉的模样，是也不是？”

向问天道：“是啊。小姐说了那几句话后，东方不败哈哈一笑，道：‘小姐，你爱热闹，是不？明年咱们多邀几个人来一起喝酒便是。’他说话时满脸堆欢，可是我从他眼光之中，却看出满是疑虑之色。他必定猜想，教主早已胸有成竹，眼前只不过假痴假呆，试他一试。他素知教主精明，料想对这样明显的事，决不会不起疑心。”

任我行皱起眉头，说道：“小姑娘那日在端午节大宴中说过这几句话，这十二年来，我却从来没记起过。此刻经你一提，我才记得确有此言。不错，东方不败听了那几句话，焉不大起疑心？”向问天道：“再说，小姐一天天长大，越来越聪明，便在一二年间，只怕便会给她识破机关。等她成年之后，教主又或许会将大位传她。东方不败所以不敢多等，宁可冒险发难，其理或在于此。”

任我行连连点头，叹了口气，道：“唉，此刻我女儿若在我身边，咱们多了一人，也不致如此势孤力弱了。”

向问天转过头来，向令狐冲道：“兄弟，教主适才言道，他这吸星大法之中，不免有重大缺陷。以我所知，教主虽在黑牢中被囚十二年，大大受了委屈，可是由此脱却俗务羁绊，潜心思索，已解破了这神功中的秘奥。教主，是也不是？”

任我行摸摸浓密的黑髯，哈哈一笑，极是得意，说道：“正是。从此而后，吸到别人的功力，尽为我用，再也不用担心这些异种真气突然反扑了。哈哈！令狐兄弟，你深深吸一口气，是否觉得玉枕穴和膻中穴中有真气鼓荡，猛然窜动？”

令狐冲依言吸了口气，果觉玉枕穴和膻中穴两处有真气隐隐流窜，不由得脸色微变。

任我行道：“你不过初学乍练，还不怎么觉得。可是当年我尚未解破这秘奥之时，这两处穴道中真气鼓荡，当真是天翻地覆，实难忍受。外面虽静悄悄的一无声息，我耳中却满是万马奔腾之声，有时又似一个个焦雷连续击打，轰轰发发，一个响似一个。唉，若不是我体内有如此重大变故，那东方不败的逆谋焉能得逞？”

令狐冲知他所言不虚，又知向问天和他说这番话，用意是要自己向他求教，但若自己不允加入日月神教，求教之言自是说不出口，心想：“练他这吸星大法，是要吸取旁人功力以为己用。这功夫自私阴毒，我若非受攻被逼，决计不使。至于我体内异种真气没法化除，本来便已如此，我这条性命原是捡来的。令狐冲岂能贪生怕死，便去做大违夙愿之事？”当下转过话题，说道：“教主，在下有一事不明，还想请教。在下曾听师父言道，那《葵花宝典》是武学中至高无上的秘笈，练成了宝典中的武学，固然无敌于天下，而且长生延年，寿过百岁。教主何以不练那宝典中的武功，却去练那甚为凶险的吸星大法？”

任我行淡淡一笑，道：“此中原由，便不足为外人道了。”

令狐冲脸上一红，道：“是，在下冒昧了。”

向问天道：“兄弟，教主年事已高，你大哥也比他老人家小不了几岁。你若入了本教，他日教主的继承人非你莫属。就算你嫌日月神教的声名不好，难道不能在你手中力加整顿，为天下人造福么？”

令狐冲听他这番话入情入理，微觉心动，只见任我行左手拿过酒杯，重重在桌上一放，右手提起酒壶，斟满了一杯酒，说道："数百年来，我日月神教和正教诸派为仇，向来势不两立。你如固执己见，不入我教，自己内伤难愈，性命不保，固不必说，只怕你师父、师娘的华山派……嘿嘿，我要使华山派师徒尽数覆灭，华山一派从此在武林中除名，却也不是什么难事。你我今日在此相聚，大是有缘，你若听我良言相劝，便请干了此杯，万事都可商量。"

这番话充满了威胁之意，令狐冲胸口热血上涌，朗声说道："教主，大哥，我本就身患绝症，命在旦夕，无意中却学得了教主的神功大法，此后如没法化解，也不过回复旧状而已，那也没什么。我于自己这条性命早已不怎么看重，生死有命，且由他去。华山派开派数百年，当有自存之道，未必别人一举手间便能予以覆灭。今日言尽于此，后会有期！"说着站起身来，向二人躬身为礼，转身便走。

向问天欲待再有话说，令狐冲早已去得远了。

令狐冲出得梅庄，重重吁了口气，拂体凉风，适意畅怀，一抬头，只见一钩残月斜挂柳梢，远处湖水中映出月亮和浮云的倒影。

走到湖边，悄立片刻，心想："任教主眼前的大事当是去向东方不败算账，夺回教主之位，自不会去寻华山派的晦气。但若师父、师娘、师弟妹们不知内情，撞上了他，那可非遭毒手不可。须得尽早告知，好让他们有所防备。却不知他们从福州回来了没有？这里去福州不远，左右无事，我就去福建走一趟。倘若他们已动身回来，在途中或能遇上。"

随即想到师父传书武林，将自己逐出了师门，胸口不禁又是一酸，又想："我将任教主逼我入教之事，向师父、师娘禀明。他们当能明白，我并非有意和魔教中人结交。说不定师父能收回成命，只罚我去思过崖上面壁三年，那便好了。"一想到重入师门有望，精神为之一振，当下去找了家客店歇宿。

这一觉睡到午时方醒，心想在见师父、师娘之前，别要显了自己本来面目，何况盈盈曾叫祖千秋他们传言江湖，要取自己性命，还是乔装改扮，免惹麻烦。却扮作什么样子才好？心下沉吟，从房中踱了出来，刚走进天井，突然间豁喇一声，一盆水向他身上泼将过来。令狐冲立时倒纵避开，那盆水便泼了个空。只见一个军官手中正捧着一只木脸盆，向着他怒目而视，粗声道："走路也不带眼睛？你不见老爷在倒水吗？"

令狐冲气往上冲，心想天下竟有这等横蛮之人，见这军官四十来岁年纪，满腮虬髯，倒也颇为威武，一身服色，似是个校尉，腰中挂了把腰刀，挺胸凸肚，显是平素作威作福惯了的。那军官喝道："还瞧什么？不认得老爷么？"

令狐冲灵机一动："扮成这个军官，倒也有趣。我大模大样地在江湖上走动，武林中朋友谁也不会来向我多瞧一眼。"那军官喝道："笑什么？你奶奶的，有什么好笑？"原来令狐冲想到得意处，脸上不禁露出微笑。

令狐冲走到柜台前付了房饭钱，低声问道："那位军爷是什么来头？"那掌柜的愁眉苦脸地道："谁知他是什么来头？他自称是北京城来的，只住了一晚，服侍他的店小二倒已吃了他三记耳光。好酒好肉叫了不少，也不知给不给房饭钱呢。"

令狐冲点了点头，走到附近一家茶馆中，泡了壶茶，慢慢喝着等候。

等了半个时辰，只听得马蹄声响，那军官骑了匹枣红马，从客店中出来，马鞭挥得啪啪作响，大声吆喝："让开，让开，你奶奶的，还不快走！"几个行人让得稍慢，给他马鞭抽去，呼痛声不绝。

令狐冲早已付了茶钱，站起身来，快步跟在马后。他内力充沛，脚步疾逾奔马，见那军官出了西门，向西南大路上驰去，便紧紧跟随。奔得数里，路上行人渐稀。令狐冲加快脚步，抢到马前，右手一扬。那马吃了一惊，嘘溜溜一声叫，人立起来，那军官险些掉下马来。令狐冲喝道："你奶奶的，走路不带眼睛么？你这畜生险些踹死了老子！"他不开口，那军官已然大怒，这三声一骂，那军官自更怒不可遏，待那马前足落地，刷的一鞭，便向令狐冲头上抽落。

令狐冲见大道上不便行事，叫声："啊哟！"一个踉跄，抱头便向小路上逃去。那军官怎肯就此罢休，跃下马来，匆匆将马缰系在树上，狂奔追来。令狐冲叫道："啊哟，我的妈啊！"逃入树林。那军官大叫大嚷地追来，突然间胁下一麻，咕咚一声，栽倒在地。

令狐冲左足踏住他胸口，笑道："你奶奶的，本事如此不济，怎能行军打仗？"在他怀中一搜，掏了只大信封出来，上面盖有"兵部尚书大堂正印"的朱红大印，写着"告身"两个大字。打开信封，抽了一张厚纸出来，却是兵部的一张委任令，写明委任河北沧州游击吴天德升任福建泉州府参将，克日上任。令狐冲笑道："原来是位参将大人，你便是吴天德么？"

那军官给他踏住了动弹不得，一张脸皮涨得发紫，喝道："快放我起来，你……你……胆大妄为，侮辱朝廷命官，不……不怕王法吗？"嘴里虽然吆喝，气势却已馁了。

令狐冲笑道："老子没了盘缠，要借你的衣服去当一当。"反掌在他头顶一拍，那军官登时晕去。

令狐冲迅速剥下他衣服，心想这人如此可恶，叫他多受些罪，将他内衣内裤一起剥下，全身赤条条的一丝不挂。一提他包袱重甸甸的，打开一看，竟有好几百两银子，还有三只金元宝，心想："这都是这狗官搜刮来的民脂民膏，难以物归原主，只好让我吴天德参将大人拿来买酒喝了。"想着不禁好笑，脱去衣衫，将那参将的军服、皮靴、腰刀、包裹都换到了自己身上，撕烂自己衣衫，将他反手绑了，缚在树上，再在他口中塞满了烂泥。转念一想，回身抽出单刀，将他满脸虬髯都剃了下来，将剃下的胡子揣入怀中，笑道："你变成了小白脸，这可美得多啦！"

走到大路之上，解开系在树上的马缰，纵身上马，举鞭一挥，喝道："让开，让开，你奶奶的，走路不带眼睛吗？哈哈，哈哈！"长笑声中，纵马南驰。

当晚来到余杭投店，掌柜的和店小二"军爷前，军爷后"的，招呼得极是周到。令狐冲次晨向掌柜问明了去福建的道路，赏了五钱银子，掌柜和店小二恭恭敬敬地直送出店门外。令狐冲心想："总算你们时运好，遇上了我这位冒牌参将，要是真参将吴天德前来投宿，你们可有得苦头吃了。"去店铺买了面镜子、一瓶胶水，出城后来到荒僻处，对着镜子将一根根胡子胶在脸上。这番细功夫花了几有一个时辰，黏完后对镜一照，满脸虬髯，蓬蓬松松，着实神气，不禁哈哈大笑。

一路向南，到金华府、处州府后，南方口音已和中州大异，甚难听懂。好在人人见他是军官，都卷起了舌头跟他说官话。他一生手头从未有过这许多钱，喝起酒来尽情畅怀，颇为自得其乐。

只是体内的诸般异种真气逼入了自己各处经脉之中，半分也没驱出体外，时时突然间涌向丹田，令他头晕眼花，烦恶欲呕。每当发作，只得依照任我行在铁板上所刻的法门，将之驱离丹田，散入经脉。只要异种真气一离丹田，立即精神奕奕，舒畅无比。如此每练一次，自知功力便深了一层，却也是陷溺深了一层，好在总是想到："我这条命是捡来的。多活一日，已多占了一分便宜。"便即坦然。

这日午后，过了衢州府，已进入仙霞岭。山道崎岖，渐行渐高，岭上人烟稀少。再行出二十余里后，始终没见到人家，已知贪着赶路，错过了宿头。眼见天色已晚，于是采些野果裹腹。见悬崖下有个小山洞，颇为干燥，不致有虫蚁所扰，便将马系在树上，让其自行吃草，找些干草来铺在洞里，预备过夜。忽觉丹田中气血不舒，当即坐下行功。任我行所传的那神功每多一次修习，便多受一次羁縻，越来越觉滋味无穷。直练了一个更次，但觉全身舒泰，飘飘欲仙，直如身入云端一般。

他吐了口长气，站起身来，不由得苦笑，心想："那日我问任教主，他既有武功绝学《葵花宝典》在手，何以还要练这吸星大法，他不肯置答。此中情由，这时我却明白了。原来这吸星大法一经修习，便再也无法罢手。"想到此处，不由得暗暗心惊："曾听师娘说过苗人养蛊之事，一养之后，纵然明知其害，也已难以舍弃，若不放蛊害人，蛊虫便会反噬其主。将来我可别成为养蛊的苗人才好。"

走出山洞，但见繁星满天，四下里虫声唧唧，忽听得山道上有人行来，其时相距尚远，但他内力既强，耳音便亦及遥，心念一动，当即过去放开了马缰，在马臀上轻轻一拍，那马缓缓走向山坳。

他隐身树后，过了好一会，听得山道上脚步声渐近，人数着实不少，星光下但见一行人均穿黑衣，其中一人腰缠黄带，瞧装束是魔教中人，其余高高矮矮的一共三十余人，都默不作声地随在其后。令狐冲心想："他们此去向南入闽，莫非和我华山派有关？难道是奉了任教主之命，去跟师父师娘为难？"待一行人去远，便悄悄跟随。

行出数里，山路突然陡峭，两旁山峰笔立，中间留出一条窄窄的山路，已不能两人并肩而行。那三十余人排成一字长蛇，向山道上爬去。令狐冲心道："我如跟着上去，这些人居高临下，只须有一人偶一回头，便见到了我。"于是闪入草丛躲起，要等他们上了高坡，从南坡下去后再追赶上去。哪知这行人将到坡顶，突然散开，分别隐在山石之后，顷刻间藏得一个人影也不见了。

令狐冲吃了一惊，第一个念头是："他们已见到了我。"但随即知道不是，寻思："他们在此埋伏，要袭击上坡之人。是了，此处地势绝佳，在此陡然发难，上坡之人势必难逃毒手。他们要伏击的是谁？难道师父师娘他们北归之后，又有急事要回福建？否则怎会连夜赶路？今晚我又能和小师妹相会？"

一想到岳灵珊，登时全身皆热，悄悄在草丛中爬了开去，直爬到远离山道，这才从乱石间飞奔下山，转了几个弯，回头已望不见那高坡，再转到山道上向北而行。

他一路疾走，留神倾听对面是否有人过来，走出十余里后，忽听得左侧山坡上有人斥道："令狐冲这混账东西，你还要为他强辩！"

注：今日浙闽间已筑有不少隧道穿过仙霞岭，行人或汽车不必爬山。

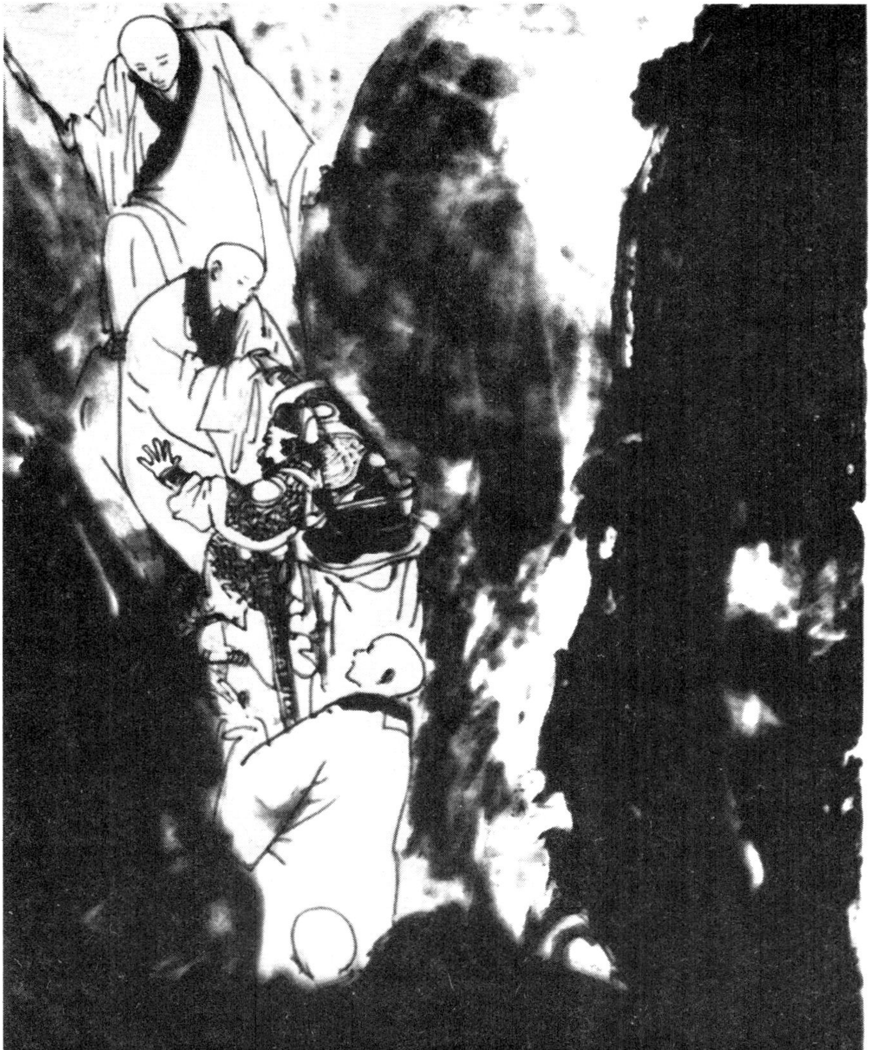

仪琳急忙回身，伸手去拉。令狐冲凑手过去，握住了她手。仪琳运劲一提，令狐冲左手在地下连撑，这才站定，神情狼狈不堪。他身后的几名女弟子忍不住咕咕咯咯地嘻笑。

二十三　伏　击

黑夜之中，荒山之上，突然听到有人清清楚楚地叫出自己姓名，令狐冲不禁大吃一惊，第一个念头便是："是师父他们！"但这明明是女子声音，却不是师娘，更不是岳灵珊。跟着又听得一个女子的话声，只相隔既远，话声又低，听不清说些什么。令狐冲向山坡上望去，只见影影绰绰地站着三四十人，心中一酸："不知是谁在骂我？如果真是华山派一行，小师妹听别人这般骂我，不知又如何说？"

当即矮身钻入道旁灌木丛中，绕到那山坡之侧，弓腰疾行，来到一株大树之后，听得一个女子声音说道："师伯，令狐师兄行侠仗义……"听得这半句话，脑海中便映出一张俏丽清秀的脸蛋来，胸口微微一热，知说话之人是恒山派的小尼姑仪琳。他既知这些人是恒山派而不是华山派，不免失望，心神一激动间，仪琳下面两句话便没听见。

只听先前那尖锐而苍老的声音怒道："你小小年纪，却恁地固执？难道华山派掌门岳先生的来信是假的？岳先生传书天下，将令狐冲逐出了门墙，说他与魔教中人勾结，还能冤枉他么？令狐冲以前救过你，他多半要凭着这一点点小恩小惠，向咱们暗算下手。"

仪琳道："师伯，那可不是小恩小惠，令狐师兄不顾自己性命……"那苍老的声音喝道："你还叫他令狐师兄？这人多半是个工于心计的恶贼，装模作样，欺骗你们小孩子家。江湖上人心鬼蜮，什么狡猾伎俩都有。你们年轻人没见识,便容易上当。”仪琳道:“师伯的吩咐,弟子怎敢不听?不过……不过……令狐师……”底下这个“兄”字终于没说出口,硬生生地给忍住了。那老人问道:“不过怎样?”仪琳似乎甚为害怕,不敢再说下去。

那老人道:“这次嵩山左盟主传来讯息,魔教大举入闽,企图劫夺福州林家的《辟邪剑谱》。左盟主要五岳剑派一齐设法拦阻,以免给这些妖魔歹徒夺到了剑谱,武功大进,五岳剑派不免人人死无葬身之地。那福州姓林的孩子已投入岳先生门下,剑谱若为华山派所得,自然再好不过。就怕魔教诡计多端,再加上个华山派旧徒令狐冲,他熟知内情,咱们的处境便十分不利了。掌门人既将这副重担放在我肩头,命我率领大伙儿入闽,此事有关正邪双方气运消长,万万轻忽不得。再过三十里,便是浙闽交界之处。今日大家辛苦些,连夜赶路,到廿八铺歇宿。咱们赶在头里,等魔教人众大举赶到之时,咱们便占了以逸待劳的便宜。但仍须事事小心。”只听得数十名女子齐声答应。

令狐冲心想:“这位师太既非恒山派掌门,仪琳师妹又叫她师伯,‘恒山三定’,那么是定静师太了。她接到我师父传书,将我当做歹人,那也怪她不得。她只道自己赶在头里,殊不知魔教教众已埋伏在前。幸好给我发觉了,却怎生去告知她们才好?”

只听定静师太道:“一入闽境,须得步步提防,要当四下里全是敌人。说不定饭店中的店小二,茶馆里的茶博士,都是魔教中的奸细。别说隔墙有耳,就是这草丛之中,也难免没藏着敌人。自今而后,大伙儿决不可提一句《辟邪剑谱》,连岳先生、令狐冲、东方必败的名头也不可提。”群女弟子齐声应道:“是。”

令狐冲知魔教教主东方不败神功无敌,自称不败,但正教中人提到他时,往往称之为“必败”,一音之转,含有长自己志气、灭敌人威风之意,听她竟将自己的名字和师父及东方不败相提并论,不禁苦笑,心道:“我这无名小卒,你恒山派前辈竟如此瞧得起,那可不敢当了。”

只听定静师太道："大伙儿这就走吧！"众弟子又应了一声，便见七名女弟子从山坡上疾驰而下，过了一会，又有七人奔下。恒山派轻功另有一路，在武林中颇有声名，前七人、后七人相距都一般远近，宛似结成阵法一般，十四人大袖飘飘，同步齐进，远远望去，美观之极。再过一会，又有七人奔下。

过不多时，恒山派众弟子一批批都动身了，一共六批，最后一批却有八人，想是多了个定静师太。这些女子不是女尼，便是俗家女弟子，黑夜之中，令狐冲难辨仪琳在哪一队中，心想："这些恒山派的师姊师妹虽各有绝技，但一上得那陡坡，双峰夹道，魔教教众忽施奇袭，势必伤亡惨重。"

当即摘了些青草，挤出草汁，搽在脸上，再挖些烂泥，在脸上手上涂抹一阵，绕到山道左侧，提气追了上去。他轻功本来并不甚佳，但轻功高低，全系于内力强弱，他身上既集桃谷六仙、不戒和尚、方生大师、黑白子等众高手的部分内力，较之当世高手，已然远胜，此时随意迈步，都是一步跨出老远。这一提气急奔，顷刻间便追上了恒山派众人。他怕定静师太武功了得，听到他奔行的声息，是以兜了个大圈子，这才赶在众人头里，一上山道后，奔得更加快了。

他来到陡坡之下，站定了静听，竟无半点声息，心想："若不是我亲眼见到魔教教众埋伏在侧，又怎想得到此处危机四伏，凶险无比。"慢慢走上陡坡，来到双峰夹道处的山口，离魔教教众埋伏处约有里许，坐了下来，寻思："魔教中人多半已见到了我，只是他们生怕打草惊蛇，想来不会对我动手。"等了一会，索性卧倒在地。

终于隐隐听到山坡下传来了脚步声，心下转念："最好引得魔教教众来和我动手，只须稍稍打斗一下，恒山派自然知道了。"于是自言自语："老子生平最恨的，便是暗箭伤人，有本事的何不真刀真枪，狠狠打上一架？躲了起来，鬼鬼祟祟地害人，那是最无耻的卑鄙行径！"他对着高坡提气说话，借着充沛内力远远传送出去，料想魔教人众定然听到。岂知这些人真能沉得住气，竟毫不理睬。

过不多时,恒山派第一拨七名弟子已到了他身前。

七弟子在月光下见一名军官伸张四肢,睡在地下。这条山道便只容一人行过,两旁均是峭壁,若要上坡,非跨过他身子不可。这些弟子只须轻轻一纵,便能跃过他身子,但男女有别,在男人头顶纵跃而过,未免太过无礼。

一名中年女尼朗声说道:"劳驾,这位军爷,请借一借道。"令狐冲唔唔两声,忽然间鼾声大作。那女尼法名仪和,性子却毫不和气,见这军官深更半夜地睡在当道,情状已极突兀,而这等大声打鼾,十九是故意做作。她强抑怒气,说道:"你如不让开,我们可要从你身上跳过去了。"令狐冲鼾声不停,迷迷糊糊地道:"这条路上妖魔鬼怪多得紧,可过去不得啊。唔唔,苦海无边,回……回……回头是岸!"

仪和一怔,听他这几句话似乎意带双关。另一名女尼扯了扯她衣袖,七人都退开几步。一人悄声道:"师姊,这人有点古怪。"又一人道:"说不定他是魔教奸人,在此向咱们挑战。"另一人道:"魔教中人决不会去做朝廷军官,就算乔装改扮,也当扮作别种装束。"仪和道:"不管他!他再不让道,咱们就跳了过去。"迈步上前,喝道:"你真的不让,我们可要得罪了。"

令狐冲伸个懒腰,慢慢坐起。他仍怕给仪琳认了出来,脸向山坡,背脊对着恒山派众弟子,右手撑在峭壁上,身子摇摇晃晃,似是喝醉了酒一般,说道:"好酒啊,好酒!"

便在此时,恒山派第二拨弟子已然到达。一名俗家弟子问道:"仪和师姊,这人在这里干什么?"仪和皱眉道:"谁知道他了!"

令狐冲大声道:"刚才宰了一条狗,吃得肚子发胀,酒又喝得太多,只怕要呕。啊哟,不好,真的要呕!"当下呕声不绝。众女弟子皱眉掩鼻,纷纷退开。令狐冲呕了几声,却呕不出什么。众女弟子窃窃私议间,第三拨又已到了。

只听得一个轻柔的声音道:"这人喝醉了,怪可怜的,让他歇一歇，咱们再走不迟。”令狐冲听到这声音，心头微微一震，寻思：“仪琳小师妹心地真好。”

仪和却道：“这人故意在此捣乱，并非安着好心！”迈步上前，喝道：“让开！”伸掌往令狐冲左肩拨去。令狐冲身子连晃，叫道：“啊哟，乖乖不得了！”跌跌撞撞地向上走了几步。这几步一走，局势更加尴尬，他身子塞在窄窄的山道之中，后面来人除非从他头顶飞跃而过，否则再也没法超越。

仪和跟着上去，喝道：“让开了！”令狐冲道：“是，是！”又走上几步。他越行越高，将上山的道路塞得更死了，突然大声叫道：“喂，上面埋伏的朋友们留神了，你们要等的人正上来啦。你们这一杀出来，那可谁也逃不了啦！”

仪和等一听，当即退回。一人道：“此处地势奇险，倘若敌人在此埋伏袭击，可难以抵挡。”仪和道：“倘若有人埋伏，他怎会叫了出来？这是虚者实之，实者虚之，上面定然没人。咱们如显得畏缩，可让敌人笑话了。”另两名中年女尼齐声道：“是啊！咱三人在前开路，师妹们在后跟来。”三人长剑出鞘，又奔到了令狐冲身后。

令狐冲不住大声喘气，说道：“这道山坡可当真陡得紧，唉，老人家年纪大了，走不动啦。”一名女尼喝道：“喂，你让在一旁，给我们先走行不行？”令狐冲道：“出家人火气别这么大，走得快是到，走得慢也是到。咳咳，唉，去鬼门关嘛，还是走得慢些的好。”那女尼道：“你不是绕弯子骂人吗？”呼的一剑，从仪和身侧刺出，指向令狐冲背心。她只是想将令狐冲吓得让开，这一剑将刺到他身子，便即凝力不发。

令狐冲恰于此时转过身来，见剑尖指着自己胸口，大声喝道：“喂！你……你……你这是干什么来了？我是朝廷命官，你竟敢如此无礼。来人哪，将这女尼拿了下来！”几名年轻女弟子忍不住笑出声来，此人在这荒山野岭之上，还在硬摆官架子，实是滑稽之至。

一名尼姑笑道：“军爷，咱们有要紧事，心急赶路，劳你驾往旁边让一让。”令狐冲道:“什么军爷不军爷?我是堂堂参将,你该当叫我将军,才合道理。”七八名女弟子齐声笑着叫道:“将军大人,请你让道!”

令狐冲哈哈一笑,挺胸凸肚,神气十足,突然间脚下一滑,摔跌下来。众弟子尖声惊呼:“小心!”便有二人拉住了他手臂。令狐冲又滑了一下,这才站定,骂道:“他奶奶……地下这样滑。地方官全是饭桶,也不差些民夫,将山道给好好修一修。”

他这么两滑一跌,身子已缩在山壁微陷的凹处,恒山女弟子展开轻功,一一从他身旁掠过。有人笑道:“地方官该得派辆八人大轿,把将军大人抬过岭去,才是道理。”有人道:“将军是骑马不坐轿的。”先一人道:“这位将军与众不同,骑马只怕会摔跌下来。”令狐冲怒道:“胡说八道!我骑马几时摔跌过?上个月那该死的畜牲作老虎跳,我才从马背上滑了一滑,摔伤了膀子,那也算不得什么。”众女弟子一阵大笑,如风般上坡。

令狐冲眼见一个苗条身子一晃,正是仪琳,便跟在她身后。这一来,可又将后面众弟子阻住了去路。幸好他虽脚步沉重,气喘吁吁,三步两滑,又爬又跌,走得倒也快捷。后面一名女弟子又笑又埋怨:“你这位将军大人真是……咳,一天也不知要摔多少跤!”

仪琳回过头来,说道:“仪清师姊,你别催将军了。他心里一急,别真的摔了下去。这山坡陡得紧,摔下去可不是玩的。”

令狐冲见到她一双大眼,清澄明澈,犹如两泓清泉,一张俏脸在月光下秀丽绝俗,更没半分人间烟火气,想起那日为了逃避青城派的追击,她在衡山城中将自己抱出来,自己也曾这般怔怔地凝视过她,突然间心底升起一股柔情,心想:“这高坡之上,伏得有强仇大敌想要害她。我便性命不在,也要保护她平安周全。”

仪琳见他双目呆滞,容貌丑陋,向他微微点头,露出温和笑容,又道:“仪清师姊,这位将军倘若摔跌,你可得快拉住他。”仪清笑道:“他这么重,我怎拉得住?”

本来恒山派戒律甚严,这些女弟子轻易不与外人说笑。但令狐冲大装小丑模样，不住逗她们的乐子，众女弟子年轻喜事，四周又并无长辈，黑夜赶路，说几句无伤大雅的笑话，亦有振奋精神之效。

令狐冲怒道："你们这些女孩子说话便不知轻重。我堂堂将军，想当年在战场上破阵杀贼，那般威风凛凛、杀气腾腾的模样，你们要是瞧见了，嘿嘿，还有不佩服得五体投地的？这区区山路，压根儿就没瞧在我眼里，怎会摔跤？当真信口开河……啊哟，不好！"脚下似乎踏到一块小石子，身子便俯跌下去。他伸出双手，在空中乱挥乱抓。在他身后的几名女弟子都尖声叫了出来。

仪琳急忙回身，伸手去拉。令狐冲凑手过去，握住了她手。仪琳运劲一提，令狐冲左手在地下连撑，这才站定，神情狼狈不堪。他身后的几名女弟子忍不住咭咭咯咯地嘻笑。令狐冲道："我这皮靴走山路太过笨重，倘若穿了你们的麻鞋，那就包管不会摔跤。再说，我只不过滑了一滑，又不是摔跤，有什么好笑？"仪琳缓缓松开了手，说道："是啊，将军穿了马靴，走山道确是不大方便。"令狐冲道："虽然不便，可威风得紧，要是像你们老百姓那样，脚上穿双麻鞋草鞋，可又太不体面了。"众女弟子听他死要面子，又都笑了起来。

这时后面几拨人已络绎到了山脚下，走在最先的将到坡顶。

令狐冲大声嚷道："这一带所在，偷鸡摸狗的小贼最多，冷不防地便打人闷棍，抢人钱财。你们出家人身边虽没多大油水，可是辛辛苦苦化缘得来的银子财物，却也小心别让人给抢了去。"仪清笑道："有咱们大将军在此，谅来小毛贼也不敢前来太岁头上动土。"令狐冲叫道："喂，喂，小心了，我好像瞧见上面有人探头探脑。"

一名女弟子道："你这位将军当真啰唆，难道咱们还怕了几个小毛贼不成？"

一言甫毕，突然听得两名女弟子叫声："哎唷！"骨碌碌滚将下来。两名女弟子急忙抢上，同时抱住。前面几名女弟子叫了起来：

"贼子放暗器,小心了!"叫声未歇,又有一人滚跌下来。仪和叫道:"大家伏低!小心暗器!"当下众人都伏低了身子。令狐冲骂道:"大胆毛贼,你们不知本将军在此么?"仪琳拉拉他手臂,急道:"快伏低了!"

在前的女弟子掏出暗器,袖箭、铁菩提纷纷向上射去。但上面敌人隐伏石后,一个也瞧不见,暗器尽数落空。

定静师太听得前面现了敌踪,纵身急上,从一众女弟子头顶跃过,来到令狐冲身后时,呼的一声,也从他头顶跃了过去。

令狐冲叫道:"出门大吉!晦气,晦气!"吐了几口口水。只见定静师太大袖飞舞,当先攻上,敌人的暗器嗤嗤嗤射来,有的钉上了她衣袖,有的给她袖力激飞。

定静师太几个起落,到了坡顶,尚未站定,但觉风声劲急,一条熟铜棍从头顶砸到。听这兵刃劈风之声,便知十分沉重,当下不敢硬接,侧身从棍旁蹿过,却见两柄链子枪一上一下地同时刺到,来势迅疾。敌人在这隘口上伏着三名好手,扼守要道。定静师太喝道:"无耻!"反手拔出长剑,一剑破双枪,格了开去。那熟铜棍又拦腰扫来。定静师太长剑在棍上一搭,乘势削下,一条链子枪却已刺向她右肩。只听得山腰中女弟子尖声惊呼,跟着砰砰之声大作,原来敌人从峭壁上将大石推将下来。

恒山派众弟子挤在窄道之中,蹿高伏低,躲避大石,顷刻间便有数人为大石砸伤。定静师太退了两步,叫道:"大家回头,下坡再说!"她舞剑断后,以阻敌人追击。却听得轰轰之声不绝,头顶不住有大石掷下,接着听得下面兵刃相交,山脚下竟也伏有敌人。这些人待恒山派众人上坡,上面一发动,便现身堵住退路。

下面传上讯息:"师伯,拦路的贼子功夫硬得很,冲不下去。"接着又传讯上来:"两位师姊受了伤。"

定静师太大怒,如飞奔下,只见两名汉子手持钢刀,正逼得两名女弟子不住倒退。定静师太一声呼叱,长剑疾刺,忽听得呼呼两声，两个拖着长链的镔铁八角锤从下飞击而上，直攻她面门。定静师太举剑撩去，一枚八角锤一沉，径砸她长剑，另一枚却向上飞起，自头顶压落。定静师太微微一惊："好大的膂力。"如在平地，她也不会对这等硬打硬砸的武功放在心上，只须展开小巧功夫，便能从侧抢攻，但山道狭窄，除了正面冲下之外，别无他途。敌人两柄八角铁锤舞得劲急，犹如两团黑雾扑面而来，定静师太没法施展精妙剑术，只得一步步倒退上坡。

猛听上面"哎唷"声连作，又有几名女弟子中了暗器，摔跌下来。定静师太定了定神，觉得还是坡顶的敌人武功稍弱，较易对付，便又冲上，从众女弟子头顶跃过，跟着又越过令狐冲头顶。

令狐冲大声叫道："啊哟，干什么啦，跳田鸡么？这么大年纪，还闹着玩。你在我头顶跳来跳去，人家还能赌钱么？"定静师太急于破敌解围，没将他的话听在耳中。仪琳歉然道："对不住，我师伯不是故意的。"令狐冲唠唠叨叨地埋怨："我早说这里有毛贼，你们就是不信。"心中却道："我只见魔教人众埋伏在坡顶，却原来山坡下也伏有好手。恒山派人数虽多，挤在这条山道中施展不出手脚，大事当真不妙。"

定静师太将到坡顶，蓦见杖影晃动，一条铁禅杖当头击落，原来敌人另调好手把守。定静师太心想："今日我如冲不破此关，带出来的这些弟子们只怕要覆没于此。"身形侧过，长剑斜刺，身子离铁禅杖不过数寸，便已闪过，长剑和身扑前，急刺那手挥禅杖的胖大头陀。这一招可说险到了极点，直是不顾性命、两败俱伤的打法。那头陀猝不及防，收转禅杖已自不及，嗤的一声轻响，长剑从他胁下刺入。那头陀悍勇已极，一声大叫，左拳击落，将长剑打得断成两截，拳上自也是鲜血淋漓。

定静师太叫道："快上来，拿剑来！"仪和飞身而上，横剑叫道："师伯，剑！"定静师太转身去接，斜刺里一柄链子枪攻向仪和，一柄链子枪向定静师太刺到。仪和只得挥剑挡格，那使链子枪之人着着进逼，又将仪和逼得退下山道，长剑竟没能递到定静师太手中。

跟着上面抢过三人，二人使刀，一人使一对判官笔，将定静师太围在垓心。定静师太一双肉掌上下翻飞，使开恒山派“天长掌法”，在四般兵刃间翻滚来去。她年近六旬，身手矫捷却不输少年。魔教三名好手合力围攻，竟奈何不了这位赤手空拳的老尼。

仪琳轻轻惊叫：“啊哟，那怎么办？”令狐冲大声道：“这些小毛贼太不成话，让道，让道！本将军要上去捉拿毛贼了。”仪琳急道：“去不得！他们不是毛贼，都是武功很好的人，你一上去，他们便要杀了你。”令狐冲胸口一挺，昂然叫道：“青天白日之下……”抬头一看，天刚破晓，还说不上是“青天白日”，他也不以为意，继续说道：“这些小毛贼拦路打劫，欺侮女流之辈，哼哼，难道不怕王法么？”仪琳道：“我们不是寻常的女流之辈，敌人也不是拦路打劫的小毛贼……”令狐冲大踏步上前，从一众女弟子身旁硬挤过去。众女弟子只得贴紧石壁，让他擦身而过。

令狐冲将上坡顶，伸手去拔腰刀，拔了好一会，假装拔不出来，骂道：“他奶奶的，这刀子硬是捣乱，要紧关头却生了锈。将军刀锈，怎生拿贼？”

仪和正挺剑和两名魔教教众剧斗，拼命守住山道，听他在身后唠唠叨叨，刀子生了锈，拔不出来，又好气，又好笑，叫道：“快让开，这里危险！”只这么叫了一声，微一疏神，一柄链子枪刷的一声，刺向她肩头，险些中枪。仪和退了半步，那人又挺枪刺到。

令狐冲叫道：“反了，反了！大胆毛贼，不见本将军在此吗？”斜身闪在仪和身前。那使链子枪的汉子一怔，此时天色渐明，见他服色打扮确是朝廷命官模样，当下凝枪不发，枪尖指住他胸口，喝道：“你是谁？刚才在下面大呼小叫，便是你这狗官么？”

令狐冲骂道：“你奶奶的，你叫我狗官？你才是狗贼！你们在这里拦路打劫，本将军到此，你们还不逃之夭夭，当真无法无天！本将军拿住了你们，送到县衙门去，每人打五十大板，打得你们屁股开花，鲜血淋漓，每人大叫我的妈啊！”

那使枪汉子不愿戕杀朝廷命官，惹下麻烦，骂道：“快滚你妈的臭鸭蛋！再啰唆不清，老子在你这狗官身上戳三个透明窟窿。”

令狐冲见定静师太一时尚无败象，而魔教教众也不再向下发射暗器、投掷大石，大声喝道：“大胆毛贼，快跪下叩头，本将军看在你们家有八十岁老娘，或者还可从轻发落，否则的话，哼哼，将你们的狗头一个个砍将下来……”

恒山派众弟子听得都皱眉摇头，均想：“这人是个疯子。”仪和走上一步，挺剑相护，如敌人发枪刺他，便出剑招架。

令狐冲又使劲拔刀，骂道：“你奶奶的，临急上阵，这柄祖传的宝刀偏偏生了锈。哼，我这宝刀只消不生锈哪，你毛贼便有十个脑袋也都砍了下来。”那使枪汉子呵呵大笑，喝道：“去你妈的！”横枪向令狐冲腰里砸来。令狐冲一扯之下，连刀带鞘都扯了下来，叫声：“啊哟！”身子向前直扑，摔了下去。仪和叫道：“小心！”令狐冲摔跌之时，腰刀递出，刀鞘头正好点中那使枪汉子腰眼。那汉子哼也不哼，便已软倒。

令狐冲啪的一声，摔倒在地，挣扎着爬起，“咦”的一声，叫道：“啊哈，你也摔了跤，大家扯个直，二一添作五，老子不算输，咱们再来打过。”

仪和一把抓起那汉子，向后摔出，心想有了一名俘虏在手，事情便易办了些。

魔教中三人冲将过来，意图救人。令狐冲叫道：“啊哈，乖乖不得了，小小毛贼真要拒捕。”提起腰刀，指东打西，使的全然不成章法。“独孤九剑”本来便无招数，固可使得潇洒优雅，但使得笨拙丑怪，一样的威力奇大，其要点乃在剑意而不在招式。他并不擅于点穴打穴，激斗之际，难以认准穴道，但精妙剑法附之以浑厚内力，虽非戳中要害，但叫撞在穴道之侧，敌人一般的也禁受不住，随手戳出，便点倒一人。

但见他脚步踉跄，跌跌撞撞，一把连鞘腰刀乱挥乱舞，忽然间收足不住，向一名敌人撞去，噗的一声响，刀鞘尖头刚好撞正那人小腹。那人吐了口长气,登时软倒。令狐冲叫声“啊哟”,向后一跳,刀柄又撞中一人肩后。那人立即摔倒,在地下打滚。令狐冲双脚在他身上一绊,骂道:“他奶奶的!”身子直撞出去,刀鞘戳中一名持刀教众。此人是围攻定静师太的三名好手之一,背心受撞,单刀脱手飞出。定静师太趁机发掌,砰的一声,击正那人胸口。那人口喷鲜血,眼见不活了。

令狐冲叫道:“小心,小心!”退了几步,背心撞向那使判官笔之人。那人挺笔向他背脊点去。令狐冲一个踉跄,向前冲出,刀鞘到处,又有两名教众受戳倒地。那使判官笔之人向他疾扑而至。令狐冲大叫:“我的妈啊!”拔步奔逃,那人发足追来。令狐冲突然停步弯腰,刀柄从腋下露出半截,那人万料不到他奔跑正速之际忽然站定不动,他武功虽高,变招却已不及,急冲之下,将自己胸腹交界处撞上了令狐冲向后伸出的刀柄。那人脸上露出古怪之极的神情,对适才之事似是绝不相信,可是身子却慢慢软倒。

令狐冲转过身来,见坡顶打斗已停,恒山派众弟子一小半已然上坡,正和魔教众人对峙而立,其余弟子正自迅速上来。他大声叫道:“小小毛贼,见到本将军在此,还不快快跪下投降,真正奇哉怪也!”手舞刀鞘,大叫一声,向魔教人丛中冲了进去。

魔教教众登时刀枪交加。恒山派众弟子待要上前相助,却见令狐冲大叫:“厉害,厉害!好凶狠的毛贼!”已从人丛中奔了出来。他脚步沉重,奔跑时拖泥带水,一不小心,砰地摔了一跤,刀鞘弹起,击上自己额头,登时晕去。但他在魔教人丛中一入一出,又已戳倒了五人。双方见他如此,无不惊得呆了。

仪和、仪清双双抢上,叫道:“将军,你怎么啦?”令狐冲双目紧闭,佯作不醒。

魔教领头的老人眼见片刻间己方一人身亡,更有十一人为这疯疯癫癫的军官戳倒。适才见他冲入阵来,自己接连出招要想拿他,都反而险些给他刀鞘戳中,刀鞘鞘尖所指处虽非穴道所在,但来势凌厉,方位古怪,生平从所未见,此人武功之高,委实深不可测。又见己方给戳倒的人之中,五人已遭恒山派擒住,今日无论如何讨不了好去,当即朗声说道:“定静师太,你们中了暗器的弟子,要不要解药?”

定静师太见己方中了暗器的几名弟子昏迷不醒,伤处流出的都是黑血,知暗器淬有剧毒,听他这句话,已明其意,叫道:“拿解药来换人!”那人点了点头,低语数句。一名教众拿了一个瓷瓶,走到定静师太身前,微微躬身。定静师太接过瓷瓶,厉声道:“解药倘若有效,自当放人。”那老人道:“好,恒山定静师太,当非食言之人。”将手一挥。众人抬起伤者和死者尸体,齐从西侧山道下坡,顷刻之间,走得一个不剩。

令狐冲悠悠醒转,叫道:“好痛!”摸了摸额头肿起的一个硬块,奇道:“咦,那些毛贼呢?都到哪里去啦?”仪和嗤的一笑,道:“你这位将军当真希奇古怪,刚才幸亏你冲入敌阵,胡打一通,那些小毛贼居然给你吓退了。”

令狐冲哈哈大笑,说道:“妙极,妙极!大将军出马,果然威风八面,与众不同。小毛贼望风披靡,哎唷……”伸手一摸额头,登时苦起了脸。仪清道:“将军,你可砸伤了吗?咱们有伤药。”令狐冲道:“没伤,没伤!大丈夫马革里尸,也是闲事……”仪和抿嘴笑道:“只怕是马革裹尸吧,什么叫马革里尸?”仪清横了她一眼,道:“你就是爱挑眼,这会儿说这些干什么?”令狐冲道:“我们北方人,就读马革里尸,你们南方人读法有些不同。”仪和转过了头,笑道:“我们可也是北方人。”

定静师太将解药交给了身旁弟子,嘱她们救治中了暗器的同门,走到令狐冲身前,躬身施礼,说道:“恒山老尼定静,不敢请问少侠高姓大名。”

令狐冲心中一凛:“这位恒山派前辈果然眼光厉害,瞧出了我年纪不大,又是个冒牌将军。”当下躬身抱拳,恭恭敬敬地还礼,说道:“老师太请了。本将军姓吴,官名天德,天恩浩荡之天,道德文章之德,官拜泉州参将之职,这就上任去也!”

定静师太料他不愿以真面目示人，未必真是将军，但见他礼数周到，心有好感，说道："今日我恒山派遭逢大难，得蒙将军援手相救，大恩大德，不知如何报答才是。将军武功深湛，贫尼却瞧不出将军的师承门派，确实佩服。"

令狐冲哈哈大笑，说道："老师太夸奖，不过老实说，我的武功倒的确有两下子，上打雪花盖顶，下打老树盘根，中打黑虎偷心……哎唷，哎唷！"一面说，一面手舞足蹈，一拳打出，似乎用力过度，自己弄痛了关节，偷眼看仪琳时，见她吃了一惊，颇有关切之意，心想："这位小师妹良心真好，倘若知道是我，不知她心中有何想法？"

定静师太自然明知他是假装，微笑道："将军既真人不露相，贫尼只有朝夕以清香一炷，祷祝将军福体康健，万事如意了。"

令狐冲道："多谢，多谢。请你求求菩萨，保佑我升官发财。小将也祝老师太和众位小师太一路顺风，逢凶化吉，万事顺利。哈哈，哈哈！"大笑声中，向定静师太一躬到地，扬长而去。他虽狂妄做作，但久在五岳剑派，对这位恒山派前辈却也不敢缺了礼数。

恒山派群弟子望着他脚步蹒跚地向南行去，围着定静师太，叽叽喳喳地纷纷询问："师伯，这人是什么来头？""他是真的疯疯癫癫，还是假装的？""他是不是武功很高，还是不过运气好，误打误撞地打中了敌人？""师父，我瞧他不像将军，好像年纪也不大，是不是？"

定静师太叹了口气，转头去瞧身中暗器的众弟子，见她们敷了解药后，黑血转红，脉搏加强，已无险象，她恒山派治伤灵药算得是各派之冠，自能善后，当下解开了五名魔教教众的穴道，令其自去，说道："大伙儿到那边树下坐下休息。"

她独自在一块大岩石畔坐定，闭目沉思："这人冲入魔教阵中之时，魔教领头的长老向他动手。但他仍能在顷刻间戳倒五人，却又不是打穴功夫，所用招式竟丝毫没显示他的家数门派。当世武林之中，竟有这般厉害的年轻人，却是哪一位高人的弟子？这样的人物是友非敌,实是我恒山派的大幸了。”

她沉吟半晌,命弟子取过笔砚、一张薄绢,写了一信,说道:“仪质,取信鸽来。”仪质答应了,从背上所负竹笼中取出一只信鸽。定静师太将薄绢书信卷成细细的一条,塞入一个小竹筒中,盖上了盖子,再浇了火漆,用铁丝缚在鸽子的左足上,心中默祷,将信鸽往上一掷。鸽儿振翅北飞,渐高渐远,顷刻间成为一个小小黑点。

定静师太自写书以至放鸽,每一行动均十分迟缓,和她适才力战群敌时矫捷若飞的情状全然不同。她抬头仰望,那小黑点早在白云深处隐没不见,但她兀自向北遥望。众人谁都不敢出声,适才这一战,虽有那小丑般的将军插科打诨,似乎颇为热闹有趣,其实局面凶险之极,各人都可说是死里逃生。

隔了良久,定静师太转过身来,向一名十五六岁的小姑娘招了招手。那少女立即站起,走到她身前,低声叫道:“师父!”定静师太轻轻抚了抚她头发,说道:“绢儿,你刚才怕不怕?”那少女点了点头,道:“怕的!幸亏这位将军勇敢得很,将这些恶人打跑了。”定静师太微微一笑,说道:“这位将军不是勇敢得很,而是武功好得很。”那少女道:“师父,他武功好得很么?我瞧他出招乱七八糟,一不小心,把刀鞘砸在自己头上。怎么他的刀又会生锈,拔不出鞘?”

这少女秦绢是定静师太所收的关门弟子,聪明伶俐,甚得师父怜爱。恒山派女弟子中,出家的尼姑约占六成,其余四成是俗家弟子,有些是中年妇人,五六十岁的婆婆也有,秦绢在恒山派中年纪最小。众弟子见定静师太和小师妹秦绢说话,慢慢都围了上来。

仪和插口道:“他出招哪里乱七八糟了?那都是假装出来的。将上乘武功掩饰得一点不露痕迹,那才叫高明呢!师父,你看这位将军是什么来头?是哪一家哪一派的?”

定静师太缓缓摇头,说道:“这人的武功,只能以‘深不可测’四字来形容,其余的我一概不知。”

秦绢问道:“师父,你这封信是写给掌门师叔的,是不是?马上能送到吗?”定静师太道:“鸽儿到苏州白衣庵换一站,从白衣庵到济南妙相庵又换一站,再在老河口清静庵换一站。四只鸽儿接力,当可送到恒山了。”

仪和道:“幸好咱们没损折人手,那几个师姊妹中了喂毒暗器的,过得两天相信便没大碍。给石头砸伤和中了兵刃的,也没性命之忧。”

定静师太抬头沉思,没听到她的话,心想:“恒山派这次南下,行踪甚秘,昼宿宵行,如何魔教人众竟能得知讯息,在此据险伏击?”转头对众弟子道:“敌人远遁,谅来一时不敢再来。大家都累得很了,便在这里吃些干粮,到那边树荫下睡一忽儿。”

大家答应了,便有人支起铁架,烹水泡茶。

众人睡了几个时辰,用过了午餐。定静师太见受伤的弟子神情委顿,说道:“咱们行迹已露,以后不用晚间赶路了,受伤的人也须休养,咱们今晚在廿八铺歇宿。”

从这高坡上一路下山,行了三个多时辰到了廿八铺。那是浙闽间的交通要冲,仙霞岭上行旅必经之所。进得镇来,天还没黑,但镇上竟无一人。

仪和道:“福建风俗真怪,这么早大家便睡了。”定静师太道:“咱们且找一家客店投宿。”恒山派和武林中各地尼庵均互通声气,但廿八铺并无尼庵,不能前去挂单,只得找客店投宿。所不便的是俗人对尼姑颇有忌讳,认为见之不吉,往往多惹闲气,好在一众女尼受之已惯,也从来不加计较。

但见一家家店铺都上了门板。廿八铺说大不大,说小不小,也有两三百家店铺,可是一眼望去,竟似一座死镇。落日余晖未尽,廿八铺街上已如深夜一般。众人在街上转了个弯,见一家客店前挑出一个白布招子,写着“仙居客店”四个大字,但大门紧闭,静悄悄的没半点声息。女弟子郑萼当下便上前敲门。这郑萼是俗家弟子，一张圆圆的脸蛋常带笑容，能说会道，很讨人喜欢。一路上凡有与人打交道之事，总是由她出马，免得旁人一见尼姑，便生拒却之心。

郑萼敲了几下门，停得片刻，又敲几下，过了良久，却没人应门。郑萼叫道："店家大叔，请开门来。"她声音清亮，又是习武之人，声音颇能及远，便隔着几重院子，也当听见了。可是客店中竟没一人应声，情形显甚突兀。

仪和走上前去，附耳在门板上一听，店内全无声息，转头道："师父，店内没人。"

定静师太隐隐觉得不对，眼见店招甚新，门板也洗刷得十分干净，决不是歇业不做的模样，说道："过去瞧瞧，这镇上该不止这一家客店。"

向前走过数十家门面，又有一家"南安客店"。郑萼上前拍门，一模一样，仍没人答应。郑萼道："仪和师姊，咱们进去瞧瞧。"仪和道："好！"两人越墙而入。郑萼叫道："店里有人吗？"不听有人回答，两人拔剑出鞘，并肩走进客堂，再到后面厨房、马厩、客房各处查看，果然一人也无。但桌上、椅上未积灰尘，连桌上一把茶壶中的茶也尚有微温。郑萼打开大门，让定静师太等进来，将情形说了。各人都啧啧称奇。

定静师太道："你们七人一队，分别到镇上各处去瞧瞧，打听一下到底是何缘故。七人不可离散，一有敌踪便吹哨为号。"众弟子答应了，分别快步行出。客堂上便只剩下定静师太一人。初时尚听到众弟子的脚步之声，到后来便寂无声息。这廿八铺镇上，静得令人只感毛骨悚然，偌大一个镇甸，人声俱寂，连鸡鸣犬吠之声也听不到半点，确实大异寻常。

定静师太突然担心："莫非魔教布下了阴毒陷阱？女弟子们没多大江湖阅历，别要中了诡计，给魔教一网打尽。"走到门口，见东北角人影晃动，西首又有几人跃入店铺屋中，都是本派弟子，她心中稍定。又过一会，众弟子络绎回报，都说镇上并无一人。

仪和道："别说没人，连畜生也没一只。"仪清道："看来镇上各人离去不久，许多屋中箱笼打开，大家把值钱的东西都带走了。"定静师太点点头，问道："你们以为怎么？"仪和道："弟子猜想，那是魔教妖人驱散了镇民，不久便会大举来攻。"定静师太道："不错！这一次魔教妖人要跟咱们明枪交战，那好得很啊。你们怕不怕？"众弟子齐声道："降魔灭妖，乃我佛门弟子的天职。"定静师太道："咱们便在这客店中宿歇，做饭饱餐一顿再说。先试试水米蔬菜中有无毒药。"

恒山派会餐之时，本就不许说话，这一次更人人竖起了耳朵，倾听外边声息。第一批吃过后，出去替换外边守卫的弟子进来吃饭。

仪清忽然心生一计，说道："师父，咱们去将许多屋中的灯烛都点了起来，叫敌人不知咱们的所在。"定静师太道："这疑兵之计甚好。你们七人去点灯。"

她从大门中望出去，只见大街西首许多店铺的窗户中，一处处透了灯火出来，再过一会，东首许多店铺的窗中也有灯光透出。大街上灯光处处，便是没半点声息。定静师太一抬头，见到天边月亮，心中默祷："菩萨保佑，让我恒山派诸弟子此次得能全身而退。弟子定静若能复归恒山，从此青灯礼佛，再也不动刀剑了。"

她昔年叱咤江湖，着实干下了不少轰轰烈烈的事迹，但昨晚仙霞岭上这一战，局面之凶险，此刻思之犹有余悸，所担心的是率领着这许多弟子，若她孤身一人，情境便再可怖十倍，那也不放在心上，又再默祷："大慈大悲、救苦救难观世音菩萨，如我恒山诸人此番非有损折不可，只让弟子定静一人身当此灾，诸般杀业报应，只由弟子一人承当。"

便在此时，忽听得东北方传来一个女子声音大叫："救命，救命哪！"万籁俱寂之中，尖锐之音特别显得凄厉。定静师太微微一惊，听声音并非本派弟子，凝目向东北角望去，并未见到有何动静，随见仪清等七名弟子向东北角上奔去，自是前去察看。过了良久，不见仪清等回报。仪和道:“师伯,弟子和六位师妹过去瞧瞧。”定静点点头,仪和率领六人,循着呼叫声来处奔去。黑夜中剑光闪烁,不多时便即隐没。

隔了好一会,忽然那女子声音又尖叫起来:“杀了人哪,救命,救命!”恒山派群徒面面相觑,不知那边出了什么事,何以仪清、仪和两批人过去多时,始终没来回报,若说遇上了敌人,却又不闻打斗之声。但听那女子一声声地高叫“救命”,大家瞧着定静师太,候她发令派人再去施救。

定静师太道:“于嫂,你带领六名师妹前去,不论见到什么事,即刻派人回报。”于嫂是个四十来岁的中年妇人,原是恒山白云庵中服侍定闲师太的佣妇。后来定闲师太见她忠心能干,收为弟子,此次随同定静师太出来,却是第一次闯荡江湖。于嫂躬身答应,带同六名师妹向东北方而去。

可是这七人去后,仍如石沉大海,有去无回。定静师太越来越惊,猜想敌人布下了陷阱,诱得众弟子前去,一一擒住;又等片刻,仍无半点动静,那高呼“救命”之声却也不再响了。定静师太道:“仪质、仪真,你们留在这里,照料受伤的师姊、师妹,不论见到什么古怪,总之不可离开客店,以免中了调虎离山之计。”仪质、仪真二人躬身答应。

定静师太对郑萼、仪琳、秦绢三名年轻弟子道:“你们三个跟我来。”抽出长剑,向东北方奔去。来到近处,但见一排房屋,黑沉沉的既无灯火,亦无声息,定静师太厉声喝道:“魔教妖人,有种的便出来决战,在这里装神弄鬼,是什么英雄好汉?”停了片刻,听屋中没人回答,飞腿向身畔一座屋子的大门上踢去。喀喇一声,门闩断截,大门向内弹开,屋内一团漆黑,也不知有人没人。

定静师太不敢贸然闯进,叫道:“仪和、仪清、于嫂,你们听到我声音么?”她叫声远远传了开去,过了片刻,远处传来一些轻微回声,回声既歇,便又是一片静寂。

定静师太回头道:“你们三人紧紧跟着我,不可离开。”提剑绕着这排屋子奔行一周，没见丝毫异状，纵身上屋，凝目四望。其时微风不起，树梢俱定，冷月清光铺在瓦面之上，这情景便如昔日在恒山午夜出来步月时所见一般，但在恒山是一片宁静，此刻却蕴藏着莫大诡秘和杀气。定静师太空有一身武功，敌人始终没露面，当真束手无策。

她又焦躁，又后悔："早知魔教妖人诡计多端，可不该派她们分批过来……"突然间心中一凛，双手一拍，纵下屋来，展开轻功，急驰回到南安客店，叫道："仪质、仪真，见到什么没有？"客店中竟没人答应。

她疾冲进内，店内已无一人，本来睡在榻上养伤的几名弟子也都已不知去向。

这一下定静师太便修养再好，却也无法镇定了，剑尖在烛光下不住跃动，闪出一丝丝青光，知自己握着长剑的手已忍不住颤抖。数十名女弟子突然无声无息地就此失踪，到底什么缘故？却又如何是好？一刹那间，但觉唇干舌燥，全身筋骨俱软，竟尔无法移动。

但这瘫软只顷刻间事，她吸一口气，在丹田中一加运转，立即精神大振，在客店各处房舍庭院中迅速兜了一圈，不见丝毫端倪，叫道："萼儿、绢儿，你们过来。"可是黑夜之中，只听到自己的叫声，郑萼、秦绢和仪琳三人均无应声。定静师太暗叫："不好！"急冲出门，叫道："萼儿、绢儿、仪琳，你们在哪里？"门外月光淡淡，那三个小弟子也已影踪不见。

当此大变，定静师太不惊反怒，跃上屋顶，叫道："魔教妖人，装神弄鬼，成什么样子？"她连呼数声，四下里静悄悄的绝没半点声音。她不住口大声叫骂，但廿八铺偌大一座镇甸，似乎便只剩下她一人。

正无法可施之际，忽然灵机一动，朗声说道："魔教众妖人听了，你们再不现身，那便显得东方不败无耻胆怯，不敢派人和我正面为敌。什么东方不败，只不过是东方必败而已。东方必败，有种敢出来见见老尼吗？东方必败，你既然必败，我料定你就是不敢!”她知魔教中上上下下对教主奉若神明,如有人辱及教主之名,教徒闻声而不出来舍命维护教主令誉,实为罪大恶极。果然她叫了几声“东方必败”,突见几间屋中拥出七人,悄没声地跃上屋顶,四面将她围住。

敌人一现身形,定静师太心中一喜,心想:“你们这些妖人终究给我骂了出来,便将我乱刀分尸,也胜于这般鬼影也见不到半个。”可是这七人只一言不发地站在她身周。定静师太怒道:“我那些女弟子呢? 将她们绑架到哪里去了?”那七人仍默不作声。

定静师太见站在西首的两人年纪均有五十来岁,脸上肌肉便如僵了一般,不露半分喜怒之色。她吐了一口气,叫道:“好,看剑!”挺剑向西北角上那人胸口刺去。

她身在重围之中,自知这一剑没法当真刺到他,这一刺只是虚招。眼前那人可也当真了得,他料到这剑只是虚招,竟然不闪不避。定静师太这一剑本拟收回,见他毫不理会,刺到中途却不收回了,力贯右臂,径自疾刺过去。却见身旁两个人影一闪,两人各伸双手,分别往她左肩、右肩插落。

定静师太身形略侧,疾如飘风般转了过来,攻向东首那身形甚高之人。那人滑开半步,呛啷一声,兵刃出手,乃是一面沉重的铁牌,举牌往她剑上砸去。定静师太长剑早已圈转,嗤的一声,刺向身左一名老者。那老者伸出左手,径来抓她剑身,月光下隐隐见他手上似是戴有黑色手套,料想是刀剑不入之物,这才敢赤手来夺长剑。

转斗数合,定静师太已和七名敌人中的五人交过了手,只觉这五人无一不是好手,倘若单打独斗,甚或以一敌二,她决不畏惧,还可占到七八成赢面,但七人齐上,只要稍有破绽空隙,旁人立即补上,她变成只有挨打、绝难还手的局面。

越斗下去,越是心惊:“魔教中有哪些出名人物,十之八九我都早有所闻。他们的武功家数、所用兵刃,我五岳剑派并非不知。但这七人是什么来头,我却全然猜想不出。料不到魔教近年来势力大张，竟收罗了这许多身份隐秘的高手。”

堪堪斗到六七十招，定静师太左支右绌，已气喘吁吁，一瞥眼间，忽见屋面上又多了十几个人影。这些人显然早已隐伏在此，到这时才突然现身。她暗叫：“罢了，罢了！眼前这七人我已对付不了，再有这些敌人窥伺在侧，定静今日大限难逃，与其落入敌人手中，苦受折辱，不如及早自寻了断。这臭皮囊只是我暂居的舍宅，毁了殊不足惜，只是所带出来的数十名弟子尽数断送，定静老尼却愧对恒山派的列位先人了。”

刷刷刷疾刺三剑，将敌人逼开两步，忽地倒转长剑，向自己心口插了下去。

剑尖将及胸膛，突然当的一声响，手腕剧震，长剑荡开。只见一个男子手中持剑，站在自己身旁，叫道：“定静师太勿寻短见，嵩山派朋友在此！”自己长剑自是他挡开的。

只听得兵刃撞击之声急响，伏在暗处的十余人纷纷跃出，和那魔教的七人斗了起来。定静师太死中逃生，精神一振，当即仗剑上前助战。嵩山派那些人以二对一，魔教的七人立处下风。那七人眼见寡不敌众，齐声唿哨，从南方退了下去。

定静师太持剑疾追，迎面风声响动，屋檐上十多枚暗器同时发出。定静师太举起长剑，凝神将攒射过来的暗器一一拍开。黑夜之中，唯有星月微光，长剑飞舞，但听得叮叮之声连响，十多枚暗器给她尽数击落。只是给暗器这么一阻，那魔教七人却逃得远了。只听得身后那人叫道：“恒山派万花剑法精妙绝伦，今日叫人大开眼界。”

定静师太长剑入鞘，缓缓转身，刹那之间，由动入静，一位适才还在奋剑剧斗的武林健者，登时变成了谦和仁慈的有道老尼，双手合十行礼，说道：“多谢钟师兄解围。”

她认得眼前这个中年男子是嵩山派左掌门的师弟，姓钟名镇，外号人称“九曲剑”。这并非因他所用兵刃是弯曲的长剑，而是恭维他剑法变幻无方，人所难测。当年泰山日观峰五岳剑派大会，定静师太曾和他有一面之缘。其余的嵩山派人物中，她也有三四人相识。

钟镇抱拳还礼，微笑道："定静师太以一敌七，力斗魔教的'七星使者'，果然剑法高超，佩服，佩服！"

定静师太寻思："原来这七个家伙叫做什么'七星使者'。"她不愿显得孤陋寡闻，当下也不再问，心想日后慢慢打听不迟，既知道了他们的名号，那就好办。

嵩山派余人一一过来行礼，有二人是钟镇的师弟，其余是低一辈弟子。定静师太还礼罢，说道："说来惭愧，我恒山派这次来到福建，所带出来的数十名弟子，突然在这镇上失踪。钟师兄你们各位是几时来到廿八铺的？可曾见到一些线索吗？"她想嵩山派这些人早就隐伏在旁，却要等到自己势穷力竭，挺剑自尽，这才出手相救，显是要自己先行出丑，再来显他们的威风，心下暗暗不悦。只数十名女弟子突然失踪，实在事关重大，不得不向他们打听，若是她个人之事，那就宁可死了，也不会出口向这些人相求，此时向钟镇问到这一声，已是委屈之至了。

钟镇道："魔教妖人诡计多端，深知师太武功卓绝，力敌难以取胜，便暗设阴谋，将贵派弟子尽数擒了去。师太也不用着急，魔教虽然大胆，料来也不敢立时加害贵派诸位师妹。咱们下去详商救人之策便是。"说着左手一伸，请她下屋。

定静师太点了点头，一跃落地。钟镇等跟着跃下。

钟镇向西走去，说道："在下引路。"走出数十丈后折而向北，来到仙居客店之前，推门进去，说道："师太，咱们便在这里商议。"他两名师弟一个叫"神鞭"滕八公，另一个叫"锦毛狮"高克新，三人都身居"嵩山十三太保"之列。三人引着定静师太走进一间宽大的上房，点了蜡烛，分宾主坐下。嵩山弟子们献上茶后，退了出去。高克新便将房门关上了。

钟镇说道："我们久慕师太剑法恒山派第一……"定静师太摇

头道:“不对,我剑法不及掌门师妹,也不及定逸师妹。”钟镇微笑道:“师太不须过谦。我和两个师弟素仰英名,企盼见识师太神妙剑法,以致适才救援来迟,其实绝无不敬之意,谨此谢过,师太请勿怪罪。”定静师太心意稍平,见三人站起身来抱拳行礼,便也站起合十还礼,道:“好说。”

钟镇待她坐下,说道:“我五岳剑派结盟之后,同气连枝,原不分彼此。只是近年来大家见面的时候少,好多事情又没联手共为,致令魔教坐大,气焰日甚。”

定静师太“嘿”的一声,心道:“这当儿却来说这些闲话干什么?”钟镇又道:“左师哥日常言道:合则势强,分则力弱。我五岳剑派若能合而为一,魔教固非咱们敌手,便是少林、武当这些享誉已久的名门大派,声势也远远不及咱们了。左师哥他老人家有个心愿,想把咱们有如一盘散沙般的五岳剑派,归并为一个‘五岳派’。那时人多势众,齐心合力,实可成为武林中诸门派之冠。不知师太意下如何?”

定静师太长眉一轩,说道:“贫尼在恒山派中乃是闲人,素来不理事。钟师兄所提的大事,该当去跟我掌门师妹说才是。眼前最要紧的,是设法将敝派失陷了的女弟子搭救出来。其余种种,尽可从长计议。”钟镇微笑道:“师太放心。这件事既叫嵩山派给撞上了,恒山派的事,便是我嵩山派的事,说什么也不能让贵派诸位师妹们受委屈吃亏。”定静师太道:“那可多谢了。但不知钟师兄有何高见?有什么把握说这句话?”钟镇微笑道:“师太亲身在此,恒山派鼎鼎大名的高手,难道还怕了魔教的几名妖人?再说,我们师兄弟和几名师侄,自也当尽心竭力,倘若仍奈何不了魔教中这几个二流脚式,嘿嘿,那也未免太不成话了。”

定静师太听他说来说去,始终不着边际,又焦躁,又气恼,站起身来,说道:“钟师兄这般说,自是再好不过,咱们这便去吧!”

钟镇道:“师太哪里去?”定静师太道:“去救人啊!”钟镇问道:“到哪里去救人?”这一问之下,定静师太不由得哑口无言,顿了一顿，道："我这些弟子们失踪不久，定然便在左近，越耽误得久，那就越难找了。"钟镇道："据小弟所知，魔教在离廿八铺不远之处有一巢穴，那些师妹们，多半已给囚禁在那里，依小弟……"

定静师太忙问："这巢穴在哪里？咱们便去救人。"

钟镇缓缓地道："魔教有备而发，咱们贸然前去，若有错失，说不定人还没救出来，先着了他们的道儿。依小弟之见，还是计议定当，再去救人，较为妥善。"

定静师太无奈，只得又坐了下来，道："愿聆钟师兄高见。"

钟镇道："小弟此次奉掌门师兄之命，来到福建，原是有一件大事要和师太会商。此事攸关中原武林气运，关连我五岳剑派的盛衰，实是非同小可。待大事商定，其余救人等等，也只是举手之劳。"定静师太道："却不知是何大事？"

钟镇道："那便是小弟适才所提，将五岳剑派合而为一之事了。"他口口声声自称"小弟"，倒似五岳剑派已合并为一，而他是同一派的师弟。

定静师太霍地站起，脸色发青，道："你……你……你这……"钟镇微笑道："师太千万不可误会，还道小弟乘人之危，逼师太答允此事。"定静师太怒道："你自己说了出来，就免得我说。你这不是乘人之危，那是什么？"钟镇道："贵派是恒山派，敝派是嵩山派。贵派之事，敝派虽然关心，毕竟是刀剑头上拼命之事。小弟自然愿意为师太效力，却不知众位师弟、师侄们意下如何。但若两派合而为一，是自己本派的事，便不容推诿了。"

定静师太道："照你说来，如我恒山派不允与贵派合并，嵩山派对恒山弟子失陷之事，便要袖手旁观了？"钟镇道："话可也不是这么说。小弟奉掌门师兄之命，赶来跟师太商议这件大事。其他的事嘛，未得掌门师兄的命令，小弟可不敢胡乱行事。师太莫怪。"

定静师太气得脸都白了，冷冷地道："两派合并之事，贫尼可做不得主。就算是我答允了，我掌门师妹不允，也是枉然。"

钟镇上身移近尺许，低声道：“只须师太答允了，到时候定闲师太非允不可。自来每一门每一派的掌门，十之八九由本门大弟子执掌。师太论德行、论武功、论入门先后，原当执掌恒山派门户才是……”

定静师太左掌倏起，啪的一声，将板桌的一角击落，厉声道：“你这是想来挑拨离间吗？我师妹出任掌门，原系我向先师力求，又向定闲师妹竭力劝说而致。定静倘若要做掌门，当年早就做了，还用得着旁人来撺掇摆弄？”

钟镇叹了口气，道：“左师哥之言，果然不错。”定静师太道：“他说什么了？”钟镇道：“我此番南下之前，左师哥言道：‘恒山派定静师太人品甚好，武功也是极高，大家向来都是很佩服的，就可惜不识大体。’我问他这话怎么说。他说：‘我素知定静师太为人，她生性清高，不爱虚名，又不喜理会俗务，你跟她去说五派合并之事，定会碰个老大钉子。只是这件事实在牵涉太广，咱们是知其不可而为之。倘若定静师太只顾一人享清闲之福，不顾正教中数千人的生死安危，那是武林的大劫难逃，却也无可奈何了。’”

定静师太站起身来，冷冷地道：“你种种花言巧语，在我跟前全然无用。你嵩山派这等行径，不但乘人之危，简直是落井下石。”

钟镇道：“师太此言差矣。师太倘若瞧在武林同道的份上，肯毅然挑起重担，促成我嵩山、恒山、泰山、华山、衡山五派合并，则我嵩山派必定力举师太出任‘五岳派’掌门。可见我左师哥一心为公，绝无半分私意……”

定静师太连连摇手，喝道：“你再说下去，没的污了我耳朵。”双掌一起，掌力挥出，砰的一声大响，两扇木门板脱臼飞起。她身影晃动，便出了仙居客店。

出得门来，金风扑面，热辣辣的脸上感到一阵清凉，寻思：“那姓钟的说道，魔教在廿八铺左近有一巢穴，本派的女弟子们都失陷在那里。不知此言有几分真，几分假？”她彷徨无策，踽踽独行，其时月亮将沉,照得她一条长长的黑影映在青石板上。

走出数丈后,停步寻思:“单凭我一人之力,说什么也不能救出众弟子了。古来英雄豪杰,无不能屈能伸。我何不暂且答允了那姓钟的?待众弟子获救之后,我立即自刎以谢,叫他落一个死无对证。就算他宣扬我无耻食言,一应污名,都由我定静承担便了。”

她一声长叹,回过身来,缓缓向仙居客店走去,忽听得长街彼端有人大声吆喝叫嚷:“你奶奶的,本将军要喝酒睡觉,你奶奶的店小二,怎不快快开门?”正是昨日在仙霞岭上所遇那参将吴天德的声音。定静师太一听之下,便如溺水之人抓到了一条大木材。

令狐冲在仙霞岭上助恒山派脱困,心下得意,快步赶路,到了廿八铺镇上。其时饭店刚打开门,他走进店去,大喝一声:“拿酒来!”店小二见是一位将军,何敢怠慢,斟酒做饭,杀鸡切肉,毕恭毕敬、战战兢兢地侍候他饱餐一顿。令狐冲喝得微醺,心想:“魔教这次大受挫折,定不甘心,十九又会去向恒山派生事。定静师太有勇无谋,不是魔教对手,我暗中还得照顾着她们才是。”结了酒饭账后,便到仙居客店中开房睡觉。

睡到下午,刚醒来起身洗脸,忽听得街上有人大声吆喝:“乱石岗黄风寨的强人今晚要来洗劫廿八铺,逢人便杀,见财便抢。大家这便赶快逃命吧!”片刻之间,吆喝声东边西边到处响起。店小二在他房门上擂得震天价响,叫道:“军爷,大事不好!”

令狐冲道:“你奶奶的,什么大事不好?”店小二道:“军爷,军爷,乱石岗黄风寨的大王们,今晚要来洗劫。家家户户都在逃命了。”令狐冲打开房门,骂道:“你奶奶的,青天白日,朗朗乾坤,哪有什么强盗了?本将军在此,他们敢放肆么?”店小二苦着脸道:“那些大王,可凶……凶狠得紧,他……他们又不知将军你……你在这里。”令狐冲道:“你去跟他们说去。”店小二道:“小……小人万万不敢去说,没的让强人将我脑袋瓜子砍了下来。”令狐冲道:

“乱石岗黄风寨在什么地方?”店小二道:“乱石岗在什么地方,倒没听说过,只知道黄风寨的强人厉害之极。两天之前,刚洗劫了廿八铺东三十里的大榕头,杀了六七十人,烧了一百多间屋子。将军,你……你老人家虽武艺高强,可是双拳难敌四手。山寨里大王爷不算,单是小喽啰便有三百多人。”

令狐冲骂道:“你奶奶的,三百多人便怎样?本将军在千军万马的战阵之中,可也七进七出,八进八出。”店小二道:“是!是!”转身快步奔出。

外面已乱成一片,呼儿唤娘之声四起。浙语闽音,令狐冲懂不了一成,料想都是些什么“阿毛的娘啊,你拿了被头没有?”什么“大宝,小宝,快走,强盗来啦!”之类。走到门外,只见已有数十人背负包裹,手提箱笼,向南逃去。

令狐冲心想:“此处是浙闽交界之地,杭州和福州的将军都管不到,致令强盗作乱,为害百姓。我泉州府参将吴天德大将军既撞上了,可不能袖手不理,将那些强盗头子杀了,也算立了功劳。这叫做食君之禄,忠君之事。你奶奶的,有何不可,哈哈!”想到此处,忍不住笑出声来,叫道:“店小二,拿酒来!本将军要喝饱了酒杀贼。”

但其时店中住客、掌柜、掌柜的大老婆、二姨太、三姨太,以及店小二、厨子都已纷纷夺门而出,唯恐走得慢了一步,给强人撞上了。令狐冲叫声再响,也没人理会。

令狐冲无奈,只得自行到灶下去取酒,坐在大堂上,自斟自饮,但听得鸡鸣犬吠、马嘶猪嚎之声大作,料想是镇人带了牲口逃走。又过一会,声息渐稀,再喝得三碗酒,一切惶急惊怖的声音尽皆消失,镇上更没半点声息。寻思:“这次黄风寨的强人运气不好,不知如何走漏了风声,待得来到镇上时,可什么也抢不到了。”

这样偌大一座镇甸,只剩下他孤身一人,倒也是生平未有之奇。万籁俱寂之中,忽听得远处马蹄声响,有四匹马从南急驰而来。

令狐冲心道:“大王爷到啦,但怎地只这么几个人?”耳听得四匹马驰到了大街,马蹄铁和青石板相击,发出铮铮之声。一人大声叫道:“廿八铺的肥羊们听着,乱石岗黄风寨的大王有令,男的女的老的小的,通通站到大门外来。在门外的不杀,不出来的一个个都砍了脑袋。”口中呼喝,纵马在大街上奔驰而来。令狐冲从门缝中向外张望,四匹马风驰而过,只见到马上乘者的背影,心念一动:“这可不对了!瞧这四人骑在马上的神态,显然武功不弱。强盗窝中的小喽啰,怎会有如此人物?”

推出门来,在空无一人的镇上走出十余丈,见一座土地庙侧有株大槐树,枝叶茂密,当即纵身而上,此时内力既盛,轻轻一跃便高过槐树顶不少,缓缓落上枝干,在最高的一根横枝上坐下。四下里更无半点声息。他越等得久,越知其中必有蹊跷,黄风寨先行的喽啰来了这么久,大队人马仍没到来,难道是派几名喽啰先来通风报信,好让镇上百姓逃避一空?

直等了大半个时辰,才隐约听到人声,却是叽叽喳喳的女子声音。凝神听得几句,便知是恒山派众人到了,心想:“她们怎地这时候方到?是了,她们日间定是在山野中休息过了。”耳听得她们到仙居客店打门,又去另一家客店打门。南安客店和土地庙相距颇远,恒山派众人进了客店后干些什么,说些什么,便听不到了。他心下隐隐觉得:“这多半是魔教安排下陷阱,要让恒山派上钩。”当下仍隐身树顶,静以待变。

过了良久,见到仪清等七人出来点灯,大街上许多店铺的窗户中都透了灯光出来。又过一会,忽听得东北角上有女子声音大叫:“救命!”令狐冲一惊:“啊哟不好,恒山派的弟子中了魔教毒手。”当即从树上跃下,奔到那女子呼救处的屋外。

从窗缝中向内张去,屋内并无灯火,窗中照入淡淡月光,见七八名汉子贴墙而立,一个女子站在屋子中间,大叫:“救命,救命,杀了人哪!”令狐冲只见到她侧面,但见她脸上带着微笑,神情奸险,显是候人前来上钩。

果然她叫声未歇，外边便有一个女子喝道：“什么人在此行凶？”那屋子大门并未关上，门一推开，便有七个女子蹿了进来，当先一人正是仪清。这七人手中都执长剑，为了救人，进来甚急。

突见那呼救的女子右手一扬，一块约莫四尺见方的青布抖起，仪清等七人立时身子发颤，似是头晕眼花，转了几个圈子，便即栽倒。令狐冲大吃一惊，心念电转：“那女子手中这块布上，定有厉害的迷魂毒药。我若冲进去救人，定也着了她道儿，只有等着瞧瞧再说。”见贴墙而立的汉子一拥而上，取出绳子，将仪清等七人手足都绑住了。

过不多时，外面又有声响，一个女子尖声喝道：“什么人在这里？”令狐冲在过仙霞岭时，曾和这个急性子的尼姑说过许多话，知道是仪和到了，心想：“你这人鲁莽暴躁，这番又非变成一只福建大粽子不可。”只听得仪和又叫：“仪清师妹，你们在这里么？”接着砰的一声，大门踢开，仪和等人两个一排，并肩齐入。一踏进门，便使开剑花，分别护住左右，以防敌人从暗中来袭。第七人却倒退入内，使剑护住后路。

屋中众人屏息不动，直等七人一齐进屋，那女子又展开青布，将七人都迷倒了。

跟着于嫂率领六人进屋，又给迷倒，前后二十一名恒山女弟子，尽数昏迷不醒，给绑缚了置在屋角。隔了一会，一个老者打了几下手势，众人从后门悄悄退出。

令狐冲纵上屋顶，弓着身子跟去，正行之间，忽听得前面屋上有衣襟带风之声，忙在屋脊边一伏，便见十来名汉子互打手势，分别在一座大屋的屋脊边伏下，和他藏身处相距不过数丈。令狐冲溜着墙轻轻下来，见定静师太率领着三名弟子正向这边赶来。令狐冲心道：“不好，这是调虎离山之计。留在客店中的尼姑可要糟糕。”遥遥望见几个人影向南安客店急奔过去，正想赶去看个究竟，忽听得屋顶上有人低声道：“待会那老尼姑过来，你们七人在这里缠住她。”这声音正在他头顶，令狐冲只须一移动身子，立时便给发觉，只得躲在墙角后贴墙而立。

耳听得定静师太踢开板门，大叫：“仪和、仪清、于嫂，你们听到我声音吗？”叫声远远传了过去，又见她绕屋奔行，跟着纵上屋顶，却没进屋察看。令狐冲心想：“她干吗不进去瞧瞧？一进去便见到廿一名女弟子给人绑缚在地。”随即省悟：“她不进去倒好。魔教人众守在屋顶，只待她进屋，便即四下里团团围困，成了瓮中捉鳖。”

眼见定静师太东驰西奔，显是六神无主，突然间她奔回南安客店，奔行奇速，身后三名女弟子追赶不上。但见街角边转出数人，青布一扬，那三名女弟子又即栽倒，给人拖进了屋中，朦胧月光下隐约见那三人中似有仪琳在内。令狐冲心念一动：“是否须当即去救了仪琳小师妹出来？”随即又想：“我此刻一现身，便是一场大打。恒山派这许多人给魔教擒住了，投鼠忌器，可不能跟他们正面相斗，还是暗中动手的为是。”

跟着便见定静师太从南安客店中出来，又纵上屋顶，高声叫骂，更大骂东方必败，果然魔教人众忍耐不住，有七人上前缠斗。令狐冲看得几招，寻思：“定静师太剑术精湛，虽然以一敌七，一时不致落败。我还是先去救了仪琳师妹的为是。”

当下闪身进了那屋，只见厅堂中一人持刀而立，三个女子给绑住了，横卧在地。令狐冲一跃而前，腰刀连鞘挺出，直刺其喉。那人尚未惊觉，已然送命。令狐冲不禁一呆：“我这一刀怎地如此快法？手刚伸出，刀鞘已戳中了他咽喉要害？”自己也不知自从修习了“吸星大法”之后，桃谷六仙、不戒和尚、黑白子等人留在他体内的真气已尽为其用，高强内力再加独孤九剑，那便势不可当。他原意是这刀刺出，敌人举刀封挡，刀鞘便戳他双腿，叫他栽倒在地，然后救人，不料对方竟无丝毫招架还手的余暇，一下便致了他死命。

令狐冲心下微有歉意，拖开死尸，低头看去，果见地下所卧的三个女子中有仪琳在内，伸手探她鼻息，呼吸调匀，除了昏迷不醒之外并无他碍，当即到灶下取了一勺冷水，泼了少许在她脸上。

过得片刻，仪琳嘤咛一声，醒了转来。她初时不知身在何地，微微睁眼，突然省悟，当即跃起，想去摸身边长剑时，才知手足被缚，险些重又跌倒。

令狐冲道："小师太，别怕，那坏人已给本将军杀了。"拔刀割断了她手足上绳索。

仪琳在黑暗中乍闻他声音，依稀便是自己日思夜想的那个"令狐师兄"，又惊又喜，叫道："你……你是令狐师……"这个"兄"字没说出口，便觉不对，只羞得满脸通红，嗫嚅道："你……你是谁？"

令狐冲听她已将自己认了出来，却又改口，低声道："本将军在此，那些小毛贼不敢欺侮你们。"仪琳道："啊，原来是吴将军。我……我师伯呢？"令狐冲道："她在外边和敌人交战，咱们便过去瞧瞧。"仪琳道："郑师姊、秦师妹……"从怀中摸出火折晃亮了，见到二人卧在地下，说道："嗯，她们都在这里。"忙去割断她们手足上的绳索，取冷水泼醒了二人。令狐冲道："咱们快去帮定静师太要紧。"仪琳、郑萼、秦绢三人齐道："正是。"

令狐冲转身出外，仪琳和郑萼、秦绢跟在他身后。没走出几步，只见七个人影如飞般蹿了出去，跟着便听得叮叮当当的击落暗器之声，又听得有人大声称赞定静师太剑法高强，定静师太认出对方是嵩山派的人物，不久见定静师太随着十几名汉子走入仙居客店。令狐冲向仪琳等三人招招手，跟着潜入客店，站在窗外偷听。

只听到定静师太在屋中和钟镇说话，那姓钟的口口声声要定静师太先行答允恒山派赞同并派，才能助她去救人。令狐冲听他乘人之危，不怀好意，心下暗暗生气，又听得定静师太越说越怒，独自从店中出来。

令狐冲待定静师太走远，便去仙居客店外打门大叫："你奶奶的，本将军要喝酒睡觉，你奶奶的店小二，怎不快快开门？"

定静师太正当束手无策之际，听得这冒牌将军呼喝，心下大喜，当即抢上。郑萼、秦绢和仪琳迎了上去。秦绢眼眶含泪，叫道："师父！"定静师太又是一喜，忙问："刚才你们在哪里？"郑萼道："弟子们给魔教妖人擒住了，是这位将军救了我们……"这时令狐冲已推开店门，走了进去。定静师太等也跟了进去。

大堂上点了两枝明晃晃的蜡烛。钟镇坐在正中椅上，阴森森地道："什么人在这里大呼小叫，给我滚了出去。"

令狐冲破口大骂："你奶奶的，本将军乃堂堂朝廷命官，你胆敢出言冲撞？掌柜的，老板娘，店小二，快快都给我滚出来！"

嵩山派诸人听他骂了两句后，便大叫掌柜的、老板娘，显是色厉内荏，心中已大存怯意，都觉好笑。钟镇心想正有大事在身，半夜里却撞来了这狗官，低声道："把这家伙点倒了，可别伤他性命。"锦毛狮高克新点了点头，笑嘻嘻走上前去，说道："原来是一位官老爷，这可失敬了。"

令狐冲道："你知道了就好，你们这些蛮子老百姓，就是不懂规矩……"高克新笑道："是，是！"闪身上前，伸出食指，往令狐冲腰间戳去。令狐冲见到他出指的方位，急运内息，鼓于腰间。高克新这指正中令狐冲"笑腰穴"，对方本当大笑一阵，随即昏晕。不料令狐冲只嘻的一笑，说道："你这人没规没矩，动手动脚的，跟本将军开什么玩笑？"

高克新大为诧异，第二指又即点出，这一次劲贯食指，已使上了十成力。令狐冲哈哈一笑，跳了起来，笑骂："你奶奶的，在本将军腰里摸啊摸的，想偷银子呢，还是瞧中了本将军一表人才？你这家伙相貌堂堂，却干吗不学好？"

高克新左手一翻，已抓住了令狐冲右腕，向右急甩，要将他拉倒在地。不料手掌刚和他手腕相触，自己内力立时从掌心中倾泻而出，再也收束不住，不由得惊怖异常，想要大叫，可是张大了口，却发不出半点声息。

令狐冲察觉对方内力正注向自己体内，便如当日自己抓住了黑白子手腕的情形一般，心下一惊："这邪法可不能使用。"当即用力一甩，挣脱了他手掌。

高克新犹如遇到皇恩大赦，一呆之下，向后纵开，只觉全身软绵绵的恰似大病初愈，叫道："吸星大法，吸……吸星大法！"声音嘶哑，充满了惶惧之意。钟镇、滕八公和嵩山派诸弟子同时跃起来，齐问："什么？"高克新道："这……这人会使吸……吸星大法。"

霎时间青光乱闪，锵锵声响，各人长剑出鞘，神鞭滕八公手握的却是一条软鞭。钟镇剑法最快，寒光一颤，剑光便已疾刺令狐冲咽喉。

当高克新张口大叫之时，令狐冲便料到嵩山派诸人定会一拥而上，向自己攒刺，眼见众人长剑出手，当即取下腰刀，连刀带鞘当做长剑使用，手腕抖动，向各人手背上点去。但听得呛啷、呛啷响声不绝，长剑落了一地。钟镇武功最高，手背虽给他刀鞘头刺中，长剑却不落地，惊骇之下，向后跃开。滕八公可狼狈了，鞭柄脱手，那软鞭却倒卷上来，卷住了他头颈，箍得他气也透不过来。

钟镇背靠墙壁，脸上已无半点血色，说道："江湖上盛传，魔教前任教主复出，你……你……便是任教主……任我行么？"

令狐冲笑道："他奶奶的什么任我行，任你行，任他行，本将军坐不改姓，行不改名，姓吴，官讳天德的便是。你们却是什么岗、什么寨的小毛贼啊？"

钟镇双手一拱，道："阁下重临江湖，钟某自知不是敌手，就此别过。"纵身跃起，破窗而出。滕八公和高克新跟着跃出，余人一一从窗中飞身出去，满地长剑，谁也不敢去拾。

令狐冲左手握刀鞘，右手握刀柄，作势连拔数下，那把刀始终拔不出来，说道："这把宝刀可真锈得厉害，明儿得找个磨剪刀的，给打磨打磨才行。"

定静师太合十道："吴将军，咱们去救了几个女徒儿出来如何？"

令狐冲料想钟镇等人一去，再也没人抵挡得住定静师太的神剑，说道："本将军要在这里喝几碗酒，老师太，你也喝一碗么？"

仪琳听他又提到喝酒，心想："这位将军倘若遇到令狐师兄，二人倒是一对酒友。"妙目向他偷看过去，却见这将军的目光也在向她凝望，脸上微微一红，便低下了头。

定静师太道："恕贫尼不饮酒，将军，少陪了！"合十行礼，转身而出。

郑萼等三人跟着出去。将出门口时，仪琳忍不住转头又向他瞧了一眼，只见他起身找酒，大声呼喝："他奶奶的，这客店里的人都死光了，这会儿还不滚出来。"她心中想："听他口音，似乎有点像令狐师兄。但这位将军出口粗俗，每一句话都带个他什么的，令狐师兄决不会这样，他武功也比令狐师兄高得多了。我……我居然会这样胡思乱想，唉，当真……"

令狐冲找到了酒，将嘴就在酒壶上喝了半壶，心想："这些尼姑、婆娘、姑娘们就要回来，叽叽喳喳、啰啰唆唆地说个没完没了，一个应付不当，可别露出了马脚，还是溜之大吉的为妙。将这些人一个个地救醒来，总得花上小半个时辰，肚子可饿得狠了，先得找些吃的。"

将一壶酒喝干，走到灶下想去找些吃的，忽听得远远传来秦绢尖锐的叫声："师父，你在哪里？"声音大是惶急。

令狐冲急冲出店，循声而前，只见郑萼、仪琳、秦绢三人站在长街上，大叫："师伯，师父！"令狐冲问道："怎么啦？"郑萼道："我和仪琳师妹、秦绢师妹去找寻受缚的众师姊们，岂知这么一忙乱，可又……不知师父她老人家到哪里去啦。"

令狐冲眼见郑萼不过二十一二岁，秦绢年龄更稚，只十五六岁年纪，心想："这些年轻姑娘毫没见识，恒山派派她们出来干什么？"微笑道："我知道她们在哪里，你们跟我来。"快步向东北角上那间大屋走去，到得门外，飞脚踢开大门，生怕那女子还在里面，又抖迷魂药害人，说道："你们用手帕掩住口鼻，里面有个臭婆娘会放毒。"左手捏住鼻孔，嘴唇紧闭，直冲进屋，一进大堂，不禁呆了。

本来大堂中躺满了恒山派女弟子，这时却已影踪全无。他

“咦”的一声，见桌上有只烛台，晃火折点着了，厅堂中空荡荡的，哪里还有人在？在大屋各处搜了一遍，没见到丝毫端倪，叫道：“这又奇哉怪也！”

仪琳、郑萼、秦绢三人眼睁睁地望着他，脸上尽是疑色。令狐冲道：“他奶奶的，你们这许多师姊们，都给一个会放毒的婆娘迷倒了，给绑了放在这里，个个变成了福建粽子，只这么一转眼功夫，怎地都不见啦？”郑萼问道：“吴将军，你见到我们那些师姊，是给迷倒在这里的么？”令狐冲道：“昨晚我睡觉发梦，亲眼目睹，见到许多尼姑婆娘，横七竖八地在这厅堂上躺了一地，怎会有错？”郑萼道：“你……你……”她本想说你做梦见到，怎作得准？但知他喜欢信口胡言，说是发梦，其实是亲眼见到，当即改口道：“你想她们都到哪里去了啦？”

令狐冲沉吟道：“说不定什么地方有大鱼大肉，她们都去大吃大喝了，又或者什么地方做戏文，她们在看戏。”招招手道：“你们三个小妞儿，最好紧紧跟在我身后，不可离开，要吃肉看戏，却也不忙在一时。”

秦绢年纪虽少，却也知情势凶险，众师姊都已落入了敌手，这将军瞎说一通，全当不得真，恒山派数十人出来，只剩下了自己三个年轻弟子，除了听从这位将军吩咐之外，别无其他计较，当下和仪琳、郑萼二人跟着他走到门外。

令狐冲自言自语：“难道我昨晚这个梦发得不准，眼花看错了人？今晚非得再好好做过一个梦不可。”心下寻思：“这些女弟子就算给人掳了去，怎么定静师太也突然失了踪迹？只怕她落了单，遭了敌人暗算，该当立即去追寻才是。仪琳她们三个年轻女子倘若留在廿八铺，却大大不妥，只得带了她们同去。”说道：“咱们左右也没什么事，这就去找找你们的师伯，看她在哪里玩儿，你们说好不好？”

郑萼道：“那好极了！将军武艺高强，见识过人，若不是你带领我们去找，只怕难以找到。”令狐冲笑道：“‘武艺高强、见识过人’，这八个字倒说得不错。本将军将来挂帅平番，升官发财，定要送一百两白花花的银子，给你们三个小妞儿买新衣服穿。”

他信口开河，将到廿八铺尽头，跃上屋顶，四下张望。其时朝暾初上，白雾弥漫，树梢上烟雾霭霭，极目远眺，两边大路上一个人影也无。突然见到南边大路上有一件青色物事，相距远了，看不清楚。但一条大路空荡荡的，路中心放了这样一件物事，显得颇为触目。他纵身下屋，发足奔去，拾起那物，却是一只青布女履，似乎便和仪琳所穿的相同。

他等了一会，仪琳等三人跟着赶到。他将那女履交给仪琳，问道：“是你的鞋子吗？怎么落在这里？”仪琳接过女履，明知自己脚上穿着鞋子，还是不自禁地向脚下瞧了一眼，见两只脚上好端端都穿着鞋子。郑萼道：“这……这是我们师姊妹穿的，怎么会落在这里？”秦绢道：“定是哪一位师姊给敌人掳去，在这里挣扎，鞋子落了下来。”郑萼道：“也说不定她故意留下一只鞋子，好让我们知道。”令狐冲道：“不错，你也武艺高强、见识过人。咱们该向南追，还是向北？”郑萼道：“自然是向南了。”

令狐冲发足向南疾奔，顷刻间便在数十丈外，初时郑萼她们三人还和他相距不远，后来便相距甚远。令狐冲沿途察看，不时转头望着她们三人，唯恐相距过远，救援不及，这三人又给敌人掳了去，奔出里许，便驻足等候。

待得仪琳等三人追了上来，又再前奔，如此数次，已奔出了十余里。眼见前面道路崎岖，两旁树木甚多，若敌人在转弯处设伏，将仪琳等掳去，那可救援不及，又见秦绢久奔之下，已然双颊通红，知她年幼，不耐长途奔驰，便放慢了脚步，大声道：“他奶奶的，本将军足登皮靴，这么快跑，皮靴磨穿了底，可还真有些舍不得，咱们慢慢走吧。”

四人又走出七八里路，秦绢突然叫道：“咦！”奔到一丛灌木之下，拾起了一顶青布帽子，正是恒山派众女尼所戴的。郑萼道：“将军，我们那些师姊确是给敌人掳了，从这条路上去的。”三名女弟子见走对了路,当下加快脚步,令狐冲反而落在后面。

中午时分,四人在一家小饭店打尖。饭店主人见一个将军带了一名小尼姑、两个年轻姑娘同行,甚是诧异,侧过了头不住打量。令狐冲拍桌骂道:“你奶奶的,有什么好看?和尚尼姑没见过么?”那汉子道:“是,是!小人不敢。”

郑萼问道:“这位大叔,你可见到好几个出家人,从这里过去吗?”那汉子道:“好几个是没有,一个倒是有的。有一个老师太,可比这小师太年纪老得多了……”令狐冲喝道:“啰里啰唆!一位老师太,难道还会比小师太年纪小?”那汉子道:“是,是。”郑萼忙问:“那老师太怎样啦?”那汉子道:“那老师太匆匆忙忙地问我,可见到有好几个出家人,从这条路上过去。我说没有,她就奔下去了。唉,这样大的年纪,奔得可真快了,手里还拿着一把明晃晃的宝剑,倒像是戏台上做戏的。”

秦绢拍手道:“那是师父了,咱们快追。”令狐冲道:“不忙,吃饱了再说。”四人匆匆吃了饭,临去时秦绢买了四个馒头,说要给师父吃。令狐冲心中一酸:“她对师父如此孝心,我虽欲对师父尽孝,却不可得。”

可是直赶到天黑,始终没见到定静师太和恒山派众人的踪迹。一眼望去尽是长草密林,道路越来越窄,又走一会,草长及腰,到后来路也不大看得出了。

突然之间,西北角上隐隐传来兵刃相交之声。

令狐冲叫道:“那里有人打架,可有热闹瞧了。”秦绢道:“啊哟,莫不是我师父?”令狐冲循声奔去,奔出数十丈,眼前忽地大亮,十数枝火把高高点起,兵刃相交之声却更加响了。

他加快脚步,奔到近处,只见数十人点了火把,围成个圈子,圈中一人大袖飞舞,长剑霍霍,力敌七人,正是定静师太。圈子之外躺着数十人,一看服色,便知是恒山派的众女弟子。令狐冲见对方个个都蒙了面,当下一步步走近。众人都在凝神观斗,一时谁也没发现他。令狐冲哈哈大笑，叫道："七个打一个，有什么味儿？"

一众蒙面人见他突然出现，都是一惊，回头察看。只有正在激斗的七人恍若不闻，仍圈着定静师太，诸般兵刃往她身上招呼。令狐冲见定静师太布袍上已有好几摊鲜血，连脸上也溅了不少血，同时左手使剑，显然右手受伤。

这时人丛中有人呼喝："什么人？"两条汉子手挺单刀，跃到令狐冲身前。

令狐冲喝道："本将军东征西战，马不停蹄，天天就是撞到你们小毛贼。来将通名，本将军刀下不斩无名之将。"一名汉子笑道："原来是个浑人。"挥刀向令狐冲腿上砍来。令狐冲叫道："啊哟，真的动刀子吗？"身子一晃，冲入战团，提起刀鞘，啪啪啪连响七下，分别击中七人手腕，七件兵器纷纷落地。跟着嗤的一声响，定静师太一剑插入了一名敌人胸膛。那人突遭击落兵刃，骇异之下，不及闪避定静师太这迅如雷电的一剑。

定静师太身子晃了几下，再也支持不住，一跤坐倒。

秦绢叫道："师父，师父！"奔过去想扶她起身。

一名蒙面人举起单刀，架在一名恒山派女弟子颈中，喝道："退开三步，否则我一刀先杀了这女子！"

令狐冲笑道："很好，很好，退开便退开好了，有什么希奇？别说退开三步，三十步也行。"腰刀忽地递出，刀鞘头戳在他胸口。那人"啊哟"一声大叫，身子向后直飞出去。令狐冲没料到自己内力竟如此强劲，却也一呆，顺手挥过刀鞘，劈劈啪啪几声响，击倒了三名蒙面汉子，喝道："你们再不退开，我将你们一一擒来，送到官府里去，每个人打你奶奶的屁股三十大板。"

蒙面人的首领见到他武功之高，简直匪夷所思，拱手道："冲着任教主的金面，我们且让一步。"左手一挥，喝道："魔教任教主在此，大家识相些，这就走吧！"众人抬起一具死尸和给击倒的四人，抛下火把，向西北方退走，顷刻间都隐没在长草之中。

秦绢将本门治伤灵药服侍师父服下。仪琳和郑萼分别解开众师姊绑缚。四名女弟子拾起地下火把，围在定静师太四周。众人见她伤重，都脸有忧色，默不作声。

定静师太胸口不住起伏，缓缓睁开眼来，向令狐冲道："你……你果真便是当年……当年魔教的……教主任……我行么？"令狐冲摇头道："不是。"定静师太目光茫然无神，出气多，入气少，显然已难支持，喘了几口气，突然厉声道："你若是任我行，我恒山派纵然一败涂地，尽……尽数覆灭，也不……不要……"说到这里，一口气已接不上来。令狐冲见她命在垂危，不敢再胡说八道，说道："在下这一点儿年纪，难道会是任我行么？"定静师太问道："那么你为什么……为什么会使吸星妖法？你是任我行的弟子……"

令狐冲想起在华山时师父、师娘日常说起的魔教种种恶行，这两日来又亲眼见到魔教偷袭恒山派的鬼蜮伎俩，说道："魔教为非作歹，在下岂能与之同流合污？那任我行决不是我师父。师太放心，在下的恩师人品端方，行侠仗义，乃武林中众所钦仰的前辈英雄，跟师太也颇有渊源。"

定静师太脸上露出一丝笑容，断断续续地道："那……那我就放心了。我……我是不成的了，相烦足下将恒山派……这……这些弟子们，带……带……"她说到这里，呼吸急促，隔了一阵，才道："带到福州无相庵中……安顿，我掌门师妹……日内……就会赶到。"

令狐冲道："师太放心，你休养得几天，就会痊可。"定静师太道："你……你答允了吗？"令狐冲见她双眼凝望着自己，满脸是企盼之色，唯恐自己不肯答允，便道："师太如此吩咐，自当照办。"定静师太微微一笑，道："阿弥陀佛，这副重担，我……我本来……本来是不配挑的。少侠……你到底是谁？"

令狐冲见她眼神涣散，呼吸极微，已命在顷刻，不忍再瞒，凑嘴到她耳边，悄声道："定静师伯，晚辈便是华山派门下弃徒令狐冲。"

定静师太"啊"的一声,道:"你……你……多谢少侠……"颤巍巍地伸手抓住了他手,目光中尽是感激之意,突然一口气转不过来,就此气绝。

令狐冲叫道:"师太,师太。"探她鼻息,呼吸已停,不禁凄然。恒山派群弟子放声大哭,荒原之上,一片哀声。几枝火把掉在地下,逐次熄灭,四周登时黑沉沉的。

令狐冲心想:"定静师太也算得一代高手,却遭宵小所算,命丧荒郊。她是个与人无争的出家老尼,魔教却何以总是放她不过?"突然间心念一动:"那蒙面人的首脑临去之时,叫道:'魔教任教主在此,大家识相些,这就去吧!'魔教中人自称本教为'日月神教',听到'魔教'二字,认为是污辱之称,往往便因这二字称呼,就此杀人。他既说'魔教',便决不是魔教中人。况且,这人若是魔教中的首脑人物,怎会不认得任教主,却错认了我?那么这一伙人到底是什么来历?"耳听得众弟子哭声甚悲,当下也不去打扰,倚在一株树旁,片刻便睡着了。

次晨醒来,见几名年长的弟子在定静师太尸身旁守护,年轻的姑娘、女尼们大都蜷缩着身子,睡在其旁。令狐冲心想:"要本将军带领这一批女人赶去福州,当真古里古怪、不伦不类之至。好在我本来也要去福州见师父、师娘,带领是不必了,我沿途保护便是。"当下咳嗽一声,走将过去。

仪和、仪清、仪质、仪真等几名为首的弟子都向他合十行礼,说道:"贫尼等俱蒙大侠搭救,大恩大德,无以为报。师父不幸遭难,圆寂之际重托大侠,此后一切还望吩咐指点,自当遵行。"她们都不再叫他做将军,自然明白他这将军是个冒牌货了。

令狐冲道:"什么大侠不大侠,难听得很。你们如果瞧得起我,还是叫我将军好了。"仪和等互望了一眼,都只得点头。令狐冲道:"我前晚发梦,梦见你们给一个婆娘用毒药迷倒,都躺在一间大屋之中。后来怎地到了这里?"

仪和道:"我们给迷倒后人事不知,后来那些贼子用冷水浇醒了我们，松了我们脚下绑缚，从镇后小路上绕了出来，一路足不停步地拉着我们快奔。走得慢一步的，这些贼子便用鞭子抽打。天黑了仍然不停，后来师父追来，他们便围住了师父，叫她投降……”说到这里，喉头哽咽，哭了出来。

令狐冲道：“原来另外有条小路，怪不得片刻之间，你们便走了个没影没踪。”

仪清道：“将军，我们想眼前的第一件大事，是火化师父的遗体。此后如何行止，还请示下。”令狐冲摇头道：“和尚尼姑们的事情，本将军一窍不通，要我吩咐示下，当真瞎缠三官经了。本将军升官发财，最是要紧，这就去也！”迈开大步，疾向北行。众弟子大叫：“将军，将军！”令狐冲哪去理会？

他转过山坡后，便躲在一株树上，直等了两个多时辰，才见恒山一众女弟子悲悲切切地上路。他远远跟在后面，暗中保护。

令狐冲到了前面镇甸投店，寻思：“我已跟魔教人众及嵩山派那些家伙动过手。泉州府参将吴天德这副大胡子模样，在江湖上不免已有了点儿小小名声。他奶奶的，老子这将军只好不做啦！”当下将店小二叫了进来，取出二两银子，买了他全身衣衫鞋帽，说道要改装之后，办案拿贼，嘱咐他不得泄漏风声，倘若叫江洋大盗跑了，回来捉他去抵数。

次日行到僻静处，换上了店小二的打扮，扯下满腮虬髯，连同参将的衣衫皮靴、腰刀文件，一古脑儿地掘地埋了，想到从此不能再做“将军”，一时竟有点茫然若失。

两日之后，在建宁府兵器铺中买了一柄长剑，裹在包袱之中。

且喜一路无事，令狐冲直到眼见恒山派一行进了福州城东的一座尼庵，那尼庵的匾额确是写着“无相庵”三字，这才嘘了一口长气，心想：“这副担子总算是交卸了。我答允定静师太，将她们带到福州无相庵，带虽没带，这可不都平平安安地进了无相庵么？”

图中所绘达摩左手放在背后，似是捏着个剑诀，右手食指指向屋顶。白发老者双掌对准了图中达摩食指所指之处，掌发劲力，击向屋顶。一团红色物事从屋顶洞中飘了下来。

二十四 蒙 冤

令狐冲转身走向大街，向行人打听了福威镖局的所在，一时却不想便去，只在街巷间漫步而行。到底是不敢去见师父、师娘呢，还是不敢亲眼见到小师妹和林师弟现下的情状，可也说不上来，自己找寻借口拖延，似乎挨得一刻便好一刻。突然之间，一个极熟悉的声音钻进耳中："小林子，你到底陪不陪我去喝酒？"

令狐冲登时胸口热血上涌，脑中一阵晕眩。他千里迢迢地来到福建，为的就是想听到这声音，想见到这声音主人的脸庞。可是此刻当真听见了，却不敢转过头去。霎时之间，竟似泥塑木雕般呆住了，泪水涌到眼眶之中，望出来模糊一片。

只这么一个称呼，这么一句话，便知小师妹跟林师弟亲热异常。

只听林平之道："我没功夫。师父交下来的功课，我还没练熟呢。"岳灵珊道："这三招剑法容易得紧。你陪我喝了酒，我就教你其中的窍门，好不好呢？"林平之道："师父、师娘吩咐，要咱们这几天别在城里胡乱行走，以免招惹是非。我说呢，咱们还是回去吧。"岳灵珊道："难道街上逛一逛也不许么？我就没见到什么武林人物。再说，就是有江湖豪客到来，咱们跟他河水不犯井水，又怕什么了？"两人说着渐渐走远。

令狐冲慢慢转过身来，只见岳灵珊苗条的背影在左，林平之高高的背影在右，二人并肩而行。岳灵珊穿件湖绿衫子、翠绿裙子。林平之穿的是件淡黄色长袍。两人衣履鲜洁，单看背影，便是一双才貌相当的璧人。令狐冲胸口便如有什么东西塞住了，几乎气也透不过来。他和岳灵珊一别数月，虽思念不绝，但今日一见，才知对她相爱之深。他手按剑柄，恨不得抽出剑来，就此横颈自刎。突然之间，眼前一黑，只觉天旋地转，一跤便坐倒在街上。

过了好一会，他定了定神，慢慢站起，脑中兀自晕眩，心想："我是永远不能跟他二人相见的了。徒自苦恼，复有何益？今晚我暗中去瞧一瞧师父师娘，留书告知，任我行重入江湖，要与华山派作对，此人武功奇高，要他两位老人家千万小心。我也不必留下名字，从此远赴异域，再不踏入中原一步。"回到店中唤酒而饮。大醉之后，和衣倒在床上便睡。

睡到中夜醒转，越墙而出，径往福威镖局而去。镖局建构宏伟，极是易认。见镖局中灯火尽熄，更没半点声息，心想："不知师父、师娘住在哪里？此刻当已睡了。"

便在此时，只见左边墙头人影一闪，一条黑影越墙而出，瞧身形是个女子，这女子向西南角上奔去，所使轻功正是本门身法。令狐冲提气追了上去，瞧那背影，依稀便是岳灵珊，心想："小师妹半夜三更却到哪里去？"

但见岳灵珊挨在墙边，快步而行，令狐冲好生奇怪，跟在她身后四五丈远，脚步轻盈，没让她听到半点声息。福州城中街道纵横，岳灵珊东一转，西一弯，这条路显是平素走惯了的，在岔路上没半分迟疑，奔出二里有余，在一座石桥之侧转入了一条小巷。

令狐冲飞身上屋，见她走到小巷尽头，纵身跃进一间大屋墙内。大屋黑门白墙，墙头盘着一株老藤，屋内好几处窗户中都透出光来。

岳灵珊走到东边厢房窗下，凑眼到窗缝中向内一张，突然吱吱吱地尖声鬼叫。

令狐冲本来料想此处必是敌人所居，她是前来窥敌，突然听到她尖声叫了起来，大出意料之外，但一听到窗内那人说话之声，便即恍然。

窗内那人说道："师姊，你想吓死我么？吓死了变鬼，最多也不过和你一样。"

岳灵珊笑道："臭林子，死林子，你骂我是鬼，小心我把你心肝挖了出来。"林平之道："不用你来挖，我自己挖给你看。"岳灵珊笑道："好啊，你跟我说风话，我这就告诉娘去。"林平之笑道："师娘要是问你，这句话我是在什么时候、什么地方说的，你怎生回答？"岳灵珊道："我便说是今日午后，在练剑场上说的。你不用心练剑，却尽跟我说这些闲话。"林平之道："师娘一恼，定然把我关了起来，三个月不能见你面。"岳灵珊道："呸！我稀罕么？不见就不见！喂，臭林子，你还不开窗，干什么啦？"

林平之长笑声中，呀的一声，两扇木窗推开。岳灵珊缩身躲在一旁。林平之自言自语："我还道是师姊来了，原来没人。"作势慢慢关窗。岳灵珊纵身从窗中跳进。

令狐冲蹲在屋角，听着两人一句句调笑，浑不知自己是否尚在人世，只盼一句也听不见，偏偏每一句话都清清楚楚地钻入耳来。但听得厢房中两人笑作一团。

窗子半掩，两人的影子映上窗纸，两个人头相偎相倚，笑声却渐渐低了。

令狐冲轻轻叹了口气，正要掉头离去。忽听得岳灵珊说道："这么晚还不睡，干什么来着？"林平之道："我在等你啊。"岳灵珊笑道："呸，说谎也不怕掉了大牙，你怎知我会来？"林平之道："山人神机妙算，心血来潮，屈指一算，便知我的好师姊要大驾光临。"岳灵珊道："我知道啦，瞧你房中乱成这个样子，定是又在找那部剑谱了，是不是？"

令狐冲已然走出几步，突然听到"剑谱"二字，心念一动，又回转身来。只听得林平之道："几个月来，这屋子也不知给我搜过几遍了，连屋顶上瓦片也都一张张翻过了，就差着没将墙上的砖头拆下来瞧瞧……啊，师姊，这座老屋反正也没什么用了，咱们真的将墙头都拆开来瞧瞧，好不好？"岳灵珊道："这是你林家的屋子，拆也好，不拆也好，你问我干什么？”林平之道：“是林家的屋子，就得问你。”岳灵珊道：“为什么？”林平之笑道：“不问你问谁啊？难道你……你将来不姓……不姓我这个……哼……哼……嘻嘻。”岳灵珊笑骂：“臭林子，死林子，你讨我便宜是不是？”又听得啪啪作响，显是她在用手拍打林平之。

他二人在屋内调笑，令狐冲心如刀割，本想即行离去，但那《辟邪剑谱》却与自己有莫大干系。林平之的父母临死之时，有几句遗言要自己带给他们儿子，其时只自己一人在侧，由此便蒙了冤枉。偏生自己后来得风太师叔传授，学会了独孤九剑的神妙剑法，华山门中，人人都以为自己吞没了《辟邪剑谱》，连素来知心的小师妹也大加怀疑。平心而论，此事原也怪不得旁人，自己上思过崖那日，还曾与师娘对过剑来，便挡不住那“无双无对，宁氏一剑”，可是在崖上住得数月，突然剑术大进，而这剑法又与本门剑法大不相同，若不是自己得了别派的剑法秘笈，怎能如此？而这别派的剑法秘笈，若不是林家的《辟邪剑谱》，又会是什么？

他身处嫌疑之地，只因答允风太师叔决不泄漏他的行迹，当真有口难辩。中夜自思，师父所以将自己逐出门墙，处事如此决绝，虽说由于自己与魔教妖人交结，但另一重要原因，多半认定自己吞没《辟邪剑谱》，行止卑鄙，不容再列于华山派门下。此刻听到岳、林二人谈及剑谱，虽然他二人亲昵调笑，也当强忍心酸，听个水落石出。

只听得岳灵珊道：“你已找了几个月，既然找不到，剑谱自然不在这儿了，还拆墙干什么？大师哥……大师哥随口一句话，你也作得真的？”令狐冲又是心中一痛：“她居然还叫我‘大师哥’！”林平之道：“大师哥传我爹爹遗言，说道向阳巷老宅中的祖先遗物，不可妄自翻看。我想那部剑谱，纵然是大师哥借了去，暂不归还……”令狐冲黯然冷笑，心道：“你倒说得客气，不说我吞没，却说是借了去暂不归还，哼哼，那也不用如此委婉其词。”

只听林平之接着道：“但想‘向阳巷老宅’这五个字，却不是大师哥所能编造得出的，定是我爹爹妈妈的遗言。大师哥和我家素不相识，又从没来过福州，不会知道福州有个向阳巷，更不会知道我林家祖先的老宅是在向阳巷。即使福州本地人，知道的也不多。”岳灵珊道：“就算确是你爹爹妈妈的遗言，那又怎样？”

林平之道：“大师哥转述我爹爹的遗言，又提到‘翻看’两字，那自不会翻看什么四书五经，或是什么陈年烂账，想来想去，必与剑谱有关。我想，爹爹遗言中既提到向阳巷老宅，即使剑谱早已不在，在这里当也能发现一些端倪。”

岳灵珊道：“那也说得是。这些日子来，我见你总是精神不济，晚上又不肯在镖局子里睡，定要回到这里，我不放心，因此过来瞧瞧。原来你白天练剑，又要强打精神陪我，晚间却在这里掏窝子。”

林平之淡淡一笑，随即叹了口气，道：“我爹爹妈妈死得好惨，我若找到了剑谱，能以林家祖传剑法手刃仇人，方得慰爹爹妈妈在天之灵。”

岳灵珊道：“不知大师哥此刻在哪里？我能见到他就好了，定要代你向他索还剑谱。他剑法早已练得高明之极，这剑谱也该当物归原主啦。我说，小林子，你趁早死了这条心，不用在这旧房子里东翻西寻啦。就没这剑谱，练成了我爹爹的紫霞神功，也报得了仇。”林平之道：“这个自然。只我爹爹妈妈生前遭人折磨侮辱，又死得这等惨，若能以我林家祖传剑法报仇，才真正是为爹娘出了这口气。再说，本门紫霞神功向来不轻传弟子，我入门最迟，纵然恩师、师娘看顾，众位师兄、师姊也都不服，定要说……定要说……”岳灵珊道：“定要说什么啊？”

林平之道：“说我跟你好未必是真心，只不过瞧在紫霞神功的面上，讨恩师、师娘的欢心。”岳灵珊道：“呸！旁人爱怎么说，让他们说去。只要我知道你是真心就行啦。”林平之笑道：“你怎知我是真心？”岳灵珊啪的一声，不知在他肩头还是背上重重打了一下，啐道：“我知道你是假情假意，是狼心狗肺！”

林平之笑道："好啦，来了这么久，该回去啦，我送你回镖局子。要是给师父、师娘知道了，那可糟糕。"岳灵珊道："你赶我回去，是不是？你赶我，我就走。谁要你送了？"语气甚是不悦。令狐冲知她这时定是撅起了小嘴，轻嗔薄怒，自是另有一番系人心处。

林平之道："师父说道，魔教前任教主任我行重现江湖，听说已到了福建境内，此人武功深不可测，心狠手辣。你深夜独行，如不巧遇上了他，那……那怎么办？"

令狐冲心道："原来此事师父已知道了。是了，我在仙霞岭这么一闹，人人都说是任我行复出，师父岂有不听到讯息之理？我也不用写这封信了。"

岳灵珊道："哼，你送我回去，如不巧遇上了他，难道你便能杀了他，拿住他？"

林平之道："你明知我武功不行，又来取笑？我自然对付不了他，但只须跟你在一起，就是要死，也死在一块。"

岳灵珊柔声道："小林子，我不是说你武功不行。你这般用功苦练，将来一定比我强。其实除了剑法还不怎么熟，要是真打，我可还真不是你对手。"

林平之轻轻一笑，说道："除非你用左手使剑，或许咱们还能比比。"

岳灵珊道："我帮你找找看。你对家里的东西看得熟了，见怪不怪，或许我能见到些什么惹眼的东西。"林平之道："好啊，你就瞧瞧这里又有什么古怪。"

接着便听得开抽屉、拉桌子的声音。过了半晌，岳灵珊道："这里什么都平常得紧。你家里可有什么异乎寻常的地方？"林平之沉吟一会，道："异乎寻常的地方？没有。"岳灵珊道："你家练武场在哪里？"林平之道："也没什么练武场。我曾祖父创办镖局子后，便搬到镖局去住。我祖父、父亲，都是在镖局子练功夫。再说，我爹爹遗言中有'翻看'二字，练武场中也没什么可翻看的。"岳灵珊道："对啦，咱们到你家书房去瞧瞧。"林平之道："我们是保镖世家，只有账房，没有书房。账房可也是在镖局子里。"岳灵珊道："那可真难找了。在这座屋子中，有什么可翻看的？"

林平之道："我琢磨大师哥那句话，他说我爹爹命我千万不可翻看祖宗的遗物，其实多半是句反话，叫我定要去翻看这老宅中祖宗的遗物。但这里有什么东西好翻看呢？想来想去，只有我曾祖的一些佛经了。"岳灵珊跳将起来，拍手道："佛经！那好得很啊。达摩老祖是武学之祖，佛经中藏有剑谱，可没什么希奇。"

令狐冲听到岳灵珊这般说，精神为之一振，心道："林师弟如能在佛经中找到了那部剑谱，可就好了，免得他们再疑心是我吞没了。"

却听得林平之道："我早翻过啦。不但是翻一遍两遍，也不是十遍八遍，只怕一百遍也翻过了。我还去买了金刚经、法华经、心经、楞伽经来和曾祖父遗下的佛经逐字对照，确是一个字也不错。那些佛经，便是寻常的佛经。"岳灵珊道："那就没什么可翻的了。"她沉吟半晌，突然说道："佛经的夹层之中，你可找过没有？"

林平之一怔，说道："夹层？我可没想到。咱们这便去瞧瞧。"

二人各持一只烛台，手拉手地从厢房中出来，走向后院。令狐冲在屋面上跟去，见烛光从一间间房子的窗户中透出来，最后到了西北角一间房中。令狐冲跟着过去，轻轻纵下院子，凑眼窗缝向内张望。只见里面是座佛堂。居中悬着一幅水墨画，画的是达摩老祖背面，自是描写他面壁九年的情状。佛堂靠西有个极旧的蒲团，桌上放着木鱼、钟磬，还有一叠佛经。

令狐冲心想："这位创办福威镖局的林老前辈，当年威名远震，手下伤过的绿林大盗定然不少，想来到得晚年，在这里忏悔生平杀业。"想象一位叱咤江湖的英雄豪杰，白发苍苍之时，坐在这间阴沉沉的佛堂中敲木鱼念经，那心境可着实寂寞凄凉。

岳灵珊取过一部佛经，道："咱们把经书拆了开来，查一查夹层中可有物事。如果查不到，再将经书重行钉好便是。你说好不好?”林平之道:“好!”拿起一本佛经,拉断了钉书的丝线,将书页平摊开来,查看夹层之中可有字迹。

岳灵珊拆开另一本佛经,一张张拿起来在烛光前映照。

令狐冲瞧着她背影,但见她皓腕如玉,左手上仍戴着那只银镯子,有时脸庞微侧,与林平之四目交投,相对便是一笑,又去查看书页,也不知是烛光照射,还是她脸颊晕红,但见半边俏脸,当真艳若春桃。令狐冲悄立窗外,瞧得痴了。

二人拆了一本又一本,堪堪便要将桌上十二本佛经拆完,突然之间,令狐冲听得背后轻轻一响。他身子一缩,回头过来,只见两条人影从南边屋面上欺将过来,互打手势,跃入院子,落地无声。二人随即都凑眼窗缝,向内张望。

过了好一会,听得岳灵珊道:“都拆完啦,什么都没有。”语气甚是失望,忽然又道:“小林子,我想到啦,咱们去打盆水来。”声音转得颇为兴奋。林平之问道:“干什么?”岳灵珊道:“我小时候曾听爹爹说过个故事,说有一种草,浸了酸液出来,用来写字,干了后字迹便即隐没,但如浸湿了,字迹却又重现。”

令狐冲心中一酸,记得师父说这个故事时,岳灵珊还只八九岁,自己却有十五六岁了。当年旧事,霎时间涌上心来,记得那天和她去捉蟋蟀来打架,自己把最大最壮的蟋蟀让了给她,偏偏还是她的输了。她哭个不停,自己哄了她很久,她才回嗔作喜,两个人同去请师父讲故事。念及这些往事,泪水又涌到眼眶之中。

只听林平之道:“对,不妨试一试。”转身出来。岳灵珊道:“我和你同去。”

两人手拉手地出来。躲在窗后的那二人屏息不动。过了一会,林平之和岳灵珊各捧了一盆水走进佛堂,将七八张佛经的散页浸在水中。林平之迫不及待地将一页佛经提起,在烛光前映照,不见有什么字迹。两人试了二十余页,没发现丝毫异状。

林平之叹了口气,道:“不用试啦,没写上别的字。”

他刚说了这两句话，躲在窗外那二人悄没声地绕到门口，推门而入。林平之喝道："什么人？"那二人直扑进门，势疾如风。林平之举手待要招架，胁下已让人出指点中。岳灵珊长剑只拔出一半，敌人两只手指已向她眼中插去，岳灵珊只得放脱剑柄，举手上挡。那人右手连抓三下，都是指向她咽喉。岳灵珊大骇，退得两步，背脊已靠在供桌边上，没法再退。那人左手向她天灵盖劈落，岳灵珊双掌上格，不料那人这一掌乃是虚招，右手点出，岳灵珊左腰中指，斜倚在供桌之上，再也不能动弹了。

这一切令狐冲全瞧在眼里，见林岳二人一时并无性命之忧，心想不忙出手相救，且看敌人是甚来头。只见这二人在佛堂中东张西望，一人提起地下蒲团，撕成两半，另一人啪的一掌，将木鱼劈成了七八片。林平之和岳灵珊既不能言，亦不能动，见到这二人掌力如刀，撕蒲团，碎木鱼，显然便是来找寻那《辟邪剑谱》，均想："怎没想到剑谱或许藏在蒲团和木鱼之中。"但见蒲团和木鱼中并没藏有物事，心下均是一喜。

那二人都是五十来岁年纪，一个秃头，另一个却满头白发。二人行动迅疾，顷刻间便将佛堂中供桌等物一一劈碎；直至无物可碎，两人目光都向那幅达摩老祖画像瞧去。秃头老者左手伸出，便去抓那画像。白发老者伸手一格，喝道："且慢，你瞧他的手指！"

令狐冲、林平之、岳灵珊三人的目光都向画像瞧去，但见图中达摩左手放在背后，似是捏着个剑诀，右手食指指向屋顶。秃头老者问道："他手指有什么古怪？"白发老者道："不知道！且试试看。"身子纵起，双掌对准了图中达摩食指所指之处，掌发劲力，击向屋顶。砰的一声，泥沙灰尘簌簌而落。秃头老者道："哪有什么……"只说了四个字，一团红色物事从屋顶洞中飘了下来，却是一件和尚所穿的袈裟。

白发老者伸手接住，在烛光下一照，喜道："在……在这里了。"他大喜若狂，声音也发颤了。秃头老者道："怎么？"白发老者道："你瞧！"

令狐冲凝目瞧去，只见袈裟之上隐隐似写满了无数小字。

秃头老者道："这难道便是《辟邪剑谱》?"白发老者道："十之八九，该是剑谱。哈哈，咱兄弟二人今日立此大功。兄弟，收了起来吧。"秃头老者喜得嘴也合不拢来，将袈裟小心折好，放入怀中，左手向林岳二人指了指，道："毙了吗?"

令狐冲手持剑柄，只待白发老者一露杀害林岳二人之意，立时抢入，先将这两名老者杀了。哪知那白发老者道："剑谱既已得手，不必跟华山派结下深仇，让他们去吧。"两人并肩走出佛堂，越墙而出。

令狐冲也即跃出墙外，跟随其后。两名老者脚步十分迅疾。令狐冲生怕在黑暗之中走失了二人，加快脚步，和二人相距不过三丈。

两名老者奔行甚急，令狐冲便也加快脚步。突然之间，两名老者倏地站住，转过身来，眼前寒光一闪，令狐冲只觉右肩、右臂一阵剧痛，竟已给对方双刀同时砍中。两人这一下突然站定，突然转身，突然出刀，来得当真便如雷轰电闪一般。

令狐冲只是内力浑厚，剑法高明，这等临敌应变的奇技怪招，却跟第一流高手还差着老大一截，对方蓦地出招，别说拔剑招架，连手指也不及碰到剑柄，便已身受重伤。

两名老者的刀法快极，一招既已得手，第二刀跟着砍到。令狐冲大骇之下，忙向后跃出，幸好他内力奇厚，这倒退一跃，已在两丈之外，跟着又是一纵，又跃出了两丈。两名老者见他重伤之下，倒跃仍如此快捷，也吃了一惊，随即扑上。

令狐冲转身便奔，肩头臂上初中刀时还不怎么疼痛，此时却痛得几欲晕倒，心想："这二人盗去的袈裟，上面所写的多半便是《辟邪剑谱》。我身蒙不白之冤，说什么也要夺了回来，去还给林师弟。"当下强忍疼痛，伸手去拔长剑。

一拔之下，长剑只出鞘一半，竟拔不出来，右臂中刀之后，力气半点也没法使出。耳听得脑后风响，敌人钢刀砍到，当即提气向前急跃，左手用力一扯，拉断了腰带，这才将长剑握在手中，使劲急抖，摔落剑鞘。堪堪转身，但觉寒气扑面，双刀同时砍到。

他又倒跃一步。其时天色将明，但天明之前一刻最是黑暗，除了刀光闪闪之外，睁眼不见一物。他所学的独孤九剑，要旨是看到敌人招数的破绽所在，乘虚而入，此时敌人的身法招式全然无法见到，剑法便使不出来。只觉左臂又是一痛，给敌人刀锋划了一道口子，只得斜向长街急冲出去，左手握剑，将拳头按住右肩伤口，以免流血过多，不支倒地。

两名老者追了一阵，见他脚步极快，追赶不上，好在剑法秘谱已然夺到，不愿多生枝节，当即停步不追，转身回去。令狐冲叫道："喂，大胆贼子，偷了东西想逃吗？"反而转身追来。两名老者大怒，又即转身，挥刀向他砍去。令狐冲不和他们正面交锋，返身又逃，心下暗暗祷祝："有人提一盏灯笼过来，那就好了。"奔得几步，灵机一动，跃上屋顶，四下张望，见左前方一间屋中有灯光透出，忙向灯光处奔去。两名老者却又停步不追。

令狐冲俯身拿起两张瓦片，向二人投去，喝道："你们盗了林家《辟邪剑谱》，一个秃头，一个白发，便逃到天涯海角，武林好汉也要拿到你们碎尸万段。"啪喇喇一声响，两张瓦片在大街青石板上跌得粉碎。

两名老者听他叫出《辟邪剑谱》的名称，当即上屋向他追去。

令狐冲只觉脚下发软，力气越来越弱，猛提一口气，向灯光处狂奔一阵，突然一个踉跄，从屋面上摔了下来，急忙一个"鲤鱼打挺"，翻身站起，靠墙而立。

两名老者轻轻跃下，分从左右掩上。秃头老者狞笑道："老子放你一条生路，你偏不走。"令狐冲见他秃头上油光晶亮，心头一凛："原来天亮了。"笑道："两位是哪一家哪一派的，为什么定要杀我而甘心？"

白发老者单刀一举，向令狐冲头顶疾劈而下。

令狐冲剑交右手，轻轻一刺，剑尖便刺入了他咽喉。

秃头老者大惊，舞刀直扑而前。令狐冲长剑削出，正中其腕，连刀带手，一齐切了下来，剑尖随即指住他喉头，喝道："你二人到底是什么门道，说了出来，饶你一命。"秃头老者嘿嘿一笑，跟着凄然道："我兄弟横行江湖，罕逢敌手，今日死在尊驾剑下，佩服佩服。只不知尊驾高姓大名，我死了……死了也是个糊涂鬼。"

令狐冲见他虽断了一手，仍气概昂然，敬重他是条汉子，道："在下被迫自保，其实跟两位素不相识，失手伤人，可对不住了。那件袈裟，阁下交了给我，咱们就此别过。"

秃头老者森然道："秃鹰岂是投降之人？"左手一翻，一柄匕首插入自己心窝。

令狐冲心道："这人宁死不屈，倒是个人物。"俯身去他怀中掏那件袈裟。只觉一阵头晕，知是失血过多，于是撕下衣襟，胡乱扎住肩头和臂上的伤口，这才在秃头老者怀中将袈裟取出。

这时又觉一阵头晕，当即吸了几口气，辨明方向，径向林平之那向阳巷老宅走去。走出数十丈，已感难以支持，心想："我如倒了下来，不但性命不保，死后人家还道我偷了《辟邪剑谱》，赃物在身，死后还是落了污名。"当下强自支撑，终于走进了向阳巷。

但林家大门紧闭，林平之和岳灵珊又为人点倒，没人开门，要他此刻跃墙入内，却无论如何无此力气，只得打了几下门，跟着出脚往大门上踢去。

这一脚大门没踢开，一下震荡，晕了过去。

待得醒转，只觉身卧在床，一睁眼，便见到岳不群夫妇站在床前，令狐冲大喜，叫道："师父、师娘……我……"心情激动，泪水不禁滚滚而下，挣扎着坐起身来。岳不群不答，只问："却是怎么回事？"令狐冲道："小师妹呢？她……她平安无事吗？"岳夫人道："没事！你……你怎么到了福州？"语音中充满了关怀之意，眼眶却不禁红了。

令狐冲道："林师弟的《辟邪剑谱》，给两个老头儿夺了去，我杀了那二人，抢了回来。那两人……那两人多半是魔教中的好手。"一摸怀中，袈裟已然不见，忙问："那……那件袈裟呢？"岳夫人问道："什么？"令狐冲道："袈裟上写得有字，多半便是林家的《辟邪剑谱》。"岳夫人道："那么这是平之的物事，该当由他收管。"令狐冲道："正是。师娘，你和师父都好？众位师弟师妹也都好？"

岳夫人眼眶红了，举起衣袖拭了拭眼泪，道："大家都好。"

令狐冲道："我怎么到了这里？是师父、师娘救我回来的么？"岳夫人道："我今儿一早到平之的向阳巷老宅去，在门外见你晕在地下。"令狐冲"嗯"了一声，道："幸亏师娘到来，否则如给魔教的妖人先见到，孩儿就没命了。"他知师娘定是早起不见了女儿，便赶到向阳巷去找寻，只这件事不便跟自己说起。

岳不群道："你说杀了两名魔教妖人，怎知他们是魔教的？"令狐冲道："弟子南来，一路上遇到不少魔教中人，跟他们动了几次手。这两个老头儿武功怪异，显然不是我正派中人。"心下暗暗欢喜："我夺回了林师弟的《辟邪剑谱》，师父、师娘、小师妹便不会再对我生疑；而我杀了这两名魔教妖人，师父当也不再怪我和魔教勾结了。"

哪知岳不群脸色铁青，哼了一声，厉声道："你到这时还在胡说八道！难道我便如此容易受骗么？"令狐冲大惊，忙道："弟子决不敢欺瞒师父。"岳不群森然道："谁是你师父了？岳某早跟你脱却了师徒名分。"

令狐冲从床上滚下地来，双膝跪地，磕头道："弟子做错了不少事，愿领师父重责，只是……只是逐出门墙的责罚，务请师父收回成命。"

岳不群向旁避开，不受他大礼，冷冷地道："魔教任教主的小姐对你青眼有加，你早跟他们勾结在一起，还要我这师父干什么？"令狐冲奇道："魔教任教主的小姐？师父这话不知从何说起？虽然听说那任……任我行有个女儿，可是弟子从来没见过。"

岳夫人道："冲儿，到了此刻，你又何必再说谎？"叹了口气，道:“那位任小姐召集江湖上旁门左道之士,在山东五霸冈上给你医病,那天我们又不是没去……”

令狐冲大为骇异,颤声道:“五霸冈上那位姑娘,她……她……盈盈……她是任教主的女儿?”岳夫人道:“你起来说话。”令狐冲慢慢站起,心下一片茫然,喃喃地道:“她……她是任教主之女?这……这真是从何说起?”

岳夫人怫然不悦,道:“为什么对着师父、师娘,你还要说谎?”

岳不群怒道:“谁是他师父、师娘了?”伸手在桌上重重一击,啪的一声响,桌角登时掉下了一块。令狐冲惶恐道:“弟子决不敢欺骗师父、师娘……”

岳不群厉声道:“岳某当初有眼无珠,收容了你这无耻小儿,实是愧对天下英豪。你是不是要我长此负这污名?你再叫一声‘师父、师娘’,我立时便将你毙了!”怒喝时脸上紫气忽现,委实恼怒已极。

令狐冲应道:“是!”伸手扶着床缘,脸上全无血色,身子摇摇欲坠,说道:“他们给我治伤疗病,那是有的。可是……可是谁也没跟我说过,她……便是任教主的女儿。”岳夫人道:“你聪明伶俐,何等机警,怎会猜想不到?她一个年纪轻轻的姑娘,只这么一句话,便调动了三山五岳的左道之士,个个争着来给你治病。除了魔教的任小姐,又谁能有这样的天大面子?”令狐冲道:“弟……我……我当时只道她是一位年老婆婆。”岳夫人道:“她易容改装了么?”令狐冲道:“没有,只不过……只不过我当时一直没见到她脸。”岳不群“哈”的一声笑了出来,脸上却无半分笑意。

岳夫人叹了口气,道:“冲儿,你年纪大了,性格儿也变了。我的说话,你再也不放在心上啦。”令狐冲道:“师……师……我对你老人家的说话,可……可……可真不……”他想要说“我对你老人家的说话,可真不敢违背”,但事实俱在,师父、师娘一再命他不可与魔教中人结交,他和盈盈、向问天、任我行这些人的干系,又岂仅是“结交”而已?

岳夫人又道："就算那个任教主的小姐对你好，你为了活命，让她召人给你治病，或者说情有可原……"岳不群怒道："什么情有可原？为了活命，那就可以无所不为么？"他平时对这位师妹兼夫人向来彬彬有礼，当真相敬如宾，今日却一再疾言厉色地打断她话头，可见实是怒不可遏。岳夫人明白丈夫的心情，也不和他计较，继续说道："但你为什么又和魔教那大魔头向问天勾结在一起，杀害了不少我正派同道？你双手染满了正教人士的鲜血，你……你快快走吧！"

令狐冲背上一阵冰冷，想起那日在凉亭之中、深谷之前，和向问天并肩迎敌，确有不少正教中人因自己而死，虽说当其时恶斗之际，自己若不杀人，便是被杀，委实出于无奈，可是这大笔血债，总是算在自己身上了。

岳夫人道："在五霸冈下，你又与魔教的任小姐联手，杀害了好几个少林派和昆仑派弟子。冲儿，我从前视你有如我的亲儿，但事到如今，你……你师娘无能，可再没法子庇护你了。"说到这里，两行泪水从面颊上直流下来。

令狐冲黯然道："孩儿确是做了错事，罪不可赦。但一人做事一身当，决不能让华山派名头蒙污。请两位老人家大开法堂，邀集各家各派英雄与会，将孩儿当场处决，以正华山派的门规便是。"

岳不群长叹一声，说道："令狐师傅，你今日倘若仍是我华山派门下弟子，此举原也使得。你性命虽亡，我华山派清名得保，你我师徒之情尚在。可是我早已传书天下，将你逐出门墙。你此后的所作所为，与我华山派何涉？我又有什么身份来处置你？嘿嘿，正邪势不两立，下次你再为非作歹，撞在我手里，妖孽奸贼，人人得而诛之，那就容你不得了。"

正说到这里，房外一人叫道："师父、师娘。"却是劳德诺。岳不群问道："怎么？"劳德诺道："外面有人拜访师父、师娘，说道是嵩山派的钟镇，还有他的两个师弟。"岳不群道："九曲剑钟镇，他也来福建了吗？好，我便出来。"径自出房。

岳夫人向令狐冲瞧了一眼，眼色中充满了柔情，似是叫他稍待，回头尚有话说，跟着走了出去。

令狐冲自幼对师娘便如与母亲无异，见她对自己爱怜，心中懊悔已极，寻思："种种情事，总是怪我行事任性，是非善恶，不辨别清楚。向大哥明明不是正人君子，我怎地不问情由，上前便帮他打架？我一死不足惜，可叫师父、师娘没脸见人。华山派门中出了这样一个不肖弟子，连众师弟、师妹们也都脸上少了光彩。"

又想："原来盈盈是任教主的女儿，怪不得老头子、祖千秋他们对她如此尊崇。她随口一句话，便将许多江湖豪士充军到东海荒岛，七八年不得回归中原。唉，我原该想到才是。武林之中，除了魔教的大头脑，又有谁能有这等权势？可是她和我在一起之时，扭扭捏捏，娇羞腼腆，比之小师妹尚且胜了三分，又怎想得到她竟是魔教中的大人物？然而那时任教主尚给东方不败囚在西湖底下，他的女儿又怎会有偌大权势？"

正自思涌如潮，起伏不定，忽听得脚步声细碎，一人闪进房来，正是他日思夜想、念兹在兹的小师妹。令狐冲叫道："小师妹！你……"下面的话便接不下去了。岳灵珊道："大师哥，快……快离开这儿，嵩山派的人找你晦气来啦。"语气甚是焦急。

令狐冲只一见到她，天大的事也都置之脑后，什么嵩山派不嵩山派，压根儿便没放在心上，双眼怔怔地瞧她，一时甜、酸、苦、辣，诸般滋味尽皆涌向心头。

岳灵珊见他目不转睛地望着自己，脸上微微一红，说道："有个什么姓钟的，带着两个师弟，说你杀了他们嵩山派的人，一直追寻到这儿来。"

令狐冲一呆，茫然道："我杀了嵩山派的人？没有啊。"

突然间砰的一声，房门推开，岳不群怒容满脸走了进来，厉声道："令狐冲，你干的好事！你杀了嵩山派属下的武林前辈，却说是魔教妖人，欺瞒于我。"令狐冲奇道："弟……我……我杀了嵩山派属下的武林前辈？我……我没有……"

岳不群怒道："'白头仙翁'卜沉，'秃鹰'沙天江，这两人可是你杀的？"

令狐冲听到这二人的外号，记起那秃顶老者自杀之时，曾说过"秃鹰岂是投降之人"这句话，那么另一个白发老者，便是什么"白头仙翁"卜沉了，便道："一个白头发的老人，一个秃头老者，那确是我杀的。我……我可不知他们是嵩山派门下。他们使的是单刀，全不是嵩山派武功。"岳不群神色愈是严峻，问道："那么这两个人，确是你杀的？"令狐冲道："正是。"

岳灵珊道："爹，那个白头发和那秃顶的老头儿……"岳不群喝道："出去！谁叫你进来的？我在这里说话，要你插什么嘴？"岳灵珊低下了头，慢慢走到房门口。

令狐冲心下一阵凄凉，一阵欢喜："师妹虽和林师弟要好，毕竟对我仍有情谊。她甘冒父亲申斥，前来向我示警，要我尽速避祸。"

岳不群冷笑道："五岳剑派各派的武功，你都明白么？这卜沙二人出于嵩山派的旁支，你心存不规，不知用什么卑鄙手段害死了他们，却将血迹带到了向阳巷平之的老宅。嵩山派一查，便跟着查到了这里。眼下嵩山派的钟师兄便在外面，向我要人，你有什么话说？"

岳夫人走进房来，说道："他们又没亲眼见到是冲儿杀的？单凭几行血迹，也不能认定是咱们镖局中人杀的。咱们给他们推个一干二净便是了。"

岳不群怒道："师妹，到了这时候，你还要包庇这无恶不作的无赖子。我堂堂华山派掌门，岂能为了这小畜生而说谎？你……你……咱们这么干，非搞到身败名裂不可。"

令狐冲这几年来，常想师父、师娘是师兄妹而结成眷属，自己若能和小师妹也有这么一天，那当真万事俱足，更无他求，此刻见师父对师娘说话，竟如此的声色俱厉，心中忽想："倘若小师妹是我妻子，她要干什么，我便由得她干什么，是好事也罢，是坏事也罢，我决不会有半点拂逆她的意愿。她便要我去干十恶不赦的大坏事，我也不会皱一皱眉头。”

岳不群双目盯在令狐冲脸上，忽然见他脸露温柔微笑，目光含情，射向站在房门口的女儿，怒喝：“小畜生，在这当儿，你心中还在打坏主意么？”

岳不群这一声大喝，登时叫令狐冲从胡思乱想中醒觉过来，一抬头，只见师父脸上紫气隐隐，手掌提起，便要往自己头顶击落，突然间感到一阵说不出的欢喜，只觉在这世上委实苦涩无味之极，今日死在师父掌底，那是痛痛快快的解脱，尤其小师妹在旁，看着自己给她父亲一掌劈死，更是自己全心所企求之事。他微微一笑，目光向岳灵珊瞧去，只待师父挥掌打落。

但觉脑顶风生，岳不群右掌劈将下来，却听得岳夫人叫道：“使不得！”手指便往丈夫后脑“玉枕穴”上点去。他二人自幼同门学艺，相互拆招，已熟极而流，岳夫人这一指所点之处，乃致命要穴，岳不群自然而然回掌拆格。岳夫人已闪身挡在令狐冲身前。

岳不群脸色铁青，怒道：“你……你干什么？”岳夫人急叫：“冲儿，快走！快走！”令狐冲摇头道：“我不走，师父要杀我，便杀好了。我是罪有应得。”岳夫人顿足道：“有我在这里，他杀不了你的，快走，走得远远的，永远别再回来。”

岳不群道：“哼，他一走了之，外面厅上嵩山派那三人，咱们又如何对付？”

令狐冲心道：“原来师父担心应付不了钟镇他们，我可须先得去替他打发了。”朗声道：“好，我去见见他们。”说着大踏步往外走去。岳夫人叫道：“去不得，他们会杀了你的。”令狐冲走得极快，立时已冲入了大厅。

果见嵩山派的九曲剑钟镇、神鞭滕八公、锦毛狮高克新三人大剌剌地坐在西首宾位。令狐冲往对面的太师椅中一坐，冷冷地道：“你们三个，到这里干什么来了？”

此刻令狐冲身上穿着店小二衣衫，除去虬髯，与廿八铺客店中夜间相逢时的参将模样已全不相同。钟镇等三人突然见到这样一个满身血迹的市井少年如此无礼，都不禁勃然大怒。高克新喝道："你是什么东西？"令狐冲笑道："你们三个，是什么南北？"高克新一怔，心想："怎叫做'是什么南北'？"但想那定然不是什么好话，怒道："快去请岳先生出来！凭你也配跟我们说话？"

这时岳不群、岳夫人、岳灵珊以及华山派众弟子都已到了屏门之后，听着令狐冲跟这三人对答。岳灵珊听他问"你们三个是什么南北？"不由得好笑，但知眼前这三人都是嵩山派好手，大师哥杀了他们的人，又对他们如此无礼，待会定要动手，未免凶多吉少，而父亲、母亲看来决不会插手相助，可不知如何是好，心中一发愁，便笑不出来。

令狐冲道："岳先生是谁？啊，你说的是华山派掌门。我正来寻他晦气。嵩山派有两个不肖之徒，一个叫什么白头妖翁卜沉，一个叫秃枭沙天江，半夜里去抢人家的《辟邪剑谱》，还点了年轻人的穴道，不怀好意。我要救人，便将这两个家伙杀了。听说嵩山派还有三个家伙，躲在福威镖局之中。我要岳先生交出人来，岳先生却是不肯。气死我也，气死我也！"跟着纵声大叫："岳先生，嵩山派有三个无聊家伙，一个叫烂铁剑钟镇，一个叫小鬼滕八婆，还有一个癞皮猫高克新。请你快快交出人来，我要跟他们算账。你想包庇他们，那可不成！你们五岳剑派，同气连枝，我可不卖这个账！"

岳不群等听了，无不骇然，均知他如此叫嚷，是要表明华山派与杀人之事无关。可是嵩山派这三人成名已久，那九曲剑钟镇更加了得，在"嵩山十三太保"中排名甚高，听令狐冲所嚷的言语，显已知晓钟镇等三人的来历。那日夜战，他打败剑宗封不平，刺瞎十五名江湖好手的双眼，剑法确是非同小可，但他此刻受伤极重，只怕再站立一会便会倒下，何以这等胆大妄为，贸然向人挑衅？

高克新大怒跃起，长剑出鞘，便要向令狐冲刺出。钟镇举手拦住,向令狐冲问道:“尊驾是谁?”

令狐冲道:“哈哈,我认得你,你却不认得我。你们嵩山派想将五岳剑派合而为一,由你嵩山吞并其余四派。你们三个南北来到福建,一来是要抢夺林家的《辟邪剑谱》,二来是要戕害华山、恒山各派的重要人物。种种阴谋,可全给我知悉了。只怕是徒劳无功,到头一场空。嘿嘿,好笑啊好笑!”

岳不群和岳夫人对瞧了一眼,均想:“他这话倒未必全是无稽之谈。”

钟镇脸有惊疑之色,问道:“尊驾是哪一派的人物?”

令狐冲道:“我大庙不收,小庙不受,是个无主孤魂,荒山野鬼,决不会来抢你们嵩山派的生意,你这可放心了吧?哈哈,哈哈。”笑声中充满了凄凉之意。

钟镇道:“尊驾既非华山派人物,咱们可不能骚扰了岳先生,这就借步到外面说话。”这几句话语调平淡,但目露凶光,充满了杀机,显是令狐冲揭了他的底,已决心诛却。他对岳不群毕竟有所忌惮,不敢在福威镖局中拔剑杀人,要将令狐冲引到镖局之外再行动手。

这句话正合令狐冲心意,大声叫道:“岳先生,你今后可得多加提防。魔教教主任我行复出,此人身有吸星大法,专吸旁人内功,他说要跟华山派为难。还有,嵩山派想并吞你华山派。你是彬彬君子,人家的狼心狗肺,却不可不防。”他此番来到福州,为的便是要向师父说这几句话,说罢便即大踏步出门。钟镇等跟了出来。

令狐冲迈步走出福威镖局,只见一群尼姑、妇女站在大门外,正是恒山派那批女弟子。仪和与郑萼二人手持拜盒,走在最前,当是到镖局来拜会岳不群和岳夫人。令狐冲一怔,急忙转头,不让她们见到,但已跟仪和她们打了个照面,好在仪琳远远在后,没见到他面目。

钟镇等三人出来时,郑萼却认得他们,不禁一怔,停住了脚步。

令狐冲心想:“恒山派弟子既知我师父在此,自当前来拜会,有我师父、师娘照料，她们也不会吃亏了。”他不愿给仪琳见到，斜刺里便欲溜走。

钟镇、滕八公、高克新同时兵刃出手，拦在他面前，喝道：“你还想逃吗？”

令狐冲笑道：“我没兵器，怎生打法？”

这时岳不群、岳夫人和华山派众弟子都来到门前，要看令狐冲如何对付钟镇等三人。岳灵珊拔剑出鞘，叫道：“大……”想将长剑掷过去给他。岳不群左手两指伸出，搭在她剑刃之上，摇了摇头。岳灵珊急道：“爹！”岳不群又摇了摇头。

这一切全瞧在令狐冲眼里，心中大慰：“小师妹对我，毕竟还有昔日之情。”

突然之间，好几人齐声惊呼。

令狐冲情知必是有人偷袭，不及回头，立即向前急纵而出。他内力奇厚，这一跃既高且速，但饶是如此，只觉脑后生风，一剑在背后直劈而下，刚才这一跃只须慢得刹那，又或力道不足，跃得近了半尺，身子已给人劈成两半，当真凶险已极。

他站定后立即回头，但听得一声呼叱，白光闪动。恒山派女弟子同时出手。七人一队，分成三队，七柄长剑指住一人，将钟镇等三人分别围住。这一下拔剑、移步、围敌、出招，动作迅捷无比，加之身法轻盈，姿式美观，显是习练有素的阵法。每柄长剑剑尖指住对方一处要害，头、喉、胸、腹、腰、背、胁，每人身上七处要害，均给一柄长剑指住。阵法既成，七名女弟子便不再动。

适才出手向令狐冲偷袭的，便是钟镇。听得令狐冲的言语对嵩山派甚是不利，当即乘其不备，忽施杀手，意欲尽速灭口，以免他多嘴多舌，更增岳不群的疑心。他出手固然极毒，却还是让对方避了开去，而恒山派众女弟子剑阵一成，他武功虽强，可也半点动弹不得，四肢百骸，只须哪里动上一动，料想便有一柄剑刺将过来。

原来恒山群弟子早已从郑萼、仪琳口中，得知钟镇等三人如何乘人之危，在廿八铺逼迫定静师太同意五派合并之议，都心中有气，此时得郑萼示知，又见钟镇偷袭伤人，当即使动剑阵，将嵩山派三人围住。

岳不群、岳夫人自不知恒山派与钟镇等在廿八铺中曾有一番过节，突见双方动手，都大为惊奇，眼见恒山派众女弟子所结剑阵甚是奇妙，二十一人分成三堆，除了衣袖衫角在风中飘动之外，二十一柄长剑寒光闪闪，竟皆纹丝不动，其中却蕴藏着无限杀机。

令狐冲见恒山剑阵凝式不动，七柄剑既攻敌，复自守，七剑连环，绝无破绽可寻，宛然有独孤九剑"以无招破有招"之妙诣，气喘吁吁地喝彩："妙极！这剑阵精彩之至！"

钟镇眼见受制，当即哈哈一笑，说道："大家是自己人，开什么玩笑？我认输了，好不好？"当的一声，掷剑下地。围住他的七人以仪和为首，见对方掷剑认输，当即长剑一抖，收了转去，其余六人跟着收剑。不料钟镇左足足尖在地下长剑剑身上一点，那剑猛地跳起。钟镇手指尖一碰剑柄，剑锋如电，蓦地刺出。

仪和"啊"的一声惊呼，右臂中剑，手中长剑呛啷落地。钟镇长笑声中，寒光连闪，恒山派众弟子纷纷受伤。这么一乱，其余两个剑阵中的十四名女弟子心神稍分，滕八公和高克新同时乘隙发动，登时兵刃相交，铮铮之声大作。

令狐冲抢起仪和掉在地下的长剑，挥剑击出。但听得呛啷、啊、嘿，几下声响，高克新手腕受击，长剑落地。滕八公的软鞭倒了转来，圈在自己头颈之中。钟镇手腕给剑背击中，退了几步，长剑总算还握在手中，但整条手臂已酸软无力。

两个少女同时尖声叫了起来，一个叫："吴将军！"一个叫："令狐师兄！"

叫"吴将军"的是郑萼。适才令狐冲击退三人所使手法，与在廿八铺客店中对付这三人时所用剑招一模一样，连高克新茫然失措、滕八公险些窒息、钟镇又惊又怒的神情也殊无二致。郑萼心思机敏，当日曾见令狐冲如此出招，他容貌衣饰虽已大变，还是立即认了出来。另一个叫"令狐师兄"的却是仪琳。她本来和仪真、仪质等六位师姊结成剑阵，围住了滕八公。每人全神贯注，双目盯住敌人，绝不斜视，目中所见，仅只他身上一处要害，视头则只见其头，视胸则只见其胸，连敌人别处肢体都没瞧见，自然更加没见到旁人，直至剑阵散开，她才见到令狐冲。睽别经年，陡然相遇，仪琳全身大震，险些晕去。

令狐冲真相既显，眼见已无法隐瞒，笑道："你奶奶的，你这三个家伙太也不识好歹，恒山派众位师太饶了你们一命，你们居然恩将仇报。本将军可实在太瞧着不顺眼了。我……我……"说到这里，突然脑中晕眩，眼前发黑，咕咚倒地。

仪琳抢上扶起，急叫："令狐师兄，令狐师兄！"只见他肩头、臂上血如泉涌，忙卷起他衣袖，取出本门治伤灵药白云熊胆丸塞入他口中。郑萼、仪真等取过天香断续胶为他搽上伤口。恒山派众女弟子个个感念他救援之德，当日若不是他出手相救，人人都已死于非命，不但惨死，说不定还会受贼子污辱，是以递药的递药，抹血的抹血，包扎的包扎，便在这长街之上尽心救治。天下女子遇到这等紧急事态，自不免叽叽喳喳，七嘴八舌，围住了议论不休。恒山派众女弟子虽是武学之士，却也难免，或发叹息，或示关心，或问何人伤我将军，或曰凶手狠毒无情，言语纷纭，且杂"阿弥陀佛"之声。

华山派众人见到这等情景，尽皆诧异。

岳不群心想："恒山派向来戒律精严，这些女弟子却不知如何，竟给令狐冲这无行浪子迷得七颠八倒，在众目睽睽之下，不避男女之嫌，叫师兄的叫师兄，呼将军的呼将军。这小贼几时又做过将军了？当真昏天黑地，一塌糊涂。怎地恒山派的前辈也不管管？"

钟镇向两名师弟打个手势，三人各挺兵刃，向令狐冲冲去。三人均知此人不除，后患无穷，何况两番失手在他剑底，乘他突然昏迷，正是诛却此人的良机。

仪和一声呼哨，立时便有十四名女弟子排成一列，长剑飞舞，将钟镇三人挡住。这些女弟子个别武功并不甚高，但一结成阵，攻者攻，守者守，十四人便挡得住四五名一流高手。

岳不群初时原有替双方调解之意，只种种事端皆大出意料之外，既不知双方何以结怨，又对嵩山、恒山双方均生反感，心想暂且袖手旁观，静待其变。但见恒山派十四名女弟子守得极为严密，钟镇等连连变招，始终没法攻近。高克新一个大意，攻得太前，反给仪清在大腿上刺了一剑，伤势虽然不重，却已鲜血淋漓，甚为狼狈。

令狐冲迷迷糊糊之中，听得兵刃相交声叮当不绝，眼睁一线，见到仪琳脸上神色焦虑，口中喃喃念佛："众生被困厄，无量苦遍身，观音妙智力，能救世间苦……"他心下感激，站了起来，低声道："小师妹，多谢你，将剑给我。"仪琳道："你……你别……别……"令狐冲微微一笑，从她手中接过剑来，左手扶着她肩头，摇摇晃晃地走出去。仪琳本来担心他伤势，但一觉自己肩头正承担着他身子重量，登时勇气大增，全身力气都运上右肩。

令狐冲从几名女弟子身旁走过，第一剑挥出，高克新长剑落地，第二剑挥出，滕八公软鞭绕颈，第三剑当的一声，击上钟镇的剑刃。钟镇知他剑法奇幻，自己决非其敌，但见他站立不定，正好凭内力将他兵刃震飞，双剑相交，当即在剑上运足了内劲，猛觉自身内力急速外泄，竟收束不住。原来令狐冲的吸星大法在不知不觉间功力日深，不须肌肤相触，只要对方运劲攻来，内力便会通过兵刃而传入他体内。

钟镇大惊之下，急收长剑，跟着立即刺出。令狐冲见到他胁下空门大开，本来只须顺势一剑，即可致其死命，但手臂酸软，力不从心，只得横剑挡格。双剑相交，钟镇又是内力急泻，心跳不已，惊怒交集之下，鼓起平生之力，长剑疾刺，剑到中途，陡然转向，剑尖竟刺向令狐冲身旁仪琳的胸口。

这一招虚虚实实，后着甚多，极为阴狠，令狐冲如横剑去救，他便回剑刺其小腹，如若不救，则这一剑真的刺中了仪琳，也要叫令狐冲心神大乱，便可趁机猛下杀手。

众人惊呼声中，眼见剑尖已及仪琳胸口衣衫，令狐冲长剑蓦地翻过，压上他剑刃。

钟镇的长剑突然在半空中胶住不动，用力前送，剑尖竟没法向前推出分毫，剑刃却向上缓缓弓起，同时内力急倾而出。总算他见机极快，急忙撤剑，向后跃出，可是前力已失，后力未继，身在半空，突然软瘫，重重地直挺下来，砰的一声大响，背脊着地。这一下挺得如此狼狈，浑似个不会丝毫武功的常人。他双手支地，慢慢爬起，但身子只起得一半，背心剧痛，又侧身摔倒。

滕八公和高克新忙抢过将他扶起，齐问：“师哥，怎么了？”钟镇双目盯住在令狐冲脸上，随即想起，数十年前便已威震武林的魔教教主任我行，决不能是这样一个二十余岁的青年，说道：“你是任我行的弟……弟子，会使吸星……吸星妖法！”高克新惊道：“师哥，你的内力给他吸去了？”钟镇道：“正是！”但身子一挺，又觉内力渐增。原来令狐冲所习吸星大法修为未深，又不是有意要吸他内力，只是钟镇突觉内劲倾泻而出，惶怖之下，以致摔得狼狈不堪。

滕八公低声道：“咱们去吧，日后再来找回场子。”钟镇将手一挥，对着令狐冲大声道：“魔教妖人，你使这等阴毒绝伦的妖法，那是与天下英雄为敌。姓钟的今日不是你对手，可是我正教的千千万万好汉，决不会屈服于你妖法的淫威之下。”说着转过身来，向岳不群拱了拱手，说道：“岳先生，这个魔教妖人，跟阁下没什么渊源吧？”

岳不群哼了一声，并不答话。

钟镇在他面前也不敢如何放肆，说道：“真相若何，终当大白，后会有期。”带着邓高二人，径自走了。

岳不群从大门的阶石走了下来，森然道：“令狐冲，你好，原来你学了任我行的吸星妖法。”令狐冲确是学了任我行这一项功夫，虽是无意中学得，但事实如此，却也无从置辩。岳不群厉声道：“我问你，是也不是？”令狐冲道：“是！”

岳不群厉声道：“你习此妖法，更是正教中人的公敌。今日你身上有伤，我不来乘人之危。第二次见面，不是我杀了你，便是你杀了我。”侧身向众弟子道：“这人是你们的死敌，哪一个对他再有昔日的同门之情，那便自绝于正教门下。大家听到了没有？”众弟子齐声应道：“是！”岳不群见女儿嘴唇动了一下，想说什么话，说道：“珊儿，你虽是我女儿，却也并不例外，你听到了没有？”岳灵珊低声道：“听到了。”

令狐冲本已衰弱不堪，听了这几句话，更觉双膝无力，当的一声，长剑落地，身子慢慢垂了下去。

仪和站在他身旁，伸臂托在他右胁下，说道：“岳师伯，这中间必有误会，你没查问明白，便如此绝情，可忒也鲁莽了。”岳不群道：“有什么误会？”仪和道：“我恒山派众人为魔教妖人所辱，全仗这位令狐吴将军援手救命。他若是魔教教下，怎么会来帮我们去跟魔教为敌？”她听仪琳叫他“令狐师兄”，岳不群又叫“令狐冲”，自己却只知他是“吴将军”，只好两个名字一起叫了。

岳不群道：“魔教妖人诡计多端，你们可别上了他的当。贵派众位南来，是哪一位师太为首？”他想这些年轻的尼姑、姑娘们定是为令狐冲的花言巧语所惑，只有见识广博的前辈师太，方能识破他的奸计。

仪和凄然道：“我师定静师太，不幸为魔教妖人所害。”

岳不群和岳夫人都“啊”的一声，甚感惊惋。

便在此时，长街彼端一个中年尼姑快步奔来，说道：“白云庵信鸽有书传到。”走到仪和面前，从怀中掏出一个小小竹筒，双手递将过去。

仪和接过，拔开竹筒一端的木塞，倒出一个布卷，展开一看，惊叫：“啊哟，不好！”恒山派众弟子听得白云庵有书信到来，早就纷纷围拢，见仪和神色惊惶，忙问：“怎么？”“师父信上说什么？”“什么事不好？”

仪和道：“师妹你瞧。”将布卷递给仪清。仪清接了过来，朗声诵读布卷上的文字：“余与定逸师妹，被困于龙泉铸剑谷。”又道：

"这是掌门师叔的……的血书。她老人家怎地到了龙泉?"

仪真道:"咱们快去!"仪清道:"却不知敌人是谁?"仪和道:"管他是什么凶神恶煞,咱们急速赶去。便是要死,也和师叔死在一起。"

仪清心想:"两位师叔的武功何等了得,尚且被困,咱们这些人赶去,多半也无济于事。"拿着血书,走到岳不群身前,躬身说道:"岳师伯,我们掌门师叔来信,说道:'被困于龙泉铸剑谷。'请师伯念在五岳剑派同气连枝之谊,设法相救。"

岳不群接过书信,看了一眼,沉吟道:"定闲师太和定逸师太怎地会去浙南?她二位武功卓绝,怎么会遭敌人所困,这可奇了?这通书信,可是师太亲笔么?"仪清道:"确是我掌门师叔亲笔。只怕她老人家已受了伤,仓促之际,蘸血书写。"岳不群道:"不知敌人是谁?"仪清道:"多半是魔教中人,否则敝派也没什么仇敌。"岳不群斜眼向令狐冲瞧去,缓缓地道:"说不定是魔教妖人假造书信,诱你们去自投罗网。妖人诡计层出不穷,不可不防。"顿了一顿,又道:"这事可须查个明白,从长计议才是。"

仪和朗声叫道:"师叔有难,急如星火,快去救援要紧。仪清师妹,咱们速速赶去,岳师伯没空,多求也是无用。"仪真也道:"不错,倘若迟到了一刻,那可是千古之恨。"恒山派见岳不群推三阻四,不顾义气,都心头有气。

仪琳道:"令狐师兄,你且在福州养伤。我们去救了师父、师伯回来,再来探你。"令狐冲大声道:"大胆毛贼又在害人,本将军岂能袖手旁观?大伙儿一同前去救人便了。"仪琳道:"你身受重伤,怎能赶路?"令狐冲道:"本将军为国捐躯,马革裹尸,何足道哉?去,去,快去。"

恒山众弟子本来全无救师尊脱险的把握,有令狐冲同去,胆子便大了不少,登时都脸现喜色。仪真道:"那可多谢你了。我们去找坐骑给你乘坐。"

令狐冲道:"大家都骑马!出阵打仗,不骑马成什么样子?走啊，走啊！”他眼见师父如此绝情，心下气苦，狂气便又发作。

仪清向岳不群、岳夫人躬身说道：“晚辈等告辞。”仪和气忿忿地道：“这种人跟他客气什么？徒然多费时刻。哼，全无义气，浪得虚名，叫什么‘君子剑’，还不如……”仪清喝道：“师姊，别多说啦！”

岳不群笑了笑，只当没听见。

劳德诺闪身而出，喝道：“你嘴里不干不净地说些什么？我五岳剑派本来同气连枝，一派有事，四派共救。可是你们和令狐冲这魔教妖人勾结在一起，行事鬼鬼祟祟，我师父自要考虑周详。你们先得把令狐冲这妖人杀了，表明清白。否则我华山派可不能跟你恒山派同流合污。”

仪和大怒，踏上一步，手按剑柄，朗声问道：“你说什么‘同流合污’？”劳德诺道：“你们跟魔教勾勾搭搭，那便是同流合污了。”仪和怒道：“这位令狐大侠见义勇为，急人之难，那才是真正的大英雄、大丈夫，哪像你们这种人，自居豪杰，其实却是见死不救、临难苟免的伪君子！”

岳不群外号“君子剑”，华山门下最忌的便是“伪君子”这三字。劳德诺听她言语中显在讥讽师父，刷的一声，长剑出鞘，直指仪和咽喉。这一招正是华山剑法中的妙招“有凤来仪”。仪和没料到他竟会突然出手，不及拔剑招架，剑尖已及其喉，一声惊呼。跟着寒光闪动，七柄长剑已齐向劳德诺刺到。

劳德诺忙回剑招架，可是只架开了刺向胸膛的一剑，嗤嗤声响，恒山派的六柄长剑已在他衣衫上划了六道口子，每一道口子都有一尺来长。总算恒山派弟子并没想取他性命，每一剑都及身而止，只郑萼功夫较浅，出剑轻重拿捏不准，划破他右臂袖子之后，剑尖又刺伤了他右臂肌肤。劳德诺大惊，急向后跃，啪的一声，怀中掉下一本册子。

日光照耀下，人人瞧得清楚，只见册子上写着“紫霞秘笈”四字。

劳德诺脸色大变，急欲上前抢还。令狐冲叫道："阻住他！"仪和这时已拔剑在手，刷刷刷连刺三剑。劳德诺举剑架开，却进不得一步。

岳灵珊道："爹，这本秘笈，怎地在二师哥身上？"

令狐冲大声问道："劳德诺，六师弟是你害死的，是不是？"

那日华山绝顶上六弟子陆大有遭害，《紫霞秘笈》失踪，始终是一绝大疑团，不料此刻恒山女弟子割断了劳德诺衣衫的带子，又划破了他口袋，这本华山派镇山之宝的内功秘笈竟掉了出来。

劳德诺喝道："胡说八道！"突然矮身疾冲，闯入了一条小胡同中，飞奔而去。

令狐冲愤极，发足追去，只奔出几步，便一晃倒地。仪琳和郑萼忙奔过去扶起。

岳灵珊拾起册子，交给父亲，道："爹，原来是给二师哥偷了去的。"

岳不群脸色铁青，接过一看，果然便是本派历祖相传的内功秘笈，幸喜书页完整，未遭损坏，恨恨地道："都是你不好，拿了去给人，才会给劳德诺偷去。"

仪和口舌上不肯饶人，大声道："这才叫同流合污呢！"

于嫂走到令狐冲跟前，问道："令狐大侠，觉得怎样？"令狐冲咬牙道："我师弟给这奸贼害死了，可惜追他不上。"见岳不群及众弟子转身入内，掩上了镖局大门，心想："师父的大弟子学了魔教阴毒武功，二弟子又是个戕害同门、偷盗秘本的恶贼，难怪他老人家气恼！"说道："尊师被困，事不宜迟，咱们火速赶去救人要紧。劳德诺这恶贼，迟早会撞在我手里。"于嫂道："你身上有伤，如此……如此……唉，我不会说……"她是佣妇出身，此时在恒山派中虽身份已然不低，武功也自不弱，但知识有限，不知如何向他表示感激才好。

令狐冲道："咱们快去骡马市上，见马便买。"掏出怀中金银，交给于嫂。

但市上买不够马匹，身量较轻的女弟子便二人共骑，出福州北门，向北飞驰。

奔出十余里，只见一片草地上有数十匹马放牧，看守的是六七名兵卒，当是军营中的官马。令狐冲道："去把马抢过来！"于嫂忙道："这是军马，只怕不妥。"令狐冲道："救人要紧，皇帝的御马也抢了，管他什么妥不妥。"仪清道："得罪了官府，只怕……"令狐冲大声道："救师尊要紧，还是守王法要紧？去他奶奶的官府不官府！我吴将军就是官府。将军要马，小兵敢不奉号令吗？"仪和道："正是。"令狐冲叫道："把这些兵卒点倒了，拉了马走。"仪清道："拉十二匹就够了。"令狐冲叫道："尽数都拉了来，路上好换骑！"

他呼号喝令，自有一番威严。自从定静师太逝世后，恒山派弟子凄凄惶惶，六神无主，听令狐冲这么一喝，众人便拍马冲前，随手点倒几名牧马的兵卒，将几十匹马都拉了过来。那些兵卒从未见过如此无法无天的尼姑和姑娘们，只叫得一两句"干什么？""开什么玩笑？"已摔在地下，动弹不得。

众弟子抢到马匹，嘻嘻哈哈，叽叽喳喳，大为兴奋。大家贪新鲜，都跃到官马之上，疾驰一阵。中午时分，来到一处市镇上打尖。

镇民见一群女子和尼姑带了大批马匹，其中却混着一个男人，无不大为诧异。

吃过素餐粉条，仪清取钱会账，低声道："令狐师兄，咱们带的钱不够了。"适才在骡马市上买马，众人救师心切，哪有心情讨价还价，已将银两使了个干净，只剩下些铜钱。令狐冲道："郑师妹，你和于嫂牵一匹马去卖了，官马却不能卖。"

郑萼答应了，牵了马和于嫂到市上去卖。众弟子掩嘴偷笑，均想："于嫂倒也罢了，郑萼这样娇滴滴的一个小姑娘，居然在市上卖马，倒也稀罕得很。"但郑萼聪明伶俐，能说会道，来到福建没多日，天下最难讲的福建话居然已给她学会了几百句，不久便卖了马,拿了钱来付账。

傍晚时分,在山坡上遥遥望见一座大镇,屋宇鳞比,至少有七八百户人家。众人到镇上吃了饭,将卖马钱会了钞,已没剩下多少。郑萼兴高采烈,笑道:“明儿咱们再卖一匹。”令狐冲低声道:“你到街上打听打听,这镇上最有钱的财主是谁,最坏的坏人是谁。”

郑萼点点头,拉了秦绢同去,过了小半个时辰,回来说道:“本镇只一个大财主,姓白,外号叫做白剥皮,又开当铺,又开米行。这人外号叫做白剥皮,想来为人也好不了。”令狐冲笑道:“今儿晚上,咱们去跟他化缘。”郑萼道:“这种人最是小气,只怕化不到什么钱米。”令狐冲微笑不语,隔了一会,说道:“大伙儿上路吧。”

众人眼见天色已黑,但想师尊有难,原该不辞辛劳,连夜赶路的为是,当即出镇向北。行不数里,令狐冲道:“行了,咱们便在这里歇歇。”众人依言在一条小溪边坐地休息。令狐冲闭目养神,过了大半个时辰,睁开眼来,向于嫂和仪和道:“你们两位各带六位师妹,到白剥皮家去化缘,郑师妹带路。”

于嫂和仪和等心中奇怪,但还是答应了。令狐冲道:“至少得化五百两银子,最好是二千两。”仪和大声道:“啊哟,哪能化到这么多?”令狐冲道:“小小二千两银子,本将军还不瞧在眼里呢。二千两,咱们自己使一千,余下一千分了给镇上穷人。”众人这才恍然大悟,面面相觑。仪和道:“你是……是要咱们劫富济贫?”令狐冲道:“劫是不劫的,咱们是化富济贫。咱们几十个人,身边凑起来也没几两银子,那是穷得到了姥姥家啦。不请富家大举布施,来周济咱们这些贫民,怎到得了龙泉铸剑谷哪?”

众人听到“龙泉铸剑谷”五字,更无他虑,都道:“这就化缘去!”

令狐冲道:“这种化缘,只怕你们从来没化过,法子有点儿小小不同。你们脸上用帕子蒙了起来,跟白剥皮化缘之时,也不用开口,见到金子银子,随手化了过来便是。”郑萼笑道:“要是他不肯呢?”令狐冲道:“那就太也不识抬举了。恒山派门下英杰,都是武林中非同小可之辈,旁人便用八人大轿来请,轻易也请不到你们上门化缘,是不是?白剥皮只不过是小小镇上的一个土豪劣绅,在武林中有什么名堂位份?居然有十五位恒山派高手登门造访,大驾光临,那不是给他脸上贴金么?他倘若当真瞧你们不起,那也不妨跟他动手过招,比划比划。也不必倚多为胜,尽管公公道道,单打独斗,且看是白剥皮的武功厉害,还是咱们恒山派郑师妹的拳脚了得。”

他这么一说,众人都笑了起来。群弟子中几个老成持重的如仪清等人,心下隐隐觉得不妥,暗想恒山派戒律精严,戒偷戒盗,这等化缘,未免犯戒。但仪和、郑萼等已快步而去,那些心下不以为然的,也已来不及再说什么。

令狐冲一回头,只见仪琳一双妙目正注视着自己,微笑道:“小师妹,你说不对么?”仪琳避开他眼光,低声道:“我不知道。你说该这么做,我……我想总是不错的。”令狐冲道:“那日我想吃西瓜,你不也曾去田里化了一个来吗?”

仪琳脸上一红,想起了当日和他在旷野共处的那段时光,便在此时,天际一个流星拖着一条长长的尾巴,闪烁而过。令狐冲道:“你记不记得心中许愿的事?”仪琳低声道:“怎么不记得?”她转过头来,说道:“令狐师兄,这样许愿真的很灵。”令狐冲道:“是吗?你许了个什么愿?”仪琳低头不语,心中想:“我许过几千几百个愿,盼望能再见你,真的又见到你了。”

突然远远传来马蹄声响,一骑马自南疾驰而来,正是来自于嫂、仪和她们一十五人的去路,但她们去时并未乘马,难道出了什么事?众人都站了起来,向马蹄声来处眺望。

只听得一个女子声音叫道:“令狐冲,令狐冲!”令狐冲心头大震,那正是岳灵珊的声音,叫道:“小师妹,我在这里!”仪琳身子一颤,脸色苍白,退开一步。

黑暗中一骑白马急速奔来,奔到离众人数丈处,那马一声长嘶，人立起来，这才停住，显是岳灵珊突然勒马。令狐冲见她来得仓促，暗觉不妙，叫道："小师妹！师父、师母没事吗？"岳灵珊骑在马上，月光斜照，虽只见到她半边脸庞，却也瞧见她铁青着脸，只听她大声道："谁是你师父、师母？我爹爹妈妈，跟你又有甚相干？"

令狐冲胸口犹如给人重重打了一拳，身子晃了晃，本来岳不群对他十分严厉，但岳夫人和岳灵珊始终顾念旧情，没令他难堪，此刻听她如此说，不禁凄然道："是，我已给逐出华山派门墙，无福再叫师父、师娘了。"岳灵珊道："你既知不能叫，又挂在嘴上干什么？"令狐冲垂头不语，心如刀割。

岳灵珊哼了一声，纵马上前数步，说道："拿来！"伸出了右手。令狐冲有气没力地道："什么？"岳灵珊道："到这时候还在装腔作势，能瞒得了我么？"突然提高嗓子，叫道："拿来！"令狐冲摇头道："我不明白。你要什么？"岳灵珊道："要什么？要林家的《辟邪剑谱》！"令狐冲大奇，道："《辟邪剑谱》？你怎会向我要？"

岳灵珊冷笑道："不问你要，却问谁要？那件袈裟，是谁从林家老宅中抢去的？"令狐冲道："是嵩山派的两个家伙，一个叫什么'白头仙翁'卜沉，一个叫'秃鹰'沙天江。"岳灵珊道："这姓卜姓沙的两个家伙，是谁杀的？"令狐冲道："是我。"岳灵珊道："那件袈裟，又是谁拿了？"令狐冲道："是我。"岳灵珊道："那么拿来！"

令狐冲道："我受伤晕倒，蒙师……师……蒙你母亲所救。此后这件袈裟，便不在我身上。"岳灵珊仰起头来，打个哈哈，声音中却无半分笑意，说道："依你说来，倒是我娘吞没了？这等卑鄙无耻的话，亏你说得出口！"令狐冲道："我决没说是你母亲吞没。老天在上，令狐冲心中，可没半分对你母亲不敬之意。我只是说……只是说……"岳灵珊道："什么？"令狐冲道："你母亲见到这件袈裟，得知是林家之物，自然交给了林师弟。"

岳灵珊冷冷地道："我娘怎会来搜你身上之物？就算要交还林师弟，是你拼命夺来的物事，哼哼，你醒过来后，自己不会交还么？怎会不让你做这个人情？"

令狐冲心道:“此言有理。难道这袈裟又给人偷去了?”心中一急,背上登时出了一身冷汗,说道:“既是如此,其中必有别情。”将衣衫抖了抖,说道:“我全身衣物,俱在此处,你如不信,尽可搜检。”

岳灵珊又一声冷笑,说道:“你这人精灵古怪,拿了人家的物事,难道会藏在自己身上?再说,你手下这许多尼姑和尚、不三不四的女人,哪一个不会代你收藏?”

岳灵珊如此审犯人般地对付令狐冲,恒山派群弟子早已俱都忿忿不平,待听她如此说,登时有几人齐声叫了出来:“胡说八道!”“什么叫做不三不四的女人!”“这里有什么和尚了?”“你自己才不三不四!”

岳灵珊手持剑柄,大声道:“你们是佛门弟子,纠缠着一个大男人,跟他日夜不离,那还不是不三不四?呸!好不要脸!”

恒山群弟子大怒,刷刷刷之声不绝,七八人都拔出了长剑。

岳灵珊一按剑上簧扣,刷的一声,长剑出鞘,叫道:“你们要倚多为胜,杀人灭口,尽管上来!岳姑娘怕了你们,也不是华山门下弟子了!”

令狐冲左手一挥,止住恒山群弟子,叹道:“你始终见疑,我也没法可想。劳德诺呢?你怎不去问问他?他既会偷紫霞秘笈,说不定这件袈裟也是给他偷去了?”岳灵珊大声道:“你要我去问劳德诺是不是?”令狐冲奇道:“正是!”岳灵珊喝道:“好,那你上来取我性命便是!你精通林家的辟邪剑法,我本来就不是你对手!”令狐冲道:“我……我怎会伤你?”岳灵珊道:“你要我去问劳德诺,你不杀了我,我怎能去阴世见着他?”

令狐冲又惊又喜,说道:“劳德诺他……他给师……师……给你爹爹杀了?”他知劳德诺带艺投师,华山门下除了自己之外,要数他武功最强,若非岳不群亲自动手,旁人也除不了他。此人害死陆大有,自己恨之入骨,听说已死,实是一件大喜事。

岳灵珊冷笑道:“大丈夫一身做事一身当,你杀了劳德诺,又为何不认?”令狐冲奇道:“你说是我杀的?倘若真是我杀的,却何必不认?此人害死六师弟,早就死有余辜,我恨不得亲手杀了他。”

岳灵珊大声道:“那你为什么又害死八师哥?他可没得罪你啊,你……你好狠心!”

令狐冲更大吃一惊,颤声道:“八师弟跟我向来很好,我……我怎会杀他?”岳灵珊道:“你……你自从跟魔教妖人勾结之后,行为反常,谁又知道你为什么……为什么要杀八师哥,你……你……”说到这里,不禁垂下泪来。令狐冲踏上一步,说道:“小师妹,你可别胡乱猜想。八师弟他年纪轻轻,和人无冤无仇,别说是我,谁都不会忍心害他。”岳灵珊柳眉突然上竖,厉声道:“那你又为什么忍心杀害小林子?”

令狐冲大惊失色,道:“林师弟……他……他也死了?”岳灵珊道:“现下还没死,你一剑没砍死他,可是……可是谁也不知他……他……能不能好。”说到这里,呜咽起来。令狐冲舒了口气,问道:“他受伤很重,是吗?他自然知道是谁砍他的。他怎么说?”岳灵珊道:“世上又有谁像你这般狡猾?你在他背后砍他,他……他背后又没生眼睛。”

令狐冲心头酸苦,气不可遏,拔出腰间长剑,一提内力,运劲于臂,呼的一声,掷了出去。那剑平平飞出,削向一株径长尺许的大乌柏树,剑刃拦腰而过,将那大树居中截断。半截大树摇摇晃晃地摔将下来,砰的一声大响,地下飞沙走石,尘土四溅。

岳灵珊见到这等威势,情不自禁地勒马退了两步,说道:“怎么?你学会了魔教妖法,武功厉害,向我显威风么?”

令狐冲摇头道:“我如要杀林师弟,不用在他背后动手,更不会一剑砍他不死。”

岳灵珊道:“谁知你心中打什么鬼主意了?哼,定是八师哥见到你的恶行,你这才杀他灭口,还将他面目剁得稀烂,便如你对付二……劳德诺一般。”

令狐冲沉住了气，情知这中间定有一件自己眼下猜想不透的大阴谋，问道："劳德诺的面目，也给人剁得稀烂了？"岳灵珊道："是你亲手干下的好事，难道自己不知道？却来问我！"令狐冲道："华山派门下，更有何人受到损伤？"岳灵珊道："你杀了两个，伤了一个，这还不够么？"

令狐冲听她这般说，知华山派中并没旁人受到伤害，心下略宽，寻思："这是谁下的毒手？"突然间心中一凉，想起任我行在杭州孤山梅庄所说的话来，他说自己倘若不允加入魔教，便要将华山派尽数屠灭，莫非他已来到福州，起始向华山派下手？急道："你……你快回去，禀告你爹爹、妈妈，恐怕……恐怕是魔教的大魔头来对华山派痛下毒手了。"

岳灵珊扁了扁嘴，冷笑道："不错，确是魔教的大魔头在对我华山派痛下毒手。不过这个大魔头，以前却是华山派的。这才叫做养虎贻患，恩将仇报！"

令狐冲只有苦笑，心想："我答允去龙泉相救定闲、定逸两位师太，可是我师父、师娘他们又面临大难，这可如何是好？倘若真是任我行施虐，我自然也决不是他敌手，但恩师、师娘有难，纵然我赶去徒然送死，无济于事，也当和他们同生共死。事有轻重，情有亲疏，恒山派的事，只好让她们自己先行料理了。要是能阻挡了任我行，当再赶去龙泉赴援。"他心意已决，说道："今日自离福州之后，我跟恒山派的这些师姊们一直在一起，怎么分身去杀八师弟、劳德诺？你不妨问问她们。"

岳灵珊道："哼，我问她们？她们跟你同流合污，难道不会跟你圆谎么？"

恒山众弟子一听，又有七八个叫嚷起来。几个出家人言语还算客气，那些俗家弟子却骂得甚是尖刻。

岳灵珊勒马退开几步，说道："令狐冲，小林子受伤极重，昏迷之中仍挂念剑谱，你如还有半点人性，便该将剑谱还了给他。否则……否则……"令狐冲道："你瞧我真是如此卑鄙无耻之人么？"岳灵珊怒道:“你若不卑鄙无耻,天下再没卑鄙无耻之人了!”

仪琳在旁听着二人对答之言,心中激动,这时再也忍不住,说道:“岳姑娘,令狐师兄对你好得很。他心中对你实在是真心诚意,你为什么这样凶地骂他?”岳灵珊冷笑道:“他对我好不好,你是出家人,又怎么知道了?”仪琳突然感到一阵骄傲,只觉令狐冲受人冤枉诬蔑,自己纵然百死,也要为他辩白,至于佛门中的清规戒律,日后师父如何责备,一时全都置之脑后,当即朗声说道:“是令狐师兄亲口跟我说的。”岳灵珊道:“哼,他连这种事也对你说。他……他就是想对我好,这才出手加害林师弟。”

令狐冲叹了口气,说道:“仪琳师妹,不用多说了。贵派的天香断续胶和白云熊胆丸治伤大有灵效,请你给一点我师……给一点岳姑娘,让她带去救人治伤。”

岳灵珊一抖马头,转身而去,说道:“你一剑斩他不死,还想再使毒药么?我才不上你当。令狐冲,小林子倘若好不了,我……我……”说到这里,语音已转成了哭声,急抽马鞭,疾驰向南。

令狐冲听着蹄声渐远,心中一片酸苦。

秦绢道:“这女人这等泼辣,让她那个小林子死了最好。”仪真道:“秦师妹,咱们身在佛门,慈悲为怀,这位姑娘虽然不是,却也不可咒人死亡。”

令狐冲心念一动,道:“仪真师妹,我有一事相求,想请你辛苦一趟。”仪真道:“令狐师兄但有所命,自当遵依。”令狐冲道:“不敢。那个姓林之人,是我的同门师弟,据那位岳姑娘说受伤甚重。我想贵派的金创药灵验无比……”仪真道:“你要我送药去给他,是不是?好,我这就回福州城去。仪灵师妹,你陪我同去。”令狐冲拱手道:“有劳两位师妹大驾。”仪真道:“令狐师兄一直跟咱们在一起,怎会去杀人了?这等冤枉人,我们也须向岳师伯分说分说。”

令狐冲摇头苦笑,心想师父只当我已然投入魔教麾下,无所不为,无恶不作,哪还能信你们的话?见仪真、仪灵二人驰马而去,心想："她们对我的事如此热心，我若撇下她们，回去福州，此心何安？何况定闲师太她们确是为敌所困，而任我行是否来到福州，我却一无所知……"见秦绢过去拾起斩断大树的长剑，给他插入腰间剑鞘，忽然想起："我说如要杀死林平之，何必背后斩他？又岂会一剑斩他不死？倘若下手之人是任我行，他更怎会一剑斩他不死？那定是另有其人了。只须不是任我行，我师父怕他何来？"

想到此节，心下登时一宽，只听得远处脚步声响，听来人数目，当是于嫂她们化缘回来了。果然过不多时，仪和等十五人奔到跟前。于嫂说道："令狐少侠，咱们化……化了不少金银，可使不了……使不了这许多。黑夜之中，也不能分些去救济贫苦。"仪和道："这当儿去龙泉要紧。济贫的事，慢慢再办不迟。"转头向仪清道："刚才道上遇到了个年轻女子，你们见到没有？也不知是什么来头，却跟我们动上了手。"

令狐冲惊道："跟你们动上了手？"仪和道："是啊。黑暗之中，这女子骑马冲来，一见到我们，便骂什么不三不四的尼姑，什么也不怕丑。"令狐冲暗暗叫苦，忙问："她受伤重不重？"仪和奇道："咦，你怎知她受了伤？"令狐冲心想："她这样骂你们，你又是这等火爆霹雳的脾气，她一个对你们一十五人，岂有不受伤的？"又问："她伤在哪里？"

仪和道："我先问她，为什么素不相识，一开口就骂人？她说：'哼，我才识得你们呢。你们是恒山派中一群不守清规的尼姑。'我说：'什么不守清规？胡说八道，你嘴里放干净些。'她马鞭一扬，不再理我，喝道：'让开！'我伸手抓住了她马鞭，也喝道：'让开！'这样便动起手来啦。"

于嫂道："她拔剑出手，咱们便瞧出她是华山派的，黑暗之中当时看不清面貌，后来认出好像便是岳先生的小姐。我急忙喝阻，可是她手臂上已中了两处剑伤，却也不怎么重。"仪和笑道："我可早认出来啦。他们华山派在福州城中，对令狐师兄好生无礼，咱们恒山派有难，又都袖手不理，全没义气，全没心肝。我有心要她吃点苦头。”

郑萼道：“仪和师姊对这岳姑娘确是手下留情，那一招‘金针渡劫’砍中了她左膀，只轻轻一划，便收了转来，若是真打哪，还不卸下了她一条手臂。”

令狐冲心想一波未平，一波又起，小师妹心高气傲，素来不肯认输，今晚这一战定然认为是毕生奇耻大辱，多半还要怪在自己头上。一切都是运数使然，那也无可如何，好在她受伤不重，料想当无大碍。

郑萼早瞧出令狐冲对这岳姑娘关心殊甚，说道：“咱们倘若早知是令狐师兄的师妹，就让她骂上几句也没什么，偏生黑暗之中什么也瞧不清楚。日后见到，倒要向她赔个罪才是。”仪和气忿忿地道：“赔什么罪？咱们又没得罪她，是她一开口就骂人。走遍天下，也没这个道理！”

令狐冲道：“几位化到了缘，咱们走吧。那白剥皮怎样？”他心中难过，不愿再提岳灵珊之事，便岔开了话题。

仪和等人说起化缘之事，大为兴奋，登时滔滔不绝，还道：“平时向财主化缘，要化一两二两银子也为难得紧，今晚却一化便是几千两。”郑萼笑道：“那白剥皮躺在地下，又哭又嚷，说道几十年心血，一夜之间便化为流水。”秦绢笑道：“谁叫他姓白呢？他去剥人家的皮，搜刮财物，到头来还是白白的一场空。”

众人笑了一阵，但不久便想起二位师尊被困，心情又沉重起来。

令狐冲道：“咱们盘缠有了着落，这就赶路吧！”

几碗酒一下肚，一个寒酸落拓的莫大先生突然显得逸兴遄飞，连连呼酒，只是他酒量和令狐冲差得甚远，喝得几碗后，便已满脸通红，醉态可掬。

二十五 闻 讯

一行人纵马疾驰，每天只睡一两个时辰，沿途毫无耽搁，数日后便到了浙南龙泉。令狐冲给卜沉和沙天江二人砍伤，流血虽多，毕竟只皮肉之伤。他内力浑厚，兼之内服外敷恒山派的治伤灵药，到得浙江境内时已好了大半。

众弟子心下焦急，甫入浙境便即打听铸剑谷的所在，但沿途乡人均无所知。到得龙泉城内，见铸刀铸剑铺甚多，可是向每家刀剑铺打听，竟没一个铁匠知道铸剑谷的所在。众人大急，再问可见到两位年老尼姑，有没听到附近有人争斗打架。众铁匠都说并没听到有什么人打架，至于尼姑，那是常常见到的，城西水月庵中便有好几个尼姑，却也不怎么老。

众人问明水月庵的所在，当即驰马前往，到得庵前，只见庵门紧闭。

郑萼上前打门，半天也没人出来。仪和见郑萼又打了一会门，没听见庵中有丝毫声音，不耐再等，便即拔剑出鞘，越墙而入。仪清跟着跃进。仪和道："你瞧，这是什么？"指着地下。只见院子中有七八枚亮晶晶的剑头，显是给人用利器削下来的。仪和叫道："庵里有人么？"寻向后殿。仪清拔闩开门，让令狐冲和众人进来。她拾起一枚剑头，交给令狐冲道："令狐师兄，这里有人动过手。"

令狐冲接过剑头，见断截处极是光滑，问道："定闲、定逸两位师伯，使的可是宝剑么？"仪清道："她二位老人家都不使宝剑。掌门师叔曾道，只须剑法练得到了家，便木剑竹剑，也能克敌制胜。

她老人家又道，宝刀宝剑太过霸道，稍有失手，便取人性命，残人肢体……”令狐冲沉吟道：“那么这不是两位师伯削断的？”仪清点了点头。

只听得仪和在后殿叫道：“这里又有剑头。”众人跟着走向后殿，见殿堂中地下桌上，到处积了灰尘。天下尼庵佛堂，必定洒扫十分干净，这等尘封土积，至少也有数日没人居住了。令狐冲等又来到庵后院子，只见好几株树木为利器劈断，检视断截之处，当也已历时多日。后门洞开，门板飞出在数丈之外，似是给人踢开的。

后门外一条小径通向群山，走出十余丈后，便分为两条岔路。

仪清叫道：“大伙儿分头找找，且看有无异状。”过不多时，秦绢在右首的岔路上叫了起来：“这里有一枚袖箭。”又有一人跟着叫道：“铁锥！有一枚铁锥。”眼见这条小路通入一片丘岭起伏的群山，众人当即向前疾驰，沿途不时见到暗器和断折的刀剑，草丛间尚有干了的大片血渍。

突然之间，仪清“啊”的一声叫了出来，从草丛中拾起一柄长剑，向令狐冲道：“本门的兵器！”令狐冲道：“定闲、定逸两位师太和人相斗，定是向这里过去。”众人皆知掌门人和定逸师太定是斗不过敌人，从这里逃了下去，令狐冲这么说，不过措词冠冕些而已。眼见一路上散满了兵刃暗器，料想这场争斗定然十分惨烈，事隔多日，不知是否还来得及相救。众人忧心忡忡，发足急奔。

山路越走越险，盘旋而上，绕入了后山。行得数里，遍地皆是乱石，已无道路可循。恒山派中武功较低的弟子仪琳、秦绢等已然堕后。

又走一阵，山中更无道路，亦不再见有暗器等物指示方向。

众人正没做理会处，突见左侧山后有浓烟升起。令狐冲道：“咱们快到那边瞧瞧。”疾向该处奔去。但见浓烟越升越高，绕过一处山坡后，眼前好大一个山谷，谷中烈焰腾空，柴草烧得劈啪作响。令狐冲隐身石后，回身挥手，叫仪和等人不可做声。

便在此时，听得一个苍老的男子声音叫道：“定闲、定逸，今日送你们一起上西方极乐世界，得证正果，不须多谢我们啦。”令狐冲心中一喜：“两位师太并未遭难，幸喜没来迟。”又有一个男子声音叫道：“东方教主好好劝你们归降投诚，你们偏偏固执不听，自今而后，武林中可再没恒山一派了。”先前那人叫道：“你们可怨不得我日月神教心狠手辣，只好怪自己顽固，累得许多年轻弟子枉自送了性命，实在可惜。哈哈，哈哈！”

眼见谷中火头越烧越旺，显是定闲、定逸两位师太已给困在火中，令狐冲执剑在手，提一口气，长声叫道：“大胆魔教贼子，竟敢向恒山派众位师太为难。五岳剑派的高手们四方来援，贼子还不投降？”口中叫嚷，向山谷冲了下去。

一到谷底，便是柴草阻路，枯枝干草堆得两三丈高，令狐冲更不思索，踊身从火堆中跳将进去。幸好火圈之中的柴草燃着的还不甚多，他抢前几步，见有两座石窑，却不见有人，便叫：“定闲、定逸两位师太，恒山派救兵来啦！”

这时仪和、仪清、于嫂等众弟子也在火圈外纵声大呼，大叫：“师父、师叔，弟子们都到了。”跟着敌人呼叱之声大作：“一起都宰了！”“都是恒山派的尼姑！”“虚张声势，什么五岳剑派的高手。”随即兵刃相交，恒山派众弟子和敌人交上了手。

只见窑洞口中一个高大人影钻了出来，满身血迹，正是定逸师太，手执长剑，当门而立，虽衣衫破烂，脸有血污，但这么一站，仍神威凛凛，不失一代高手的气派。

她一见令狐冲，怔了一怔，道：“你……你是……”令狐冲道：“弟子令狐冲。”定逸师太道：“我正识得你是令狐冲！”她在衡山群玉院外，曾隔窗见过令狐冲一面。令狐冲道：“弟子开路，请众位一齐冲杀出去。”俯身拾起一根长条树枝，挑动燃着的柴草。定逸师太道：“你已投入魔教……”

便在此时，只听得一人喝道：“什么人在这里捣乱！”刀光闪动，一柄钢刀在火光中劈将下来。令狐冲眼见火势甚烈，情势危急，而定逸师太对自己大有见疑之意，竟不肯随己冲出，当此情势，只有快刀斩乱麻，大开杀戒，方能救得众人脱险，当即退了一步。那人一刀不中，第二刀又复砍下。令狐冲长剑削出，嗤的一声响，将他右臂连刀一齐斩落。却听得外边一个女子尖声惨叫，当是恒山派女弟子遭了毒手。

令狐冲一惊，急从火圈中跃出，但见山坡上东一团、西一堆，数百人已斗得甚急。恒山派群弟子七人一队，组成剑阵与敌人相抗，但也有许多人落了单，不及组成剑阵，便已与敌人接战。组成剑阵的即使未占上风，一时之间也是无碍，但各自为战的凶险百出，已有两名女弟子在这顷刻之间尸横就地。

令狐冲双目向战场扫了一圈，见仪琳和秦绢二人背靠背地正和三名汉子相斗。他提气急冲过去，猛见青光闪动，一柄长剑疾刺而至。令狐冲长剑挺出，刺向那人咽喉，登即了账。几个起落，已奔到仪琳之前，一剑刺入一名汉子背心，又一剑从另一名汉子胁下通入。第三名汉子举起钢鞭，正要往秦绢头顶砸下，令狐冲长剑反迎上去，将他一条手臂齐肩卸落。

仪琳脸色惨白，露出一丝笑容，说道："阿弥陀佛，令狐师兄。"

令狐冲放眼见于嫂为两名好手攻得甚急，纵身过去，刷刷两剑，一中小腹、一断右腕，敌方两名好手一死一伤；他回过身来，长剑到处，三名正和仪和、仪清剧斗的汉子在惨呼声中倒地不起。

只听得一个苍老的声音叫道："合力料理他，先杀了这厮！"三条灰影应声扑至，三剑齐出，分指令狐冲的咽喉、胸口和小腹。这三剑剑招精奇，势道凌厉，实是第一流好手的剑法。令狐冲吃了一惊，心道："这是嵩山派剑法！难道他们竟是嵩山派的？"

他心念只这么一动，敌人三柄长剑的剑尖已逼近他三处要害。令狐冲运起"独孤九剑"中"破剑式"要诀，长剑圈转，将敌人攻来的三剑一齐化解了，剑意未尽，又将敌人逼得退开了两步。只见左首是个胖大汉子，四十来岁年纪，颏下一部短须。居中是个干瘦老者，皮色黝黑，双目炯炯。他不及瞧第三人，斜身蹿出，反手刷刷两剑，刺倒了两名正在夹攻郑萼的敌人。那三人大声吼叫，追了上来。令狐冲已打定主意:“这三人剑法甚高,一时三刻打发不了。缠斗一久,恒山门下损伤必多。”他提起内力,足下丝毫不停,东刺一招,西削一剑,长剑到处,必有一名敌人受伤倒地,甚或中剑身亡。

那三名高手大呼追来,可是和他始终相差丈许,追赶不及。只一盏茶功夫,已有三十余名敌人死伤在令狐冲剑下,果真是当者披靡,无人能挡得住他的一招一式。敌方顷刻间损折了三十余人,强弱之势登时逆转。令狐冲每杀伤得几名敌人,恒山派女弟子便有数人缓出手来,转去相助同门,原是以寡敌众,反过来渐渐转为以强凌弱,越来越占上风。

令狐冲心想今日这一战性命相搏,决不能有丝毫容情,若不在极短时刻内杀退敌人,火势渐旺,困在石窑中的定闲师太等人便没法脱险。他奔行如飞,忽而直冲,忽而斜进,足迹所到处,丈许内的敌人无一得能幸免,过不多时,又有二十余人倒地。

定逸站在窑顶高处,见令狐冲如此神出鬼没地杀伤敌人,剑法之奇,直是生平从所未见,心喜之余,诧异中再加骇然。

余下敌人尚有四五十名,眼见令狐冲如鬼如魅,直非人力所能抵挡,蓦地里发一声喊,有二十余人向树丛中逃了进去。令狐冲再杀数人,其余各人更无斗志,也即逃个干干净净。只有那三名高手仍在他身后追逐,但相距渐远,显然也已大有怯意。

令狐冲立定脚步,转过身来,喝道:“你们是嵩山派的,是不是?”

那三人急向后跃。一个高大汉子喝道:“阁下何人?”

令狐冲不答,向于嫂等人叫道:“快拨开火路救人。”众弟子砍下树枝,扑打燃着的柴草。仪和等几名弟子已跃进火圈。枯枝干草一经着火,再也扑打不熄,但十余人合力扑打之下,火圈中已开了个缺口,仪和等人从窑中扶了几名奄奄一息的尼姑出来。

令狐冲问道:“定闲师太怎样了?”只听得一个苍老的女子声音说道:“有劳挂怀!”一个中等身材的老尼从火圈中缓步而出。

她月白色的衣衫上既无血迹，亦无尘土，手中不持兵刃，只左手拿着一串念珠，面目慈祥，神定气闲。令狐冲大为诧异，心想："这位定闲师太竟如此镇定，身当大难，却没半分失态，当真名不虚传。"当即躬身行礼，说道："拜见师太。"定闲师太合十回礼，却道："有人偷袭，小心了。"

令狐冲应道："是！"侧身窥敌，反手挥剑，挡开了那胖大汉子刺过来的一剑，说道："弟子赴援来迟，请师太恕罪。"当当连声，又挡开身旁刺来的两剑。

这时火圈中又有十余名尼姑出来，更有人背负着尸体。定逸师太大踏步走出，厉声骂道："无耻奸徒，这等狼子野心……"她袍角着火，正向上延烧，她却置之不理。于嫂过去为她扑熄。令狐冲道："两位师太无恙，实是万千之喜。"

身后嗤嗤风响，三柄长剑同时刺到，令狐冲此刻不但剑法精奇，内功之强也已当世少有匹敌，火光浓烟之中，只一瞥之间，已知敌招来路，长剑挥出，反刺敌人手腕。那三人武功极高，急闪避过，但那高大汉子的手背还是给划了一道口子，鲜血涔涔。

令狐冲道："两位师太，嵩山派是五岳剑派之首，和恒山派同气连枝，何以忽施偷袭，实令人大惑不解。"

定逸师太问道："师姊呢？她怎么没来？"秦绢哭道："师……师父为奸人围攻，力战圆……圆寂了……"定逸师太悲愤交集，骂道："好贼子！"踏步上前，可是只走得两步，身子一晃，便即坐倒，口中鲜血狂喷。

嵩山派三名高手接连变招，始终奈何不了令狐冲分毫，眼见他一面跟定闲、定逸两位师太说话，只眼角微斜，反手持剑，剑招已神妙难测，倘若正面攻战，更怎能是他之敌？三人暗暗叫苦，只想脱身逃走。

令狐冲转过身来，刷刷数剑急攻，剑招之出，对左首敌人攻其左侧，对右首敌人攻其右侧，逼得三人越挤越紧。他一柄长剑将三人圈住，连攻一十八剑，那三人挡了一十八招，竟没余裕能还得一手。三人所使均是嵩山派的精妙剑法，但在"独孤九剑"的攻击之下，全无还手余地。令狐冲有心逼得他们施展本门剑法，再也无可抵赖，眼见三人满脸都是汗水，神情狰狞可怖，但剑法却并不散乱，显然每人数十年的修为，均是大非寻常。

定闲师太说道："阿弥陀佛，善哉善哉！赵师兄、张师兄、司马师兄，我恒山派和贵派无怨无仇，三位何以如此苦苦相逼，竟要纵火将我烧成焦炭？难道是奉了左掌门的号令吗？贫尼不明，倒要请教。"

那嵩山派三名好手正是姓赵、姓张、姓司马。三人极少在江湖上走动，只道自己身份十分隐秘，本已给令狐冲迫得手忙脚乱，忽听定闲师太叫了姓氏出来，都是一惊。呛啷、呛啷两响，两人手腕中剑，长剑落地。令狐冲剑尖指在那姓赵矮小老者喉头，喝道："撤剑！"那老者长叹一声，说道："天下居然有这等武功，这等剑法！赵某人栽在阁下剑底，却也不算冤枉。"手腕一振，内力到处，手中长剑断为七八截，掉在地下。

令狐冲退开几步，仪和等七人各出长剑，围住三人。

定闲师太缓缓地道："贵派意欲将五岳剑派合而为一，并成一个五岳派。贫尼以恒山派传世数百年，不敢由贫尼手中而绝，拒却了贵派的倡议。此事本来尽可从长计议，何以各位竟冒充魔教，痛下毒手，要将我恒山派尽数诛灭。如此行事，那不是太霸道了些吗？"

定逸师太怒道："师姊跟他们多说什么？一概杀了，免留后患，咳……咳……"她咳得几声，又大口吐血。

那姓司马的高大汉子道："我们是奉命差遣，内中详情，一概不知……"那姓赵老者怒道："任他们要杀要剐便了，你多说什么？"那姓司马的给他这么一喝，便不再说，脸上颇有惭愧之意。

定闲师太说道："三位三十年前横行冀北，后来突然销声匿迹。贫尼还道三位已然大彻大悟，痛改前非，却不料暗中投入嵩山派，另有图谋。唉，嵩山派左掌门一代高人，却收罗了许多左道……这许多江湖异士，和同道中人为难，真是居心……唉，令人大惑不解。”她虽当此大变，仍不愿出言伤人，说话自觉稍有过分，便即转口，长叹一声，问道：“我师姊定静师太，也是伤在贵派之手吗？”

那姓司马的先前言语中露了怯意，急欲挽回颜面，大声道：“不错，那是钟师弟……”那姓赵老者“嘿”的一声，向他怒目而视。那姓司马的才知失言，兀自说道：“事已如此，还隐瞒什么？左掌门命我们分兵两路，各赴浙闽干事。”

定闲师太道：“阿弥陀佛，阿弥陀佛。左掌门已身为五岳剑派盟主，位望何等尊崇，何必定要归并五派，由一人出任掌门？如此大动干戈，伤残同道，岂不为天下英雄所笑？”定逸师太厉声道：“师姊，贼子野心，贪得无厌……你……”定闲师太挥了挥手，向那三人说道：“天网恢恢，疏而不漏。多行不义，必遭恶报。你们去吧！相烦三位奉告左掌门，恒山派从此不再奉左掌门号令。敝派虽都是孱弱女子，却也决计不屈于强暴。左掌门并派之议，恒山派恕不奉命。”

仪和叫道：“掌门师叔，他们……他们好恶毒……”定闲师太道：“撤了剑阵！”仪和应道：“是！”长剑一举，七人收剑退开。

这三名嵩山派好手万料不到居然这么容易便获释放，不禁心生感激，向定闲师太躬身行礼，转身飞奔而去。那姓赵的老者奔出数丈，停步回身，朗声道：“请问这位剑法通神的少侠尊姓大名。在下今日栽了，不敢存报仇之望，却想得知是栽在哪一位英雄的剑底。”

令狐冲笑笑不答。仪和朗声道：“这位令狐冲令狐少侠，以前是华山派的，现今无门无派，行侠江湖，是我恒山派的好朋友！”

那老者说道：“令狐少侠剑法高妙，在下拜服！”长叹一声，转头而去。

其时火头越烧越旺，嵩山派死伤的人众横七竖八地躺在地下。十余名伤势较轻的慢慢爬起走开，重伤的卧于血泊之中，眼见火势便要烧到，无力相避，有的便大声呼救。

定闲师太道："这事不与他们相干，皆因左掌门一念之差而起。于嫂、仪清，便救他们一救。"众人知掌门人素来慈悲，不敢违拗，当下分别去检视嵩山派中死伤之辈，只要尚有气息的，便扶在一旁，取药给之敷治。

定闲师太举首向南，泪水滚滚而下，叫道："师姊！"身子晃了两下，向前直摔下去。众人大惊，抢上扶起，只见她口中一道道鲜血流出，而定逸师太伤势亦重。众弟子十分惶急，不知如何是好，一齐望着令狐冲，要听他的主意。

令狐冲道："快给两位师太服用伤药。受伤的先裹伤止血。此处火气仍烈，大伙儿到那边休息。请几位师姊师妹去找些野果或什么吃的。"众人应命，分头办事。郑萼、秦绢用水壶装了山水，服侍定闲、定逸以及受伤的众位同门喝水服药。

龙泉一战，恒山派弟子死了三十七人。众弟子想起定静师太和战死了的师姊师妹，尽皆伤感，突然有人放声大哭，余人也都哭了起来。霎时之间，山谷充满了一片悲号之声。

定逸师太厉声喝道："死的已经死了，怎地如此想不开？大家平时学佛诵经，为的便是参悟这'生死'两字，一副臭皮囊，又有什么好留恋的？"众弟子素知这位师太性如烈火，谁也不敢拗她之意，当下便收了哭声，但许多人兀自抽噎不止。定逸师太又道："师姊到底如何遭难？萼儿，你口齿清楚些，给掌门人禀告明白。"

郑萼应道："是。"站起身来，将如何仙霞岭中魔教之伏，得令狐冲援手，如何廿八铺为敌人迷药迷倒遭擒，如何定静师太为嵩山派钟镇所胁，又受蒙面人围攻，幸得令狐冲赶到杀退，而定静师太终于伤重圆寂等情，一一说了。

定逸师太道："这就是了。嵩山派的贼子冒充魔教，胁迫师姊赞同并派之议。哼，用心好毒。倘若你们皆为嵩山派所擒，师姊便欲不允，那也不可得了。"她说到后来，已气力不继，声音渐渐微弱，喘息了一会，又道："师姊在仙霞岭遭到围攻，便知敌人不是易与之辈，信鸽传书，要我们率众来援，不料……不料……这件事，也落在敌人算中。”

定闲师太座下的二弟子仪文说道：“师叔，你请歇歇，弟子来述说咱们遇敌的经过。”定逸师太怒道：“有什么经过？水月庵中敌人夜袭，乒乒乓乓地一直打到今日。”仪文道：“是。”仍简述数日来遇敌的情景。

原来当晚嵩山派大举来袭，各人也都蒙面，冒充是魔教教众。恒山派仓促受攻，当时大有覆没之虞，幸好水月庵也是武林一脉，庵中藏得五柄龙泉宝剑，住持清晓师太在危急中将宝剑分交定闲、定逸等御敌。龙泉宝剑削铁如泥，既将敌人兵刃削断了不少，又伤了不少敌人，这才且战且退，逃到了这山谷之中。清晓师太却因护友殉难。这山谷旧产精铁，数百年前原是铸铁之所，后来精铁采完，铸剑炉搬往别处，只剩下几座昔日炼焦的石窑。也幸得这几座石窑，恒山派才支持多日，未遭大难。嵩山派久攻不下，堆积柴草，使起火攻毒计，倘若令狐冲等来迟半日，众人势难幸免了。

定逸师太不耐烦去听仪文述说往事，双目瞪着令狐冲，突然说道：“你……你很好啊。你师父为什么将你逐出门墙？说你和魔教勾结？”令狐冲道：“弟子交游不慎，确是结识了几个魔教中的人物。”定逸师太哼了一声，道：“像嵩山派这等狼子野心，却比魔教更加不如了。哼，正教中人，就一定比魔教好些吗？”

仪和道：“令狐师兄，我不敢说你师父的是非。可是他……他明知我派有难，却袖手旁观，这中间……这中间……说不定他早已赞成嵩山派的并派之议了。”

令狐冲心中一动，觉得这话也未尝无理，但他自幼崇仰恩师，心中决不敢对他存丝毫不敬的念头，说道：“我恩师也不是袖手旁观，多半他老人家另有要事在身……这个……”

定闲师太一直在闭目养神，这时缓缓睁开眼来，说道：“敝派数遭大难，均蒙令狐少侠援手，这番大恩大德……”令狐冲忙道：“弟子稍效微劳，师伯之言，弟子可万不敢当。”定闲师太摇了摇头，道："少侠何必过谦？岳师兄不能分身，派他大弟子前来效力，那也是一样。仪和，可不能胡言乱语，对尊长无礼。"仪和躬身道："是，弟子不敢了。不过……不过令狐师兄已给逐出华山派，岳师伯早已不要他了。他也不是岳师伯派来的。"定闲师太微微一笑，道："你就是不服气，定要辩个明白。"

仪和忽然叹了口气，说道："令狐师兄若是女子，那就好了。"定闲师太问道："为什么？"仪和道："他已给逐出华山派，无所归依，如是女子，便可改入我派。他和我们共历患难，已是自己人一样……"定逸师太喝道："胡说八道，你年纪越大，说话越像个孩子。"定闲师太微微一笑，道："岳师兄一时误会，将来辨明真相，自会将令狐少侠重收门墙。嵩山派图谋之心，不会就此便息，华山派也正要倚仗令狐少侠呢。就算他不回华山，以他这样的胸怀武功，就是自行创门立派，也非难事。"

郑萼道："掌门师伯说得真对。令狐师兄，华山派这些人都对你这么凶，你就来自创一个……创个'令狐派'给他们瞧瞧。哼，难道非回华山派不可，好稀罕么？"令狐冲脸现苦笑，道："师伯奖饰之言，弟子何以克当？但愿恩师日后能原恕弟子过失，得许重入门墙，弟子便更无他求了。"秦绢道："你更无他求？你小师妹呢？"

令狐冲摇了摇头，岔开话头，说道："一众殉难的师姊遗体，咱们是就地安葬呢，还是火化后将骨灰运回恒山？"

定闲师太道："都火化了吧！"她虽对世事看得透彻，但见这许多尸体横卧地下，都是多年相随自己的好弟子，说这句话时，声音也不免哽咽了。众弟子又有好几人哭了出来。有些弟子已死数日，有的尸体还远在数十丈外。众弟子搬移同门尸身之时，无不痛骂嵩山派掌门左冷禅居心险恶，手段毒辣。

待诸事就绪，天色已黑，当晚众人便在荒山间露宿一宵。次晨众弟子背负了定闲师太、定逸师太以及受伤的同门，到了龙泉城内，改行水道，雇了七艘乌篷船，向北进发。

令狐冲生怕嵩山派又再在水上偷袭，随着众人北上。恒山派既有两位长辈同行，令狐冲深自收敛，再也不敢和众弟子胡说八道了。定闲师太、定逸师太等受伤本来颇为不轻，幸好恒山派治伤丸散极具神效，过钱塘江后，便已脱险境。恒山派此次元气大伤，不愿途中再生事端，尽量避开江湖人物，到得长江边上，便即另行雇船，溯江西上。如此缓缓行去，预拟到得汉口后，受伤众人便会好得十之六七，那时再舍舟登陆，折向北行，回归恒山。

这一日来到鄱阳湖畔，舟泊九江口。其时所乘江船甚大，数十人分乘两船。令狐冲晚间在后艄和艄公水手同宿。睡到半夜，忽听得江岸之上有人轻轻击掌，击了三下，停得一停，又击三下。跟着西首一艘船上也有人击掌三响，停得一停，再击三下。击掌声本来极轻，但令狐冲内力既厚，耳音随之极好，一闻异声，立即从睡梦中醒觉，知是江湖上人物相互招呼的讯号。这些日来，他随时随刻注视水面上的动静，防人袭击，寻思："不妨前去瞧瞧，若和恒山派无关，那是最好，否则暗中便料理了，免得惊动定闲师太她们。"

凝目往西首的船只上瞧去，果见一条黑影从数丈外跃起，到了岸上，轻功却也平平。令狐冲轻轻一纵，悄没声息地上岸，绕到东首排在江边的一列大油篓之后，掩将过去，只听一人说道："那船上的尼姑，果然是恒山派的。"另一人道："你说怎么办？"

令狐冲慢慢欺近，星月微光之下，只见一人满脸胡子，另一人脸形又长又尖，不但是瓜子脸，而且是张葵花子脸。只听这尖脸汉子说道："单凭咱们白蛟帮，人数虽多，武功可及不上人家，明着动手是不成的。"那胡子道："谁说明着动手了？这些尼姑武功虽强，水上的玩艺却未必成。明儿咱们驾船缀了下去，到得大江上，跳下水去凿穿了她们坐船，还不一一地手到擒来？"那尖脸汉子喜道："此计大妙。咱哥儿立此大功，九江白蛟帮的万儿从此在江湖上可响得很啦。不过我还是有一件事担心。"

那胡子道："担心什么？"那尖脸的道："他们五岳剑派结盟，说什么五岳剑派，同气连枝。要是给莫大先生得知了，来寻咱们晦气，白蛟帮可吃不了要兜着走啦。”那胡子道：“哼，这几年来咱们受衡山派的气，可也受得够啦。这一次咱们倘若不替朋友们出一番死力，下次有事之时，朋友们也不会出力相帮。这番大事干成后，说不定衡山派也会闹个全军覆没，又怕莫大先生作甚？”那尖脸的道：“好，就是这个主意。咱们去招集人手，可得拣水性儿好的。”

令狐冲一蹿而出，反转剑柄，在那尖脸的后脑一撞，那人登时晕了过去。那胡子挥拳打来，令狐冲剑柄探出，登的一声，正中他左边太阳穴。那胡子如陀螺般转了几转身，一跤坐倒。令狐冲横过长剑，削下两只大油篓的盖子，提起二人，分别塞入了油篓。油篓中装满了菜油，每一篓装三百斤，原是要次日装船，运往下游去的。这二人一浸入油篓，登时油过口鼻，冷油一激，便即醒转，咕嘟咕嘟地大口吞油。

忽然背后有人说道：“令狐少侠，勿伤他们性命。”正是定闲师太的声音。

令狐冲微微一惊，心想：“定闲师太何时到了身后，我竟没知晓。”当下松开按在二人头上的双手，说道：“是！”那二人头上一松，便欲跃出。令狐冲笑道：“别动！”伸剑在二人头顶一击，又将二人迫入了油篓。那二人屈膝而蹲，菜油及颈，双眼难睁，竟不知何以会处此狼狈境地。

只见一条灰影从船上跃将过来，却是定逸师太，问道：“师姊，捉到了小毛贼么？”定闲师太道：“是九江白蛟帮的两位堂主，令狐少侠跟他们开开玩笑。”她转头向那胡子道：“阁下姓易还是姓齐？史帮主可好？”那胡子正是姓易，奇道：“我……我姓易，你怎知道？咱们史帮主很好啊。”定闲微笑道：“白蛟帮易堂主、齐堂主，江湖上人称‘长江双飞鱼’，鼎鼎大名，老尼早已如雷贯耳。”

定闲师太心细如发，虽平时极少出庵，但于江湖上各门各派的人物，无一不了如指掌，否则怎能认出嵩山派中那三名为首的高手？以这姓易的胡子、这姓齐的尖脸汉子而论，在武林中只是第三四流人物，但她一见到两人容貌，便猜到了他们的身份来历。

那尖脸汉子甚是得意，说道："如雷贯耳，那可不敢。"令狐冲手上一用力，用剑刃将他脑袋压入了油中，又再松手，笑道："我是久仰大名，如油贯耳。"那汉子怒道："你……你……"想要破口骂人，却又不敢。令狐冲道："我问一句，你们就老老实实答一句，若有丝毫隐瞒，叫你'长江双飞鱼'变成一对'油浸双泥鳅'。"说着将那胡子也按在油中浸了一下。那胡子先自有备，没吞油入肚，但菜油从鼻孔中灌入，却也说不出的难受。

定闲和定逸忍不住微笑，均想："这年轻人十分胡闹顽皮。但这倒也不失为逼供的好法子。"

令狐冲问道："你们白蛟帮几时跟嵩山派勾结了？是谁叫你们来跟恒山派为难的？"那胡子道："和嵩山派勾结？这可奇了。嵩山派英雄，咱们一位也不识啊。"令狐冲道："啊哈！第一句话你就没老实回答。叫你喝油喝一个饱！"挺剑平按其顶，将他按入油中。这胡子虽非一流好手，武功亦不甚弱，但令狐冲浑厚的内力自长剑传到，便如千斤之重的大石压在他头顶，丝毫动弹不得。菜油没其口鼻，露出了双眼，骨碌碌地转动，甚是狼狈。

令狐冲向那尖脸汉子道："你快说！你想做长江飞鱼呢，还是想做油浸泥鳅？"

那姓齐的道："遇上了你这位英雄，想不做油浸泥鳅，可也办不到了。不过易大哥可没说谎，咱们确是不识得嵩山派的人物。再说，嵩山派和恒山派结盟，武林中人所共知。嵩山派怎会叫咱们白蛟帮来跟……贵派过不去？"

令狐冲松开长剑，放了那姓易的抬起头来，又问："你说明儿要在长江之中，凿沉恒山派的座船，用心如此险恶，恒山派到底什么地方得罪你们了？"

定逸师太后到，本不知令狐冲何以如此对待这两名汉子，听他一说，登时勃然大怒，喝道："好贼子，想在长江中淹死我们啊。"她恒山派门下十之八九是北方女子，全都不会水性，大江之中倘若坐船沉没，势不免葬身鱼腹，想起来当真不寒而栗。

那姓易的生怕令狐冲再将他脑袋按入油中，抢先答道："恒山派跟我们白蛟帮本来无怨无仇。我们只是九江码头上赚水脚、走私货的一个小小帮会，又有什么能耐跟恒山派众位师太结梁子了。只不过……只不过我想大家都是佛门一脉，贵派向西而去，多半是前去应援。因此……这个……我们不自量力，起下了歹心，下次再也不敢了。"

令狐冲越听越糊涂，问道："什么叫做佛门一脉，西去赴什么援？说得不清不楚，莫名其妙！"那姓易的道："是，是！少林派虽不是五岳剑派之一，但我们想和尚尼姑是一家人……"定逸师太喝道："胡说！"那姓易的吃了一惊，自然而然地身子一缩，吞了一大口油，腻住了口，说不出话来。定逸师太忍住了笑，向那尖脸汉子道："你来说。"

那姓齐的道："是，是！有一个'万里独行'田伯光，不知师太是否和他相熟？"

定逸师太大怒，心想这"万里独行"田伯光是江湖上恶名昭彰的采花淫贼，我如何会和他相熟？这厮竟敢问出这句话来，当真是莫大的侮辱，右手一扬，便要往他顶门拍落。

定闲师太伸手一拦，道："师妹勿怒。这二位在油中耽得久了，脑筋不大清楚。且别和他们一般见识。"问那姓齐的道："田伯光怎么了？"那姓齐的道："'万里独行'田伯光田大爷，跟我们史帮主是好朋友。早几日田大爷……"定逸师太怒道："什么田大爷？这等恶行昭彰的贼子，早就该将他杀了。你们反和他结交，足见白蛟帮就不是好人。"那姓齐的道："是，是，是。我们不是……不是好人。"定逸师太问道："我们只问你，白蛟帮何以要和恒山派为难，又牵扯上田伯光什么了？"田伯光曾对她弟子仪琳非礼，定逸师太一直未能杀之泄愤，心下颇以为耻，雅不愿旁人提及此人名字。

那姓齐的道："是，是。大伙儿要救任大小姐出来，生怕正教中人帮和尚的忙,因此我哥儿俩猪油蒙了心,打起了糊涂主意,这就想对贵派下手……”

定逸师太更摸不着半点头脑,叹道:“师姊,这两个浑人,还是你来问吧。”

定闲师太微微一笑,问道:“任大小姐,可便是日月神教前教主的大小姐吗?”

令狐冲心头一震:“他们说的是盈盈?”登时脸上变色,手心出汗。

那姓齐的道:“是。田大爷……不,那田……田伯光前些时来到九江,在我白蛟帮总舵跟史帮主喝酒,说道预期十二月十五,大伙儿要大闹少林寺,去救任大小姐出来。”

定逸师太忍不住插嘴道:“大闹少林寺?你们又有多大能耐,敢去太岁头上动土?”那姓齐的道:“是,是。我们自然是不成的。”

定闲师太道:“那田伯光脚程最快,由他来往联络传讯,是不是?这件事,到底是谁在从中主持?”

那姓易的说道:“大家听得任大小姐给少林寺的贼……不,少林寺的和尚扣住了,不约而同,都说要去救人,也没什么人主持。大伙儿想起任大小姐的恩义,都说,便是为任大小姐粉身碎骨,也所甘愿。”

一时之间,令狐冲心中起了无数疑团:“他们说的任大小姐,到底是不是便是盈盈?她怎么会给少林寺的僧人扣住?她小小年纪,平素有什么恩义待人?为何这许多人一听到她有难的讯息,便都奋不顾身地去相救?”

定闲师太道:“你们怕我恒山派去相助少林派,因此要将我们坐船凿沉,是不是?”那姓齐的道:“是,我们想和尚尼姑……这个那个……”定逸师太怒道:“什么这个那个?”那姓齐的忙道:“是,是,这个……那个……小人不敢多说。小人没说什么……”

定闲师太道:“十二月十五之前,你们白蛟帮也要去少林寺?”姓易姓齐二人齐声道:“这可得听史帮主号令。”姓齐的又道:“既然大伙儿都去,我们白蛟帮总也不能落在人家后面。”定闲师太问道:“大伙儿?到底有哪些大伙儿?”那姓齐的道:“那田……田伯光说,浙西海沙帮、山东黑风会、湘西排教……”一口气说了江湖上三十来个大大小小帮会的名字。此人武功平平,帮会门派的名称倒记得挺熟。定逸师太皱眉道:“都是些不务正业的旁门左道人物,人数虽多,也未必是少林派的对手。”

令狐冲听那姓齐的所说人名中,有天河帮帮主“银髯蛟”黄伯流、长鲸岛岛主司马大,还有几人,也都是当日在五霸冈上会过的,心下更无怀疑,他们所要救的定然便是盈盈,陡然得到她的讯息,甚是欢喜,但想到她为少林派所扣押,而她曾杀过好几名少林弟子,又不禁担忧,问道:“少林派为什么要扣住这位……这位任大小姐?”

那姓齐的道:“这可不知道了。多半是少林派的和尚们吃饱了饭没事干,故意找些事来跟大伙儿为难。”

定闲师太道:“请二位回去拜上贵帮主,便说恒山派定闲、定逸和这位朋友路过九江,没来拜会史帮主,多有失礼,请史帮主包涵则个。我们明日乘船西行,请二位大度包容,别再派人来凿沉我们的船只。”她说一句,二人便说一句:“不敢。”

定闲师太向令狐冲道:“月白风清,少侠慢慢领略江岸夜景。恕贫尼不奉陪了。”携了定逸之手,缓步回舟。

令狐冲知她有意相避,好让自己对这二人仔细再加盘问,但一时之间,心乱如麻,竟想不出更有什么话要问,在岸边走来走去,又悄立良久,只见半钩月亮映在江心,大江滚滚东去,月光颤动不已,猛然想起:“今日已是十一月下旬。他们下月十五要去少林寺,为时已然无多。少林派方证、方生两位大师待我甚好。这些人为救盈盈而去,势必和少林派大动干戈,不论谁胜谁败,双方损折必多。我何不赶在头里,求方证方丈将盈盈放出,将一场血光大灾化于无形,岂不甚好?”

又想:“定闲、定逸两位师太伤势已痊愈了大半。定闲师太外表瞧来跟寻常老尼无异，其实所知既博，见识又极高超，实是武林中一位了不起的高人。由她率众北归，只要不再遇到嵩山派这样的大批强敌，该不会有什么应付不了的危难。只是我怎生向她们告辞才好？”这些日来，和这些尼姑、姑娘们共历患难，众人对他既恭敬，又亲切，于他被逐出师门、为小师妹所弃之事，虽从不提及，但神情之间，显然犹似她们自身遭此不幸一般。华山众同门中，除陆大有外，反无人待他如此亲厚，突然要中途分手，颇感难以启齿。

只听得脚步声细碎，两人缓缓走近，却是仪琳和郑萼，走到离令狐冲二三丈外，叫了声：“令狐师兄。”便停住了脚步。令狐冲迎将上去，说道：“你们也给惊醒了？”仪琳道：“令狐师兄，掌门师伯吩咐我们来跟你说……”推了推郑萼，道：“你跟他说。”郑萼道：“掌门师伯要你说的。”仪琳道：“你说也是一样。”

郑萼说道：“令狐师兄，掌门师伯说道，大恩不言谢，今后你不论有什么事，恒山派都供你驱策。你如要去少林寺救那位任大小姐，大家自当尽力效命。”

令狐冲大奇，心想：“我又没说要去相救盈盈，怎地定闲师太却恁地说？啊哟，是了！群雄在五霸冈上聚会，设法为我治病，那都是瞧在盈盈的份上。此事闹得沸沸扬扬，定闲师太焉有不知？”想及此事，不由得脸上一红。

郑萼又道：“掌门师伯说道，此事最好不要硬来。她老人家和我师父两位，此刻已过江去了，要赶赴少林寺，去向方丈大师求情放人，请令狐师兄带同我们，缓缓前去。”

令狐冲听了这番话，登时呆了，半晌说不出话来，举目向长江中眺望，果见一叶小舟，挂起了一张小小白帆，正自向北航去，心中又感激，又觉惭愧，心想：“两位师太是佛门中有道大德，又是武林高人。她们肯亲身去向少林派求情，原是再好不过，比之我这浪迹江湖、素行不端的一介无名小卒，面子是大上百倍了。多半方证方丈能瞧着二位师太的金面，肯放了盈盈。”想到此处，心下登时一宽。

回过头来，只见那姓易、姓齐的兀自在油篓子中探头探脑，不敢爬将出来，心想这二人一片热心，为的是去救盈盈，自己可将他们得罪了，颇觉过意不去，迈步上前，拱了拱手，说道："在下一时鲁莽，得罪了白蛟帮'长江双飞鱼'两位英雄，实因事先未知其中缘由，还请恕罪。"说着深深一揖。

"长江双飞鱼"突然见他前倨后恭，大感诧异，急忙抱拳还礼，这一手忙脚乱，无数菜油飞溅出来，溅得令狐冲身上点点滴滴的都是油迹。

令狐冲微笑着点了点头，向仪琳和郑萼道："咱们走吧！"

回到舟中，恒山派众弟子竟绝口不提此事，连仪和、秦绢这些素来事事好奇之人，居然也不向他问一句话，自是定闲师太临去时已然嘱咐，免得令他尴尬。令狐冲暗自感激，但见到好几名女弟子似笑非笑的脸色，却又不免颇为狼狈，寻思："她们这副模样，心中可咬定盈盈是我的情人了。其实我和盈盈之间清清白白，并无什么逾规越礼之事。但她们不问，我又如何辩白？"眼见秦绢眼中闪着狡狯的光芒，忍不住道："完全不是这么一回事，你……你们可别胡思乱想。"

秦绢笑道："我胡思乱想什么了？"令狐冲脸上一红，道："我猜也猜得到。"秦绢笑道："猜到什么？"令狐冲还未答话，仪和道："秦师妹，别多说了，掌门师叔吩咐的话，你忘了吗？"秦绢抿嘴笑道："是，是，我没忘记。"

令狐冲转过头来，避开她眼光，只见仪琳坐在船舱一角，脸色苍白，神情甚为冷漠，不禁心中一动："她心中在想什么？为什么她不和我说话？"怔怔地瞧着她，忽然想到那日在衡山城外，自己受伤之后，她抱了自己在旷野中奔跑时的脸色。那时她又关切，又激动，浑不是眼前这般百事不理的模样。为什么？为什么？

仪和忽道："令狐师兄！"令狐冲没听见，并没答应。仪和大声又叫："令狐师兄！"令狐冲一惊，回头应道："嗯，怎么？"仪和道："掌门师叔说道，明日咱们或改行陆道，或仍走水路，悉听令狐师兄的意思。”

令狐冲心中只盼改行陆道，及早得知盈盈的讯息，但斜眼一睨，见仪琳长长的睫毛下闪动着泪水，一副楚楚可怜的模样，说道：“掌门师太叫咱们缓缓行去，那么还是仍旧坐船吧。谅来那白蛟帮也不敢对咱们怎地。”秦绢笑道：“你放心得下吗？”令狐冲脸上微微一红，尚未作答，仪和喝道：“秦师妹，小孩儿家，少说几句行不行？”秦绢笑道：“行！有什么不行？阿弥陀佛，我可不大放心。”

次晨舟向西行，令狐冲命舟子将船靠近岸旁航行，以防白蛟帮来袭，但直至湖北境内，一直没任何动静。此后数日之中，令狐冲也不和恒山弟子多说闲话，每逢晚间停泊，便独自一人上岸饮酒，喝得醺醺而归。

这一日舟过夏口，折而向北，溯汉水而上，傍晚停泊在小镇鸡鸣渡旁。他又上岸去，在一家冷酒铺中喝了几碗酒，忽想：“小师妹的伤不知好了没有？仪真、仪灵两位师姊送去恒山灵药，想来必可治好她剑伤。林师弟的伤势又不知如何？倘若林师弟竟致伤重不治，她又怎样？”想到这里，心下不禁一惊：“令狐冲啊令狐冲，你直是个卑鄙小人！你虽盼小师妹早日痊愈，内心却又似在盼望林师弟伤重而死？难道林师弟死了，小师妹便会嫁你不成？”自觉无聊，连尽了三碗酒，又想：“劳德诺和八师弟不知是谁杀的？那人为什么又去暗算林师弟？师父、师娘不知近来若何？”

端起酒碗，又一饮而尽，小店之中无下酒物，随手抓起几粒咸水花生，抛入口中，忽听背后有人叹了口气，说道：“唉！天下男子，十九薄幸。”

令狐冲转过面来，向说话之人瞧去，摇晃的烛光之下，但见小酒店中除自己之外，便只店角落里一张板桌旁有人伏案而卧。板桌上放了酒壶、酒杯，那人衣衫褴褛，身形猥琐，不像是如此吐属文雅之人。当下令狐冲也不理会，又喝了一碗酒，只听得背后那声音又道：“人家为了你，给幽禁在不见天日之处。自己却整天在脂粉堆中厮混，小姑娘也好，光头尼姑也好，老太婆也好，照单全收。唉，可叹啊可叹！”

令狐冲知他说的是自己，却不回头，寻思：“这人是谁？他说‘人家为了你，给幽禁在不见天日之处’，说的是盈盈吗？为什么盈盈是为了我而给人幽禁？”

只听那人又道：“不相干之辈，倒是多管闲事，说要去拼了性命，将人救出来。偏生你要做头子，我也要做头子，人还没救，自己伙里已打得昏天黑地。唉，这江湖上的事，老子可真没眼瞧的了。”

令狐冲拿着酒碗，走过去坐在那人对面，说道：“在下多事不明，要请老兄指教。”

那人仍伏在桌上，并不抬头，说道：“唉，有多少风流，便有多少罪孽。恒山派的姑娘、尼姑们，这番可当真糟糕之极了。”

令狐冲更是心惊，站起身来，深深一揖，说道：“令狐冲拜见前辈，还望赐予指点。”突然见到那人凳脚旁放着一把胡琴，琴身深黄，久经年月，心念一动，已知此人是谁，当即俯身便拜，说道：“晚辈令狐冲，有幸拜见衡山莫师伯。”

那人抬起头来，双目如电，冷冷地在令狐冲脸上一扫，正是衡山派掌门“潇湘夜雨”莫大先生。他哼了一声，道：“师伯之称，可不敢当。令狐大侠，这些日来可快活哪！”

令狐冲躬身道：“莫师伯明鉴，弟子奉定闲师伯之命，随同恒山派诸位师姊师妹回归恒山。弟子虽然无知，却决不敢对恒山师姊妹们有丝毫失礼。”莫大先生叹了口气，道：“请坐！唉，你怎不知江湖上人言纷纷，众口铄金？”令狐冲苦笑道：“晚辈行事狂妄，不知检点，连本门也不能容，江湖上的闲言闲语，却也顾不得这许多了。”

莫大先生冷笑道：“你自己甘负浪子之名，旁人自也不来理你。可是恒山派数百年的清誉，竟败坏在你手里，你也毫不动心吗？江湖上传说纷纭，说你一个大男人，混在恒山派一群姑娘和尼姑中间。别说几十位黄花闺女的名声给你损了，甚至连……连那几位苦守戒律的老师太，也给人作为笑柄，这……这可太不成话了。”

令狐冲退开两步，手按剑柄，说道：“不知是谁造谣，说这些无耻荒唐的言语，请莫师伯示知。”莫大先生道：“你想去杀了他们吗？江湖上说这些话的，没有一万，也有八千，你杀得干净么？哼，人家都羡慕你艳福齐天，那又有什么不好了？”

令狐冲颓然坐下，心道：“我做事总是不顾前，不顾后，但求自己问心无愧，却没想到累了恒山派众位上下的清誉。这……这便如何是好？”

莫大先生叹了口气，温言道：“这五日里，每天晚上，我都曾到你船上窥探……”令狐冲“啊”的一声，心想：“莫师伯接连五晚来船窥探，我竟半点不知，可算是十分无能。”莫大先生续道：“我见你每晚总是在后艄和衣而卧，别说对恒山众弟子并没分毫无礼的行为，连闲话也不说一句。令狐世兄，你不但决不是无行浪子，实是一位守礼君子。对着满船妙龄尼姑、如花少女，你竟绝不动心，不仅是一晚不动心，而且是数十晚始终如一。似你这般男子汉、大丈夫，当真是古今罕有，我莫大好生佩服。”大拇指一翘，右手握拳，在桌上重重一击，说道：“来来来，我莫大敬你一杯。”说着便提起酒壶斟酒。

令狐冲道：“莫师伯之言，倒叫小侄好生惶恐。小侄品行不端，以致不容于师门，但恒山派同道的师姊师妹，却如何可以得罪？”莫大先生呵呵笑道：“光明磊落，这才是男儿汉的本色。我莫大如年轻二十岁，叫我晚晚陪着这许多姑娘，要像你这般守身如玉，那就办不到。难得啊难得！来，干了！”两人举碗一饮而尽，相对大笑。

令狐冲见莫大先生形貌落拓，衣饰寒酸，哪里像是一位威震江湖的一派掌门？偶尔眼光一扫，锋锐如刀，但这霸悍之色一露即隐，又成为一个久困风尘的潦倒汉子，心想：“恒山掌门定闲师太慈祥平和，泰山掌门天门道长威严厚重，嵩山掌门左冷禅阴鸷险刻，我恩师是位彬彬君子，这位莫师伯外表猥琐平庸，似是个市井小人，实则武功惊人，可骇可怖，五岳剑派的五位掌门人，其实个个是十分深沉多智之人。我令狐冲草包一个，可跟他们差得远了。”

莫大先生道：“我在湖南，听到你和恒山派的尼姑混在一起，甚是诧异，心想定闲师太是何等样的人物，怎能容门下做出这等事来？后来听得白蛟帮的人说起你们行踪，便赶了下来。令狐老弟，你在衡山群玉院中胡闹，我莫大当时认定你是个儇薄少年。你后来仗义助我刘正风师弟，我心中对你生了好感，只想赶将上来，善言相劝，不料却见到后一辈英侠之中，竟有你老弟这样了不起的少年英雄。很好，很好！来来来，咱们同干三杯！”说着叫店小二添酒，和令狐冲对饮。

几碗酒一下肚，一个寒酸落拓的莫大先生突然显得逸兴遄飞，连连呼酒，只是他酒量和令狐冲差得甚远，喝得几碗后，便已满脸通红，醉态可掬，说道：“令狐老弟，我知你最喜喝酒。莫大无以为敬，只好陪你多喝几碗。嘿嘿，武林之中，莫大肯陪他喝酒的，却也没几个。那日嵩山大会，座上有个大嵩阳手费彬。此人飞扬跋扈，不可一世，莫大越瞧越不顺眼，当时便一滴不饮。此人居然还口出不逊之言，他臭妹子的，你说可不可恼？”

令狐冲笑道：“是啊，这种人不自量力，横行霸道，终究没好下场。”

莫大先生道：“后来听说此人突然失了踪，下落不明，不知到了何处，倒也奇怪。”

令狐冲心想，那日在衡山城外，莫大先生施展神妙剑法杀了费彬，他当日明明见到自己在旁，此刻却又如此说，自是不愿留下了形迹，便道：“嵩山派门下行事令人莫测高深，这费彬嘛，说不定是在嵩山哪一处山洞中隐居了起来，正在勤练剑法，也未可知。”

莫大先生眼中闪出一丝狡狯的光芒，微微一笑，拍案叫道：“原来如此，若不是老弟提醒，我可想破了脑袋，也想不通其中缘由。”喝了一口酒，问道：“令狐老弟，你到底何以跟恒山派的人混在一起？魔教的任大小姐对你情深一往，你可千万不能辜负她啊。”

令狐冲脸上一红，说道：“莫师伯明鉴，小侄情场失意，于这男女之事，可早已瞧得淡了。”想起了小师妹岳灵珊，胸口一酸，眼眶不由得红了，突然哈哈一笑，朗声说道：“小侄本想看破红尘，出家为僧，就怕出家人的戒律太严，五大戒之一便是不准喝酒，这才没去做和尚。哈哈，哈哈。”虽是大笑，笑声中毕竟大有凄凉之意。过了一会，便叙述如何遇到定静、定闲、定逸三位师太的经过，说到自己如何出手援救，每次都只轻描淡写地随口带过。

莫大先生静静听完，瞪着酒壶呆呆出神，过了半晌，才道：“左冷禅意欲吞并四派，联成一个大派，企图和少林、武当两大宗派鼎足而三，分庭抗礼。他这密谋由来已久，虽然深藏不露，我却早已瞧出了些端倪。操他奶奶的，他不许我刘师弟金盆洗手，暗助华山剑宗去和岳先生争夺掌门之位，归根结底，都是为此。只是没想到他居然如此胆大妄为，竟敢对恒山派明目张胆地下手。”

令狐冲道：“他倒也不是明目张胆，原本是假冒魔教，要逼得恒山派无可奈何之下，不得不答允并派之议。”

莫大先生点头道：“不错。他下一步棋子，当是去对付泰山派天门道长了。哼，魔教虽毒，却也未必毒得过左冷禅。令狐兄弟，你现下已不在华山派门下，闲云野鹤，无拘无束，也不必管他什么正教魔教。我劝你和尚倒也不必做，也不用为此伤心，尽管去将那位任大小姐救了出来，娶她做老婆便是。别人不来喝你的喜酒，我莫大偏来喝你三杯。他奶奶的，怕他个鸟卵蛋？”他有时出言甚是文雅，有时却又夹几句粗俗俚语，说他是一派掌门，也真有些不像。

令狐冲心想：“他只道我情场失意乃是为了盈盈，但小师妹之事，也不便跟他提起。”便问：“莫师伯，到底少林派为什么要拘留任小姐？”

莫大先生张大了口，双眼直视，脸上充满了惊奇之状，道：“少林派为什么要拘留任小姐？你当真不知，还是明知故问？江湖上众人皆知，你……你……还问什么？”

令狐冲道：“过去数月之中，小侄为人囚禁，江湖上之事一无所闻。那任小姐曾杀过少林派四名弟子，原也是从小侄身上而起，只不知后来怎地失手，竟为少林派所擒？”

莫大先生道：“如此说来，你是真的不明白其中原委了。你身中奇异内伤，无药可治，听说旁门左道中有数千人聚集五霸冈，为了讨好这位任大小姐而来治你的伤，结果却人人束手无策，是也不是？”令狐冲道：“正是。”莫大先生道：“这件事轰传江湖，都说令狐冲这小子不知几生修来的福气，居然得到黑木崖圣姑任大小姐的垂青，就算这场病医不好，也是不枉的了。”令狐冲道：“莫师伯取笑了。”心想：“老头子、祖千秋他们虽是一番好意，毕竟行事太过鲁莽，这等张扬其事，难怪盈盈生气。”

莫大先生问道：“你后来怎地却好了？是修习了少林派的《易筋经》神功，是不是？”

令狐冲道：“不是。少林派方丈方证大师慈悲为怀，不念旧恶，答允传授少林派无上内功。只是小侄不愿改投少林派，而这门少林神功又不能传授派外之人，只好辜负了方丈大师的一番美意。”莫大先生道：“少林派是武林中的泰山北斗。你其时已给逐出华山门墙，正好改投少林。那是千载难逢的机缘，却为何连自己性命也不顾了？”令狐冲道：“小侄自幼蒙恩师、师娘收留，养育之恩，粉身难报，只盼日后恩师能许小侄改过自新，重列门墙，决不愿贪生怕死，另投别派。”

莫大先生点头道：“这也有理。如此说来，你的内伤得愈，那是由于另一桩机缘了。”令狐冲道：“正是。其实小侄的内伤也没完全治好。”

莫大先生凝视着他，说道：“少林派和你向来并无渊源，佛门中人虽说慈悲为怀，却也不能随便传人以本门的无上神功。方证大师答应以《易筋经》相授，你当真不知是什么缘故吗？”令狐冲道:“小侄确是不知,还望莫师伯示知。”

莫大先生道:“好!江湖上都说,那日黑木崖任大小姐亲身背负了你,来到少林寺中,求见方证大师,说道只须方丈救了你的性命,她便任由少林派处置,要杀要剐,绝不皱眉。”

令狐冲“啊”的一声,跳了起来,将桌上一大碗酒都带翻了,全身登时出了一阵冷汗,手足发抖,颤声道:“这……这……这……”脑海中一片混乱,想起当时自己身子一日弱似一日,一晚睡梦之中,听到盈盈哭泣甚哀,说道:“你一天比一天瘦,我……我……”说得诚挚无比,自己心中感激,狂吐鲜血,就此人事不知。待得清醒,已是在少林寺的一间斗室之中,方生大师已费了无数心力为己施救。自己一直不知如何会到少林寺中,又不知盈盈到了何处,原来竟是她舍命相救,不由得热泪盈眶,跟着两道眼泪扑簌簌地直流下来。

莫大先生叹道:“这位任大小姐虽出身魔教,但待你的至诚至情,却令人好生相敬。少林派中,辛国梁、易国梓、黄国柏、觉月禅师四名大弟子命丧她手。她去到少林,自无生还之望,但为了救你,她……她是全不顾己了。方证大师不愿就此杀她,却也不能放她,因此将她囚禁在少林寺后的山洞之中。任大小姐属下那许多三山五岳之辈,自然都要去救她出来。听说这几个月来,少林寺没一天安宁,擒到的人,少说也有一百来人了。”

令狐冲心情激荡,良久不能平息,过了好一会,才问:“莫师伯,你刚才说,大家争着要做头子,自己伙里已打得昏天黑地,那是怎么一回事?”

莫大先生叹了口气,道:“这些旁门左道的人物,平日除了听从任大小姐的号令之外,个个狂妄自大,好勇斗狠,谁也不肯服谁。这次上少林寺救人,大家知道少林寺是天下武学的祖宗,事情很棘手,何况单独去闯寺的,个个有去无回。因此上大家说要广集人手,结盟而往。既然结盟,便须有个盟主。听说这些日子来为了争夺盟主之位,许多人动上了手,死的死,伤的伤,着实损折了不少人。令狐老弟,我看只有你急速赶去,才能制得住他们。你说什么话,那是谁也不敢违拗的,哈哈,哈哈!”

莫大先生这么一笑,令狐冲登时满脸通红,情知他这番话不错,但群豪服了自己,只不过是瞧在盈盈的面上,而盈盈日后知道,定要大发脾气,突然间心念一动:“盈盈对我情意深重,可是她脸皮子薄,最怕旁人笑话于她,说她对我落花有意,而我却流水无情。我要报答她这番厚意,务须叫江湖上好汉众口纷传,说道令狐冲对任大小姐一往情深,为了她性命也不要了。我须孤身去闯少林,能救得出她来,那是最好,倘若救不出,也要闹得众所周知。”说道:“恒山派的定闲、定逸两位师伯上少林寺去,便是向少林方丈求情,请他放了这位任小姐出来,以免酿成一场大动干戈的流血浩劫。”

莫大先生点头道:“怪不得,怪不得!我一直奇怪,定闲师太如此老成持重之人,怎会放心由你陪伴她门下这大群姑娘、尼姑,自己却另行他往,原来是为你做说客去了。”

令狐冲道:“莫师伯,小侄既知此事,着急得了不得,恨不得插翅飞去少林寺,瞧瞧两位师太求情的结果如何。只恒山派这些师姊妹都是女流之辈,倘若途中遇上了什么意外,可又难处。”

莫大先生道:“你尽管去好了!”令狐冲喜道:“我先去不妨?”莫大先生不答,拿起倚在板凳旁的胡琴,咿咿呀呀地拉了起来。

令狐冲知他既这么说,便是答允照料恒山派一众弟子了,这位莫师伯武功识见,俱皆非凡,不论他明保还是暗护,恒山派自可无虞,当即躬身行礼,说道:“深感大德。”

莫大先生笑道:“五岳剑派,同气连枝。我帮恒山派的忙,要你来谢什么?那位任大小姐得知,只怕要喝醋了。”

令狐冲道:“小侄告辞。恒山派众位师姊妹,相烦莫师伯代为知照。”说着直冲出店。一凝步,向江中望去,只见坐船的窗中透出灯光,倒映在汉水之中,一条黄光,缓缓闪动。身后小酒店中,莫大先生的琴声渐趋低沉,静夜听来,甚是凄清。

两日之后，群豪来到少室山上、少林寺外，少说也有六七千人众。大旗招展，数百面大皮鼓同时擂起，蓬蓬之声，当真惊天动地。

二十六 围 寺

令狐冲向北疾行，天明时到了一座大镇，走进一家饭店。湖北出名的点心乃是豆皮，以豆粉制成面条，煮以鲜汤，甚为可口。令狐冲连尽三大碗，付账出门。

只见迎面走来一群汉子，其中一人又矮又胖，赫然便是“黄河老祖”之一的老头子。令狐冲大喜，大声叫道：“老头子！你好啊。”

老头子一见是他，登时脸色尴尬之极，迟疑半晌，刷的一声，抽出了大刀。

令狐冲又向前迎了一步，说道：“祖千秋……”只说了三个字，老头子举刀便向他砍将过来，可是这一刀虽力劲势沉，准头却是奇差，和令狐冲肩头差着一尺有余，呼的一声，直削了下去。令狐冲吓了一跳，向后跃开，叫道：“老先生，我……我是令狐冲！”

老头子叫道：“我当然知道你是令狐冲。众位朋友听了，圣姑当日曾有令谕，不论哪一个见到令狐冲，务须将他杀了，圣姑自当重重酬谢。这句话，大伙儿可都知道么？”

众人轰然道：“咱们都知道。”众人话虽如此，但大家你瞧瞧我，我瞧瞧你，脸上神情都甚古怪，没一人拔兵刃上前动手，有些人甚至笑嘻嘻的，似觉十分有趣。

令狐冲脸上一红，想起那日盈盈要老头子等传言江湖，务须将自己杀了，她是既盼自己再不离开她身边，又要群豪知道，她任大小姐决非痴恋令狐冲，反而恨他入骨。此后多经变故，早将当时这话忘了，此刻听老头子这么说，才想起她这号令尚未通传取消。

当时老头子等传言出去，群豪已然不信，待得她为救令狐冲之命，甘心赴少林寺就死，这事由少林寺俗家弟子泄漏了出来，登时轰动江湖。人人固赞她情深义重，却也不免好笑，觉这位大小姐太也要强好胜，明明爱煞了人家却又不认，拼命掩饰，不免欲盖弥彰。这事不但魔教属下那些左道旁门的好汉们知之甚详，连正派中人也多有所闻，日常闲谈往往引为笑柄。此刻群豪突见令狐冲出现，惊喜交集之际，却也有些不知所措。

老头子道："令狐公子，圣姑有令，叫我们将你杀了。但你武功甚高，适才我这一刀砍你不中，承你手下留情，没取我性命，足感盛情。众位朋友，大家亲眼目睹，咱们决不是不肯杀令狐公子，实在是杀他不了。我老头子不行，当然你们也都不行的了。是不是？"众人哈哈大笑，都道："正是！"

一人道："适才咱们一场惊心动魄的恶斗，双方打得筋疲力尽，谁也杀不了谁，只好不打。大伙儿再不妨斗斗酒去。倘若有哪一位英雄好汉，能灌得令狐公子醉死了，日后见到圣姑，也好有个交代。"群豪捧腹狂笑，都道："妙极，妙极！"又一人笑道："圣姑只吩咐咱们杀了令狐公子，可没规定非用刀子不可。用上好美酒灌得醉死了他，那也可以啊。这叫做不能力敌，便当酒取。"

群豪欢呼大叫，簇拥着令狐冲上了当地最大的一间酒楼，四十余人坐满了六张桌子。几个人敲台拍凳，大呼："酒来！"

令狐冲一坐定后，便问："圣姑到底怎样啦？这可急死我了。"

群豪听他关心盈盈，尽皆大喜。

老头子道："大伙儿定了十二月十五同上少林寺去接圣姑出寺。这些日子来，却为了谁做盟主之事，大家争闹不休，大伤和气。令狐公子驾到，可再好不过了。这盟主若不是你当，更有谁当？倘若别人当了，就算接了圣姑出来，她老人家也必不开心。"

一个白须老者笑道："是啊。只要由令狐公子主持全局，纵然一时遇上阻难，接不到圣姑，她老人家只须得知讯息，心下也必欢喜得紧。这盟主一席，天造地设，是由令狐公子来当的了。”

令狐冲慨然道：“是谁当盟主，那是小事一件，只须救得圣姑出来，在下便粉身碎骨，也所甘愿。”这几句话倒不是随口胡诌，他感激盈盈为己舍身，若要他为盈盈而死，那是一往无前，决不用想上一想。不过如在平日，这念头在自己心头思量也就是了，不用向人宣之于口，此刻却要拼命显得多情多义，好叫旁人不去笑话盈盈。

群豪一听，更加心下大慰，觉得圣姑看中此人，眼光确实不错。

那白发老者笑道：“原来令狐公子果然是位有情有义的英雄，若如江湖上所讹传，说道令狐公子置身事外，全不理会，可叫众人心凉了。”

令狐冲道：“这几个月来，在下失手身陷牢笼，江湖上的事情一概不知。既会不到圣姑，又全不知她讯息，日夜思念，想得头发也白了。来来来，在下敬众位朋友一杯，衷心感谢各位为圣姑出力。”说着站起身来，举杯一饮而尽。群豪也都干了。

令狐冲道：“老先生，你说许多朋友在争盟主之位，大伤和气，事不宜迟，咱们便须立即赶去劝止。”老头子道：“正是。祖千秋和夜猫子都已赶去了。我们也正要去。”令狐冲道：“不知大伙儿都在哪里？”老头子道：“都在黄保坪聚会。”令狐冲道：“黄保坪？”那白须老者道：“那是在襄阳以西的荆山之中。”

令狐冲道：“咱们快些吃饭喝酒，立即去黄保坪。咱们已斗了三日三夜酒，各位费尽心机，放怀大饮，灌死令狐冲后他又活了过来，日后见到圣姑，已大可交代了。”

群豪大笑，都道：“令狐公子酒量如海，只怕再斗三日三夜，也奈何不了你。”

令狐冲和老头子并肩而行，问道：“令爱的病，可大好了？”老头子道：“多承公子关怀，她虽没怎么好，幸喜也没怎么坏。”令狐冲心中一直有个疑团，眼见余人在身后相距数丈，便问：“众位朋友都说圣姑于各位有大恩大德。在下委实不明其中原因，圣姑小小年纪，怎能广施恩德于这许多江湖朋友？”老头子道：“公子不是外人，原本不须相瞒，只是大家向圣姑立过誓，不能泄漏此中机密。请公子恕罪。”令狐冲点头道：“既不便说，那就不说吧。”老头子道：“日后由圣姑亲口向公子说，那不是好得多么？”令狐冲道：“但愿此日早临。”

群豪在路上又遇到了两批好汉，也都是去黄保坪的，三伙人相聚，已有二百余人。

群豪赶到黄保坪时天已入黑，群雄聚会处是在黄保坪以西的荒野。还在里许之外，便已听到人声嘈杂，有人粗声喝骂，有人尖声叫嚷。令狐冲加快脚步奔去，月光下见群山围绕的一块草坪上，黑压压地聚集着无数人众，一眼望去，少说也有一两千人。

只听有人大声说道：“盟主，盟主，既然称得这个‘主’字，自然只好一人来当。你们六个人都要当，那还成什么盟主？”另一人道：“我们六个人便是一个人，一个人便是六个人。你们都听我六兄弟的号令，我六兄弟便是盟主了。你再啰里啰唆，先将你撕成四块再说。”令狐冲不用眼见其人，便知是“桃谷六仙”之一，但他六兄弟说话声音都差不多，却分辨不出是六人中的哪一个。

先前那人给他一吓，登时不敢再说。但群雄对“桃谷六仙”显然心中不服，有的在远处叫骂，有的躲在黑暗中大声嘻笑，更有人投掷石块泥沙，乱成一团。

桃叶仙大声嚷道：“是谁向老子投掷石块？”黑暗中有人道：“是你老子。”桃花仙怒道：“什么？你是我哥哥的老子，也就是我的老子了？”有人说道：“那也未必！”登时数百人齐声轰笑。桃花仙问道：“为什么未必？”另一人道：“这个我也不知道。我只生一个儿子。”桃根仙道：“你只生一个儿子，跟我有什么相干？”又一个粗嗓子的大声笑道：“跟你没相干，多半跟你兄弟相干了。”桃干仙道：“难道跟我相干么？”先一人笑道：“那得看相貌像不像。”桃实仙道：“你说跟我的相貌有些相像，出来瞧瞧。”那人笑道：“有什么好瞧的，你自己照镜子好了！”

突然之间，四条人影迅捷异常地纵起，一扑向前，将那人从黑暗中抓出。这人又高又大，足足有二百来斤，给桃谷四仙抓住了四肢，竟丝毫动弹不得。四人将他抓到月光底下一照。桃实仙道："不像我，我哪有这样难看？老三，只怕有些像你。"桃枝仙道："呸，我就比你难看吗？天下英雄在此，不妨请大伙儿品评品评。"

群雄早就见到桃谷六仙个个五官不正，面貌丑陋，要说哪一个更好看些，这番品评功夫可也真着实不易，这时见那大汉给四仙抓在手中，顷刻之间便会给撕成了四块，人人栗栗危惧，谁也笑不出来。

令狐冲知桃谷六仙的脾气，一个不对便会将这大汉撕了，朗声说道："桃谷六仙，让我令狐冲来品评品评如何？"说着缓步从暗处走了出来。

群雄一听到"令狐冲"三字，登时耸动，千余对目光都注集在他身上。

令狐冲却目不转睛地凝视着桃谷四仙，唯恐他们一时兴起，登时便将这大汉撕裂，说道："你们将这位朋友放下，我才瞧得清楚。"桃谷四仙当即将他放下。

这条大汉身材雄伟已极，站在当地，便似一座铁塔。他适才死里逃生，已吓得魂不附体，脸如死灰，身子簌簌发抖。他明知如此当众发抖，实非英雄行径，可是身子自己要抖，却也勉强不来，想说几句撑门面之言，只颤声道："我……我……我……"

令狐冲见他吓得厉害，但此人五官倒也端正，向桃谷六仙道："六位桃兄，你们的相貌和这位朋友全然不像，可比他俊美得多了。桃根仙骨格清奇、桃干仙身材魁伟、桃枝仙四肢修长、桃叶仙眉清目秀，桃花仙呢……这个……这个目如朗星，桃实仙精神饱满，任谁一见到，立刻都知是六位行侠仗义的玉面英雄、英俊少……这个英俊中年。"

群雄听了，尽皆大笑。桃谷六仙更大为高兴。

老头子吃过这六兄弟的苦头，知他们极不好惹，跟着凑趣，说道:“依在下之见,环顾天下英雄,武功高的固多,说到相貌,那是谁也比不上桃谷六仙了。”

群豪跟着起哄,有的说:“岂仅俊美而已,简直是风流潇洒。前无古人,后无来者。”有的说:“潘安退避三舍,宋玉甘拜下风。”有的说:“武林中从第一到第六的美男子,自当算他们六位。令狐公子最多排到第七。”

桃谷六仙不知众人取笑自己,还道是真心称赞,更加笑得合不拢嘴。桃枝仙道:“我妈当年说咱六个是丑八怪,原来说得不对。”有人笑道:“当然不对了,你们只六个人,怎能成为丑八怪?”有人轻声道:“加上他们爹娘……”一句话没说完,便给人掩住了嘴巴。

老头子大声道:“众位朋友,大伙儿运气不小。令狐公子正要单枪匹马,独闯少林,去接圣姑出来,道上遇到我们,听说大伙儿在此,便过来和大家商议商议。说到相貌之美,自然要算桃谷六仙……”群雄一听,又都轰笑。老头子连连摇手,在众人大笑声中继续说道:“可是这闯少林、接圣姑的大事,跟相貌如何干系也不太大。以在下之见,咱们齐奉令狐公子为盟主,请他主持全局,发号施令,大伙儿一体凛遵,众位意下如何?”

群雄人人都知圣姑是为了令狐冲而陷身少林,令狐冲武功卓绝,当日在河南和向问天联手,大战各路英雄,此事早已轰动江湖,但即令他手无缚鸡之力,瞧在圣姑面上,也当奉他为主,是以听到老头子的话,当即欢声雷动,许多人都鼓掌叫好。

桃花仙突然怪声道:“咱们去救任大小姐,救了她出来,是不是给令狐冲做老婆?”

群雄都对任大小姐十分尊敬,虽觉桃花仙这话没错,却谁也不敢公然称是。令狐冲更十分尴尬,只好默不作声。

桃叶仙道:“他又得老婆,又做盟主,可太过便宜他了。我们去帮他救老婆,盟主却要我们六兄弟来做。”桃根仙道:“正是!除非他本事强过我们,却又当别论。”

蓦地里桃根、桃干、桃枝、桃实四仙一齐动手,将令狐冲四肢抓住，提在空中。他四人出手实在太快，事先又没半点朕兆，说抓便抓，令狐冲竟闪避不及。

群雄齐声惊呼："使不得，快放手！"

桃叶仙笑道："大家放心，我们决不伤他性命，只要他让我们六兄弟做盟主……"

一句话没说完，桃根、桃干、桃枝、桃实四仙忽地齐声怪叫，忙不迭地将令狐冲抛下，嚷道："啊哟，你……你使什么妖法？"

原来令狐冲手足分别为四人抓住，也真怕四人傻头傻脑，什么怪事都做得出来，别要真的将自己撕了，当即运起吸星大法。桃谷四仙只觉内力源源从掌心中外泄，越运功相抗，内力奔泻得越快，惊骇之下，立即撒手。令狐冲腰背一挺，稳稳站直。

桃叶仙忙问："怎么？"桃根仙、桃实仙齐道："这……这令狐冲的功夫好奇怪，咱们可抓他不住。"桃干仙道："不是抓他不住，而是忽然之间，不想抓他了。"群雄欢呼之声大作，都道："桃谷六仙，你们这次可服了么？"桃根仙道："令狐冲是我们六兄弟的好朋友，令狐冲就是桃谷六仙，桃谷六仙就是令狐冲。令狐冲来当盟主，就等如是桃谷六仙当盟主，哪有什么不服？"桃花仙道："天下哪有自己不服自己之理？那不是太谦虚么？你们问得太笨了。"

群雄见桃谷六仙的神情，料想适才抓住令狐冲时暗中已吃了亏，只是死要面子，不肯承认，虽不明其中缘由，却都嘻笑欢呼。

令狐冲道："众位朋友，咱们这次去迎接圣姑，并相救失陷在少林寺中的许多朋友。少林寺乃武林中的泰山北斗，少林七十二绝技数百年来驰名天下，任何门派都不能与之抗衡。但咱们人多势众，除了这里已有千余位英雄之外，尚有不少好汉前来。咱们的武功就算暂且不及少林寺僧俗弟子，十个打一个，总也打赢了。"

众人轰叫："对，对！难道少林寺的和尚真有三头六臂不成？"

令狐冲又道："可是少林寺的大师们虽留住了圣姑，却也没难为于她。寺中大师们都是有道高僧，慈悲为怀，令人好生相敬。咱们纵然将少林寺毁了，只怕江湖上的好汉要说我们倚多为胜，不是英雄所为。因此依在下之见，咱们须得先礼后兵，如能说得少林寺让了一步，对圣姑和其他朋友们不再留难，免了一场争斗，那便再好不过。”

祖千秋道：“令狐公子之言，正合我意，倘若当真动手，双方死伤必多。”桃枝仙道：“令狐公子之言，却不合我意。双方如不动手，死伤必少，那还有什么趣味？”祖千秋道：“咱们既奉令狐公子为盟主，他发号施令，大伙儿自当听从。”桃根仙道：“不错，这发号施令之事，还是由我们桃谷六仙来干好了。”

群雄听他六兄弟尽是无理取闹，阻挠正事，都不由得发恼，许多人手按刀柄，只待令狐冲稍有示意，便要将这六人乱刀分尸，他六人武功再高，终究挡不住数十人刀剑齐施。

祖千秋道：“盟主是干什么的？那自然是发号施令的了。他如不发号施令，那还叫什么盟主？这个‘主’字，便是发号施令之意。”

桃花仙道：“既是如此，便单叫他一个‘盟’字，少了那‘主’字便了。”桃叶仙摇头道：“单叫一个‘盟’字，多么别扭。”桃干仙道：“依我的高见，单是一个‘盟’字既然别扭，便可拆将开来，称他为‘明血’！”桃枝仙叫道：“错了，错了！‘盟’字拆开来，下面不是‘血’字，比‘血’字少了一撇。那是什么字？”

桃谷六仙都不识那器皿的“皿”字，群雄任由他们出丑，没人出声指点。

桃干仙道：“少了一些，也还是血。好比我割你一刀，割得深，出的血多，固然是血，倘若我顾念手足之情，割得很轻，出的血甚少，虽然少了些，那仍然是血。”桃枝仙怒道：“你割我一刀，就算割得轻，也不是顾念手足之情了。你又为什么要割我一刀？”桃干仙道：“我可没有割，我手里也没刀。”桃花仙道：“如果你手里有刀呢？”

群雄听他们越扯越远，不禁怒喝：“安静些，大家听盟主的号令。”

桃枝仙道："他号令便号令好了，又何必安静？"

令狐冲提高嗓子说道："众位朋友，屈指算来，离十二月十五还有十七日，大伙儿动身慢慢行去，到得嵩山，时候也差不多了。咱们这次可不是秘密行事，乃是大张旗鼓而去。明日咱们去买布制旗，写明'江湖群豪上少林，拜佛参僧迎任姑'的字样，须是任大小姐的'任'字，不是神圣的'圣'字。再多买些皮鼓，一路敲击前往，好叫少林的僧俗弟子们听到，先自胆战心惊。"

这些左道豪客十之八九是好事之徒，听他说要如此大闹，都不胜之喜，欢呼声响震山谷。其中也颇有若干老成持重之辈，但见大伙儿都喜胡闹，也只有不置可否、捋须微笑而已。

次日清晨，令狐冲请祖千秋、计无施、老头子三人率领人众去赶制旗帜，采办皮鼓。到得中午时分，已写就了数十面白布大旗，皮鼓却只买到两面。令狐冲道："咱们便即起程，沿路经过城镇，不停添购便是。"

当即有人擂起鼓来，群豪齐声呐喊，列队向北进发。

令狐冲见过恒山派弟子在仙霞岭上受人袭击的情形，当下与计无施等商议，派出七个帮会，两帮在前作为前哨，两帮左护，两帮右卫，另有一帮殿后接应，余人则是中军大队；又派汉水的神乌帮来回传递消息。神乌帮是本地帮会，自鄂北以至豫南皆是其势力范围，若有风吹草动，自能尽早得悉。群豪见他分派井井有条，除桃谷六仙外，尽皆悦服凛遵。

行了数日，沿途不断有豪士来聚。旗帜皮鼓，越置越多，更有不少人提了大铜锣，喤喤敲响。蓬蓬喤喤声中，三千余人喧哗叫嚷，涌向少林。

这日将到武当山脚下。令狐冲道："武当派是武林中的第二大派，声势之盛，仅次于少林。咱们这次去迎接圣姑，连少林派也不想得罪，自然更不想得罪武当派了。咱们还是避道而行，以示对武当派掌门人冲虚道长尊重之意。不知诸位意下如何？"老头子道:“令狐公子怎么说,便怎么行。咱们只须接到圣姑,那便心满意足,原不必旁生枝节,多树强敌。如接不到圣姑,就算将武当山踏平了,又有个屁用?”

令狐冲道:“如此甚好!便请传下令去,偃旗息鼓,折向东行。”

当下群豪停了锣鼓,改道东行。这日正行之际,迎面有人骑了一头毛驴过来,驴后随着两名乡农,一个挑着一担菜,另一个挑着一担山柴。毛驴背上骑着个老者,弯着背不住咳嗽,一身衣服上打满了补钉。群豪人数众多,手持兵刃,一路上大呼小叫,声势甚壮,道上行人见到,早就避在一旁。但这三人竟如视而不见,向群豪直冲过来。

桃根仙骂道:“干什么的?”伸手一推,那毛驴一声长嘶,摔了出去,喀喇几声,腿骨折断。驴背上老者摔倒在地,哼哼唧唧的半天爬不起来。

令狐冲好生过意不去,当即纵身过去扶起,说道:“真对不起。老丈,可摔痛了吗?”那老者哼哼唧唧,说道:“这……这……这算什么?我穷汉……”

两名乡农放下肩头担子,站在大路正中,双手叉腰,满脸怒色。挑菜的汉子气喘吁吁地道:“这里是武当山脚下,你们是什么人,胆敢在这里出手打人?”桃根仙道:“武当山脚下,那便怎地?”那汉子道:“武当山脚下,人人都会武功。你们外路人到这里来撒野,当真是不知死活,自讨苦吃。”

群豪见这二人面黄肌瘦,都是五十来岁年纪,这挑菜的说话中气不足,居然自称会武,登时有数十人大笑起来。

桃花仙笑道:“你也会武功?”那汉子道:“武当山脚下,三岁孩儿也会打拳,五岁孩子就会使剑,那有什么希奇?”桃花仙指着那挑柴汉子,笑道:“他呢?他会不会使剑?”挑柴的汉子道:“我……我……小时候学过几个月,有几十年没练,这功夫……咳咳,可都搁下了。”挑菜的道:“武当派武功天下第一,只要学过几个月,你就不是对手。”桃叶仙笑道：“那么你练几手给我们瞧瞧。”

挑柴汉子道：“练什么？你们又看不懂。”群豪轰然大笑，都道：“不懂也得瞧瞧。”挑柴汉子道：“唉，既然如此，我便练几手，只不知是否还记得全？哪一位借把剑来。”便有一人笑着递过一把剑。那汉子接过，走到干硬的稻田中，东刺一剑、西劈一剑地练了起来，使得三四下，忽然忘记了，搔头凝思，又使了几招。

群豪见他使得全然不成章法，身手又笨拙之极，无不捧腹大笑。

那挑菜汉子道：“有什么好笑？让我来练练，借把剑来。”接了长剑在手，便即乱劈乱刺，出手极快，犹如发疯一般，更引人狂笑不已。

令狐冲初时也是负手微笑，但看到十几招时，不禁渐觉讶异，这两个汉子的剑招一个迟缓，一个迅捷，可是剑法中破绽之少，实所罕见。二人的姿式固难看之极，但剑招古朴浑厚，剑上的威力似乎只发挥得一二成，其余的却蓄势以待，深藏不露，当即跨上几步，拱手说道：“今日拜见两位前辈，得睹高招，实不胜荣幸。”语气甚为诚恳。

两名汉子收起长剑。那挑柴的瞪眼道：“你这小子，你看得懂我们的剑法么？”令狐冲道：“不敢说懂。两位剑法博大精深，这个‘懂’字，怎说得上？武当派剑法驰名天下，果然令人叹为观止。”那挑菜汉子道：“你这小子，叫什么名字？”

令狐冲还未答话，群豪中已有好几人叫了起来：“什么小子不小子的？”“这位是我们的盟主，令狐公子。”“乡巴佬，你说话客气些！”

挑柴汉子侧头道：“令狐瓜子？不叫阿猫阿狗，却叫什么瓜子花生，名字难听得紧。”令狐冲抱拳道：“令狐冲今日得见武当神剑，甚为佩服，他日自当上山叩见冲虚道长，谨致仰慕之诚。两位尊姓大名，可能示知吗？”挑柴汉子向地下吐了口浓痰，说道：“你们这许多人，哗啦哗啦的，打锣打鼓，可是大出丧吗？”

令狐冲情知这二人必是武当派高手，恭恭敬敬地躬身说道："我们有位朋友，给拘留在少林寺中，我们是去求恳方证方丈，请他老人家慈悲开释。"挑菜汉子道："原来不是大出丧！可是你们打坏了我伯伯的驴子，赔不赔钱？"

令狐冲顺手牵过三匹骏马，说道："这三匹马，自然不及前辈的驴子了，只好请前辈将就骑骑。晚辈们不知前辈驾到，大有冲撞，还请恕罪。"说着将三匹马牵将过去。

群豪见令狐冲神态越来越谦恭，绝非故意做作，无不大感诧异。

挑菜汉子道："你既知我们的剑法了得，想不想比上一比？"令狐冲道："晚辈不是两位对手。"挑柴汉子道："你不想比，我倒想比比。"歪歪斜斜的一剑，向令狐冲刺来。令狐冲见他这一剑笼罩自己上身九处要害，的是精妙，叫道："好剑法！"拔出长剑，反刺过去。那汉子向着空处乱刺一剑。令狐冲长剑回转，也削在空处。两人连出七八剑，每一剑都刺在空处，双剑未曾一交。但那挑柴汉子却一步又一步地倒退。

那挑菜汉子叫道："瓜子花生，果然有点门道。"提起剑来一阵乱刺乱削，刹那间接连劈了二十来剑。每一剑都不是劈向令狐冲，剑锋所及，和他身子差着七八尺。

令狐冲提起长剑，有时向挑柴汉子虚点一式，有时向挑菜汉子空刺一招，剑刃离他们身子也均有七八尺。但两人一见他出招，便神情紧迫，或跳跃闪避，或舞剑急挡。

群豪都看得呆了，令狐冲的剑刃明明离他们还有老大一截，他出剑之时又没半点劲风，决非以无形剑气攻人，为何这两人如此避挡唯恐不及？看到此时，群豪都已知这两人乃身负深湛武功的高手。他们出招攻击之时虽仍一个呆滞，一个癫狂，但当闪避招架之际，身手却轻灵沉稳，兼而有之，同时全神贯注，不再有半分惹笑的做作。

忽听得两名汉子齐声呼啸，剑法大变，挑柴汉长剑大开大阖，势道雄浑，挑菜汉疾趋疾退，剑尖上幻出点点寒星。令狐冲手中长剑剑尖微微上斜，竟不再动，一双目光有时向挑柴汉瞪视，有时向挑菜汉斜睨。他目光到处，两汉便即变招，或大呼倒退，或转攻为守。计无施、老头子、祖千秋等武功高强之士已渐渐瞧出端倪，发觉两个汉子所闪避卫护的，必是令狐冲目光所及之处，也正是他二人身上的要穴。

只见挑柴汉举剑相砍，令狐冲目光射他小腹处的“商曲穴”，那汉子一剑没使老，当即回过，挡在自己“商曲穴”上。这时挑菜汉挺剑向令狐冲作势连刺，令狐冲目光看到他左颈“天鼎穴”处，那汉子急忙低头，长剑砍在地下，深入稻田硬泥，倒似令狐冲的双眼能发射暗器，他说什么也不让对方目光和自己“天鼎穴”相对。

两名汉子又使了一会剑，全身大汗淋漓，顷刻间衣裤都汗湿了。

那骑驴的老头一直在旁观看，一言不发，这时突然咳嗽一声，说道：“佩服，佩服，你们退下吧！”两名汉子齐声应道：“是！”但令狐冲的目光还是盘旋往复，不离二人身上要穴。二人一面舞剑，一面倒退，始终摆脱不了令狐冲的目光。

那老头道：“好剑法！令狐公子，让老汉领教高招。”令狐冲道：“不敢当！”转过头来，向那老者抱拳行礼。

那两名汉子至此方始摆脱了令狐冲目光的羁绊，同时向后纵出，便如两头大鸟一般，稳稳地飞出数丈之外。群豪忍不住齐声喝彩，他二人剑法如何，难以领会，但这一下倒纵，跃距之远，身法之美，谁都知道乃极上乘的功夫。

那老者道：“令狐公子剑底留情，若是真打，你二人身上早已千孔百创，岂能让你们将一路剑法从容使完？快来谢过了。”

两名汉子飞身过来，一躬到地。挑菜汉子说道：“今日方知天外有天，人上有人。公子高招，世所罕见，适才间言语无礼，公子恕罪。”令狐冲拱手还礼，说道：“武当剑法，的是神妙。两位的剑招一阴一阳，一刚一柔，可是太极剑法吗？”挑菜汉道：“却叫公子见笑了。我们使的是‘两仪剑法’，剑分阴阳，未能混而为一。”令狐冲道：“在下在旁观看，勉强能辨别一些剑法中的精微。要是当真出手相斗，也未必便能乘隙而进。”

那老头道：“公子何必过谦？公子目光到处，正是两仪剑法每一招的弱点所在。唉，这路剑法……这路剑法……”不住摇头，说道：“五十余年前，武当派有两位前辈师长，在这路两仪剑法上花了数十年心血，自觉剑法中有阴有阳，亦刚亦柔，唉！”长长一声叹息，显然是说：“哪知遇到剑术高手，还是不堪一击。”

令狐冲恭恭敬敬地道：“这两位大叔剑术已如此精妙，武当派冲虚道长和其余高手，自必更加令人难窥堂奥。晚辈和众位朋友这次路过武当山脚下，只因身有要事，未克上山拜见冲虚道长，甚为失礼。待此事一了，自当上真武观来，向真武大帝与冲虚道长磕头。”令狐冲为人本来狂傲，但适才见二人剑法刚柔并济，内中实有不少神奇之作，虽找到了其中破绽，但天下任何招式均有破绽，因之心下的确好生佩服，料想这老者定是武当派中的一流高手，因之这几句话说得甚是诚挚。

那老者点头道：“年纪轻轻，身负绝艺而不骄，也真难得。令狐公子，你曾得华山风清扬前辈的亲传吗？”令狐冲心头一惊：“他目光好生厉害，竟知道我所学的来历。我虽不能吐露风太师叔的行迹，但他既直言相询，可不能撒谎不认。”说道：“晚辈有幸，曾学得风太师叔剑术的一些皮毛。”这句话模棱两可，并不直认曾得风清扬亲手传剑。

那老者微笑道：“皮毛，皮毛！嘿嘿，风前辈剑术的皮毛，便已如此了得么？”从挑柴汉手中接过长剑，握在左手，说道：“我便领教一些风老前辈剑术的皮毛。”

令狐冲躬身道：“晚辈如何敢与前辈过招？”

那老者又微微一笑，身子缓缓右转，左手持剑向上提起，剑身横于胸前，左右双掌掌心相对，如抱圆球。令狐冲见他长剑未出，已蓄势无穷，当下凝神注视。那老者左手剑缓缓向前划出，成一弧形。令狐冲只觉一股森森寒气，直逼过来，若不还招，已势所不能，说道："得罪了！"看不出他剑法中破绽所在，只得虚点一剑。

突然之间，那老者剑交右手，寒光一闪，向令狐冲颈中划出。这一下快速无伦，旁观群豪都情不自禁地叫出声来。但他如此奋起一击，令狐冲已看到他胁下是个破绽，长剑刺出，径指他胁下"渊液穴"。

那老者长剑竖立，当的一声响，双剑相交，两人都退开了一步。令狐冲但觉对方剑上有股绵劲，震得自己右臂隐隐发麻。那老者"咦"的一声，脸上微现惊异之色。

那老者又剑交左手，在身前划了两个圆圈。令狐冲见他剑劲连绵，护住全身，竟没半分空隙，暗暗惊异："我从未见过谁的招式之中，竟能如此毫无破绽。他若以此相攻，那又如何破法？任我行前辈的剑法或许比这位老先生更强，但每一招中难免仍有破绽。难道一人使剑，竟可全无破绽？"心下生了怯意，不由得额头渗出汗珠。

那老者右手捏着剑诀，左手剑不住抖动，突然平刺，剑尖急颤，看不出攻向何处。

他这一招中笼罩了令狐冲上盘七大要穴，但就因这一抢攻，令狐冲已瞧出了他身上三处破绽，这些破绽不用尽攻，只攻一处已足制死命，登时心中一宽："他守御时全无破绽，攻击之时，毕竟仍有隙可乘。"当下长剑平平淡淡地指向对方左眉。那老者倘若继续挺剑前刺，左额必先中剑，待他剑尖再刺中令狐冲时，已迟了一步。

那老者剑招未曾使老，已然圈转。突然之间，令狐冲眼前出现了几个白色光圈，大圈小圈，正圈斜圈，闪烁不已。他眼睛一花，当即回剑向对方剑圈斜攻。当的一响，双剑再交，令狐冲只感手臂一阵酸麻。

那老者剑上所幻的光圈越来越多，过不多时，他全身已隐在无数光圈之中，光圈一个未消，另一个再生，长剑虽使得极快，却听不到丝毫金刃劈风之声，足见剑劲之柔韧已达化境。这时令狐冲已瞧不出他剑法中的空隙，只觉似有千百柄长剑护住了他全身。那老者纯采守势，端的是绝无破绽。可是这座剑锋所组成的堡垒却能移动，千百个光圈犹如浪潮一般缓缓涌来。那老者并非一招一招地相攻，而是以数十招剑法混成的一团守势，同时化为攻势。令狐冲没法抵御，只得退步相避。

他退一步，光圈便逼进一步，顷刻之间，令狐冲已连退了七八步。

群豪眼见盟主战况不利，已落下风，屏息而观，手心中都捏了把冷汗。

桃根仙忽道："那是什么剑法？这是小孩子乱画圈儿，我也会画。"桃花仙道："我来画圈，定然比他画得还圆。"桃枝仙道："令狐兄弟，你不用害怕，倘若你打输了，我们把这老儿撕成四块，给你出气。"桃叶仙道："此言差之极矣。第一，他是令狐盟主，不是令狐兄弟。第二，你又怎知道他害怕？"桃枝仙道："令狐冲虽做了盟主，年纪总还是比我小，难道一当盟主，年纪便大了几岁，便成为令狐哥哥、令狐伯伯、令狐爷爷、令狐老太爷了？"

这时令狐冲又再倒退，群豪都十分焦急，耳听得桃谷六仙在一旁胡言乱语，更增恼怒。

令狐冲再退一步，波的一声，左足踏入了一个小水坑，心念一动："风太师叔当日谆谆教导，说道天下武术千变万化，神而明之，存乎一心，不论对方招式如何精妙，只要有招，便有破绽。独孤大侠传下来的这路剑法，所以能打遍天下无敌手，便在能从敌招之中瞧出破绽。眼前这位前辈的剑法圆转如意，竟没半分破绽，可是我瞧不出破绽，未必便真无破绽，只是我瞧不出而已。"

他又退几步，凝视对方剑光所幻的无数圆圈，蓦地心想："说不定这圆圈的中心，便是破绽。但若不是破绽，我一剑刺入，给他长剑这么一绞，手臂便登时断了。"

又想："幸好他如此攻逼，只能渐进，当真要伤我性命，却也不易。但我一味退避，终究是输了。此仗一败，大伙儿心虚气馁，哪里还能去闯少林,救盈盈?”想到盈盈对自己情深义重,为她断送一条手臂,又有何妨?内心深处,竟觉能为她断送一条手臂,实乃十分快慰之事,又觉自己负她良多,须得为她受到什么重大伤残,方能稍报深恩。

言念及此,内心深处,倒似渴望对方能将自己一条手臂斩断,当下手臂一伸,长剑便从老者的剑光圈中刺了进去。

当的一声大响,令狐冲只感胸口剧烈一震,气血翻涌,惊怖之下,一只手臂却仍完好。

那老者退开两步,收剑而立,脸上神色古怪,既有惊诧之意,亦有惭愧之色,更带着几分惋惜之情,隔了良久,才道:“令狐公子剑法高明,胆识过人,佩服,佩服!”

令狐冲此时方知,适才如此冒险一击,果真是找到了对方剑法的弱点所在,只是那老者剑法实在太高,光圈中心本是最凶险之处,他居然练得将破绽藏于其中,天下成千成万剑客之中,只怕难得有一个胆敢以身犯险。他一逞而成,心下暗叫:“侥幸,侥幸!”只觉一道道汗水从背脊流下,当即躬身道:“前辈剑法通神,承蒙指教,晚辈得益非浅。”这句话倒不是寻常客套,这一战于他武功的进益确是大有好处,令他得知敌人招数中之最强处,竟然便是最弱处,最强处都能击破,其余自迎刃而解了。

那老者既见令狐冲敢从自己剑光圈中挺刃直入,以后也就不必再比。他向令狐冲凝视半晌,说道:“令狐公子,老朽有几句话要跟你说。”令狐冲道:“是,恭聆前辈教诲。”那老者将长剑交给挑菜汉子,往东走去。令狐冲将长剑抛在地下,跟随其后。

到得一棵大树之旁,和群豪已相去数十丈,虽可互相望见,话声却已传不过去。那老者在树荫下坐下,指着树旁一块圆石,道:“请坐下说话。”待令狐冲坐好,缓缓说道:“令狐公子,年轻一辈人物之中,如你这般人才武功,那是少有得很了。”

令狐冲道:“不敢。晚辈行止不端,声名狼藉,不容于师门,怎配承前辈如此见重?”

那老者道："我辈武人，行事当求光明磊落，无愧于心。你的所作所为，虽然有时狂放大胆，不拘习俗，却不失为好男儿、大丈夫的行径。我暗中派人打听，并没查到你什么真正的劣迹。江湖上的流言蜚语，不足为凭。"

令狐冲听他如此为自己分辩，句句都打入心坎，不由得好生感激，又想："这位前辈在武当派中必定位居尊要，否则怎会暗中派人查察我的为人行事。"当即站起身来，恭立受教。

那老者又道："请坐！少年人锋芒太露，也在所难免。岳先生外貌谦和，度量却嫌不广……"令狐冲道："恩师待晚辈情若父母，晚辈不敢闻师之过。"

那老者微微一笑，说道："你不忘本，那便更好。老朽失言。"忽然间脸色郑重，问道："你习这'吸星大法'有多久了？"

令狐冲道："晚辈于半年前无意中习得，当初修习，实不知是'吸星大法'。"

那老者点头道："这就是了！你我适才三次兵刃相交，我内力为你所吸，但我察觉你尚不善运用这项为祸人间的妖法。老朽有一言相劝，不知少侠能听否？"令狐冲大是惶恐，躬身道："前辈金石良言，晚辈自当凛遵。"那老者道："这吸星妖法临敌交战，虽然威力奇大，可是于修习者本身却亦大大有害，功行越深，为害越烈。少侠如能临崖勒马，尽弃所学妖术，自然最好不过，否则也当从此停止修习。"

令狐冲当日在孤山梅庄，便曾听任我行言道，习了"吸星大法"后有极大后患，要自己答允参与魔教，才将化解之法相传，其时自己曾予坚拒，此刻听这老者如此说，更信所言非虚，说道："前辈指教，晚辈决不敢忘。晚辈明知此术不正，也曾立意决不用以害人，只是身上既有此术，纵想不用，亦不可得。"

那老者点头道："据我所闻，确是如此。有一件事，要少侠行来恐怕甚难，但英雄豪杰，须当为人之所不能为。少林寺有一项绝艺《易筋经》，少侠想来曾听见过。"

令狐冲道:“正是。听说这是武林中至高无上的内功,即是少林派当今第一辈的高僧大师,也有未蒙传授的。”那老者道:“少侠这番率人前往少林,只怕此事不易善罢,不论哪一边得胜,双方都将损折无数高手,实非武林之福。老朽不才,愿意居间说项,请少林方丈慈悲为怀,将《易筋经》传于少侠,而少侠则向众人善为开导,就此散去,将一场大祸消弭于无形。少侠以为如何?”

令狐冲道:“然则为少林寺所拘的任氏小姐却又如何?”那老者道:“任小姐杀害少林弟子四人,又在江湖上兴风作浪,为害人间。方证大师将她幽禁,决不是为了报复本派私怨,实是出于为江湖同道造福的菩萨心肠。少侠如此人品武功,岂无名门淑女为配?何必抛舍不下这魔教妖女,以致坏了声名,自毁前程?”

令狐冲道:“受人之恩,必当以报。前辈美意,晚辈衷心感激,却不敢奉命。”

那老者叹了口气,摇头道:“少年人溺于美色,脂粉陷阱,原是难以自拔。”

令狐冲躬身道:“晚辈告辞。”

那老者道:“且慢!老朽和华山派虽少往来,但岳先生多少也要给老朽一点面子,你若依我所劝,老朽与少林寺方丈一同拍胸口担保,叫你重回华山派。你信不信得过我?”

令狐冲不由得心动,重归华山原是他最大的心愿,这老者武功如此了得,听他言语,必是武当派中一位响当当的前辈,他说可和方证方丈一同担保,相信必能办成此事。师父向来十分重视同道交谊,少林、武当是当今武林中最大的两个门派,这两派的头面人物出来说项,师父极难不卖这个面子。师父对自己向来情同父子,这次所以传书武林,将自己逐出门墙,自是因自己与向问天、盈盈等人结交,令师父无颜以对正派同道,但既有少林、武当两大派出面,师父自然有了最好的交代。但自己回归华山,日夕和小师妹相见,却难道任由盈盈在少林寺后山阴寒的山洞之中受苦?想到此处,登时胸口热血上涌,说道:“晚辈若不能将任小姐救出少林寺,枉自为人。此事不论成败若何，晚辈若还留得命在，必当上武当山真武观来，向冲虚道长和前辈叩谢。”

那老者叹了口气，说道：“你不以性命为重，不以师门为重，不以声名前程为重，一意孤行，便为了这魔教妖女。将来她若对你负心，反脸害你，你也不怕后悔吗？”

令狐冲道：“晚辈这条性命，是任小姐救的，将这条命还报了她，又有何足惜？”

那老者点头道：“好，那你就去吧！”

令狐冲又躬身行礼，转身回向群豪，说道：“走吧！”

桃实仙道：“那老头儿跟你比剑，怎么没分胜败，便不比了？”适才二人比剑，确是胜败未分，只是那老者情知不敌，便即罢手，旁观众人都瞧不出其中关窍所在。

令狐冲道：“这位前辈剑法极高，再斗下去，我也必占不到便宜，不如不打了。”

桃实仙道：“你这就笨得很了。既然不分胜败，再打下去你就一定胜了。”令狐冲笑道：“那也不见得。”桃实仙道：“怎不见得？这老头儿的年纪比你大得多，力气当然没你大，时候一长，自然是你占上风。”令狐冲还没回答，只听桃根仙道：“为什么年纪大的，力气一定不大？”令狐冲登时省悟，桃谷六仙之中，桃根仙是大哥，桃实仙是六弟，桃实仙说年纪大的力气不大，桃根仙便不答应。

桃干仙道：“如果年纪越小，力气越大，那么三岁孩儿力气最大了？”桃花仙道：“这话不对，三岁孩儿力气最大这个‘最’字，可用错了，两岁孩儿比他力气更大。”桃干仙道：“你也错了，一岁孩儿比两岁孩儿力气又要大些。”桃叶仙道：“还没出娘胎的胎儿，力气最大。”

群豪一路向北，到得河南境内，突然有两批豪士分从东西来会，共有二千余人，这么一来，总数已在五千以上。这五千余人晚上睡觉倒还罢了，不论草地树林、荒山野岭，都可倒头便睡，这吃饭喝酒却是极大麻烦。接连数日,都是将沿途城镇上的饭铺酒店,吃喝得锅镬俱烂,桌椅皆碎。群豪酒不醉,饭不饱,恼起上来,自是将一干饭铺酒店打得落花流水。

令狐冲眼见这些江湖豪客凶横暴戾,却也皆是义气极重的直性汉子,一旦少林寺不允释放盈盈,双方展开血战,势必惨不忍睹。他连日都在等待定闲、定逸两位师太的回音,只盼凭着她二人的金面,方证方丈释放盈盈,就可免去一场大厮杀的浩劫。屈指算来,距十二月十五只差三日,离少林寺也已不过一百多里,却始终没得两位师太的回音。

这番江湖群豪北攻少林,大张旗鼓而来,早已远近知闻,对方却一直没任何动静,倒似有恃无恐一般。令狐冲和祖千秋、计无施等人谈起,均也颇感忧虑。

这晚群豪在一片旷野上露宿,四周都布了巡哨,以防敌人晚间突来偷袭。寒风凛冽,铅云低垂,似乎要下大雪。方圆数里的平野上,到处烧起了一堆堆柴火。这些豪士并无军令部勒,乌合之众,聚在一起,但听得唱歌吆喝之声,震动四野。更有人挥刀比剑,斗拳摔角,吵嚷成一片。

令狐冲心想:“最好不让这些人真的到少林寺去。我何不先去向方证、方生两位大师相求?要是能接盈盈出来,岂不是天大喜事?”想到此处,全身一热,但转念又想:“但若少林僧众对我一人动手,将我擒住甚或杀死,我死不足惜,无人主持大局,群豪势必乱成一团,盈盈固然救不出来,这数千位血性朋友,说不定都会葬身于少室山上。我只凭一时血气之勇而误此大事,如何对得住众人?”

站起身来,放眼四望,但见一个个火堆烈焰上腾,火堆旁人头涌涌,心想:“他们不负盈盈,我也不能负了他们。”

两日之后,群豪来到少室山上、少林寺外。这两日中,又有大批豪士来会。当日曾在五霸冈上聚会的豪杰如黄伯流、司马大、蓝凤凰等尽皆到来,九江白蛟帮史帮主带着“长江双飞鱼”也到了,还有许许多多是令狐冲从未见过的，少说也有六七千人众。数百面大皮鼓同时擂起，蓬蓬之声，当真惊天动地。

群豪擂鼓良久，不见有一名僧人出来。令狐冲道："止鼓!"号令传下，鼓声渐轻，终于慢慢止歇。令狐冲提一口气，朗声说道："晚辈令狐冲，会同江湖上一众朋友，前来参拜如来佛祖和诸位大菩萨，拜访少林寺方丈和各位前辈大师，敬请赐予接见。"这几句话以充沛内力传送出去，声闻数里。

但寺中寂无声息，竟没半点回音。令狐冲又说了一遍，仍无人应答。

令狐冲道："请祖兄奉上拜帖。"

祖千秋道："是。"持了事先预备好的拜盒，中藏自令狐冲以下群豪首领的名帖，来到少林寺大门之前，在门上轻叩数下，倾听寺中寂无声息，在门上轻轻一推，大门并未上闩，应手而开，向内望去，空荡荡的并无一人。他不敢擅自进内，回身向令狐冲禀报。

令狐冲武功虽高，处事却无阅历，更无统率群豪之才，遇到这等大出意料之外的情境，实不知如何是好，一时呆在当地，说不出话来。

桃根仙叫道："庙里的和尚都逃光了？咱们快冲进去，见到光头的便杀。"桃干仙道："你说和尚都逃光了，哪里还有光头的人给你来杀?"桃根仙道："尼姑不是光头的吗?"桃花仙道："和尚庙里，怎会有尼姑?"桃根仙指着游迅，说道："这个人既不是和尚，也不是尼姑，却是光头。"桃干仙道："你为什么要杀他?"

计无施道："咱们进去瞧瞧如何?"令狐冲道："甚好，请计兄、老兄、祖兄、黄帮主四位陪同在下，进寺察看。请各位传下令去，约束属下弟兄，不得我的号令，谁也不许轻举妄动，不得对少林僧人有任何无礼言行，亦不可毁损少室山上的一草一木。"桃枝仙道："当真拔一根草也不可以吗?"

令狐冲心下焦虑，挂念盈盈，大踏步向寺中走去。计无施等四人跟随其后。

进得山门，走上一道石级，过前院，经前殿，来到大雄宝殿，但见如来佛宝相庄严，地下和桌上却都积了一层薄薄的灰尘。祖千秋道："难道寺中僧人当真都逃光了？"令狐冲道："祖兄别说这个'逃'字。"跪下向如来佛像礼拜。五个人静了下来，侧耳倾听，所听到的只是庙外数千豪杰的喧哗，庙中却无半点声息。

计无施低声道："得防少林僧布下机关埋伏，暗算咱们。"令狐冲心想："方证方丈、方生大师都是有道高僧，怎会行使诡计？但咱们这些旁门左道大举来攻，少林僧跟我们斗智不斗力，也非奇事。"眼见偌大一座少林寺竟没一个人影，心底隐隐感到一阵极大的恐惧，不知他们将如何对付盈盈。

五人眼观四路，耳听八方，一步步向内走去，穿过两重院子，到得后殿，突然之间，令狐冲和计无施同时停步，打个手势。老头子等一齐止步。令狐冲向西北角的一间厢房一指，轻轻掩将过去。老头子等跟着过去。随即听到厢房中传出一声极轻的呻吟。

令狐冲走到厢房之前，拔剑在手，伸手在房门上轻推，身子侧在一旁，以防房中发出暗器。那房门呀的一声开了，房中又是一声低呻。令狐冲探头向房中看时，不由得大吃一惊，只见两位老尼躺在地下，侧面向外的正是定逸师太，眼见她脸无血色，双目紧闭，似已气绝身亡。他一个箭步抢了进去。祖千秋叫道："盟主，小心！"跟着进内。令狐冲绕过躺在地下的定逸师太身子，去看另一人时，果然便是恒山掌门定闲师太。

令狐冲俯身叫道："师太，师太！"定闲师太缓缓睁眼，初时神色呆滞，但随即目光中闪过一丝喜色，嘴唇动了几动，却发不出声音。

令狐冲身子俯得更低，说道："是晚辈令狐冲。"

定闲师太嘴唇又动了几下，发出几下极低的声音，令狐冲只听到她说："你……你……你……"眼见她伤势十分沉重，一时不知如何才好。定闲师太运了口气，说道："你……你答允我……"令狐冲忙道："是，是。师太但有所命，令狐冲纵然粉身碎骨，也当为师太办到。”想到两位师太为了自己，只怕要双双命丧少林寺中，心中悲恸，不由得泪水直滚而下。

定闲师太低声说道：“你……你一定能答允……答允我？”令狐冲道：“一定能答允！”定闲师太眼中又闪过一道喜悦的光芒，说道：“请你……请你答允接掌……接掌恒山派门户……”说了这几个字，已上气不接下气。

令狐冲大吃一惊，说道：“晚辈是男子之身，不能做贵派掌门。不过师太放心，贵派不论有何艰巨危难，晚辈自当尽力担当。恒山派的事，便是晚辈的事！”

定闲师太缓缓摇了摇头，说道：“不，不是。我……我传你令狐冲，为恒山派……恒山派掌门人，你若……你若不答允，我死……死不瞑目。”

祖千秋等四人站在令狐冲身后，面面相觑，均觉定闲师太这遗命太也匪夷所思。

令狐冲心神大乱，只觉这实在是件天大难事，但眼见定闲师太命在顷刻，心头热血上涌，说道：“好，晚辈应允师太便是。”

定闲师太嘴角露出微笑，低声道：“多……多谢！恒山派门下数百弟……弟子，今后都要累……累你令狐少侠了。”

令狐冲又惊又怒，又是伤心，说道：“少林寺如此不讲情理，何以竟对两位师太痛下毒手，晚辈……”只见定闲师太将头一侧，闭上了眼睛。令狐冲大惊，伸手去探她鼻息时，已然气绝。他心中伤痛，回身去摸了摸定逸师太的手，着手冰凉，早死去多时，心中愤激难过，忍不住痛哭失声。

老头子道：“令狐公子，咱们必当为两位师太报仇。少林寺的秃驴逃得一个不剩，咱们一把火将少林寺烧了。”

令狐冲悲愤填膺，拍腿道：“正是！咱们一把火将少林寺烧了。”

计无施忙道：“不行！不行！倘若圣姑仍囚在寺中，岂不烧死了她？”令狐冲登时恍然，背上出了一阵冷汗，说道：“我鲁莽糊涂，若不是计兄提醒，险些误了大事。眼前该当如何？”计无施道：“少林寺千房百舍，咱们五人难以遍查，请盟主传下号令，召唤二百位弟兄进寺搜查。”令狐冲道：“对，便请计兄出去召人。”计无施道：“是！”转身出外。祖千秋叫道：“可千万别让桃谷六怪进来。”

令狐冲将两位师太的尸身扶起，放在禅床之上，跪下磕了几个头，心下默祝：“弟子必当尽力，为两位师太报仇雪恨，光大恒山派门户，以慰师太在天之灵。”站起身来，察看二人尸身上的伤痕，不见有何创伤，亦无血迹，却不便揭开二人衣衫详查，料想是中了少林派高手的内功掌力，受内伤而亡。

只听得脚步声响，二百名豪士拥将进来，分往各处查察。

忽听得门外有人说道：“令狐冲不让我们进来，我们偏要进来，他又有什么法子？”正是桃枝仙的声音。令狐冲眉头一皱，装作没听见。只听桃干仙道：“来到名闻天下的少林寺，不进来逛逛，岂不冤枉？”桃叶仙道：“进了少林寺，没见到名闻天下的少林和尚，那更加冤枉。”桃枝仙道：“见不到少林寺和尚，便不能跟名闻天下的少林派武功较量较量，那可冤枉透顶，无以复加了。”桃花仙道：“大名鼎鼎的少林寺中，居然看不到一个和尚，真是奇哉怪也。”桃实仙道：“没一个和尚，倒也不奇，奇在却有两个尼姑。”桃根仙道：“有两个尼姑，倒也不奇，奇在两个尼姑不但是老的，而且是死的。”六兄弟各说各的，走向后院。

令狐冲和祖千秋、老头子、黄伯流三人走出厢房，带上了房门。但见群豪此来彼往，在少林寺中到处搜查。过得一会，便有人不断来报，说道寺中和尚固然没见一个，便厨子杂工也都不知去向。有人报道：寺中藏经、簿籍、用具都已移去，连碗盏也没一只。有人报道：寺中柴米油盐，空无所有，连菜园中所种的蔬菜也拔得干干净净。

令狐冲每听一人禀报，心头便低沉一分，寻思：“少林寺僧人布置得如此周详，甚至青菜也不留下一条，自然早将盈盈移往别处。天下如此之大，却到哪里去找？”

不到一个时辰，二百名豪士已将少林寺的千房百舍都搜了个遍，即令神像座底，匾额背后，也都查过了，便一张纸片也没找到。有人得意洋洋地说道："少林派是武林中第一名门大派，一听到咱们来到，竟然逃之夭夭，那是千百年来从所未有之事。"有人说道："咱们这一下大显威风，从此武林中人，再也不敢小觑了咱们。"有人却道："赶跑少林寺和尚固然威风，可是圣姑呢？咱们是来接圣姑，却不是来赶和尚的。"群豪均觉有理，有的垂头丧气，有的望着令狐冲听他示下。

令狐冲道："此事大出意料之外，谁也想不到少林僧人竟会舍寺而去。眼前之事如何办理，在下可没了主意。一人计短，二人计长，还请众位各抒高见。"

黄伯流道："依属下之见，找圣姑难，找少林僧易。少林寺僧众不下千人，这些人总不会躲将起来，永不露面。咱们找到了少林僧，着落在他们身上，说出圣姑芳驾的所在。"祖千秋道："黄帮主之言不错。咱们便住在这少林寺中，难道少林派弟子竟会舍得这千百年的基业，任由咱们占住？只要他们想来夺回此寺，便可向他们打听圣姑的下落了。"有人道："打听圣姑的下落？他们又怎肯说？"老头子道："所谓打听，只是说得客气些而已，其实便是逼供。所以啊，咱们见到少林僧，须得只擒不杀，但叫能捉得十个八个来，还怕他们不说吗？"

又一人道："要是这些和尚倔强到底，偏偏不说，那又如何？"老头子道："那倒容易。请蓝教主放些神龙、神物在他们身上，怕他们不吐露真相？"众人点头称是。大家均知所谓"蓝教主的神龙、神物"，便是五毒教教主蓝凤凰的毒蛇、毒虫，这些毒物放在人身，咬啮起来，可比任何苦刑都更厉害。蓝凤凰微微一笑，说道："少林寺和尚久经修炼，我的神龙、神物制他们不了，也未可知。"

令狐冲却想："如此滥施刑罚，倒也不必。咱们却只管尽量捉拿少林僧人，捉到一百个后，以百换一，他们总得释放盈盈了。"

突然间一个粗鲁的声音说道："这半天没吃肉，可饿坏我了。

偏生庙里没和尚，否则捉个细皮白肉的和尚蒸他一蒸，倒也妙得很！”说话之人身材高大，正是“漠北双熊”中的大个子白熊。群豪知他和另一个和尚黑熊都爱吃人肉，他这几句话虽听来令人作呕，但来到少室山上已有好几个时辰，无饮无食，均感饥渴，有的肚子中已咕咕咕地响了起来。

黄伯流道：“少林派使的是坚什么清什么之计。”祖千秋道：“坚壁清野。”黄伯流道：“正是。他们盼望咱们在寺中挨不住，就此乖乖地退下山去，可是天下哪有这么容易的事？”令狐冲道：“不知黄帮主有何高见？”黄伯流道：“咱们一面派遣兄弟，下山打探少林僧的去向，一面派人采办粮食，大伙儿便在寺中守……什么待兔，以便大和尚们自投……自投什么网，咱们便来个……什么中捉鳖。”这位黄帮主爱用成语，只不大记得清楚，用起来也往往并不贴切。

令狐冲道：“这个甚是。便请黄帮主传下令去，派遣五百位精明干练的弟兄们下山，打听少林僧众的下落。采购粮食之事，也请黄帮主一手办理。”黄伯流答应了，转身出去。蓝凤凰笑道：“黄帮主可得赶着办，要不然白熊、黑熊两位饿得狠了，什么东西都会吃下肚去。”黄伯流笑道：“老朽理会得。但漠北双熊就算饿瘪了肚子，也不敢碰蓝教主的一根手指头儿。”

祖千秋道：“寺中和尚是走清光的了，请各位朋友辛苦一番，再到各处瞧瞧，且看有何异状，说不定能找到什么线索。”群豪轰然答应，又到各处察看。

令狐冲坐在大雄宝殿的一个蒲团之上，见如来佛像宝相庄严，一副怜悯慈悲的神情，心想：“方证方丈固然是有道高僧，得知我们大举而来，宁可自堕少林派威名，也不愿率众出战，终于避开了这场大杀戮、大流血的浩劫。但他们何以又将定逸、定闲两位师太害死？料想害死两位师太的多半是寺中的凶悍僧人，决非出于方丈大师之意。我当体念方证大师的善意，不可去找少林僧人为难，须得另行设法相救盈盈才是。”

突然之间，一阵朔风从门中直卷进来，吹得神座前的帷子扬了起来，风势猛烈，香炉中的香灰飞得满殿都是。令狐冲步到殿口，只见天上密云如铅，北风甚紧，心想："这早晚便要下大雪了。"心中刚转过这个念头，半空已有一片片雪花飘下，又忖："天寒地冻，不知盈盈身上可有寒衣？少林派人多势众，部署又如此周密，咱们这些人都是一勇之夫，要想救盈盈出来，只怕是千难万难了。"负手背后，在殿前长廊上走来走去，一片片细碎的雪花飘在头上、脸上、衣上、手上，迅即融化。

又想："定闲师太临死之时，受伤虽重，神智仍很清醒，丝毫无迷乱之象，她却何以要我去当恒山派的掌门？恒山派门下没一个男人，听说上一辈的掌门人也都是女尼，我一个大男人怎能当恒山派掌门？这话传将出去，岂不叫江湖上好汉都笑掉了下巴？哼，哼！我既已答允了她，大丈夫岂能食言？我行我素，旁人耻笑，又理他怎地？"想到此处，胸中豪气顿生。

忽听得半山隐隐传来一阵喊声，过不多时，寺外的群豪都喧哗起来。令狐冲心头一惊，抢出寺门，只见黄伯流满脸鲜血，奔将过来，肩上中了一枝箭，箭杆兀自不住颤动，叫道："盟主，敌……敌人把守了下山的道路，咱们这……这可是自投那个网了。"

令狐冲惊道："是少林寺僧人吗？"黄伯流道："不是和尚，是俗家人。他奶奶的，咱们下山没够三里，便给一阵急箭射了回来，死了十几名弟兄，伤的怕有七八十人，那真是全军那个没了。"

只见数百人狼狈退回，中箭的着实不少。群豪喊声如雷，都要冲下去决一死战。

令狐冲又问："敌人是什么门派，黄帮主可瞧出些端倪么？"

黄伯流道："我们没能跟敌人近斗，他奶奶的，弓箭厉害得很，还没瞧清楚这些王八蛋的模样，一枝枝箭便射了过来。当真是远交近攻，箭无虚发。"

祖千秋道："看来少林派是故意布下陷阱，乃是个瓮中捉鳖之计。”老头子道：“什么瓮中捉鳖？岂不自长敌人志气，灭自己威风？这是个……这是个诱敌深入之计。”祖千秋道：“好，就算是诱敌深入，咱们来都来了，还有什么可说的？这些和尚要将咱们都活生生地饿死在这少室山上，要咱们坐困危城！”

白熊大声叫道：“哪一个跟我冲下去杀了这些王八蛋？”登时有千余人轰然答应。

令狐冲道：“且慢！对方弓箭了得，咱们须得想个对付之策，免得枉自损伤。”计无施道：“这和尚庙中别的没有，蒲团倒有数千个之多。”这一言提醒了众人，都道：“当做盾牌，当真是再好不过。”当下便有数百人冲入寺中，搬了许多蒲团出来。

令狐冲叫道：“以此挡箭，大伙儿便冲下山去。”计无施道：“盟主，下山之后在何处聚会，以后作何打算，如何设法搭救圣姑，现下都须先作安排。”令狐冲道：“正是。你瞧我临事毫无主张，哪里能做什么盟主？我想下山之后，大伙儿暂且散归原地，各自分别访查圣姑的下落，互通声气，再定救援之策。”

计无施道：“那也只好如此。”当即将令狐冲之意大声说了。

那吃人肉的和尚黑熊叫道：“少林寺的秃驴们如此可恶，大伙儿把这鬼庙一把火烧了，再冲下去，跟他们拼个死活。”他自己也是和尚，但骂人“秃驴”，却也毫无避忌。群豪轰然叫好。令狐冲连连摇手，说道：“圣姑眼下还受他们所制，大家可鲁莽不得，免得圣姑吃了眼前亏。”众人一想不错，都道：“好，那就便宜了他们。”

令狐冲道：“计兄，如何分批冲杀，请你分派。”

计无施见令狐冲确无统率群豪以应巨变之才，便也当仁不让，朗声说道：“众位朋友听了，盟主有令，大伙儿分为八路下山，东南西北四路，东南、西南、东北、西北又是四路。咱们只求突围而出，却也不须多所杀伤。”当下分派各帮各派，从哪一方下山，每一路或六七百人，或八九百人不等。

计无施道：“正南方是上山大路，想必敌人最多，盟主，咱们先从正南下山，牵制敌人，好让其余各路兄弟从容突围。”令狐冲拔剑在手,也不持蒲团,大踏步便向山下奔去。群豪齐声呐喊,分从八方冲下山去。上山的道路本无八条之多,众人奔跃而前,初时还分八路,到后来漫山遍野,蜂拥而下。

令狐冲奔出数里,便听得几声锣响,前面树林中一阵箭雨,急射而至。他使开独孤九剑中的“破箭式”,拨挑拍打,将迎面射来的羽箭一一拨开,脚下丝毫不停,向前冲去。

忽听得身后有人“啊”的一声,却是蓝凤凰左腿、左肩同时中箭,倒在地下。令狐冲急忙转身,将她扶起,说道:“我护着你下山。”蓝凤凰道:“你别管我,你……你……自己下山要紧。”这时羽箭仍如飞蝗般攒射而至,令狐冲信手挥洒,尽数挡开,却见四下里群豪纷纷中箭倒地。

令狐冲左手揽住了蓝凤凰,向山下奔去,羽箭射来,便挥剑拨开。只觉来箭势道劲急,发箭之人竟皆武功高强,来箭又密,以致群豪手中虽有蒲团,也难尽数挡开,中箭之人越来越多。令狐冲一时拿不定主意,该当冲下山去,还是回去接应众人。

计无施叫道:“盟主,敌人弓箭厉害,弟兄们冲不下去,伤亡已众,还是叫大伙儿暂且退回,再作计较。”

令狐冲知败势已成,若给对方冲杀上来,更加不可收拾,纵声叫道:“大伙儿退回少林寺!大伙儿退回少林寺!”他内力充沛,这一叫喊,虽在数千人高呼酣战之时,仍四处皆闻。计无施、祖千秋等数十人齐声呼唤:“盟主有令,大伙儿退回少林寺。”

群豪听得呼声,陆续退回。

少林寺前但闻一片咒骂声、呻吟声、叫唤声,地下东一摊、西一片,尽是鲜血。计无施传下号令,命八百名完好无伤之人分为八队,守住了八方,以防敌人冲击。来到少林寺的数千人众,其中大半数分属门派帮会,各有统属,能遵守规矩号令,其余二千余人却皆是乌合之众,这一仗败了下来,乱成一团,各说各的,谁都不知下一步该当如何。

令狐冲道:“大伙儿快去为受伤的弟兄们敷药救治。”心想:

"可惜恒山派的女弟子们不在山上,缺了治伤灵药。"又想:"倘若恒山派众人在此,是帮我呢,还是帮他们正教各派?嗯,两位师太遭害,恒山派众弟子一定帮我。"

耳听得群豪喧扰不已,不由得心乱如麻,若是他独自一人被困山上,早已冲了下去,死也好,活也好,也不放在心上,但自己是这群人的首领,这数千人的生死安危,全在自己一念之间,偏生束手无策,这可真为难了。

眼见天色将暮,突然间山腰里擂起鼓来,喊声大作。令狐冲拔出长剑,抢到路口。群豪也各执兵刃,要和敌人决一死战。只听得鼓声越敲越响,敌人却并不冲上。

过了一会,鼓声同时止歇,群豪纷纷论议:"鼓声停了,要上来了。""冲上来倒好,便杀他们一个落花流水,免得在这里等死。""他奶奶的,这些王八蛋便是要咱们在这里饿死、渴死。""龟儿子不上来,咱们便冲下去。""只要冲得下去,那还用你多说?"

计无施悄声对令狐冲道:"咱们今晚要是不能脱困,再饿得一日一晚,大伙儿可没力气再战了。"令狐冲道:"不错。咱们挑选二三百位武功高强的朋友开路,黑夜中敌人射箭没准头,只消打乱了敌人的阵脚,大家便可一拥而下。"计无施道:"也只有如此。"

便在此时,山腰里鼓声响起,跟着便有百余名头缠白布之人冲上山来。群豪大声呼喝,拥上去接战。但攻上来的这一百余人只斗得片刻,一声唿哨,便都退下山去。群豪放下兵刃休息。跟着鼓声又起,另有一批头缠白布之人攻上山来,杀了一阵,又即退去。敌人虽退,擂鼓声、呐喊声此伏彼起,始终不息。

计无施道:"盟主,敌人使的显是疲兵之计,要扰得咱们难以休息。"令狐冲道:"正是。请计兄安排。"计无施传下令去,若再有敌人冲上,只由把守山口的数百人接战,余人只管休息,不可理会。祖千秋道:"在下倒有个计较,咱们选定三百名好手,也都头缠白布,敌人再来进攻,这三百人便乘势冲下,攻入敌阵混战。王八羔子们便不能放箭,大伙儿就乘势下山。为今之计,只有先搅得天下大乱，才能乘乱脱身。”令狐冲道：“极好，请祖兄去分别挑选，嘱咐众朋友，只待势头一乱，便即猛冲。”

不到半个时辰，祖千秋回报三百人已挑选定当，都是江湖上的一流好手，以此精锐奋力下冲，敌人纵有数千人列队拦阻，也未必挡得住这三百头猛虎。令狐冲精神一振，跟着祖千秋走到西首山边，只见那三百人头缠白布，排得整整齐齐，便道：“众位请坐下稍息，待到天色全黑，大伙儿下去决个死战。”群豪轰然答应。

这时候雪下得更大了，雪花一大片一大片地飘将下来，地下已积了薄薄的一层，群豪头上、衣上都飘满了雪花。寺中所有水缸固已倒得滴水不存，连水井也都用泥土填满。各人抓起地下积雪，捏成一团，送入口中解渴。天色越来越黑，到后来即是两人相对，面目也已模糊。祖千秋道：“幸好今晚下雪，否则刚好十五，月光可亮得很呢。”

突然之间，四下里万籁无声。少林寺寺内寺外聚集豪士数千之众，少室山自山腰以至山脚，正教中人至少也有三四千人，竟不约而同地谁都没出声，便有人想说话的，也为这寂静的气氛所慑，话到嘴边都缩了回去。似乎只听到雪花落在树叶和丛草之上，发出轻柔异常的声音。令狐冲心中忽想：“小师妹这时候不知在干什么？”

蓦地里山腰间传上来一阵呜呜呜的号角声，跟着四面八方喊声大作。这一次敌人似是乘黑全力进攻，再不如适才那般虚张声势。

令狐冲长剑一挥，低声道：“冲！”向西北方的山道抢先奔下，计无施、祖千秋、漠北双熊，以及那三百名精选的豪士跟着冲了下去。

三百余人一路冲下，前途均无阻拦。奔出里许后，祖千秋取出一枚大炮仗，晃火折点燃了，砰的一声响，射入半空，跟着火光一闪，啪的一声巨响，炸了开来。这是通知山上群豪的讯号，寺中群豪也即杀出。

令狐冲正奔之际，忽觉脚底一痛，踹着了一枚尖钉，心知不妙，急忙提气上跃，落在一株树上，只听得祖千秋等纷纷叫了起来："啊哟，不好，地下有鬼！"各人脚底都踹到了耸起的尖钉，有的尖钉直穿过脚背，痛不可当。数十人继续奋勇下冲，突然啊啊大叫，跌入一个大陷坑中，树丛中伸出十几枝长枪，往坑中戳去，一时惨呼之声，响遍山野。

计无施叫道："盟主快传号令，退回山上！"

令狐冲见这等情势，显然正教门派在山下布满了陷阱，若再贸然下冲，非全军覆没不可，当即纵声高叫："大伙儿退回少林寺！大伙儿退回少林寺！"

他从一株树顶跃到另一株树顶，将到陷坑之边，长剑下掠，刺倒了三名长枪手，纵身下地，落在一名长枪手身边，料想此人立足处必无尖钉，霎时间刺倒了七八人。其余的长枪手发一声喊，四下退走。落在陷坑中的四十余人才一一跃起，但已有十余人丧身坑中。群豪望出去漆黑一片，地下虽有积雪反光，却不知何处布有陷阱，各人垂头丧气，一跛一拐地回到山上，幸好敌人并不乘势来追。

群豪回入寺中，在灯烛光下检视伤势，十人中倒有九人的足底给刺得鲜血淋漓，人人破口大骂，显然对方这几个时辰中擂鼓呐喊，乃是遮掩在山腰里挖坑布钉的声音。这些铁钉长达一尺，有七寸埋在土中，三寸露在地面，钉头尖利，倘若满山都布满了，怕不有数十万枚？这许多利钉当然是事先预备好了的，敌人如此处心积虑，群豪中凡稍有见识的，思之无不骇然。

计无施将令狐冲拉在一边，悄声说道："令狐公子，大伙儿要一齐全身而退，势已万万不能。咱们日思夜想，只是盼望救圣姑脱险，这件大事，只好请公子独力承担了。"

令狐冲惊道："你……你……是什么意思？"

计无施道："我自然知道公子义薄云天，决不肯舍众独行。但人人在此就义，将来由谁来为大伙儿报此大仇？圣姑困于苦狱，又有谁去救她重出生天？"

令狐冲嘿嘿一笑，说道："原来计兄要我独自下山逃命，此事再也休提。大伙儿死就死了，又怎能理会得这许多？世人有谁不死？咱们一起死了，圣姑困在狱中，将来也就死了。正教门派今日虽然得胜，过得数十年，他们还不是一个个都死了？胜负之分，也不过早死迟死之别而已。"

计无施眼见劝他不听，情知多说也无用，但如今晚不乘黑逃走，明日天一亮，敌人大举来攻，那可再也没脱身之机了，不由得摊手长叹。

忽听得几个人嘻嘻哈哈地大笑，越笑越欢畅。群豪大败之余，坐困寺中，性命便在旦夕之间，居然还有人笑得这么开心，令狐冲和计无施一听，便知是桃谷六仙，均想："世上也只这六个怪物，死到临头，还能如此嘻笑。"

只听桃谷六仙中一人说道："天下竟有这样的傻子！把好好一双脚，踏到铁钉上去，哈哈哈，真笑死我也。"另一人道："你们这些笨蛋，定是要试试到底脚板厉害，还是铁钉了得，哈哈，铁钉穿足，味道可舒服得很吧？"又一人笑道："你们要尝尝铁钉穿足的滋味，何不用个大铁锤，将铁钉从脚背上自己锤下去？哈哈哈，嘿嘿嘿，呵呵呵！"六兄弟笑得上气不接下气，似乎天下滑稽之事莫过于此。

群豪给铁钉穿足的，本已痛得叫苦连天，偏生有如此不识趣之人在旁嘲笑，无不破口大骂。可是和桃谷六仙对骂，那是艰难无比之事，每一句话他都要和你辩个明白。你骂他"直娘贼"，他就问你为什么是"直娘"而不是"弯娘"；你骂他"王八蛋"，他就苦苦追问为何不是"王七蛋、王九蛋"，而定要"王八蛋"。

一时殿上嘈声四起，有人抄起兵刃，便要动手。

令狐冲见事情闹得不可收拾，突然叫道："咦，这是什么东西？有趣啊有趣，古怪之极了！"桃谷六仙一听，一齐奔了过来，问道："什么东西如此有趣？"令狐冲道："我瞧见六只老鼠咬住一只猫，从这里奔了过去。”桃谷六仙大喜，都道：“老鼠咬猫，我们可从来没见过。走向哪里去了？”令狐冲随手一指，道：“向那边过去了。”桃根仙拉住他手腕，道：“去，去！大伙儿都去瞧瞧。”群豪知道令狐冲绕弯儿骂他们六兄弟是六只老鼠，他们居然信以为真，都纵声大笑。桃谷六仙却簇拥着令狐冲，径向后殿奔去。

令狐冲笑道：“咦！那不是吗？”桃实仙道：“我怎地没瞧见？”令狐冲有意将他们远远引开，免得和群豪争闹相斗，当下信手乱指，七人越走越远。

桃干仙砰的一声，推开一间偏殿之门，里面黑漆漆的一无所见。令狐冲笑道：“啊哟，六只老鼠抬了一只大猫，钻进洞里去啦。”桃根仙道：“你可别骗人。”晃亮火折，但见房中空荡荡的一无所有，只一尊菩萨石像面壁而坐。

桃根仙过去点燃了供桌上的油灯，说道：“哪里有洞？咱把老鼠赶出来。”拿了油灯四下照看，却一个洞穴也无。

桃枝仙道：“只怕是在菩萨的背后？”桃干仙道：“菩萨的背后，就是咱们七人，难道咱们是老鼠么？”桃枝仙道：“菩萨对着墙壁，他的背后，就是前面。”桃干仙道：“你明明说错了，偏不承认！背后怎么会就是前面？”桃花仙道：“是背后也好，前面也好，咱们拉开来瞧瞧。”桃叶仙、桃实仙齐道：“正是。”三人伸手便去拉动石像。

令狐冲叫道：“使不得，这是达摩老祖。”他知达摩老祖乃少林寺的祖师，少林寺武学领袖群伦，历千余年而不衰，便是自达摩老祖一脉相承。达摩当年曾面壁九年，终于大彻大悟，因此寺中所供奉的达摩像，也是面向墙壁。达摩老祖又是中土禅宗之祖，不论在武林或在佛教，地位均甚尊崇。此番来到少林寺，群豪均遵从他的告诫，对寺中各物并无损毁，这达摩老祖的石像，决不可对之稍有轻侮。

但桃花仙等野性已发，哪去理会令狐冲的呼唤，三人一齐使劲，力逾千斤，只听得轧轧连声，已将达摩石像扳了转来。突然之间，七人齐声大叫，只见眼前一块铁板缓缓升起，露出了一个大洞。铁板的机括日久生锈，纠结甚固，在桃花仙等三人的大力拉扯之下，发出叽叽格格之声，闻之耳刺牙酸。

桃枝仙叫道："果然有个洞！"桃根仙道："去瞧瞧六只老鼠抬猫。"头一低，已从洞中钻了进去。桃干仙等五人谁肯落后，纷纷钻进。洞内似乎极大，六人进去之后，但听得脚步之声。但片刻之间，六人哇哇叫喊，又奔了出来。桃枝仙叫道："里面黑漆漆的，深不见底。"桃叶仙道："既是黑漆漆的，又怎知一定很深？说不定再走几步，便到了尽头呢。"桃枝仙道："你既知再走几步便到尽头，干吗不再走几步，以便知道尽头所在？"桃叶仙道："我说的是'说不定'，却不是'一定'。'说不定'与'一定'之间，大有分别。"桃枝仙道："你既知是'说不定'，又何必多说？"桃根仙道："吵什么？快点两根火把，进去瞧瞧。"桃实仙道："为什么只点两根，点三根不可以么？"桃花仙道："既然点得三根，为什么便点不得四根？"

六人口中不停，手下却也十分迅捷，顷刻间已扳下桌腿，点起了四根火把，六人你争我夺，抢了火把，钻入洞中。

令狐冲寻思："瞧这模样，分明是少林寺的一条秘密地道。当日我在孤山梅庄被困，也是经过一条长长的地道。说不定盈盈便囚在其中。"思念及此，一颗心怦怦大跳，当即钻入洞中，加快脚步，追上桃谷六仙。这地道甚是宽敞，与梅庄地道的狭隘潮湿全然不同，只洞中霉气甚重，呼吸不畅。

桃实仙道："那六只老鼠还是不见？只怕不是钻到这洞里来的。咱们回去吧，到别的地方找找。"桃干仙道："到了尽头再回去，也还不迟。"

七人又行一阵，突然间呼的一声响，半空中一根禅杖当头直击下来。桃花仙走在最前，急忙后跃，重重撞在桃实仙胸前。只见一名僧人手执禅杖，迅速闪入右边山壁之中。桃花仙大怒，喝道："你奶奶的，贼秃驴，却躲在这里暗算老爷。"伸手往山壁中抓去，呼的一声响，左边山壁中又有一条禅杖击了出来。这一杖将桃花仙的退路尽数封死，他无可退避，只得向前纵出，左足刚落地，右侧又有一条禅杖飞出。

这时令狐冲已看得清楚，使禅杖的并非活人，黄澄澄的乃是机括操纵的铜人，但装置得极妙，只要有人踏中了地下机括，便有禅杖击出，而且进退呼应，每一杖都是极精妙厉害之着。桃花仙抽出短铁棒挡架，当的一声大响，短铁棒登时给震得脱手飞出。

桃花仙叫声“啊哟”，着地滚倒，又有一柄铁禅杖搂头击落。桃根仙、桃枝仙各抽短铁棒，抢过去相救兄弟，双棒齐上，这才挡住。但一杖甫过，二杖又至，桃干仙、桃叶仙、桃实仙三人扑将进去。五根短铁棒使开，与两壁不断击到的禅杖斗了起来。

使禅杖的铜和尚虽是死物，但当时装置之人却是心思机灵之极的大匠，若非本人身具少林绝艺，便是有少林高僧在旁指点，是以这些铜和尚每一杖击出，尽属妙着，更有一桩极厉害处，铜和尚的手臂和禅杖均系镔铁所铸，近百斤的重量再加机括牵引，下击力道之强，不逊大力高手。桃谷六仙武功虽强，可是短铁棒实在太短，难以挡架禅杖的撞击。六兄弟叫苦连天，只想退出，后路呼呼风响，尽是禅杖影子，但每向前踏出一步，又增添了几个铜和尚参与夹击。

令狐冲眼见势危，又看出这些铜和尚招数固然极精，每一招中均具极大破绽，当即抽出长剑，刺向两个铜和尚的手腕，当当两声，剑尖都刺中铜和尚的手腕穴道，火花微溅，长剑却弹了转来。便在此时，猛听得桃根仙一声大叫，已给禅杖击中，倒在地下。令狐冲本已心下惊惶，这一来神智更乱，眼见禅杖晃动，想也不想，又是两剑刺出，铮铮两声，仍刺中了铜和尚的要害，但这两下剑术中的至精至妙之着，只刮去了铜和尚胸口和小腹上的一些铜绿，头顶风响，铁杖罩将下来。令狐冲大惊，踏前闪避，左前方又有一根铁禅杖击到。

蓦地里眼前一黑，接着什么也看不到了。原来桃谷六仙携入四根火把，抢前接战铜和尚时都抛在地下，这些火把是燃着的桌脚，横持在手时可以烧着，一抛落地，不久便即熄灭。令狐冲抢上之时，已有三根火把熄灭，避得几杖时连第四根火把也熄灭了。他目不见物，登时手足无措，接着左肩一阵剧痛，俯跌了下去，但听得“啊哟！”“哼！”“我的妈啊！”喊叫连连，桃谷六仙一一都给击倒。

令狐冲俯伏在地，只听得背后呼呼风响，尽是禅杖扫掠之声，便如身在梦魇之中，心下惶怖已达极点，却全然的无能为力。但不久风声渐轻，叽叽格格之声不绝，似是各个铜和尚回归了原位。

忽然间眼前一亮，有人叫道：“令狐公子，你在这里么？”令狐冲大喜，叫道：“我……我在这里……”伏在地下，不敢稍动，脚步声响，几个人走了进来，听得计无施“咦”的一声，甚是惊奇。令狐冲道：“别……别过来……机关……机关厉害得紧。”

计无施等久候令狐冲不归，心下挂念，十余人一路寻将过来，在达摩堂中发现了地道的入口，眼见令狐冲和桃谷六仙横卧于地，身上尽是鲜血，无不骇然。祖千秋叫道：“令狐公子，你怎么了？”令狐冲道：“站住别动，一动便触发了机关。”祖千秋道：“是！我用软鞭拖你们出来可好？”令狐冲道：“最好不过！”祖千秋软鞭甩出，卷住桃枝仙的左足，将他着地拖出。

桃枝仙躺在地道的最外处，祖千秋先将他拉了出来，这才用软鞭卷住令狐冲右足，叫声：“得罪了！”又将他拉出。如此陆续将余下桃谷五仙都拉了出来，并未触动机括，那些装在两壁的铜和尚也就没再跃出伤人。

令狐冲摇摇晃晃地站起，忙去察看桃谷六仙。六人肩头、背上都为禅杖击伤，幸好六人皮粗肉厚，又以深厚内力相抗，受的都只皮肉之伤。

桃根仙便即吹牛：“这些铜做铁打的和尚好生厉害，可都叫桃谷六仙给破了。”桃花仙觉得不便尽居其功，说道：“令狐公子也有一点功劳，只不过功劳及不上我六兄弟而已。”令狐冲强忍肩头疼痛，笑道：“这个自然，谁又及得上桃谷六仙了？”

祖千秋问道：“令狐公子，到底是怎么一回事？”令狐冲将情形简略说了，说道："多半圣姑便给囚在其内。咱们怎生想个计较，将这些铜和尚破了？"祖千秋向桃谷六仙瞧了一眼，道："原来铜和尚还没破去。"

桃干仙道："要破铜和尚，又有何难？我们只不过一时还不想出手而已。"桃实仙道："是啊，桃谷六仙所到之处，无坚不摧，无敌不克。"计无施道："不知这些铜和尚到底怎样厉害法，请桃谷六仙再冲进去引动机括，让大伙儿开开眼界如何？"

桃谷六仙适才吃过苦头，哪肯再上前去领略那禅杖飞舞、无处可避的困境。桃干仙道："众位，猫捉老鼠，大家都见过了，可是老鼠咬猫，有人见过没有？"桃叶仙道："我们七个人，适才便见了，当真是大开眼界，从来没见过。"他六兄弟另有一项绝技，遇上难题无法对答，便即顾左右而言他，扯开话题。

令狐冲道："请哪一位去搬几块大石来，都须一二百斤的。"当下便有三人出外，搬了三块大石进来，都是少林寺庭院中的假山石笋。令狐冲端起一块，运起内力，着地滚去。只听得轰隆隆一声响，引发机括，两壁轧轧连声，铜和尚一个个闪将出来，眼前杖影晃动，呼呼风声不绝，一柄柄铁杖横扫竖击，过了良久，一个个铜和尚才缩回石壁。

群豪只瞧得目眩神驰，挢舌不下。

计无施道："公子，这些铜和尚有机括牵引，机括之力有时而尽，须得以绞盘绞紧机簧铁链，铁人方能再动。只须再用大石滚动几次，机簧力道一尽，铜和尚便不能动了。"

令狐冲急于要救盈盈脱险，说道："我看铜和尚出杖之势毫不缓慢，不知要再舞几次，机簧力道方尽，再试得七八次，天也亮了。哪一位兄长有宝刀宝剑，请借来一用。"

当即有人越众而前，拔刀出鞘，道："盟主，在下这口兵刃颇为锋利。"令狐冲见那人高鼻深目，颏下一部黄须，似是西域人氏。接过那口刀来，果然冷气森森，大非寻常，说道："多谢了！要借兄长宝刀，去削铜人铁杖，若有损伤莫怪。"那人笑道："为接圣姑，大伙儿性命尚且不惜,刀剑是身外之物,何足道哉!”

令狐冲点点头,向前踏出。桃谷六仙齐叫:“小心!”令狐冲又踏出两步,呼的一声,一柄禅杖当头击下。这招式他已是第三次见到,毫不思索地举刀一挥,嗤的一声,铜和尚右腕应声而断,铁手和铁杖掉在地下。和尚虽是铜制,脸也和身子都黄澄澄的,手臂和禅杖却为镔铁所铸。令狐冲赞道:“好宝刀!”

他初时尚恐这口刀不够锋利,不能一举削断铜和尚的手腕,待见此刀削铁如泥,登时精神大振,刷刷两声,又已削断了两只铜和尚的手腕。他以刀作剑,所使的全是“孤独九剑”中的招数。铜和尚不绝从两壁进攻,但手腕一断,禅杖跌落,两只手臂虽仍上下左右地不绝挥舞,但既无禅杖,也就全无威胁之力了。令狐冲眼见越向前行,铜和尚所出的招数越是精妙,心下暗暗佩服,但毕竟是铜铸铁打的死物,一招既出,破绽大露,手腕既断之后,机括虽仍不住作响,却全成废物了。

群豪高举火把跟随,替他照明,削断了百余只铁手之后,石壁中再无铜和尚跃出。有人一数,铜和尚共是一百零八名。群豪在地道中齐声欢呼,震得人人耳中嗡嗡作响。

令狐冲亟盼及早见到盈盈,接过一个火把,抢前而行,一路上小心翼翼,生恐又触上什么机关,地道不住向下倾斜,越走越低,直行出三里外,地道通入了几个天生的洞穴,始终没再遇到什么机关陷阱。突然之间,前面透过来淡淡的光芒,令狐冲快步抢前,一步踏出,足底一软,竟是踏在一层积雪之上,同时一阵清新的寒气灌入胸臆,身子竟然已在空处。

他四下张望,黑沉沉的夜色之中,大雪纷飞飘落,跟着听得淙淙水响,却是处身在一条山溪之畔。霎时之间,心下好生失望,原来这地道并非通向囚禁盈盈之处。

却听计无施在身后说道:“大家传话下去,千万别出声,多半咱们已在少室山下。”令狐冲问道:“难道咱们已然脱险?”计无施道:“公子,隆冬之际,山上的溪流早已结冰,不会有水,看来咱们通过地道，已到了山脚。”祖千秋喜道：“是了，咱们误打误撞，找到了少林寺的秘密地道。”

令狐冲惊喜交集，将宝刀还给了那西域豪士，说道：“那就快快传话进去，要大伙儿从地道中出来。”

计无施命众人散开探路，再命数十人远远守住地道的出口，以防敌人陡然来攻，倘若地道的前后都给堵死，未及出来的兄弟可就生生困死了。

过不多时，已有探路的人回报，确是到了少室山山脚，处身之所是在后山，抬头可望到山顶的寺院。群豪此时未曾脱险，谁也不敢大声说话。从地道中出来的豪士渐渐增多，跟着连伤者和死者的尸体也都抬了出来。

群豪死里逃生，虽不纵声欢呼，但窃窃私议，无不喜形于色。

漠北双熊中的黑熊说道：“盟主，那些王八羔子只道咱们仍在寺中，不如就去攻他们的屁股，斩断王八蛋的尾巴，也好出一口胸中恶气。”桃干仙插口道：“王八有尾巴，那不错！可是王八蛋是个蛋，蛋有尾巴吗？”

令狐冲道：“咱们来到少林寺是为迎接圣姑，圣姑既然接不到，当再继续寻访，不必多所杀伤。”白熊道：“哼，好歹我要捉几个王八蛋来吃了，管它有没有尾巴，否则给他们欺负得太过厉害。”

令狐冲道：“请各位传下号令，大伙儿分别散去，遇到正教门下，最好不要打斗动粗。有谁听到圣姑的消息，务须广为传布。我令狐冲有生之日，不论经历多大艰险，便自己性命不在，也要救圣姑脱困。寺中的兄弟可都出来了么？”

计无施走到地道出口之处，向内叫了几声，隔了半晌，又叫了几声，里面无人答应，这才回报：“都出来了！”

令狐冲童心忽起，说道：“咱们一齐大叫三声，好叫正教中人吓一大跳。”

祖千秋笑道：“妙极！大伙儿跟着盟主齐声大叫。”

令狐冲运起内力叫道：“大家跟着呼叫，一、二、三！‘喂，我们下山来啦！'"数千人跟着齐声大叫："喂，我们下山来啦！"令狐冲又叫："你们便在山上赏雪吧！"群豪跟着大叫："你们便在山上赏雪吧！"令狐冲再叫："青山不改，绿水长流，后会有期。"群豪也都大叫："青山不改，绿水长流，后会有期。"令狐冲笑道："走吧！"

忽然有人大声叫道："你们这批乌龟儿子王八蛋，去你奶奶的祖宗十八代！"群豪跟着大叫："你们这批乌龟儿子王八蛋，去你奶奶的祖宗十八代！"这等粗俗下流的骂人之声，由数千人齐声喊了出来，声震山谷，当真是前所未有。

令狐冲大声叫道："好啦，不用叫了，大伙儿走吧！"

群豪喊得兴起，跟着又叫："好啦，不用叫了，大伙儿走吧！"

众人叫嚷了一阵，眼见半山里并无动静，天色渐明，便纷纷告别散去。

令狐冲心想："眼前第一件大事，是要找到盈盈的所在，其次是须得查明定闲、定逸两位师太是何人所害，要办这两件大事，该去何处才是？"脑海中忽然闪过一个念头："少林僧和正教中人已知我们都下了少室山，既然围歼不成，自然都会回入少林寺去。说不定他们将盈盈带在身边。办此二事，须回少林。"又想："要混入少林寺中，人越少越好，可不能让计无施他们同行。"

当下向计无施、老头子、祖千秋、蓝凤凰、黄伯流等一干人作别，说道："大家分头努力，迎到圣姑之后，再行欢聚痛饮。"计无施问道："公子，你要到哪里去？"令狐冲道："小弟要舍命去寻访圣姑，日后自当详告。"

众人不敢多问，当下施礼作别。

方证大师掌法变幻莫测，每一掌击出，甫到中途，已变为好几个方位。任我行的掌法却单纯质朴，出掌收掌，似乎显得有些窒滞生硬。

二十七 三 战

令狐冲蹿入树林，随即纵身上树，藏身在枝叶浓密之处，过了好半晌，耳听得群豪喧哗声渐歇，终于寂然无声，料想各人已然散去，当下缓步回向地道的出口处，果然已无一人。出口处隐藏在两块大石之后，长草掩映，不知内情之人即使到了其旁，亦决不会发现。

他回入地道，快步前行，回到达摩堂中，只听得前殿隐隐已有人声，想来正教中人行事持重，缓缓查将过来，只怕中了陷阱机关。令狐冲凝力双臂，将达摩石像慢慢推回原处，寻思："该去哪里偷听正教领袖人物议事，设法查知囚禁盈盈的所在？少林寺中千房百舍，可不知他们将在哪一间屋子中聚会。"

想起当日方生大师引着自己去见方丈，依稀记得方丈禅房的所在，当即奔出达摩堂，径向后行。少林寺中房舍实在太多，奔了一阵，始终找不到方丈的禅房。耳听得脚步声响，外边有十余人走近，他处身之所是座偏殿，殿上悬着一面金字木匾，写着"清凉境界"四字，四顾无处可以藏身，纵身便钻入了木匾之后。

脚步声渐近，有七八人走进殿来。一人说道："这些邪魔外道本事也真不小，咱们四下里围得铁桶也似，居然还是给他们逃了下山。"另一人道："看来少室山上有什么地道秘径通向山下，否则他们怎么逃得出去？"又一人道："地道秘径是决计没有的。小僧在少林寺出家二十余年，从来没听说过有什么秘密的下山路径。"先前那人道："既然说是秘径，自不会有多少人知道啦。"那少林僧道:“就算小僧不知,难道我们当家方丈也不知道?寺中若有此秘径地道,敝寺方丈事先自会知照各派首领,怎能容这些邪魔外道从容脱身?”

忽听得一人大声喝道:“什么人?给我出来!”

令狐冲大吃一惊:“原来我踪迹给他们发现了?”正想纵身跃出,忽听得东侧的木匾之后传出哈哈一笑,一人说道:“老子透了口大气,吹落了几片灰尘,居然给你们见到了。眼光倒厉害得很哪!”声音清亮,正是向问天的口音。

令狐冲又惊又喜,心道:“原来向大哥早就躲在这儿,他屏息之技甚是了得,我在这里多时,却没听出来。若不是灰尘跌落,谅来这些人也决不会知觉……”

便在这心念电转之际,忽听得嗒嗒两声,东西两侧各有一人跃下,跟着有三人齐声呼喝:“什……”“你……”“干……”这三人的呼喝声都只吐得一个字,随即哑了。

令狐冲忍不住探头出去,只见大殿中两条黑影飞舞,一人是向问天,另一人身材高大,却是任我行。这两人出掌无声,每出一掌,殿下便有一人倒下,顷刻之间,殿中便倒下了八人,其中五人俯伏不动,三人仰面向天,都双目圆睁,神情可怖,脸上肌肉一动不动,显然均已给任、向二人出掌击毙。

任我行双手在身侧一擦,说道:“盈儿,下来吧!”

西首木匾中一人飘然而落,身形婀娜,正是多日不见的盈盈。

令狐冲脑中一阵晕眩,但见她身穿一身粗布衣衫,容色憔悴。他正想跃下相见,任我行向着他藏身处摇了摇手。令狐冲寻思:“他们先到,我藏身木匾之后,他们自然都见到了。任老先生叫我不可出来,却是何意?”但刹那之间,便明白了任我行的用意。

只见殿门中几个人快步抢进,一瞥之下,见到了师父师娘岳不群夫妇和少林方丈方证大师,其余尚有不少人众。他不敢多看,立即缩头匾后,一颗心剧烈跳动,心想:“盈盈他们陷身重围,我……我纵然粉身碎骨,也要救她脱险。”

只听得方证大师说道："阿弥陀佛！三位施主好厉害的掌力。女施主既已离去少林，却何以去而复回？这两位想必是黑木崖的高手了，恕老衲眼生，无缘识荆。"

向问天道："这位是日月神教任教主，在下向问天。"

他二人的名头一出口，当真如雷贯耳，便有数人轻轻"咦"的一声。

方证说道："原来是任教主和向右使，确然久仰大名。两位光临，有何见教？"

任我行道："老夫不问世事已久，江湖上的后起之秀都不识得了，不知这几位小朋友都是何方高人。"

方证道："待老衲为两位引见。这一位是武当派掌门道长，道号上冲下虚。"

一个苍老的声音说道："贫道年纪或许比任先生还大着几岁，但执掌武当门户，确是任先生退隐之后的事。后起是后起，这个'秀'字，可不敢当了，呵呵。"

令狐冲一听他声音，心想："这位武当掌门道长口音好熟。"随即恍然："啊哟！我在武当山下遇到三人，一个挑柴，一个挑菜，另一位骑驴的老先生，剑法精妙无比，原来竟然便是武当派掌门。"霎时间心头涌起了一阵自得之情，手心中微微出汗。武当派和少林派齐名数百年，一柔一刚，各擅胜场。冲虚道长剑法之精，向来众所推崇。令狐冲突然得知自己居然曾战胜冲虚道长，实是意外之喜。

却听任我行道："这位左大掌门，咱们以前是会过的。左师傅，近年来你的'大嵩阳神掌'又精进不少了吧？"令狐冲又微微一惊："原来嵩山派掌门左师伯也到了。"

只听一个冷峻的声音道："听说任先生为属下所困，蛰居多年，此番复出，实是可喜可贺。在下的'大嵩阳神掌'已有十多年未用，只怕倒有一半忘记了。"任我行笑道："江湖上那可寂寞得很啊。老夫一隐,就没一人再能和左兄对掌,可叹啊可叹!”左冷禅道:“江湖上武功与任先生相埒的,数亦不少。只是如方证大师、冲虚道长这些有德之士,决不会无缘无故地来教训在下就是了。”任我行道:“很好。几时有空,要再试试你的新招。”左冷禅道:“自当奉陪!”听他二人对答,显然以前曾有一场剧斗,谁胜谁败,从言语中却听不出来。

方证大师道:“这位是泰山派掌门天门道长,这位是华山派掌门岳先生,这位岳夫人,便是当年的宁女侠,任先生想必知闻。”

任我行道:“华山派宁女侠我是知道的,岳什么先生,可没听见过。”

令狐冲心下不快:“我师父成名在师娘之先,他倘若二人都不知,那也罢了,却决无只知宁女侠、不知岳先生之理。他受困西湖湖底,也不过是近十年之事,那时我师父早就名满天下。显然他是在故意向我师父招惹。”

岳不群淡然道:“晚生贱名,原不足以辱任先生清听。”任我行道:“岳先生,我向你打听一个人,不知可知他下落。听说此人从前是你华山派门下。”岳不群道:“任先生要问的是谁?”任我行道:“此人武功极高,人品又世所罕有。有些睁眼瞎子妒忌于他,出力将他排挤,我姓任的却跟他一见如故,觉得他是个少年英雄,一心一意要将我这宝贝女儿许配给他……”

令狐冲听他说到这里,心中怦怦乱跳,隐隐觉得即将有件十分为难之事出现。

只听任我行续道:“这年轻人有情有义,听说我这个宝贝女儿给囚在少林寺中,便率领了数千位英雄豪杰,来到少林寺迎妻。只一转眼间却不知了去向,我做泰山的心下焦急之极,因此上要向你打听打听。”

岳不群仰天哈哈一笑,说道:“任先生神通广大,怎地连自己的好女婿也弄得不见了?任先生所说的少年,便是敝派弃徒令狐冲这小贼么?”

任我行笑道："明明是珠玉，你却当是瓦砾，老弟的眼光可也真差劲得很了。我说的这少年，正是令狐冲。哈哈，你骂他是小贼，不是骂我为老贼么？"

岳不群正色道："这小贼行止不端，贪恋女色，为了一个女子，竟鼓动江湖上一批旁门左道，狐群狗党，来到天下武学之源的少林寺大肆捣乱，若不是嵩山左师兄安排巧计，这千年古刹倘若给他们烧成了白地，岂不是万死莫赎的大罪？这小贼昔年曾在华山派门下，在下有失教诲，思之汗颜无地。"

向问天接口道："岳先生此言差矣！令狐兄弟来到少林，只是迎接任大姑娘，他们张开大旗，书明'江湖群豪上少林，拜佛参僧迎任姑'，用意恭敬得很哪，决无妄施捣乱之心。你且瞧瞧，这许多朋友们在少林寺中一日一夜，可曾损毁了一草一木？连白米也没吃一粒，清水也没喝一口。"

忽然有人说道："这些猪朋狗友们一来，少林寺中反而多了些东西。"

令狐冲听这人声音尖锐，辨出是青城派掌门余沧海，心道："这人也来了。"

向问天道："请问余观主，少林寺多了些什么？"

余沧海道："牛矢马溺，遍地黄白之物。"当下便有几个人笑了起来。

令狐冲心下微感歉仄："我只约束众兄弟不可损坏物事，却没想到叮嘱他们不得随地便溺。这些粗人拉开裤子便撒，可污秽了这清净佛地。"

方证大师道："令狐公子率领众人来到少林，大旗上的口号确是客气，老衲衷心铭感，'拜佛'是要拜的，'参僧'可不敢当了。这几日来，老衲不免忧心忡忡，唯恐眼前出现火光烛天的惨状。但众位朋友于少林物事不损毫末，定是令狐公子菩萨心肠，极力约束所致，合寺上下，无不感激。日后见到令狐公子，自当亲谢。余观主戏谑之言，向先生不必介意。"

向问天赞道："究竟人家是有道高僧，气度胸襟，何等不凡？与什么伪君子、什么真小人，那是全然不同了。"

方证又道："老衲却有一事不明，恒山派的两位师太，何以竟会在敝寺圆寂？"

盈盈凄然道："定闲、定逸两位太慈和有德，突然圆寂，令人神伤……"

方证道："她两位的遗体在寺中发现，推想她两位圆寂之时，正是众位江湖朋友进入敝寺的时刻。难道令狐公子未及约束属下，以致两位师太众寡不敌，命丧于斯么？阿弥陀佛，阿弥陀佛！"跟着一声长叹。

盈盈道："那日小女子在贵寺后殿与两位师太相见，蒙方丈大师慈悲，说道瞧在两位师太金面，放小女子离寺……"

令狐冲心下又感激，又难过："两位师太向方丈求情，原来方丈果真是放了盈盈出去，她二位却在这里送了性命。那是为了我和盈盈而死。到底害死她们的凶手是谁？我非为她们报仇不可。"

只听盈盈道："这些日子来，不少江湖上的朋友，为了想救小女子脱身，前来少林寺滋扰，给少林派擒住了一百多人。方丈大师慈悲为怀，说道要向他们说十天法，盼望能消解他们的戾气，然后尽数恭送出寺。但小女子受禁已久，可以先行离去。"

令狐冲心道："这位方证大师当真是个大大的好人，只不过未免有点迂腐。盈盈手下那些江湖豪客，又怎能听你说十天法，便即化除了戾气？"

只听盈盈续道："小女子感激无已，拜谢了方丈大师后，随同两位师太离开少室山，第三日上，便听说令狐……令狐公子率领江湖上朋友，到少林寺来迎接小女子。定闲师太言道：须得兼程前往，截住众人，以免惊扰了少林寺的众位高僧。这天晚上，我们又遇上一位江湖朋友，他说众人从四面八方分道而来，定十二月十五聚集少林。两位师太便即计议，说道江湖豪士人多口杂，而且来自四方，无所统属，未必都听令狐公子的号令。当下定闲师太吩咐小女子赶着去和他……和令狐公子相见，请众人立即散去。两位师太则重上少林，要在方丈大师座下效一臂之力，维护佛门福地的清净。”

她娓娓说来，声音清脆，吐属优雅，说到两位师太时，带着几分伤感悼念之意，说到“令狐公子”之时，却又掩不住腼腆之情。令狐冲在木匾之后听着，不由得心情一阵阵激荡。

方证道：“阿弥陀佛！两位师太一番好意，老衲感激之至。少林寺有警的讯息一传出，正教各门派的同道，不论识与不识，齐来援手，敝派实不知如何报答才好。幸得双方未曾大动干戈，免去了一场浩劫。唉，两位师太妙悟佛法，慈悲有德，我佛门中少了两位高人，可惜，可叹！”

盈盈又道：“小女子和两位师太分手之后，当天晚上便受嵩山派劫持，寡不敌众，为左先生的门下所擒，不知何故，又给囚禁了数日，待得爹爹和向叔叔将我救出，众位江湖上的朋友却已进了少林寺。向叔叔和我父女三人，来到少林寺还不到半个时辰，也是刚发觉两位师太圆寂，却不知众人如何离去。”

方证说道：“如此说来，两位师太不是任先生和向右使所害了。”盈盈道：“两位师太于小女子有相救的大德，小女子只有感恩图报。倘若我爹爹和向叔叔遇上了两位师太，双方言语失和，小女子定当从中调解，决不会不加劝阻。”方证道：“那也说得是。”

余沧海突然插口道：“魔教中人行径与常人相反，常人是以德报德，奸邪之徒却是恩将仇报。”向问天道：“奇怪，奇怪！余观主是几时入的日月神教？”余沧海怒道：“谁说我入了魔教？”向问天道：“你说我神教中人恩将仇报。但福建福威镖局林总镖头，当年救过你全家性命，每年又送你一万两银子，你青城派却反去害死林总镖头。余观主恩将仇报之名播于天下，无人不知。如此说来，余观主必是我教的教友了。很好，很好，欢迎之至！”余沧海怒道：“胡说八道，乱放狗屁！”向问天道：“我说欢迎之至，乃是一番好意。余观主却骂我乱放狗屁，这不是恩将仇报，却是什么？可见江山易改，本性难移，一个人一生一世恩将仇报，便在一言一动之中也流露了出来。”

方证怕他二人多作无谓争执，便道：“两位师太到底是何人所害，咱们向令狐公子查询，必可水落石出。但三位来到少林寺中，一出手便害了我正教门下八名弟子，却不知又是何故？”任我行道：“老夫在江湖上纵横来去，从没一人敢对老夫无礼。这八人对老夫大声呼喝，叫老夫从藏身之处出来，岂非死有余辜？”方证道：“阿弥陀佛，原来只不过他八人呼喝了几下，任先生就下此毒手，那岂不是太过了吗？”

任我行哈哈一笑，说道：“方丈大师说是太过，就算太过好了。你对小女没加留难，老夫很承你的情，本来是要谢谢你的，这一次不跟你多辩，道谢也免了，双方就算扯直。”

方证道：“任先生既说扯直，就算扯直便了。只是三位来到敝寺，杀害八人，此事却又如何了断？”任我行道：“那又有什么了断？我日月教教下徒众甚多，你们有本事，尽管也去杀八人来抵数就是。”方证道：“阿弥陀佛。胡乱杀人，大增罪业。左施主，被害八人之中，有两位是贵派门下的，你说该当如何？”

左冷禅尚未答话，任我行抢着道：“人是我杀的。为什么你去问旁人该当如何，却不来问我？听你口气，你们似是恃着人多，想把我三人杀来抵命，是也不是？”

方证道：“岂敢？只是任先生复出，江湖上从此多事，只怕将有无数人命伤在任先生手下。老衲有意屈留三位在敝寺盘桓，诵经礼佛，叫江湖上得以太平，三位意下如何？”任我行仰天大笑，说道：“妙，妙，这主意甚是高明。”

方证续道：“令爱在敝寺后山驻足，本寺上下对她礼敬有加，供奉不敢有缺。老衲所以要屈留令爱，倒不在为本派已死弟子报仇。唉，冤冤相报，纠缠不已，岂是佛门弟子之所当为？少林派那几名弟子死于令爱手下，也是前生的业报，只是……只是女施主杀业太重，动辄伤人，若在敝寺修心养性，于大家都有好处。”任我行笑道：“如此说来，方丈大师倒是一番美意了。”方证道：“正是。不过此事竟引得江湖上大起风波，却又非老衲始料之所及了。再说，令爱当日背负令狐少侠来寺求救，言明只须老衲肯救令狐少侠的性命，她甘愿为所杀本寺弟子抵命。老衲说道，抵命倒不必了，但须在少室山上幽居，不得老衲许可，不可自行离山。她一口答允。任小姐，这话可是有的？”

盈盈低声道：“不错。”

令狐冲听方证大师亲口说及当日盈盈背负自己上山求救的情景，心下好生感激，此事虽早已听人说过，但从方证大师口中说出，而盈盈又直承其事，比之闻诸旁人之口，又自不同，不由得眼眶湿润。

余沧海冷笑道：“倒是有情有意得紧。只可惜这令狐冲品行太差，当年在衡山城中嫖妓宿娼，贫道亲眼所见，却辜负任大小姐一番恩情了。”向问天笑问：“是余观主在妓院中亲眼目睹，并没看错？”余沧海道：“当然，怎会看错？”向问天低声道：“余观主，原来你常逛窑子，倒是在下的同道。你在那妓院里的相好是谁？相貌可不错吧？下次我做东道，请你一起再去逛逛如何？”余沧海大怒，喝道：“放屁，放屁！”向问天道：“我请你逛窑子，你却骂我。当真是恩将仇报，臭不可当！”

方证道：“任先生，你们三位便在少室山上隐居，大家化敌为友。只须你们三位不下少室山一步，老衲担保没人敢来向三位招惹是非。从此乐享清净，岂不皆大欢喜？”

令狐冲听方证大师说得十分诚挚，心想：“这位佛门高僧不通世务，当真迂得厉害。这三人杀人不眨眼，你想说得他们自愿给拘禁在少室山上，可真异想天开之至了。”

任我行微笑道：“方丈的美意，想得面面俱到，在下原该遵命才是。”方证喜道：“那么施主是愿意留在少室山了？”任我行道：“不错。”方证喜道：“老衲这就设斋款待，自今而后，三位是少林寺的嘉宾。”任我行道:“只不过我们最多只能留上三个时辰,再多就不行了。”方证大为失望,说道:“三个时辰?那有什么用?”任我行笑道:“在下本来也想多留数日,向方丈大师请教佛法,跟诸位朋友盘桓倾谈,只不过在下的名字取得不好,这叫做无可如何。”

方证茫然道:“老衲这可不明白了。为什么与施主的大号有关?”

任我行道:“在下姓得不好,名字也取得不好。我既姓了个‘任’,又叫做‘我行’。早知如此,当年叫做‘你行’,那就方便得多了。现下已叫做‘我行’,只好任着我自己性子,喜欢走到哪里,就走到哪里。”

方证怫然道:“原来任先生是消遣老衲来着。”

任我行道:“不敢,不敢。老夫于当世高人之中,心中佩服的没几个,数来数去只有三个半,大和尚算得是一位。还有三个半,是老夫所不佩服的。”

他这几句话说得甚是诚恳,绝无讥嘲之意。方证道:“阿弥陀佛,老衲可不敢当。”

令狐冲听他说于当世高人之中,佩服三个半,不佩服三个半,甚是好奇,亟盼知道他所指的,除方证之外更有何人。

只听一个声音洪亮之人问道:“任先生,你还佩服哪几位?”适才方证只为任我行等引见到岳不群夫妇,双方便即争辩不休,余人一直不及引见。令狐冲听下面呼吸之声,方证等一行共有十人,除了方证大师、师父、师娘、冲虚道长、左冷禅、天门道长、余沧海,此外尚有三人。这声音洪亮之人,便不知是谁。

任我行笑道:“抱歉得很,阁下不在其内。”那人道:“在下如何敢与方证大师比肩?自然是任先生所不佩服了。”任我行道:“我不佩服的三个半人之中,你也不在其内。你再练三十年功夫,或许会让我不佩服一下。”那人嘿然不语。

令狐冲心道:“原来要叫你不佩服,却也不容易。”

方证道:“任先生所言,倒颇为新颖。”任我行道:“大和尚,你想不想知道我佩服的是谁,不佩服的又是谁?”方证道:“正要恭聆施主的高论。”任我行道:“大和尚,你精研易筋经,内功外功俱臻化境,但心地慈祥,为人谦退,不像老夫这样嚣张,那是我向来真正佩服的。”方证道:“不敢当。”

任我行道:“不过在我所佩服的人中,大和尚的排名还不是第一。我所佩服的当世第一位武林人物,是篡了我日月神教教主之位的东方不败。”

众人都“啊”一声,显然大出意料之外。令狐冲幸而将这“啊”字忍住了,心想他为东方不败所算,遭囚多年,定然恨之入骨,哪知竟然对之不胜佩服。

任我行道:“老夫武功既高,心思又机敏之极,只道普天下已无抗手,不料竟会着了东方不败的道儿,险些葬身湖底,永世不得翻身。东方不败如此厉害的人物,老夫对他怎不佩服?”方证道:“那也说得是。”

任我行道:“第三位我所佩服的,乃当今华山派的绝顶高手。”令狐冲又大出意料之外,他适才言语之中,对岳不群不留半分情面,哪知他内心竟会对之颇为佩服。

岳夫人道:“你不用说这等反语,讥刺于人。”

任我行笑道:“哈哈,岳夫人,你还道我说的是尊夫么?他……他可差得远了。我所佩服的,乃是剑术通神的风清扬风老先生。风老先生剑术比我高明得多,非老夫所及,我是衷心佩服,决无虚假。”

方证问道:“岳先生,难道风老先生还在人世么?”

岳不群道:“风师叔于数十年前便已……便已归隐,与本门始终不通消息。他老人家倘若尚在人世,那可真是本门的大幸。”

任我行冷笑道:“风老先生是剑宗,你是气宗。华山派剑气二宗势不两立。他老人家仍在人世,于你何幸之有?”岳不群给他这几句抢白,默然不语。

令狐冲早就猜到风清扬是本派剑宗中的人物,此刻听任我行一说，师父并不否认，那么此事自确然无疑。

任我行笑道："你放心。风老先生是世外高人，你还道他稀罕你这华山派掌门，会来抢你的宝座么？"岳不群道："在下才德庸驽，若得风师叔耳提面命，真是天大的喜事。任先生，你可能指点一条明路，让在下去拜见风师叔。华山门下尽感大德。"说得甚是恳切。

任我行道："第一，我不知风老先生在哪里。第二，就算知道，也决不跟你说。明枪易躲，暗箭难防。真小人容易对付，伪君子可叫人头痛得很。"岳不群不再说话。

令狐冲心道："我师父是彬彬君子，自不会跟任先生恶言相向。"

任我行侧身过来，对着武当派掌门冲虚道长道："老夫第四个佩服的，是牛鼻子老道。你武当派太极剑颇有独到之处，精绝妙绝，非常之了不起，你老道却洁身自爱，不去多管江湖上的闲事。只不过你不会教徒弟，武当门下没什么杰出人材，等你牛鼻子鹤驾西归，太极剑法的绝艺只怕要失传。再说，你的太极剑法虽高，未必胜得过老夫，因此我只佩服你一半，算是半个。"

冲虚道人笑道："能得任先生佩服一半，贫道已脸上贴金，多谢了！"

任我行道："不用客气。"转头向左冷禅道："左大掌门，你倒不必脸上含笑，肚里生气，你虽不属我佩服之列，但在我不佩服的三个半高人之中，阁下却居其首。"左冷禅笑道："在下受宠若惊。"任我行道："你武功了得，心计也深，很合老夫的脾胃。你想合并五岳剑派，要与少林、武当鼎足而三，才高志大，也算了不起。可是你鬼鬼祟祟，安排下种种阴谋诡计，不是英雄豪杰的行径，可叫人十分地不佩服。"

左冷禅道："在下所不佩服的当世三个半高人之中，阁下却只算得半个。"

任我行道："拾人牙慧，全无创见，因此你就不令人佩服了。

你所学嵩山派武功虽精，却全是前人所传。依你的才具，只怕这些年中，也不见得有什么新招创出来。”

左冷禅哼了一声，冷笑道：“阁下东拉西扯，是在拖延时辰呢，还是在等救兵？”

任我行冷笑道：“你说这话，是想倚多为胜，围攻我们三人吗？”

左冷禅道：“阁下来到少林，戕害良善，今日再想全身而退，可太把我们这些人不放在眼里了。你说我们倚多为胜也好，不讲武林规矩也好。你杀了我嵩山派门下弟子，眼放着左冷禅在此，今日正要领教阁下高招。”

任我行向方证道：“方丈大师，这里是少林寺呢，还是嵩山派的下院？”方证道：“施主明知故问了，这里自然是少林寺。”任我行道：“然则此间事物，是少林方丈做主，还是嵩山派掌门做主？”方证道：“虽是老衲做主，但众位朋友若有高见，老衲自当听从。”

任我行仰天打了个哈哈，说道：“不错，果然是高见，明知单打独斗是输定了的，便要群殴烂打。姓左的，你今日拦得住任我行，姓任的不用你动手，在你面前横剑自刎。”

左冷禅冷冷地道：“我们这里十个人，拦你或许拦不住，要杀你女儿，却也不难。”方证道：“阿弥陀佛，杀人可使不得。”

令狐冲心中怦怦乱跳，知左冷禅所言确是实情，下面十人中虽不知余下三人是谁，但料想必与方证、冲虚等身份相若，不是一派掌门，便是绝顶高手。任我行武功再强，最多不过全身而退。向问天是否能够保命脱困，已所难言，盈盈是更加没指望了。

任我行道：“那妙得很啊。左大掌门有个儿子，名叫‘天外寒松’左挺，听说武功差劲，脑筋不大灵光，杀起来挺容易。岳君子有个女儿。余观主好像有几个爱妾，还有三个小儿子。天门道长没儿子女儿，心爱徒弟却不少。莫大先生有老父、老母在堂。昆仑派乾坤一剑震山子有个一脉单传的孙子。还有这位丐帮的解大帮主呢，向左使，解帮主世上有什么舍不得的人啊？”

令狐冲心道:“原来莫大师伯也到了。任先生其实不用方证大师引见,于对方十人不但均早知形貌,而且他们的身世眷属也都已查得清清楚楚。”

向问天道:“听说丐帮中的青莲使者、白莲使者两位,虽然不姓解,却都是解帮主的私生儿子。”任我行道:“你没弄错吧?咱们可别杀错了好人?”向问天道:“错不了,属下已查问清楚。”任我行点头道:“就算杀错了,那也没法子,咱们杀他丐帮中三四十人,总有几个杀对了的。”向问天道:“教主高见!”

他一提到各人的眷属,左冷禅、解帮主等无不凛然,情知此人言下无虚,众人拦他是拦不住的,但若杀了他的女儿,他必以毒辣手段相报,自己至亲至爱之人,只怕个个难逃他毒手,思之不寒而栗。一时殿中鸦雀无声,人人脸上变色。

隔了半晌,方证说道:“冤冤相报,无有已时。任施主,我们决计不伤任大小姐,却要屈三位大驾,在少室山居留十年。”

任我行道:“不行,我杀性已动,忍不住要将左大掌门的儿子断其四肢、毁其双目,再将余观主那几个爱妾和儿子一并杀了。岳先生的令爱,更加不容她活在世上。”

令狐冲大惊,不知这喜怒难测的大魔头只不过虚声恫吓,还是真的要大开杀戒。

冲虚道人说道:“任先生,咱们来打个赌,你瞧如何?”

任我行道:“老夫赌运不佳,打赌没把握,杀人却有把握。杀高手没有把握,杀高手的父母子女、大老婆小老婆却挺有把握。”冲虚道人道:“那些人没什么武功,杀之不算英雄。”任我行道:“虽然不算英雄,却可叫我的对头一辈子伤心,老夫就开心得很了。”冲虚道人道:“你自己没了女儿,也没什么开心。没有女儿,连女婿也没了。你女婿不免去做人家的女婿,你也不见得有什么光彩。”任我行道:“没有法子,没有法子。我只好将他们一古脑儿都杀了,谁叫我女婿对不住我女儿呢?”

冲虚道人道:“这样吧,我们不倚多为胜,你也不可胡乱杀人。

大家公公平平，以武功决胜败。你们三位，和我们之中的三个人比斗三场，三战两胜。”

方证忙道：“是极，冲虚道兄高见大是不凡。点到为止，不伤人命。”

任我行道：“我们三人倘若败了，便须在少室山上居留十年，不得下山，是也不是？”冲虚道人道：“正是。要是三位胜了两场，我们自然服输，任由三位下山。这八名弟子也只好算是白死了。”

任我行道：“我心中对你牛鼻子有一半佩服，觉得你所说的话，也有一半道理。那你们这一方是哪三位出场？由我挑选成不成？”

左冷禅道：“方丈大师是主，他是非下场不可的。老夫的武功搁下了十几年，也想试上一试。至于第三场吗？这场赌赛既是冲虚道长的主意，他终不成袖手旁观，出个难题让人家顶缸？只好让他的太极剑法露上一露了。”他们这边十人之中，虽然个个不是庸手，毕竟以方证大师、冲虚道人和他自己三人武功最高。他一口气便举了这三人出来，可说已立于不败之地。盈盈不过十八九岁年纪，武功再高，修为也必有限，不论和哪一位掌门相斗，注定是要输的。

岳不群等一齐称是。方证、冲虚、左冷禅三人是正教中的三大高手，任谁一人的武功都不见得会在任我行之下，比之向问天只怕尚可稍胜半筹，三战两胜，赢面占了七八成，甚至三战三胜，也是五五之数。各人所担心的，只是怕擒不住任我行，给他逃下山去，以阴险毒辣手段戕害各人的家人弟子，只要是正大光明决战，那就无所畏惧了。

任我行道：“三战两胜，这个不妥，咱们只比一场。你们挑一位出来，我们这里也挑一人，干干脆脆只打一场了事。”

左冷禅道：“任兄，今日你们势孤力单，处在下风。别说我们这里十个人，已比你方多了三倍有余，方丈大师一个号令出去，单是少林派一等一的高手，便有二三十位，其余各派好手还不计在内。”任我行道:“因此你们要倚多为胜。”左冷禅道:“不错,正是要倚多为胜。”任我行道:“不要脸之至。”左冷禅道:“无故杀人,才不要脸。”

任我行道:“杀人一定要有理由?左大掌门,你吃荤还是吃素?”左冷禅哼了一声道:“在下杀人也杀,干吗吃素?”任我行道:“你每杀一人,死者都是罪有应得的了?”左冷禅道:“这个自然。”任我行道:“你吃牛吃羊,牛羊又有什么罪?”

方证大师道:“阿弥陀佛,任施主这句话,大有菩萨心肠。”左冷禅道:“方丈大师别上他的当。他将咱们这八个无辜丧命的弟子比作了牛羊。”任我行道:“虫蚁牛羊,菩萨凡人,都是众生。”方证又道:“是,是。阿弥陀佛!”

左冷禅道:“任兄,你一意迁延时刻,今日是不敢一战的了?”

任我行突然一声长啸,只震得屋瓦俱响,供桌上的十二支蜡烛一齐暗了下来,待他啸声止歇,烛光这才重明。众人听了他这一啸声,都不禁心头怦怦而跳,脸上变色。

任我行道:“好,姓左的,咱们就比划比划。”左冷禅道:“大丈夫一言既出,驷马难追。三战两胜,你们三个人之中若有两个输了,三人便都得在少室山停留十年。”

任我行道:“也罢!三战两胜,我们这一伙人中,若有两个输了,我们三人便在少室山上停留十年。”

正教中人听他受了左冷禅之激,居然答允下来,无不欣然色喜。

任我行道:“我就跟你再打一场,向左使斗余矮子,我女儿女的斗女的,便向宁女侠请教。”左冷禅道:“不行。我们这边由哪三人出场,由我们自己来推举,岂能由你指定。”任我行道:“一定要自己来选,不能由对方指定?”

左冷禅道:“正是。少林、武当两大掌门,再加上区区在下。”任我行道:“凭你的声望、地位和武功,又怎能和少林、武当两大掌门相提并论?”左冷禅哼了一声,说道:“在下自不敢和少林、武当两大掌门相提并论,却勉强可跟阁下斗斗。”

任我行哈哈大笑,说道:“方证大师,在下向你讨教少林神拳,配得上吗?”

方证道:“阿弥陀佛,老衲功夫荒疏已久,不是施主对手。但老衲亟盼屈留大驾,只好拿几根老骨头来挨挨施主的拳脚。”

左冷禅见他竟向方证大师挑战,固是摆明了轻视自己,心下却是一喜,暗想:“我本来担心你跟我斗,让向问天跟冲虚斗,却叫你女儿去斗方证。向问天武功了得,冲虚道人若有疏虞,我又输了给你,那就糟了。”当下不再多言,向旁退开了几步。

余人将地下的八具尸体搬在一旁,空出殿中的战场。

任我行道:“方丈大师请。”双袖一摆,抱拳为礼。方证合十还礼,说道:“施主请先发招。”任我行道:“在下使的是日月教正宗功夫,大师使的是少林派正宗武艺。咱们正宗对正宗,这一架原是要打的。”

余沧海道:“呸!你魔教是什么正宗了?也不怕丑!”任我行道:“方丈,让我先杀了余矮子,再跟你斗。我杀余矮子,不过瞧着他讨厌,今天不杀,还不算一场比武。”方证忙道:“不可。”知此人出手似电,一击如雷霆,说不定余沧海真的给他杀了,当下更不耽搁,轻飘飘拍出一掌,叫道:“任施主,请接掌。”

这一掌招式寻常,但掌到中途,忽然微微摇晃,登时一掌变两掌,两掌变四掌,四掌变八掌。任我行脱口叫道:“千手如来掌!”心知只须迟得顷刻,他便八掌变十六掌,进而幻化为三十二掌,当即呼的一掌拍出,攻向方证右肩。方证左掌从右掌掌底穿出,仍微微晃动,一变二、二变四地掌影飞舞。任我行身子跃起,呼呼还了两掌。

令狐冲居高临下,凝神细看,见方证大师掌法变幻莫测,每一掌击出,甫到中途,已变为好几个方位,掌法如此奇幻,直是生平所未睹。任我行的掌法却单纯质朴,出掌收掌,似乎显得有些窒滞生硬，但不论方证的掌法如何离奇莫测，一当任我行的掌力送到，他必随之变招，看来两人旗鼓相当，功力悉敌。

令狐冲拳脚功夫造诣甚浅，因之独孤九剑中那"破掌式"一招便也学不到家，既看不出对方拳脚中的破绽，便没法乘虚而入。这两大高手所施展的乃当世最高深的掌法，他看得莫名其妙，浑不明其中精奥，寻思："剑法上我可胜得冲虚道长，与任先生相斗，也不输于他。但遇到眼前这两位的拳掌功夫，我只好用利剑一味抢攻。风太师叔说，我要练得二十年后，方可与当世高手一争雄长，主要当是指'破掌式'而言。"

看了一会，见任我行突然双掌平平推出，方证大师连退三步，令狐冲一惊，暗叫："啊哟，糟糕，方证大师要输。"接着便见方证大师左掌划了几个圈子，右掌急拍，上拍下拍，左拍右拍，拍得几拍，任我行便退一步，再拍几拍，任我行又退一步。

令狐冲心道："还好，还好！"他轻吁一口气，忽想："为什么我见方证大师要输，便即心惊，见他扳回，则觉宽慰？是了，方证大师是有道高僧，任教主毕竟是左道之士，我心中总还有善恶是非之念。"转念又想："可是任教主若输，盈盈便须在少室山上囚禁十年，岂是我心中所愿？"一时之间，连自己也不明白到底盼望谁胜谁败，内心只隐隐觉得，任我行父女与向问天一入江湖，世上便即风波大作，但心中又想："风波大作，又有什么不好？那不是挺热闹么？"

他眼光慢慢转过去，只见盈盈倚在柱上，娇怯怯的一副弱不禁风模样，秀眉微蹙，若有深忧，突然间怜念大盛，心想："我怎忍让她在此再给囚禁十年？她怎经得起这般折磨？"想到她为了相救自己，甘愿舍生，自己一生之中，师友厚待者虽也不少，可没一个人竟能如此甘愿把性命来交托给了自己。胸口热血上涌，只觉别说盈盈不过是魔教教主的女儿，纵然她万恶不赦、天下人皆欲杀之而甘心，自己宁可性命不在，也决计要维护她平安周全。

殿上的十一对目光，却都注视在方证大师和任我行的掌法之上,心下无不赞叹。左冷禅心想:“幸亏任老怪挑上了方证大师,否则他这似拙实巧的掌法,我便不知如何对付才好。本门的大嵩阳神掌与之相比,显得招数太繁,变化太多,不如他这掌法的攻其一点,不及其余。”向问天却想:“少林派武功享名千载,果然非同小可。方证大师这‘千手如来掌’掌法虽繁,功力不散,那确是千难万难。倘若让我遇上了,只好跟他硬拼内力,掌法是比他不过的了。”岳不群、余沧海等各人心中,也均以本身武功与二人的掌法相印证。

任我行酣斗良久,渐觉方证大师的掌法稍形缓慢,心中暗喜:“你掌法虽妙,终究年纪老了,难以持久。”当即急攻数掌,劈到第四掌时,猛觉收掌时右臂微微一麻,内力运转,不甚舒畅,不由得大惊,知是自身内力的干扰,心想:“这老和尚所练的易筋经内功竟如此厉害,掌力没和我掌力相交,却已在克制我的内力。”心知再斗下去,对方深厚的内力发将出来,自己势须处于下风,眼见方证大师左掌拍到,一声呼喝,左掌迅捷无伦地迎了上去,啪的一声响,双掌相交,两人各退了一步。

任我行只觉对方内力虽然柔和,却浑厚无比,自己使出了“吸星大法”,竟吸不到他丝毫内力,心下更加惊讶。方证大师道:“善哉!善哉!”跟着右掌击到。

任我行又出右掌与之相交。两人身子一晃,任我行但觉全身气血都晃了一晃,当即疾退两步,陡地转身,右手已抓住了余沧海胸口,左掌往他天灵盖疾拍下去。

这一下兔起鹘落,实是谁都料想不到的奇变,眼见任我行与方证大师相斗,情势渐居不利,按理说他力求自保尚且不及,哪知竟会转身去攻击余沧海。这一着变得太奇太快,否则余沧海也是一代武学宗匠,若与任我行相斗,虽最后必败,却决不致在一招之间便为他所擒。众人“啊”的一声,齐声呼叫。

方证大师身子跃起,犹似飞鸟般扑到,双掌齐出,击向任我行后脑,这是武学中“围魏救赵”之策,攻敌之不得不救,旨在逼得任我行撤回击向余沧海头顶的左掌,反手挡架。

众高手见方证大师在这瞬息之间使出这一掌,都大为钦服,却来不及喝彩,情知余沧海这条性命是有救了。岂知任我行左掌固是撤了回来,却不反手挡架,一把便抓住了方证大师的“膻中穴”,跟着右手一指,点中了他心口。方证大师身子一软,摔倒在地。

众人大惊之下,纷纷呼喝,一齐拥了上去。

左冷禅突然飞身而上,发掌猛向任我行后心击到。任我行反手回击,喝道:“好,这是第二场。”左冷禅忽拳忽掌,忽指忽抓,片刻间已变了十来种招数。

任我行给他陡然一轮急攻,一时只能勉力守御。他适才和方证大师相斗,最后这三招虽是用智,却也已竭尽平生之力,否则以少林派掌门人如此深厚的内功,如何能让他一把抓住“膻中穴”?一指点中心口?这几招全力以搏,实是孤注一掷。

任我行所以胜得方证大师,纯是使诈。他算准对方心怀慈悲,自己突向余沧海痛下杀手,一来余人相距较远,纵欲救援也所不及,二来各派高手与余沧海无甚交情,决不会甘冒大险,舍生相救,只方证大师却定会出手。当此情境,这位少林方丈唯有攻击自己,以解余沧海之困,但他对方证大师击来之掌偏又不挡不格,反拿对方要穴。这一着又险到了极处。方证大师双掌击他后脑,不必击实,掌风所及,便能令他脑浆迸裂。他反擒余沧海之时,便已拿自己性命来作此大赌,赌的是这位佛门高僧菩萨心肠,眼见双掌可将自己后脑击碎,便会收回掌力。但方证身在半空,双掌击出之后随即全力收回,纵是绝顶高手,胸腹之间内力亦必不继。他一拿一点,果然将方证大师点倒。只是方证浑厚的掌力所及,已扫得他后脑剧痛欲裂,一口丹田之气竟转不上来。

冲虚道人忙扶起方证大师,拍开他被封的穴道,叹道:“方丈师兄一念之仁,反遭奸人所算。”方证道:“阿弥陀佛。任施主心思机敏,斗智不斗力,老夫是输了。”

岳不群大声道："任先生行奸使诈，胜得毫不光明正大，非正人君子之所为。"向问天笑道："我日月神教之中，也有正人君子么？任教主若是正人君子，早就跟你同流合污了，还比试什么？"岳不群为之语塞。

任我行背靠木柱，缓缓出掌，将左冷禅的拳脚一一挡开。左冷禅向来自负，若在平时，决不会当任我行力斗少林派第一高手之后，又去向他索战。明占这等便宜，绝非一派宗师之所为，未免为人所不齿。但任我行适才点倒方证大师，纯是利用对方一片好心，胜得奸诈之极，正教各人无不为之扼腕大怒。他奋不顾身地上前急攻，旁人均道他是激于义愤，已顾不到是否车轮战。在左冷禅却正是千载难逢的良机。

向问天见任我行一口气始终缓不过来，抢到柱旁，说道："左大掌门，你捡这便宜，可要脸么？我来接你的。"左冷禅道："待我打倒了这姓任的匹夫，再跟你斗，老夫还怕你车轮战么？"呼的一拳，向任我行击出。

任我行左手撩开，冷冷地道："向兄弟，退开！"

向问天知教主极为要强好胜，不敢违拗，说道："好，我就暂且退开。只是这姓左的无耻卑鄙，我踢他屁股。"飞起一脚，便往左冷禅后臀踢去。

左冷禅怒道："两个打一个吗？"斜身避让。岂知向问天虽作飞腿之状，这一腿竟没踢出，只右脚抬起，微微一动，乃是一招虚招。他见左冷禅上当，哈哈一笑，道："孙子王八蛋刚说过要倚多为胜。"一纵向后，站在盈盈身旁。

左冷禅这么一让，攻向任我行的招数缓了一缓。高手对招，相差原只一线，任我行得此余暇，深深吸一口气，内息畅通，登时精神大振，砰砰砰三掌劈出。左冷禅奋力化解，心下暗暗吃惊："这老儿十多年不见，功力大胜往昔，今日若要赢他，可须全力相拼。"

两人此番二度相逢，这一次相斗，乃在天下顶尖高手之前一决雌雄。两人都将胜败之数看得极重，可不像适才任我行和方证大师较量之时那样和平。任我行一上来便使杀着,双掌便如刀削斧劈一般;左冷禅忽拳忽掌,忽抓忽拿,更极尽变化之能事。

两人越斗越快,令狐冲在木匾之后瞧得眼也花了。他看任我行和方证大师相斗,只不过看不懂二人的招式精妙所在,但此刻二人身形招式快极,竟连一拳一掌如何出、如何收,也都看不明白。他转眼去看盈盈,只见她脸色雪白,双眼长长的睫毛垂了下来,脸上却无惊异或担心的神态。向问天的脸色却忽喜忽忧,一时惊疑,一时惋惜,一时攒眉怒目,一时咬牙切齿,倒似比他亲自决战犹为要紧。令狐冲心想:“向大哥的见识自比盈盈高明得多,他如此着紧,只怕任先生这一仗很是难赢。”

慢慢斜眼过去,见到那边厢师父和师娘并肩而立,其侧是方证大师和冲虚道人。两人身后一个是泰山派掌门天门道人,一个是衡山派掌门莫大先生。莫大先生来到殿中之后,始终未曾出过半分声息,令狐冲一见到他瘦瘦小小的身子,胸中登时感到一阵温暖,随即心想:“仪琳师妹她们这群恒山弟子没了师父,可不知怎样了。”青城派掌门余沧海独个儿站在墙后,手按剑柄,满脸怒色。站在西侧的是一个满头白发的老者,身穿乞丐装束,当是丐帮帮主解风。另一人穿一袭青衫,模样颇为潇洒,当是昆仑派掌门乾坤一剑震山子了。

这九人乃当今正教中最强的高手,若不是九人都在全神贯注地观战,自己在木匾后藏身这么久,虽竭力屏气凝息,多半还是早已给下面诸人发觉了。他暗想:“下面聚集着这许多高人,尤其有师父、师娘在内,而方证大师、冲虚道长、莫大先生这三位,更是我十分尊敬的前辈。我在这里偷听他们说话,委实不敬之极,虽说是我先到而他们后至,但不论如何,总之是我在这里窃听,倘若给他们发觉,我可当真无地自容了。”只盼任我行尽快再胜一场,三战两胜,便可带着盈盈从容下山,一等方证大师他们退出后殿,自己便赶下山去和盈盈相会。

一想到和盈盈对面相晤,不由得胸口一热,连耳根子也热烘烘的，自忖："自今而后，我真的要和盈盈结为夫妻吗？她待我情深义重，可是我……可是我……"这些日子来，虽时时想到盈盈，但每次念及，总是想到要报她相待之恩，要助她脱却牢狱之灾，要在江湖上大肆宣扬，是自己对她倾心，并非她对己有意，免得江湖豪士讥嘲于她，令她尴尬羞惭。每当盈盈的倩影在脑海中出现之时，心中却并不感到喜悦不胜之情、温馨无限之意，和他想到小师妹岳灵珊时温柔缠绵的心意大不相同，对于盈盈，内心深处竟似乎有些惧怕。

他和盈盈初遇，一直当她是个年老婆婆，心中对她有七分尊敬，三分感激；其后见她举手杀人，指挥群豪，尊敬之中不免掺杂了几分惧怕，直至得知她对自己颇有情意，这几分厌憎之心才渐渐淡了；及后得悉她为自己舍身少林，那更是深深感激。然而感激之意虽深，却并无亲近之念，只盼能报答她的恩情；听到任我行说自己是他女婿，心底竟颇感为难。这时见到她的丽色，只觉和她相距极远极远。

他向盈盈瞧了几眼，不敢再看，只见向问天双手握拳，两目圆睁，顺着他目光看任我行和左冷禅时，见左冷禅已缩在殿角，任我行一掌一掌向他劈将过去，每一掌都似开山大斧一般，威势惊人。左冷禅全处下风，双臂出招极短，攻不到一尺便即缩回，显似只守不攻。突然之间，任我行一声大喝，双掌疾向对方胸口推去。四掌相交，蓬的一声大响，左冷禅背心撞向墙壁，头顶泥沙灰尘簌簌而落，四掌却不分开。令狐冲只感到身子摇动，藏身的那张木匾似乎便要跌落。他一惊之下，便想："左师伯这番可要糟了。他二人比拼内力，任先生使出'吸星大法'吸他内力，时刻一长，左师伯非输不可。"

却见左冷禅右掌一缩，竟以左手单掌抵御对方掌力，右手伸出食中二指向任我行戳去。任我行一声怪叫，急速跃开。左冷禅右手跟着点了过去。他连点三指，任我行连退三步。

方证大师、冲虚道长等均大为奇怪："素闻任我行的'吸星大法’擅吸对方内力，何以适才他二人四掌相交，左冷禅竟安然无恙？难道他嵩山派的内功居然不怕吸星妖法？”

旁观众高手固觉惊异，任我行心下更是骇然。

十余年前任我行与左冷禅剧斗，未曾使用“吸星大法”，已然占上风，眼见便可制住了左冷禅，突感心口奇痛，真力几乎难以使用，心下惊骇无比，自知这是修炼“吸星大法”的反击之力，若在平时，自可静坐运功，慢慢化解，但其时劲敌当前，如何有此余裕？正彷徨无计之际，忽见左冷禅身后出现了两人，乃左冷禅的师弟托塔手丁勉和大阴阳手乐厚。任我行立即跳出圈子，哈哈一笑，说道：“说好单打独斗，原来你暗中伏有帮手，君子不吃眼前亏，咱们后会有期，今日爷爷可不奉陪了。”

左冷禅败局已成，对方竟自愿罢战，自是求之不得，他也不敢讨嘴头上便宜，说什么“要人帮手的不是好汉”之类，只怕激恼了对方，再斗下去，丁勉与乐厚又不便插手相助，自己一世英名不免付于流水，当即说道：“谁叫你不多带几名魔教的帮手来？”

任我行冷笑一声，转身就走。

这一场拼斗，面子上似乎未分胜败，但任左二人内心均知，自己的武功之中具有极大弱点，当日不输，实乃侥幸，自此分别苦练。

尤其任我行更知“吸星大法”之中伏有莫大隐患，便似附骨之疽一般。他不断以“吸星大法”吸取对手功力，但对手门派不同，功力有异，诸般杂派功力吸在自身，无法融而为一，作为己用，往往会出其不意地发作出来。他本身内力甚强，一觉异派内功作怪，立时将之压服，从未遇过凶险，但这一次对手是极强高手，激斗中自己内力消耗甚巨，用于压制体内异派内功的便相应减弱，大敌当前之时，既有外患，复生内忧，自不免狼狈不堪。此后潜心思索，要揣摩出一个法门来融合体内的异派内功，心无二用，乃致聪明一世的枭雄，竟连变生肘腋亦不自知，终于为东方不败所困。他在西湖湖底一囚十二年，心无旁骛，这才悟出了融汇体内异派内功的妥善法门，修习这“吸星大法”才不致有惨遭反噬之危。

此番和左冷禅再度相逢，一时未能取胜，当即运出“吸星大法”，与对方手掌相交，岂知一吸之下，竟发现对方内力空空如也，不知去向。任我行这一惊非同小可。对方内力凝聚，一吸不能吸到，那并不奇，适才便吸不到方证的内力；但左冷禅在瞬息间竟将内力藏得无影无踪，叫他的“吸星大法”无力可吸，别说生平从所未遇，连做梦也没想到过有这等奇事。

他又连吸了几下，始终没摸到左冷禅内力的半点边儿，眼见左冷禅指法凌厉，于是退了三步，随即变招，狂砍狠劈，威猛无俦。左冷禅改取守势。两人又斗了二三十招，任我行左手一掌劈将过去，左冷禅无名指弹他手腕，右手食指戳向他左肋。任我行见他这一指劲力狠辣，心想：“难道你这一指之中，竟又没有内力？”当下微微斜身，似是闪避，其实却故意露出空门，让他戳中胸肋，同时将“吸星神功”布于胸口，心想：“你有本事深藏内力，不让我吸星大法吸到，但你以指攻我，指上若无内力，那么刺在我身上只当是给我搔痒。但若有分毫内力，便非尽数给我吸来不可。”

便在心念电闪之际，噗的一声响，左冷禅的手指已戳中他左胸“天池穴”。

旁观众人“啊”的一声，齐声呼叫。

左冷禅的手指在任我行的胸口微一停留。任我行立即全力运功，果然对方内力犹如河堤溃决，从自己“天池穴”中直涌进来。他心下大喜，加紧施为，吸取对方内力越快。

突然之间，他身子一晃，一步步地慢慢退开，一言不发地瞪视着左冷禅，身子发颤，手足不动，便如是给人封了穴道一般。

盈盈惊叫：“爹爹！”扑过去扶住，只觉他手上肌肤冰凉彻骨，转头道：“向叔叔！”向问天纵身上前，伸掌在任我行胸口推拿了几下。任我行嘿的一声，回过气来，脸色铁青，说道：“很好，这一着棋我倒没料到。咱们再来比比。”

左冷禅缓缓摇了摇头。

岳不群道：“胜败已分，还比什么？任先生适才难道不是给左掌门封了'天池穴'?"

任我行呸的一声,喝道:"不错,是我上了当,这一场算我输便是。"

原来左冷禅适才这一招大是行险,他以修炼了十余年的"寒冰真气"注于食指之上,拼着大耗内力,将计就计,便让任我行吸了过去,不但让他吸去,反加催内力,急速注入对方穴道。左冷禅所练的"寒冰真气",和梅庄黑白子所练的"玄天指"乃是一路,都是至阴至寒的功夫,不过左冷禅的内力更深厚得多,一瞬之间,任我行全身为之冻僵。左冷禅乘着他"吸星大法"一窒的顷刻之间,内力一催,就势封住了他的穴道。穴道被封之举,原只见于第二三流武林人物动手之时,高手过招,决不使用这一类平庸招式。左冷禅却舍得大耗功力,竟以第二三流的手段制胜,这一招虽是使诈,但若无极厉害的内力,却也决难办到。

向问天知左冷禅虽然得胜,但已大损真元,只怕非花上几个月时光,没法复元,便上前说道:"适才左掌门说过,你打倒了任教主之后,再来打倒我。现下便请动手!"

方证大师、冲虚道人等都看得明白,左冷禅自点中任我行之后,脸色惨白,始终不敢开声说话,可见内力消耗之重,此刻二人倘若动手,不但左冷禅非败不可,而且数招之间便会给向问天送了性命。但这一句话左冷禅刚才确是说过了的,眼见向问天挑战,难道是自食前言不成?

众人正踌躇间,岳不群道:"咱们说过,这三场比试,哪一方由谁出马,由该方自行决定,却不能由对方指名索战。这一句话,任教主是答应过了的,是不是?任教主是大英雄、大豪杰,说过了的话岂能不算?"

向问天冷笑道:"岳先生能言善辩,令人好生佩服,只不过和'君子'二字,未免有些不称。这般东拉西扯,倒似个反复无常的小人了。"

岳不群淡淡地道:"自君子的眼中看出来,天下滔滔,皆是君子。自小人的眼中看来,世上无一而非小人。"

左冷禅慢慢挨了几步,将背脊靠到柱上,以他此时的情状,简直要站立不倒也十分为难,更不用说和人动手过招了。

武当掌门冲虚道人走上两步,说道:"素闻向右使人称'天王老子',实有惊天动地的能耐。贫道忝居武当掌门,于正教诸派与贵教之争始终未能出什么力,常感惭愧,今日有幸,若能以'天王老子'为对手,实感荣宠。"

他武当掌门何等身份,对向问天说出这等话来,那是将对方看得极重了。向问天在情在理,实难推却,便道:"恭敬不如从命。久仰冲虚道长的'太极剑法'天下无双,在下舍命陪君子,只好献丑。"抱拳行礼,退了两步。冲虚道人宽袍大袖双手一摆,躬身还礼。两人相对而立,凝目互视,一时却均不拔剑。

冲虚道人与向问天在武林中均享大名已久,却全无迹象不知谁高谁下,这一战决定少林寺是否能留住任我行等一行,事关重大,可是谁也看不出胜负之数。旁观众人均和冲虚及向问天一般的心情,都所谓"提心吊胆"。

任我行突然说道:"且慢! 向兄弟,你且退下。"一伸手,从腰间拔出了长剑。

众人尽皆骇然:"他已连斗两位高手,内力显已大为耗损,竟然要连斗三阵,再来接冲虚道长。"左冷禅更为惊诧,心想:"我苦练十多年的寒冰真气倾注于他'天池穴'中,纵是武功高他十倍之人,只怕也得花三四个时辰方能化解。难道此人一时三刻之间便又能与人动手?"众人怎知此刻任我行丹田之中,犹似有数十把小刀在乱攒乱刺,他使尽了力气,才将这几句话说得平平稳稳,没泄出半点痛楚之情。

冲虚道人微笑道:"任教主要赐教么? 咱们先前说过,双方由哪一位出手,由每一方自定,任教主若要赐教,原也不违咱们约定之议。只是贫道这个便宜,却占得太大了。"

任我行道:"在下拼斗了两位高手之余,再与道长动手,未免小觑了武当派享誉数百年的神妙剑法，在下虽然狂妄，却还不致于如此。”

冲虚道人心下甚喜，点头道：“多谢了。”他一见到任我行拔剑，心下便大为踌躇，以车轮战胜得任我行，说不上有何光彩，但此仗若败，武当派在武林中可无立足之地了，听说不是他自己出战，这才宽心。

任我行道：“冲虚道长在贵方是生力军，我们这一边也得出一个生力军才是。”抬头叫道：“令狐冲小兄弟，你下来吧！”

众人大吃一惊，都顺着他目光向头顶的木匾望去。

令狐冲更为惊讶，一时手足无措，狼狈之极，当此情势，没法再躲，只得踊身跳下，向方证大师跪倒在地，纳头便拜，说道：“小子擅闯宝刹，罪该万死，谨领方丈责罚。”

方证呵呵笑道：“原来是令狐少侠。我听得少侠呼吸匀净，内力深厚，心下正在奇怪，不知是哪一位高人光临敝寺。请起，请起，行此大礼，可不敢当。”说着合十还礼。

令狐冲心想：“原来他早知我藏在匾后了。”

丐帮帮主解风忽道：“令狐冲，你来瞧瞧这几个字。”

令狐冲站起身来，顺着他手指向一根木柱后看去，见柱上刻着三行字。第一行是：“匾后有人。”第二行是：“我揪他下来。”第三行是：“且慢，此人内功亦正亦邪，未知是友是敌。”每一行都深入柱内，木质新露，自是方证大师和解风二人以指力在柱上所刻。

令狐冲甚是惊佩，心想：“方证大师从我极微弱的呼吸之中，能辨别我武功家数，真乃神人。”随即抱拳躬身，团团行礼，说道：“众位前辈来到殿上之时，小子心虚，未敢下来拜见，还望恕罪。”料想此刻师父的脸色必定难看之极，哪敢和他目光相接？

解风笑道：“你做贼心虚，到少林寺偷什么来啦？”令狐冲道：“小子闻道任大小姐留居少林，斗胆前来接她出去。”解风笑道：“原来是偷老婆来着，哈哈，这不是贼胆心虚，这叫做色胆包天。”

令狐冲正色道:"任大小姐有大恩于我,小子纵为她粉身碎骨,亦所甘愿。"解风叹了口气,说道:"可惜,可惜。好好一个年轻人,一生前途却为女子所误。你若不堕邪道,这华山派掌门的尊位,日后还会逃得出你手掌么?"

任我行大声道:"华山掌门,有什么稀罕?将来老夫一命归天,日月神教教主的尊位,难道还逃得出我这乘龙快婿的手掌么?"

令狐冲吃了一惊,颤声道:"不……不……不能……"

任我行笑道:"好啦。闲话少说。冲儿,你就领教一下这位武当掌门的神剑。冲虚道长的剑法以柔克刚,圆转如意,世间罕有,可要小心了。"他改口称他为"冲儿",当真是将他当做女婿了。

令狐冲默察眼前情势,双方已各胜一场,这第三场的胜败,将决定是否能救盈盈下山;自己曾和冲虚道人比过剑,剑法上可以胜得过他,要救盈盈,那是非出场不可,当下转过身来,向冲虚道人跪倒在地,叩首为礼。

冲虚道人忙伸手相扶,说道:"不敢当!少侠何以行此大礼?"令狐冲道:"道长高义,爱护小子,小子好生感激相敬。现下迫于情势,要向道长领教,心中不安。"冲虚道人哈哈一笑,道:"小兄弟忒也多礼了。"

令狐冲站起身来,任我行递过长剑。令狐冲接剑在手,剑尖指地,侧身站在下首。

冲虚道人举目望着殿外天井中的天空,呆呆出神,心下盘算令狐冲的剑招。

众人见他始终不动,似是入定一般,都觉十分奇怪。

过了良久,冲虚道人长吁一口气,说道:"这一场不用比了,你们四位下山去吧。"

此言一出,众人尽皆骇然。令狐冲大喜,激动之余,又欲跪倒,冲虚忙伸手拦住。解风道:"道长,你这话是什么意思?"冲虚道:"我想不出破解他的剑法之道,这场比试,贫道认输。"解风道:"两位可还没动手啊。”冲虚道：“数日之前，在武当山下，贫道曾和他拆过三百余招，那次是我输了。今日再比，贫道仍然要输。”方证等都问：“有这等事？”冲虚道：“令狐小兄弟深得风清扬风前辈剑法真传，贫道不是他对手。”说着微微一笑，退在一旁。

任我行呵呵大笑，说道：“道长虚怀若谷，令人好生佩服。老夫本来只佩服你一半，现下可佩服你七分了。”说是七分，毕竟还没十足。他向方证大师拱了拱手，说道：“方丈大师，咱们后会有期。”

令狐冲走到师父、师娘跟前，跪倒磕头。岳不群侧身避开，冷冷地道：“可不敢当！”岳夫人心中一酸，泪水盈眶。令狐冲又过去向莫大先生行礼，知他不愿旁人得悉两人之间过去的交往，只磕了三个头，却不说话。莫大先生作揖还礼。

任我行一手牵了盈盈，一手牵了令狐冲，笑道：“走吧！”大踏步走向殿门。

解风、震山子、余沧海、天门道人等自知武功不及冲虚道人，既然冲虚自承非令狐冲之敌，他们心下虽将信将疑，却也不敢贸然上前挑战，自取其辱。

任我行正要出殿，忽听得岳不群喝道：“且慢！”任我行回头道：“怎么？”岳不群道：“冲虚道长大贤不和小人计较，这第三场可还没比。令狐冲，我来跟你比划比划。”

令狐冲大吃一惊，不由得全身皆颤，嗫嚅道：“师父，我……我……怎能……”

岳不群却泰然自若，说道：“人家说你蒙本门前辈风师叔指点，剑术已深得华山派精髓，看来我也已不是你对手。虽然你已被逐出本门，但在江湖上扬名立万，使的仍是华山派剑法。我管教不善，使得正教中各位前辈，都为你这不肖少年怄气，倘若我不出手，难道让别人来负此重任？我今天如杀不了你，你就将我杀了吧。”说到后来，已声色俱厉，刷的一声，抽出长剑，喝道：“你我已无师徒之情，亮剑！”

令狐冲退了一步,道:"弟子不敢!"

岳不群嗤的一剑,当胸平刺。令狐冲侧身避过。岳不群接着又刺出两剑,令狐冲又避开了,长剑始终指地,并不出剑挡架。岳不群道:"你已让我三招,算得已尽了敬长之义,这就拔剑!"

任我行道:"冲儿,你再不还招,当真要将小命送在这儿不成?"

令狐冲应道:"是。"横剑当胸。这场比试,是让师父得胜呢,还是须得胜过师父?倘若故意容让,输了这一场,纵然自己身受重伤,也不打紧,可是任我行、向问天、盈盈三人却得在少室山上苦受十年囚禁。方证大师固是有道高僧,但左冷禅和少林寺中其他僧众,难保不对盈盈他们三人毒计陷害,说是囚禁十年,但是否能保性命,挨得过这十年光阴,却难说得很。若说不让吧,自己自幼孤苦,得蒙师父、师娘教养成材,直与亲生父母一般,大恩未报,又怎能当着天下英雄之前,将师父打败,令他面目无光,声名扫地?

便在他踌躇难决之际,岳不群已急攻了二十余招。令狐冲只以师父从前所授的华山剑法挡架,"独孤九剑"每一剑都攻人要害,一出剑便是杀着,当下不敢使用。他自从习得"独孤九剑"后,见识大进,加之内力浑厚之极,虽使的只寻常华山剑法,剑上所生的威力自然与畴昔大不相同。岳不群连连催动剑力,始终攻不到他身前。

旁观众人见令狐冲如此使剑,自均知他有意相让。任我行和向问天相对瞧了一眼,都深有忧色。两人不约而同地想起,那日在杭州孤山梅庄,任我行邀令狐冲投身日月神教,许他担当光明右使之位,日后还可出任教主,又允授他秘诀,用以化解"吸星大法"中异种内力反噬的恶果。但这年轻人丝毫不为所动,足见他对师门甚为忠义。此刻更见他对旧日的师父、师娘神色恭谨之极,直似岳不群便要一剑将他刺死,也是心所甘愿。他所使招式全为守势,如此斗下去焉有胜望?令狐冲显然决不肯胜过师父,更不肯当着这许多成名的英雄之前胜过师父。若不是他明知这一仗输了之后,盈盈等三人便要在少室山囚禁，只怕拆不上十招，便已弃剑认输了。任、向二人彷徨无计，相对又望了一眼，目光中便只三个字："怎么办？"

任我行转过头来，向盈盈低声道："你到对面去。"盈盈明白父亲意思，他是怕令狐冲顾念昔日师门之恩，这一场比试要故意相让，他叫自己到对面去，是要令狐冲见到自己之后，想到自己待他的情义，便会出力取胜。她轻轻嗯了一声，却不移动脚步。

过了片刻，任我行见令狐冲不住后退，更加焦急，又向盈盈道："到对面去。"盈盈仍然不动，连"嗯"的那一声也不答应。她心中在想："我待你如何，你早已知道。你如以我为重，决意救我下山，你自会取胜。你如以师父为重，我便是拉住你衣袖哀哀求告，也是无用。我何必站到你的面前来提醒你？"深觉两情相悦，贵乎自然，倘要自己有所示意之后，令狐冲再为自己打算，那可无味之极了。

令狐冲随手挥洒，将师父攻来的剑招一一挡开，所使已不限于华山剑法。他若还击一招半式，早便已逼得岳不群弃剑认输，虽见师父剑招破绽大露，却始终不出手攻击。岳不群自已明白他的心意，运起紫霞神功，将华山剑法发挥得淋漓尽致。他既知令狐冲不会还手，每一招便全是进手招数，不再顾及自己剑法中是否留有破绽。这么一来，剑法威力何止大了一倍。

旁观众人见岳不群剑法精妙，又占尽了便宜，却始终没法刺中令狐冲；又见令狐冲出剑有时有招，有时无招，而无招之时，长剑似乎乱挡乱架，却曲尽其妙，轻描淡写地便将岳不群巧妙的剑招化解了，越看越佩服，均想："冲虚道长自承剑术不及，当非虚言。"

岳不群久战不下，心下焦躁，突然想起："啊哟，不好！这小贼不愿负那忘恩负义的恶名，却如此跟我缠斗。他虽不来伤我，却总叫我难以取胜。这里在场的个个都是目光如炬的高手，便在此时，也早已瞧出这小贼是在故意让我。我不断地死缠烂打，成什么体统？哪里还像是一派掌门的模样？这小贼是要逼我知难而退，自行认输。"

他当即将紫霞神功都运到了剑上，呼的一剑，当头直劈。令狐冲斜身闪开。岳不群圈转长剑，拦腰横削。令狐冲纵身从剑上跃过。岳不群长剑反撩，疾刺他后心，这一剑变招快极，令狐冲背后不生眼睛，势在难以躲避。众人"啊"的一声，都叫了出来。

令狐冲身在半空，隐隐感到后心来剑，既已无处借势再向前跃，回剑挡架也已不及，他只得长剑挺出，拍在身前数尺外的木柱之上，这一借力，身子便已跃到了木柱之后，只听得噗的一声响，岳不群长剑刺入木柱。剑刃柔韧，但他内劲所注，长剑竟穿柱而过，剑尖和令狐冲身子相距不过数寸。

众人又都"啊"的一声。这一声叫唤，声音中充满了喜悦、欣慰和赞叹之情，人人都不禁为令狐冲欢喜，既佩服他这一下躲避巧妙之极，又庆幸岳不群终于没刺中他。

岳不群施展平生绝技，连环三击，仍奈何不了令狐冲，又听得众人的叫唤，竟然都在同情对方，心下大为懊怒。

这"夺命连环三仙剑"是华山派剑宗的绝技，他气宗弟子原本不知。当年两宗自残，剑宗弟子曾以此剑法杀了好几名气宗好手。后来气宗弟子将剑宗的弟子屠戮殆尽、夺得华山派掌门，气宗好手仔细参详这三式高招"夺命连环三仙剑"。诸人想起当日拼斗时这三式连环的威力，心下犹有余悸，参研之时，各人均说这三招剑法入了魔道，但求剑法精妙，却忘了本派"以气驭剑"的不易至理，大家嘴里说得漂亮，内心深处对这剑法却无不佩服。

当岳不群与令狐冲两人出剑相斗，岳夫人就已伤心欲涕，见丈夫突然使出这三招，心头大震："当年两宗同门相残，便因重气功、重剑法的纷争而起。师哥是华山气宗的掌门人，在这时居然使用剑宗绝技，若给外人识破了，岂不令人轻视齿冷？唉，他既用此招，自是迫不得已，其实他非冲儿敌手，早已昭然，又何必苦苦缠斗？"有心上前劝阻，但此事关涉实在太大，并非单是本门一派之事，欲前又却，手按剑柄，忧心如焚。

岳不群右手一提，从柱中拔出长剑。令狐冲站在柱后，并不转出。岳不群只盼他就此躲在木柱之后，不再出来应战，算是怕了自己，也就顾全了自己颜面。两人相对而视。令狐冲低头道："弟子不是你老人家敌手。咱们不用再比试了吧？"岳不群哼了一声。

任我行道："他师徒二人动手，没法分出胜败。方丈大师，咱们这三场比试，双方就算不胜不败。老夫向你赔个罪，咱们就此别过如何？"

岳夫人暗自舒了口长气，心道："这一场比试，我们明明是输了。任教主如此说，总算顾全到我们面子，如此了事，那是再好不过。"

方证说道："阿弥陀佛！任施主这等说，大家不伤和气，足见高明，老衲自无异……"这个"议"字尚未出口，左冷禅忽道："那么我们便任由这四人下山，从此为害江湖，屠杀无辜？任由他们八只手掌沾满千千万万人的鲜血，任由他们残杀天下良善？岳师兄以后还算不算是华山派掌门？"方证迟疑道："这个……"

嗤的一声响，岳不群绕到柱后，挺剑向令狐冲刺去。

令狐冲闪身避过，数招之间，二人又已斗到了殿心。岳不群快剑进击，令狐冲或挡或避，又成了缠斗闷战之局。

再拆得二十余招，任我行笑道："这场比试，胜败终究是会分的，且看谁先饿死，再打得七八天，相信便有分晓了。"

众人觉得他这番话虽是夸张，但如此打法，只怕几个时辰之内，也的确难有结果。

任我行心想："这岳老儿倘若老起脸皮，如此胡缠下去，他是立于不败之地，说什么也不会输的。可是冲儿只须有一丝半分疏忽，那便糟了，久战下去，可于咱们不利。须得以言语激他一激。"便道："向兄弟，今日咱们来到少林寺中，当真是大开眼界。"

向问天道："不错。武林中顶尖儿的人物，尽集于此……"任我行道："其中一位，更加了不起。"向问天道："是哪一位？"任我行道："此人练就了一项神功，令人叹为观止。"向问天道："请问是什么神功?”任我行道:“此人练的是金脸罩、铁面皮神功。”向问天道:“属下只听过金钟罩、铁布衫,却没听过金脸罩、铁面皮。”任我行道:“人家金钟罩、铁布衫功夫是周身刀枪不入,此人的金脸罩、铁面皮神功,却只练硬一张脸皮。”向问天道:“这金脸罩、铁面皮神功,不知是哪一门哪一派的功夫?”任我行道:“这功夫说来非同小可,乃西岳华山、华山派掌门人、江湖上鼎鼎大名的君子剑岳不群岳先生所创。”向问天道:“素闻君子剑岳先生气功盖世,剑术神妙,果然不是浪得虚名之辈。这金脸罩、铁面皮神功,将一张脸皮练得刀枪不入,不知有何用途?”任我行道:“这用处可说之不尽。我们不是华山派门下弟子,其中诀窍,难以了然。”向问天道:“岳先生创下这路神功,从此名扬江湖,永垂不朽的了。”任我行道:“这个自然。咱们以后遇上华山派的人物,对他们这路铁面皮神功,可得千万小心在意。”向问天道:“是,属下牢记在心。练得脸皮老,谁也没法搞!”

他二人一搭一档,便如说相声一般,尽量地讥刺岳不群。余沧海听得嘻笑不绝,大为幸灾乐祸。岳夫人一张粉脸涨得通红。

岳不群却似一句话也没听进耳中。他提剑刺出,令狐冲向左闪避,岳不群侧身向右,长剑斜挥,突然回头,剑锋猛地倒刺,正是华山剑法中一招妙着,叫做“浪子回头”。令狐冲举剑挡格,岳不群剑势从半空中飞舞而下,却是一招“苍松迎客”。令狐冲挥剑挡开。

岳不群刷刷两剑,令狐冲一怔,急退两步,不由得满脸通红,叫道:“师父!”岳不群哼的一声,又一剑刺将过去,令狐冲再退一步。

旁观众人见令狐冲神情忸怩,狼狈万状,都大惑不解,均想:“他师父这三剑平平无奇,有什么了不起?何以竟使令狐冲难以抵挡?”

众人自均不知,岳不群所使的这三剑,乃是令狐冲和岳灵珊二人练剑时私下所创的“冲灵剑法”。当时令狐冲一片痴心,只盼日后能和小师妹共缔鸳盟,岳灵珊对他也是极好。二人心中都有个孩子气的念头，心想岳不群夫妇所传的武功，其余同门都会，这一套"冲灵剑法"，天下却只他二人会使，因此使到这套剑法时，内心都有丝丝甜意。

不料岳不群竟在此时将这三招剑法使了出来，令狐冲登时手足无措，既觉羞惭，又感伤心，心道："小师妹对我早已情断义绝，你却使出这套剑法来，叫我触景生情，心神大乱。你要杀我，便杀好了。"只觉活在世上了无意趣，不如一死了之，反而爽快。

岳不群长剑跟着刺到，这一招却是"弄玉吹箫"。令狐冲熟知此招，迷迷糊糊中顺手挡架。岳不群跟着使出下一式"萧史乘龙"。这两式相辅相成，姿势曼妙，尤其"萧史乘龙"这一式，长剑矫夭飞舞，直如神龙破空一般，却又潇洒蕴藉，颇有仙气。

相传春秋之时，秦穆公有女，小字弄玉，最爱吹箫。有一青年男子萧史，乘龙而至，奏箫之技精妙入神，前来教弄玉吹箫。秦穆公便将爱女许配他为妻。"乘龙快婿"这典故便由此而来。后来夫妻双双仙去，居于华山中峰。华山玉女峰有"引凤亭"，中峰有玉女祠、玉女洞、玉女洗头盆、梳妆台，皆由此传说得名。这些所在，令狐冲和岳灵珊不知曾多少次并肩同游，萧史和弄玉这故事中的绸缪之意，逍遥之乐，也不知曾多少次缭绕在他二人心底。

此刻眼见岳不群使出这招"萧史乘龙"，令狐冲心下乱成一片，随手挡架，只想："师父为什么要使这一招？他要激得我神智错乱，以便乘机杀我么？"

只见岳不群使完这一招后，又使一招"浪子回头"，一招"苍松迎客"，三招"冲灵剑法"，跟着又是一招"弄玉吹箫"，一招"萧史乘龙"。高手比武，即令拚到千余招以上，招式也不会重复，这一招既能为对方所化解，再使也必无用，反令敌方熟知了自己的招式之后，乘隙而攻。岳不群却将这几招第二次重使，旁观众人均大惑不解。

令狐冲见岳不群第二次"萧史乘龙"使罢，又使出三招"冲灵剑法"时，突然之间，脑海中灵光一闪，登时恍然："原来师父是以剑法点醒我。只须我弃邪归正，浪子回头，便可重归华山门下。”

华山上有数株古松，枝叶向下伸展，有如张臂欢迎上山的游客一般，称为“迎客松”。这招“苍松迎客”，便是从这几株古松的形状上变化而出。他想：“师父是说，我若重归华山门墙，不但师父、师娘与众同门欢迎，连山上的松树也会欢迎我了。”蓦地里心头大震：“师父是说，不但我可重入华山门户，他还可将小师妹配我为妻。师父使那数招‘冲灵剑法’，明明白白地说出了此意，只是我糊涂不懂，他才又使‘弄玉吹箫’、‘萧史乘龙’这两招。”

重归华山和娶岳灵珊为妻，那是他心中两个最大的愿望，突然之间，师父当着天下高手之前，将这两件事向他允诺了，虽非明言，但在这数招剑法之中，已说得明白无比。令狐冲素知师父最重然诺，说过的话绝无反悔，他既答允自己重列门墙，又将女儿许配自己为妻，自是言出如山，一定会做到的事。霎时之间，喜悦之情充塞胸臆。

他自知岳灵珊和林平之情爱正浓，对自己不但已无爱心，且大有恨意。但男女婚配，全凭父母之命，做儿女的不得自主，千百年来皆是如此。岳不群既允将女儿许配于他，岳灵珊决计无可反抗。令狐冲心想：“我得重回华山门下，已然谢天谢地，更得与小师妹为偶，那实是喜从天降了。小师妹初时定然不乐，但我处处将顺于她，日子久了，定会感于我的至诚，慢慢地回心转意。”岳灵珊向他大发娇嗔，他终于哄得她转嗔为喜，过往已不知有几十百次，而他深知小师妹性情，有把握必能办到。

他心下大喜，脸上自也笑逐颜开。岳不群又是一招“浪子回头”，一招“苍松迎客”，两招连绵而至。剑招渐急，若不可耐。令狐冲猛地省悟：“师父叫我浪子回头，当然不是口说无凭，是要我立刻弃剑认输，这才将我重行收归门下。我得重返华山，再和小师妹成婚，人生又复何求？但盈盈、任教主、向大哥却又如何？这场比试一输，他们三人便得留在少室山上，说不定尚有杀身之祸。我贪图一己欢乐，却负人一至于斯，那还算是人么？”言念及此，不由得背上出了一阵冷汗，眼中瞧出来也模模糊糊，只见岳不群长剑横过，在他自己口边掠过，跟着剑锋便推将过来，正是一招“弄玉吹箫”。

令狐冲心中又是一动：“盈盈甘心为我而死，我竟可舍之不顾，天下负心薄幸之人，还有更比得上我令狐冲吗？无论如何，我可不能负了盈盈对我的恩义。”突然脑中一晕，只听得铮的一声响，一柄长剑落在地下。

旁观众人“啊”的一声，叫了出来。

令狐冲身子晃了晃，睁开眼来，只见岳不群正向后跃开，满脸怒容，右腕上鲜血涔涔而下，再看自己长剑时，剑尖上鲜血点点滴滴地掉将下来。他大吃一惊，才知适才心神混乱之际，随手挡架攻来的剑招，不知如何，竟使出了“独孤九剑”中的剑法，刺中了岳不群右腕。他立即抛去长剑，跪倒在地，说道：“师父，弟子罪该万死。”

岳不群一腿飞出，正中他胸膛。这一腿力道好不凌厉，令狐冲登时身子飞起，身在半空之时，便只觉眼前一团漆黑，直挺挺地摔将下来，耳中隐约听得砰的一声，身子落地，却已不觉疼痛，就此人事不知了。

岳灵珊道：『我要在这四个雪人身上写几个字。』拔出长剑，用剑尖在雪人上划字。

二十八 积 雪

也不知过了多少时候，令狐冲渐觉身上寒冷，慢慢睁开眼来，只觉得火光耀眼，又即闭上，听得盈盈欢声叫道："你……你醒转来啦！"

令狐冲再度睁眼，见盈盈一双妙目正凝视着自己，满脸都是喜色。令狐冲便欲坐起，盈盈摇手道："躺着再歇一会儿。"令狐冲一看周遭情景，见处身在一个山洞之中，洞外生着一堆大火，这才记得是给师父踢了一脚，问道："我师父、师娘呢？"

盈盈扁扁嘴道："你还叫他做师父吗？天下也没这般不要脸的师父。你一味相让，他却不知好歹，终于弄得下不了台，还这么狠心踢你一腿。震断了他腿骨，才是活该。"

令狐冲惊道："我师父断了腿骨？"盈盈微笑道："没震死他是客气的呢？爹爹说，你对吸星大法还不会运用，否则也不会受伤。"令狐冲喃喃地道："我刺伤了师父，又震断了他腿骨，真是……真是……"盈盈道："你懊悔吗？"令狐冲心下惶愧已极，说道："我实是大大的不该。当年若不是师父、师娘抚养我长大，说不定我早已死了，焉能得有今日？我恩将仇报，真是禽兽不如。"

盈盈道："他几次三番地痛下杀手，想要杀你。你如此忍让，实已报了师恩。像你这样的人，到哪里都不会死，就算岳氏夫妇不养你，你在江湖上做小叫化，也决计死不了。他把你逐出华山派，师徒间的情义早已断了，还想他作甚？"说到这里，慢慢放低了声音，道："冲哥，你为了我而得罪师父、师娘，我……我心里……"说着低下了头,晕红双颊。

令狐冲见她露出了小儿女的腼腆神态,洞外熊熊火光照在她脸上,直是明艳不可方物,不由得心中一荡,伸出手去握住了她左手,叹了口气,不知说什么才好。

盈盈柔声道:“你为什么叹气?你后悔识得我吗?”令狐冲道:“没有,没有!我怎会后悔?你为了我,宁肯把性命送在少林寺里,我以后粉身碎骨,也报不了你的大恩。”盈盈凝视他双目,道:“你为什么说这等话?你直到现下,心中还是在将我当做外人。”

令狐冲内心一阵惭愧,在他心中,确然总对她有一层隔膜,说道:“是我说错了,自今而后,我要死心塌地地对你好。”这句话一出口,不禁想到:“小师妹呢?小师妹呢?难道我从此忘了小师妹?”

盈盈眼光中闪出喜悦的光芒,道:“冲哥,你这是真心话呢,还是哄我?”

令狐冲当此之时,再也不自计及对岳灵珊铭心刻骨的相思,全心全意地道:“我如是哄你,叫我天打雷劈,不得好死!”

盈盈的左手慢慢翻转,也将令狐冲的手握住了,只觉一生之中,实以这一刻光阴最是难得,全身都暖烘烘的,一颗心却又如在云端飘浮,但愿天长地久,永恒如此。过了良久,缓缓说道:“咱们武林中人,只怕是注定要不得好死的了。你日后倘若对我负心,我也不盼望你天打雷劈,我……我……我宁可亲手一剑刺死了你。”

令狐冲心头一震,万料不到她竟会说出这句话来,怔了一怔,笑道:“我这条命是你救的,早就归于你了。你几时要取,随时来拿去便是。”盈盈微微一笑,道:“人家说你是个浮滑无行的浪子,果然说话这般油腔滑调,没点正经。也不知是什么缘分,我就是……就是喜欢了你这轻薄浪子。”令狐冲笑道:“我几时对你轻薄过了?你这么说我,我可要对你轻薄了。”说着坐起身来。

盈盈双足一点,身子弹出数尺,沉着脸道:“我心中对你好,咱们可得规规矩矩的。你若当我是个水性女子,可以随便欺我,那可看错人了。”

令狐冲一本正经地道：“我怎敢当你是水性女子？你是一位年高德劭、不许我回头瞧一眼的婆婆。”

盈盈噗哧一笑，想起初识令狐冲之时，他一直叫自己为“婆婆”，神态恭谨之极，不由得笑靥如花，坐了下来，却和令狐冲隔着有三四尺远。

令狐冲笑道：“你不许我对你轻薄，今后我仍一直叫你婆婆好啦。”盈盈笑道：“好啊，乖孙子。”令狐冲道：“婆婆，我心中有……”盈盈道：“不许叫婆婆啦，待过得六十年，再叫不迟。”令狐冲道：“若从现下叫起，能一直叫你六十年，这一生可也不枉了。”

盈盈心神荡漾，寻思：“当真得能和他厮守六十年，便天上神仙，也是不如。”

令狐冲见到她的侧面，鼻子微耸，长长睫毛低垂，容颜娇嫩，脸色柔和，心想：“这样美丽的姑娘，为什么江湖上成千成万桀骜不驯的豪客，竟会对她又敬又畏，又甘心为她赴汤蹈火？”想要询问，却觉在这时候说这等话未免大煞风景，欲言又止。

盈盈道：“你想说什么话，尽管说好了。”令狐冲道：“我一直心中奇怪，为什么老头子、祖千秋他们，会对你怕得这么厉害。”盈盈嫣然一笑，说道：“我知道你若不问明白这件事，总是不放心。只怕在你心中，始终当我是个妖魔鬼怪。”令狐冲道：“不，不，我当你是位神通广大的活神仙。”

盈盈微笑道：“你说不了三句话，便会胡说八道。其实你这人，也不见得真的是浮薄无行，只不过爱油嘴滑舌，以致大家说你是个浪荡子弟。”令狐冲道：“我叫你做婆婆之时，可曾油嘴滑舌吗？”盈盈道：“那你一辈子叫我做婆婆好了。”令狐冲道：“我要叫你一辈子，只不过不是叫婆婆。”

盈盈脸上浮起红云，心下甚甜，低声道：“只盼你这句话，不是油嘴滑舌才好。”令狐冲道：“你怕我油嘴滑舌，这一辈子你给我煮饭，菜里不放猪油豆油。”盈盈微笑道：“我可不会煮饭，连烤青蛙也烤焦了。”

令狐冲想起那日二人在荒郊溪畔烤蛙，只觉此时此刻，又回到了当日的情景，心中满是缠绵之意。

盈盈低声道：“只要你不怕我煮的焦饭，我便煮一辈子饭给你吃。”令狐冲笑道：“只要是你煮的，每日我便吃三大碗焦饭，却又何妨？”盈盈轻轻地道：“你爱说笑，尽管说个够好了。其实，你说话逗我欢喜，我也开心得很呢。”

两人四目交投，半晌无语。隔了好一会，盈盈缓缓道：“我爹爹本是日月神教的教主，你是早知道的。后来东方叔叔……不，东方不败，我一直叫他叔叔，可叫惯了，他行使诡计，把爹爹囚禁起来，欺骗大家，说爹爹在外逝世，遗命要他接任教主。当时我年纪还小，东方不败又机警狡猾，这件事做得不露半点破绽，我也就没丝毫疑心。东方不败为了掩人耳目，对我异乎寻常的优待客气，我不论说什么，他从来没一次驳回。因此我在教中，地位甚为尊荣。”令狐冲道：“那些江湖豪客，都是日月神教属下的了？”盈盈道：“他们并非全都是正式教众，大多数是挂名的，一向归我教统属，他们的首领也大都服过我教的‘三尸脑神丹’。”

令狐冲哼了一声。当日他在孤山梅庄，曾见魔教长老鲍大楚、桑三娘等人一见任我行那几颗火红色的“三尸脑神丹”，登即吓得魂不附体，想到当日情景，不由得眉头微皱。

盈盈续道：“这‘三尸脑神丹’服下之后，每年须服一次解药，否则毒性发作，死得惨不堪言。东方不败对那些江湖豪士十分严厉，小有不如他意，便扣住解药不发，每次总是我去求情，讨得解药给了他们。”令狐冲道：“那你可是他们的救命恩人了。”

盈盈道：“也不是什么恩人。他们来向我磕头求告，我可硬不了心肠，置之不理。原来这也是东方不败掩人耳目之策，他是要使人人知道，他对我十分爱护尊重。这样一来，自然再也无人怀疑他的教主之位是篡夺来的。”

令狐冲点头道：“此人也当真工于心计。”盈盈道：“不过老是要我向东方不败求情，实在太烦。再者，教里的情形也跟以前大不相同了。人人见了东方不败都要满口谀词，肉麻无比。前年春天，我叫师侄绿竹翁陪伴，出来游山玩水，见到洛阳城绿竹巷闹中有静，住下来挺好，便隐居了一段时日，既免再管教中的闲事，也不必向东方不败说那些无耻言语。想不到竟撞到了你。”她向令狐冲瞧了一眼，想起绿竹巷中初遇的情景，轻轻叹息一声，心中充满了柔情。过了好一会，说道：“来到少林寺的这数千豪客，当然并非都曾服过我求来的解药。但只要有一人受过我的恩惠，他的亲人好友、门下弟子、所属帮众等等，自然也都承我的情了。再说，他们到少室山来，也未必真的是为了我，多半还是应令狐大侠的召唤，不敢不来。”说到这里，抿嘴一笑。

令狐冲叹道：“你跟着我没什么好处，这油嘴滑舌的本事，倒也长进了三分。”

盈盈噗哧一声，笑了出来。她一生下地，日月神教中人人便当她公主一般，谁也不敢违拗她半点，待得年纪愈长，更加颐指气使，要怎么便怎么，从没一人敢和她说一句笑话。此刻和令狐冲如此笑谑，当真是生平从无此乐。

过了一会，盈盈将头转向山壁，说道：“你率领众人到少林寺来接我，我自然欢喜。那些人贫嘴贫舌，背后都说我……说我真心对你好，而你却是个风流浪子，到处留情，压根儿没将我放在心上……”说到这里，声音渐渐低了下来，幽幽地道：“你这般大大地胡闹一场，总算是给足了我面子，我……我就算死了，也不枉担了这虚名。”

令狐冲道：“你负我到少林寺求医，我当时一点也不知道，后来又给关在孤山梅庄的西湖底牢，待得脱困而出，又遇上了恒山派的事。好容易得悉情由，再来接你，已累你受了不少苦啦。”

盈盈道：“我在少林寺后山，也没受什么苦。我独居一间石屋，每隔十天，便有个老和尚给我送柴送米，平时有个佣妇给我煮饭洗衣。那老和尚与佣妇什么都不知道，也就什么都没说。直到定闲、定逸两位师太来到少林，方丈要我去相见，才知道他没传你易筋经。我发觉上了当，生气得很，便骂了方丈。定闲师太劝我不用着急，说你平安无恙，又说是你求她二位师太来向少林方丈求情的。”

令狐冲道：“你听她这么说，才不骂方丈大师了？”

盈盈道：“少林寺方丈听我骂他，只是微笑，也不生气，说道：‘女施主，老衲当日要令狐少侠归入少林门下，算是我的弟子，老衲便可将本门易筋经内功相授，助他驱除体内的异种真气。但他坚决不允，老衲也没法相强。再说，你当日背负他上……当日他上山之时，朝不保夕，奄奄一息，下山时内伤虽然未愈，却已能步履如常，少林寺对他总也不无微功。’我想这话也有道理，便说：‘那你为什么留我在山上？出家人不打诳语，那不是骗人么？’”

令狐冲道：“是啊，他们可不该瞒着你。”盈盈道：“方丈说起来却又是一片道理。他说留我在少室山，是盼望以佛法化去我的什么暴戾之气，当真胡说八道之至。”令狐冲道：“是啊，你又有什么暴戾之气了？”盈盈道：“你不用说好话讨我欢喜。我暴戾之气当然是有的，不但有，而且相当不少。不过你放心，我不会对你发作。”令狐冲道：“承你另眼相看，那可多谢了。”

盈盈道：“当时我对方丈说：‘你年纪这么大了，却来欺侮我们年纪小的，也不怕丑。’方丈道：‘那日你自愿在少林寺舍身，以换令狐少侠这条性命。我们虽没治愈令狐少侠，可也没要了你的性命。听恒山派两位师太说，令狐少侠近来在江湖上着实做了不少行侠仗义的好事，老衲也代他欢喜。冲着恒山两位师太的金面，你这就下山去吧。’他还答允释放我百余名江湖朋友，我很承他的情，向他拜了几拜。就这么着，我跟恒山派两位师太下山来了。后来在山下听到消息，说你已率领了数千人到少林寺来接我。两位师太言道：少林寺有难，她们不能袖手。于是和我分手，要我来阻止你。不料两位心地慈祥的前辈，竟会死在少林寺中。”说着长长地叹了口气，不禁泫然欲泣。

令狐冲叹道:“不知是谁下的毒手。两位师太身上并没伤痕,连如何丧命也不知。”

盈盈道:“怎么没伤痕?我和爹爹、向叔叔在寺中见到两位师太的尸身,我曾解开她们衣服察看,见到二人心口都有一粒针孔大的红点,是给人用钢针刺死的。”

令狐冲“啊”的一声,跳了起来,道:“毒针?武林之中,有谁是使毒针的?”

盈盈摇头道:“爹爹和向叔叔见闻极广,可是他们也不知道。爹爹说,这针并非毒针,其实是件兵刃,刺入要害,致人死命,只是刺入定闲师太心口那一针,略略偏斜了些。”令狐冲道:“是了。我见到定闲师太之时,她还没断气。这针既是当心刺入,那就并非暗算,而是正面交锋。那么害死两位师太的,定是武功绝顶的高手。”盈盈道:“我爹爹也这么说。既有了这条线索,要找到凶手,想亦不难。”

令狐冲伸掌在山洞的洞壁上用力一拍,大声道:“盈盈,我二人有生之年,定当为两位师太报仇雪恨。”盈盈道:“正是。”

令狐冲扶着石壁坐起身来,但觉四肢运动如常,胸口也不疼痛,竟似没受过伤一般,说道:“这可奇了,我师父踢了我这一腿,好似没伤到我什么。”

盈盈道:“我爹爹说,你已吸到不少别人的内力,内功高出你师父甚远。只因你不肯运力和你师父相抗,这才受伤,但有深厚内功护体,受伤甚轻。向叔叔给你推拿了几次,激发你自身的内力疗伤,很快就好了。只是你师父的腿骨居然会断,那可奇怪得很。爹爹想了半天,难以索解。”令狐冲道:“我内力既强,师父这一腿踢来,我内力反震,害得他老人家折断腿骨,为什么奇怪?”盈盈道:“不是的。爹爹说,吸自外人的内力虽可护体,但必须自加运用,方能伤人,比之自己练成的内力,毕竟还是逊了一筹。”

令狐冲道:“原来如此。”他不大明白其中道理,也就不去多想,只是想到害得师父受伤,更当着天下众高手之前失尽了面子,实是负疚良深。

一时之间，两人相对默然，偶然听到洞外柴火燃烧时的轻微爆裂之声，但见洞外大雪飘扬，比在少室山上之时，雪下得更大了。

突然之间，令狐冲听得山洞外西首有几下呼吸粗重之声，当即凝神倾听，盈盈内功不及他，没听到声息，见了他神情，便问："听到了什么?"令狐冲道："刚才我听到一阵喘气声，有人来了。但喘声急促，那人武功低微，不足为虑。"又问："你爹爹呢?"

盈盈道："爹爹和向叔叔说出去溜跶溜跶。"说这句话时，脸上一红，知道父亲故意避开，好让令狐冲醒转之后，和她细叙离情。

令狐冲又听到了几下喘息，道："咱们出去瞧瞧。"两人走出洞来，见向任二人踏在雪地里的足印已给新雪遮了一半。令狐冲指着那两行足印道："喘息声正是从那边传来。"两人顺着足迹，行了十余丈，转过山坳，突见雪地之中，任我行和向问天并肩而立，却一动也不动。两人吃了一惊，同时抢过去。

盈盈叫道："爹!"伸手去拉任我行的左手，刚和父亲的肌肤相接，全身便是一震，只觉一股冷入骨髓的寒气，从他手上直透过来，惊叫："爹，你……你怎么……"一句话没说完，已全身战栗，牙关震得格格作响，心中却已明白，父亲中了左冷禅的"寒冰真气"后，一直强自抑制，此刻终于镇压不住，寒气发作了出来，向问天是在竭力助她父亲抵挡。任我行在少林寺中如何给左冷禅以诡计封住穴道，下山之后，曾向她简略说过。

令狐冲却尚未明白，白雪的反光之下，只见任向二人脸色甚为凝重，跟着任我行又重重喘了几口气，才知适才所闻的喘息声是他所发。但见盈盈身子颤抖，便伸手去握她左手，立觉一阵寒气钻入了体内。他登时恍然，任我行中了敌人的阴寒内力，正在全力散发，于是依照西湖底铁板上所刻散功之法，将钻进体内的寒气缓缓化去。

任我行得他相助，心中登时一宽，向问天和盈盈的内力和他所习并非一路，只能助他抗寒，却不能化散。他自己全力运功，以免全身冻结为冰，已再无余力散发寒气，坚持既久，越来越觉吃力。令狐冲这运功之法却是釜底抽薪，将"寒冰真气"从他体内一丝丝地抽将出来，散之于外。

四人手牵手地站在雪地之中，便如僵硬了一般。大雪纷纷落在四人头上脸上，渐渐将四人的头发、眼睛、鼻子、衣服都盖了起来。

令狐冲一面运功，心下暗自奇怪："怎地雪花落在脸上，竟不消融？"他不知左冷禅所练的"寒冰真气"厉害之极，散发出来的寒气远比冰雪寒冷。此时他四人只脏腑血液才保有暖气，肌肤之冷已若坚冰，雪花落在身上，竟丝毫不融，比之落在地下还积得更快。

过了良久，天色渐明，大雪仍不断落下。令狐冲担心盈盈娇女弱质，受不起这寒气长期侵袭，只是任我行体内的寒毒并未去尽，虽喘息之声已不再闻，却不知此时是否便可罢手，罢手之后是否另有他变。他拿不定主意，只得继续助他散功，好在从盈盈的手掌中觉到，她肌肤虽冷，身子却早已不再颤抖，自己掌心察觉到她手掌上脉搏微微跳动。这时他双眼上早已积了数寸白雪，只隐隐觉到天色已明，却什么也看不到了。当下不住加强运功，将任我行体内的阴寒之气，一丝丝抽将出来，通过奇经八脉，从"少商"、"商阳"等手指上的穴道逼出体外。

又过良久，忽然东北角上远远传来马蹄声，渐奔渐近，听得出是一骑前，一骑后，跟着听得一人大声呼叫："师妹，师妹，你听我说。"

令狐冲双耳外虽堆满了白雪，仍听得分明，正是师父岳不群的声音。两骑不住驰近，又听得岳不群叫道："你不明白其中缘由，便乱发脾气，你听我说啊。"跟着听得岳夫人叫道："我自己不高兴，关你什么事了？又有什么好说？"听两人叫唤和马匹奔跑之声，是岳夫人乘马在前，岳不群乘马在后追赶。

令狐冲甚是奇怪："师娘生了好大的气，不知师父如何得罪了她。"

但听得岳夫人那乘马笔直奔来，突然间她"咦"的一声，跟着坐骑嘘哩哩一声长嘶，想必是她突然勒马止步，那马人立了起来。不多时岳不群纵马赶到，说道："师妹，你瞧这四个雪人堆得很像，是不是？"岳夫人哼的一声，似乎余怒未息，跟着自言自语："在这旷野之地，怎么有人堆了这四个雪人？"

令狐冲刚想："这旷野间有什么雪人？"随即明白："我们四人全身堆满了白雪，臃肿不堪，以致师父、师娘把我们当做了雪人。"师父、师娘便在眼前，情势尴尬，但这件事却实在好笑之极。跟着却又栗栗危惧："师父一发觉是我们四人，势必一剑一个。他此刻要杀我们，实是容易之极，用不着花多少力气。"

岳不群道："雪地里没足印，这四个雪人堆了有好几天啦。师妹，你瞧，似乎三个是男的，一个是女的。"岳夫人道："我看也差不多，又有什么男女之别了？"一声吆喝，催马欲行。岳不群道："师妹，你性子这么急！这里左右无人，咱们从长计议，岂不是好？"岳夫人道："什么性急性缓？我自回华山去。你爱讨好左冷禅，你独自上嵩山去吧。"

岳不群道："谁说我爱讨好左冷禅了？我好端端的华山派掌门不做，干吗要向嵩山派低头？"岳夫人道："是啊！我便是不明白，你为什么要向左冷禅低首下心，听他指使？虽说他是五岳剑派盟主，可也管不着我华山派的事。五个剑派合而为一，武林中还有华山派的字号吗？当年师父将华山派掌门之位传给你，曾说什么话来？"岳不群道："恩师要我发扬光大华山一派的门户。"岳夫人道："是啊。你若答应了左冷禅，将华山派归入嵩山，怎对得住泉下的恩师？常言道得好：宁为鸡口，毋为牛后。华山派虽小，咱们尽可自立门户，不必去依附旁人。"

岳不群叹了口气，道："师妹，恒山派定闲、定逸两位师太武功，和咱二人相较，谁高谁下？"岳夫人道："没比过。我看也差不多。你问这个又干什么了?”岳不群道:“我也看是差不多,这两位师太在少林寺中丧命,显然是给左冷禅害的。”

令狐冲心头一震,他本来也早疑心是左冷禅做的手脚,否则别人也没这么好的功夫。少林、武当两派掌门武功虽高,但均是有道之士,决不会干这害人的勾当。嵩山派数次围攻恒山三尼不成,这次定是左冷禅亲自出手。任我行这等厉害的武功,尚且败在左冷禅手下,恒山派两位师太自然非他之敌。

岳夫人道:“是左冷禅害的,那又如何?你如拿到了证据,便当邀集正教中的英雄,齐向左冷禅问罪,为两位师太伸冤雪恨才是。”岳不群道:“一来没证据,二来又强弱不敌。”

岳夫人道:“什么强弱不敌?咱们把少林派方证方丈、武当派冲虚道长两位都请出来主持公道,左冷禅又敢怎么样了?”岳不群道:“就只怕方证方丈他们还没请到,咱夫妻已如恒山派那两位师太一样了。”岳夫人道:“你说左冷禅下手将咱二人害了?哼,咱们既在武林立足,又怎顾得了这许多?前怕虎、后怕狼的,还能在江湖上混么?”

令狐冲暗暗佩服:“师娘虽是女流之辈,豪气尤胜须眉。”

岳不群道:“咱二人死不足惜,可又有什么好处?左冷禅暗中下手,咱二人死得不明不白,结果他还不是开山立派,创成了那五岳派?说不定他还会捏造个难听的罪名,加在咱们头上呢。”岳夫人沉吟不语。岳不群又道:“咱夫妇一死,华山门下的群弟子尽成了左冷禅刀下鱼肉,哪还有反抗的余地?不管怎样,咱们总得为珊儿想想。”

岳夫人唔了一声,似已给丈夫说得心动,隔了一会,才道:“嗯,咱们那就暂且不揭破左冷禅的阴谋,依你的话,面子上跟他客客气气地敷衍,待机而动。”

岳不群道:“你肯答应这样,那就很好。平之那家传的《辟邪剑谱》,偏偏又给令狐冲这小贼吞没了,倘若他肯还给平之,我华山群弟子大家学上一学,又何惧于左冷禅的欺压?我华山派又怎致如此朝不保夕、难以自存?”

岳夫人道:“你怎么仍在疑心冲儿剑术大进,是由于吞没了平儿家传的《辟邪剑谱》? 少林寺中这一战,方证大师、冲虚道长这等高人,都说他的精妙剑法是得自风师叔的真传。虽然风师叔是剑宗,终究还是咱们华山派的。冲儿跟魔教妖邪结交,的确大大不对,但无论如何,咱们再不能冤枉他吞没了《辟邪剑谱》。倘若方证大师与冲虚道长的话你仍信不过,天下还有谁的话可信?”

令狐冲听师娘如此为自己分说,心中感激之极,忍不住便想扑出去抱住她。

突然之间,他头上震动了几下,王是有人伸掌在他头顶拍击,心道:“不好,咱们的行藏给识破了。任教主寒毒尚未去尽,师父、师娘又再向我动手,那便如何是好?”只觉盈盈手上传过来的内力跟着剧震数下,料想任我行也是心神不定。但头顶给人这么轻轻拍了几下后,便不再有什么动静。

只听得岳夫人道:“昨天你跟冲儿动手,连使‘浪子回头’、‘苍松迎客’、‘弄玉吹箫’、‘萧史乘龙’这四招,那是什么意思?”岳不群嘿嘿一笑,道:“这小贼人品虽然不端,毕竟是你我亲手教养长大,眼看他误入歧途,实在可惜,只要他浪子回头,我便许他重归华山门户。”岳夫人道:“这意思我理会得。可是另外两招呢?”岳不群道:“你心中早已知道,又何必问我?”岳夫人道:“倘若冲儿肯弃邪归正,你就答允将珊儿许配他为妻,是不是?”岳不群道:“不错。”岳夫人道:“你这样向他示意,是一时的权宜之计呢,还是确有此意?”

岳不群不语。令狐冲又感到头顶有人轻轻敲击,当即明白,岳不群是一面沉思,一面伸手在雪人的头上轻拍,倒不是识破了他四人。

只听岳不群道:“大丈夫言出如山,我既答允了他,自无反悔之理。”岳夫人道:“他对那魔教妖女十分迷恋,你岂有不知?”岳不群道:“不,他对那妖女感激则有之,迷恋却未必。平日他对珊儿那般情景,和对那妖女大不相同,难道你瞧不出来?”岳夫人道:“我自然也瞧出了。你说他对珊儿仍未忘情?”岳不群道:“岂但并未忘情,简直是……简直是相思入骨。他一明白了我那几招剑招的用意之后,你不见他那一股喜从天降、心花怒放的神气?”岳夫人冷冷地道:“正因为如此,因此你是以珊儿为饵,要引他上钩?要引得他为了珊儿之故,故意输了给你?”

令狐冲虽积雪盈耳,仍听得出师娘这几句话中,充满着愤怒和讥刺之意。这等语气,他从来没听到曾出之于师娘之口。岳不群夫妇向来视他如子,平素说话,在他面前亦无避忌。岳夫人性子较急,在家务细事上,偶尔和丈夫顶撞几句,原属常有,但遇上门户弟子之事,她向来尊重丈夫的掌门身份,绝不违拗其意。此刻如此说法,足见她心中已不满之极。

岳不群长叹一声,道:“原来连你也不能明白我的用意。我一己的得失荣辱事小,华山派的兴衰成败却是事大。倘若我终能劝服令狐冲,令他重归华山,那是一举四得的大大美事。”岳夫人道:“什么一举四得?”岳不群道:“令狐冲剑法高强之极,远胜于我。他是得自《辟邪剑谱》也好,是得自风师叔的传授也好,他如能重归华山,我华山派自必声威大振,名扬天下,这是第一桩大事。左冷禅吞并华山派的阴谋固难以得逞,连泰山、恒山、衡山三派也得保全,这是第二桩大事。他重归正教门下,令魔教不但去了一个得力臂助,反而多了一个大敌,正盛邪衰,这是第三桩大事。师妹,你说是不是呢?”

岳夫人道:“嗯,那第四桩呢?”岳不群道:“这第四桩啊,我夫妇膝下无子,向来当冲儿是亲生孩儿一般。他误入歧途,我实在痛心非凡。我年纪已不小了,这世上的虚名,又何足道?只要他真能改邪归正,咱们一家团圆,融融泄泄,岂不是天大的赏心乐事?”

令狐冲听到这里,不由得心神激荡,“师父!师娘!”这两声,险些便叫出口来。

岳夫人道:“珊儿和平之情投意合,难道你忍心硬生生地将他二人拆开，令珊儿终身遗恨？”岳不群道：“我这是为了珊儿好。”岳夫人道：“为珊儿好？平之勤勤恳恳，规规矩矩，有什么不好了？”岳不群道：“平之虽然用功，可是和令狐冲相比，那是天差地远了，他天资不如，这一辈子拍马也追人家不上。”岳夫人道：“武功强便是好丈夫吗？我真盼冲儿能改邪归正，重入本门。但他胡闹任性、轻浮好酒，珊儿倘若嫁了他，势必给他误了终身。”

令狐冲心下惭愧，寻思：“师母说我‘胡闹任性、轻浮好酒’，这八字确是的评。可是倘若我真能娶小师妹为妻，难道我会辜负她吗？不，万万不会！要我规矩便规矩，戒酒便戒酒！”

岳不群又叹了口气，说道：“反正我枉费心机，这小贼陷溺已深，咱们这些话，也都是白说了。师妹，你还生我气么？”

岳夫人不答，过了一会，问道：“你腿上痛得厉害么？”岳不群道：“那只是外伤，不打紧。咱们这就回华山去吧。”岳夫人“嗯”了一声。但听得二骑踏雪之声，渐渐远去。

令狐冲心乱如麻，反复思念师父、师娘适才的说话，竟尔忘了运功，突然一股寒气从手心中涌来，不禁机伶伶地打个冷战，只觉全身奇寒彻骨，忙运功抵御，一时运得急了，忽觉内息在左肩之处阻住，没法通过。他急忙提气运功。可是他练这“吸星大法”，只是依据铁板上所刻要诀，无师自通，种种细微精奥之处，未得明师指点，这时强行冲荡，内息反而岔得更加厉害，先是左臂渐渐僵硬，跟着麻木之感随着经脉通至左胁、左腰，顺而向下，整条左腿也麻木了。令狐冲惶急之下，张口大呼，却发觉口唇也已无法动弹。

便在此时，马蹄声响，又有两乘马驰近。有人说道：“这里蹄印杂乱，爹爹、妈妈曾在这里停留。”正是岳灵珊的声音。令狐冲又惊又喜：“怎地小师妹也来了？”听得另一人道：“师父腿上有伤，别要出了岔子，咱们快随着蹄印追去。”却是林平之的声音。令狐冲心道：“是了，雪地中蹄印清晰。小师妹和林师弟追寻师父、师娘，一路寻了过来。”

岳灵珊忽然叫道："小林子，你瞧这四个雪人儿多好玩，手拉手地站成一排。"林平之道："附近好像没人家啊，怎地有人到这里堆雪人玩儿？"岳灵珊笑道："咱们也堆两个雪人玩玩好不好？"林平之道："好啊，堆一个男的，一个女的，也要手拉手的。"岳灵珊翻身下马，捧起雪来便要堆砌。

林平之道："咱们还是先去找寻师父、师娘要紧。找到他二位之后，慢慢再堆雪人玩不迟。"岳灵珊道："你便扫人家的兴。爹爹腿上虽然受伤，骑在马上便跟不伤一般无异，有妈妈在旁，还怕有人得罪他们么？他两位双剑纵横江湖之时，你都还没生下来呢。"林平之道："话是不错。不过师父、师娘还没找到，咱们却在这里贪玩，总是心中不安。"岳灵珊道："好吧，就听你的。不过找到了爹妈，你可得陪我堆两个挺好看的雪人。"林平之道："这个自然。"

令狐冲心想："我料他必定会说：'就像你这般好看。'又或是说：'要堆得像你这样好看，可就难了。'不料他只说'这个自然'，就算了事。"转念又想："林师弟稳重厚实，哪似我这般轻佻？小师妹倘若要我陪她堆雪人，便有天大的事，我也置之脑后了。偏生小师妹就服他的，虽然不愿意，却半点也不使小性儿，没闹别扭，哪里像她平时对我这样？嗯，林师弟身子是大好了，不知那一剑是谁砍他的，小师妹却把这笔账算在我头上。"

他全神贯注倾听岳灵珊和林平之说话，忘了自身僵硬，这一来，正合了"吸星大法"行功的要诀："无所用心，浑不着意。"左腿和左腰的麻木便渐渐减轻。

只听得岳灵珊道："好，雪人便不堆，我却要在这四个雪人身上写几个字。"刷的一声，拔出了长剑。

令狐冲又是一惊："她要用剑在我们四人身上乱划乱刺，那可糟了。"要想出声叫唤，挥手阻止，苦于口不能言，手不能动。但听得嗤嗤几声轻响，她已用剑尖在向问天身外的积雪上划字，一路划将过来，划到了令狐冲身上。幸好她划得甚浅，没破雪见衣，更没伤到令狐冲皮肉。令狐冲寻思："不知她在我们身上写了些什么字?”

只听岳灵珊柔声道:“你也来写几个字吧。”林平之道:“好!”接过剑来,也在四个雪人身上划字,也是自左而右,至令狐冲身上而止。

令狐冲心道:“不知他又写了什么字?”

只听岳灵珊道:“对了,咱二人定要这样。”良久良久,两人默然无语。

令狐冲更是好奇,寻思:“一定要怎么样?只有他二人走了之后,任教主身上的寒毒去净,我才能从积雪中挣出来看。啊哟不好,我身子一动,积雪跌落,他们在我身上刻的字可就毁了。如四人同时行动,更加一个字也没法看到。”

又过一会,忽听得远处隐隐传来一阵马蹄之声,相隔尚远,但显是向这边奔来。令狐冲听蹄声共有十余骑之多,心道:“多半是本派其余的师弟妹们来啦。”蹄声渐近,但林岳二人似乎始终未曾在意。听得那十余骑从东北角上奔来,到得数里之外,有七八骑向西驰去,列成横队后才继续驰近,显然要两翼包抄。令狐冲心道:“来人不怀好意!”

突然之间,岳灵珊惊呼:“啊哟,有人来啦!”蹄声急响,十余骑发力疾驰,随即飕飕两声响,两枝长箭射来,两匹马齐声悲嘶,中箭倒地。令狐冲心道:“来人武功不弱,用意更加歹毒,先射死小师妹和林师弟的坐骑,叫他们难以逃走。”

只听得十余人大笑吆喝,纵马逼近。岳灵珊惊呼一声,退了几步。只听一人笑道:“一个小弟弟,一个小妹妹,你们是哪一家、哪一派的门下啊?”林平之朗声道:“在下华山门下林平之,这位是我师姊姓岳。众位素不相识,何故射死了我们的坐骑?”那人笑道:“华山门下?嗯,你们师父,便是那个比剑败给徒儿的,什么君子剑岳先生了?”

令狐冲心头一痛:“此番群豪聚集少林,我得罪师父,还只昨日之事,但顷刻间便天下皆知。我累得师父给旁人如此耻笑,当真罪孽深重。”

林平之道:“令狐冲素行不端,屡犯门规,早在一年之前,便已逐出了华山派门户。”意思是说,师父虽输了给他,却只是输于外人,并非输给本门弟子。

那人笑道:“这个小妞儿姓岳,是岳不群的什么人?”岳灵珊怒道:“关你什么事了?你射死我的马,赔我马来。”那人笑道:“瞧她这副浪劲儿,多半是岳不群的小老婆。”其余十余人轰然大笑。

令狐冲暗自吃惊:“此人吐属粗鄙,绝非正派人士,只怕对小师妹不利。”

林平之道:“阁下是江湖前辈,何以说话如此不干不净?我师姊是我师父的千金。”

那人笑道:“原来是岳不群的大小姐,当真是浪得虚名。”旁边一人问道:“卢大哥,为什么浪得虚名?”那人道:“我曾听人说,岳不群的女儿相貌标致,算是后一辈人物中的美女,一见之下,却也不过如此。”另一人笑道:“这妞儿相貌稀松平常,倒也细皮白肉,脱光了瞧瞧,只怕不差。哈哈,哈哈!”十几个人又都大笑,笑声中充满了淫秽之意。

岳灵珊、林平之、令狐冲听到如此无礼的言语,尽皆怒不可遏。林平之拔出长剑,喝道:“你们再出无耻之言,林某誓死周旋。”

那人笑道:“你们瞧,这两个奸夫淫妇,在雪人上写了什么字啊?”

林平之大叫:“我跟你们拼了!”令狐冲只听得嗤的一声响,知是林平之挺剑刺出,跟着乒乒乓乓声响,有人跃下马来,跟他动上了手。随即岳灵珊挺剑上前。七八名汉子同时叫道:“我来对付这妞儿。”一名汉子笑道:“大家别争,谁也轮得到。”兵刃撞击,岳灵珊也和敌人动上了手。猛听一名汉子大声怒吼,叫声中充满了痛楚,当是中剑受伤。一名汉子道:“这妞儿下手好狠,史老三,我跟你报仇。”

刀剑格斗声中,岳灵珊叫道:“小心!”当的一声大响,跟着林平之哼了一声。岳灵珊惊叫:“小林子!”似是林平之受了伤。有人叫道:“将这小子宰了吧!”那带头的道:“别杀他,捉活的。拿了岳不群的女儿女婿,不怕那伪君子不听咱们的。”

令狐冲凝神倾听,只闻金刃劈空之声呼呼而响。突然当的一声,又是啪的一响。一名汉子骂道:“他妈的,臭小娘!”令狐冲忽觉有人靠在自己身上,听得岳灵珊喘息甚促,正是她靠在自己这个“雪人”之上。叮当数响,一名汉子欢声叫道:“这还拿不住你?”岳灵珊“啊”的一声惊叫,不再听得兵刃相交,众汉子却都哈哈大笑起来。

令狐冲感到岳灵珊给人拖开,又听她叫道:“放开我!放开我!”一人笑道:“闵老二,你说她一身细皮白肉,老子可就不信,咱们剥光了她衣衫瞧瞧。”众人鼓掌欢呼。林平之骂道:“狗强……”啪的一声,给人踢了一脚,跟着嗤的一声响,竟是布帛撕裂之声。

令狐冲耳听小师妹为贼人所辱,哪里还顾得任我行的寒毒是否已经驱尽,使力一挣,从积雪中跃出,右手拔出腰间长剑,左手便去抹眼上积雪,岂知左手竟不听使唤,没法动弹。

众人惊呼声中,他伸右臂在眼上一抹,一见到光亮,长剑递出,三名汉子咽喉中剑。他回过身来,刷刷两剑,又刺倒二人。眼见一名汉子拿住了岳灵珊双手,将她双臂反在背后,另一名汉子站在她身前,拔刀欲待迎敌,令狐冲长剑从他左胁下刺入,右腿一抬,将那人踢开,长剑从尸身中拔出,耳听得背后有人偷袭,侧过头来,反手两剑,刺中了背后二人的心口,顺手挺剑,从岳灵珊身旁掠过,直刺拿住她双手那人的咽喉。那人双手一松,扑在岳灵珊肩头,喉头血如泉涌。

这一下变故突兀之极,令狐冲连杀九人,仅是瞬息间之事。那带头的一声吆喝,舞动双铁牌向令狐冲头顶砸到。令狐冲长剑抖动,从他两块铁牌间的空隙中穿入,直刺他左眼。那人大叫一声,向后便倒。令狐冲回过头来,横削直刺,又杀了三人。余下四人只吓得心胆俱裂,发一声喊,没命价四下奔逃。

令狐冲叫道："你们辱我小师妹，一个也休想活命。"追上二人，长剑疾刺，都是从后背穿向前胸。这二人奔行正急，中剑气绝，脚下未停，兀自奔出十余步这才倒地。

眼见余下二人一个向东，一个向西，令狐冲疾奔往东，使劲一掷，长剑幻作一道银光，从那人后腰插入。令狐冲转头向西首那人追去，奔行十余丈后，已追到那人身后，一伸手，这才发觉手中并无兵刃。他运力于指，向那人背心戳去。那人背上一痛，回刀砍来。令狐冲拳脚功夫平平，适才这一指虽戳中了敌人，但不知运力之法，却伤不了他，见他举刀砍到，不由得心下发慌，急忙闪避，见他右胁下是个老大破绽，左手一拳直击过去，不料左臂只微微一动，抬不起来，敌人的钢刀却已砍向面前。

令狐冲大骇之下，急向后跃。那汉子举刀猛扑。令狐冲手中没了兵刃，不敢和他对敌，只得转身而逃。岳灵珊拾起地下长剑，叫道："大师哥，接剑！"将长剑掷来。令狐冲右手一抄，接住了剑，转过身子，哈哈一笑。那汉子钢刀举在半空，作势欲待砍下，突然见到他手中长剑闪烁，登时吓呆了，这一刀竟尔砍不下来。

令狐冲慢慢走近，那汉子全身发抖，双膝一屈，跪倒在雪地之中。令狐冲怒道："你辱我师妹，须饶你不得。"长剑指在他咽喉之上，心念一动，走近一步，低声问道："写在雪人上的，是些什么字？"那汉子颤声道："是……是……'海枯……海枯……石烂，两……情……情不……不渝'。"自从世上有了"海枯石烂，两情不渝"这八个字以来，说得如此胆战心惊、丧魂落魄的，只怕这是破题儿第一遭了。令狐冲一呆，道："嗯，是海枯石烂，两情不渝。"心头酸楚，长剑送出，刺入他咽喉。

回过身来，只见岳灵珊正在扶起林平之，两人满脸满身都是鲜血。

林平之站直身子，向令狐冲抱拳道："多谢令狐兄相救之德。"令狐冲道："那算得什么？你伤得不重吗？"林平之道："还好！"令狐冲将长剑还给了岳灵珊，指着地下两行马蹄印痕，说道："师父、师娘向此而去。”林平之道:“是。”

岳灵珊牵过敌人留下的两匹坐骑,翻身上马,道:“咱们找爹爹、妈妈去。”林平之挣扎着上了马。岳灵珊纵马驰过令狐冲身边,将马一勒,向他脸上望去。

令狐冲见到她的目光,也向她瞧去。岳灵珊道:“大……大师哥,多……多谢你……”一回头,提起缰绳,两骑马随着岳不群夫妇坐骑所留下的蹄印,向西北方而去。

令狐冲怔怔地瞧着他二人背影没在远处树林之后,这才慢慢转过身子,只见任我行、向问天、盈盈三人都已抖去身上积雪,凝望着他。

令狐冲喜道:“任教主,我没累到你的事?”任我行苦笑道:“我的事没累到,你自己可糟得很了。你左臂怎么样?”令狐冲道:“臂上经脉不顺,气血不通,竟不听使唤。”

任我行皱眉道:“这件事有点儿麻烦,咱们慢慢再想法子。你救了岳家大小姐,总算报了师门之德,从此谁也不欠谁的情。向兄弟,卢老大怎地越来越不长进了。干起这些卑鄙龌龊的事来?”向问天道:“我听他口气,似是要将这两个年轻人擒回黑木崖去。”任我行道:“难道是东方不败的主意?他跟这伪君子又有什么梁子了?”

令狐冲指着雪地中横七竖八的尸首,问道:“这些人是东方不败的属下?”任我行道:“是我的属下。”令狐冲点了点头。

盈盈道:“爹爹,他手臂怎么了?”任我行笑道:“你别心急!乖女婿给爹爹驱除寒毒,泰山老儿自当设法治好他手臂。”说着呵呵大笑,瞪视令狐冲,瞧得他甚感尴尬。

盈盈低声道:“爹爹,你休说这等言语。冲哥自幼和华山岳小姐青梅竹马,一同长大,适才冲哥对岳小姐那样的神情,你难道还不明白么?”任我行笑道:“岳不群这伪君子是什么东西?他的女儿又怎能和我的女儿相比?再说,这岳姑娘早已另外有了心上人,这等水性的女子,冲儿今后也不会再将她放在心上。小孩子时候的事怎作得准?”盈盈道:“冲哥为了我大闹少林,天下知闻,又为了我而不愿重归华山,单此两件事,女儿已心满意足,其余的话不用提了。”

任我行知女儿十分要强好胜,令狐冲既未提出求婚,此刻就不便多说,反正那也只是迟早间之事,当下又哈哈一笑,说道:“很好,很好,终身大事,慢慢再谈。冲儿,打通左臂经脉的秘诀,我先传你。”将他招往一旁,将如何运气、如何通脉的法门说了,待听他复述一遍,记忆无误,又道:“你助我驱除寒毒,我教你通畅经脉,咱俩仍两不亏欠。要让左臂经脉复元,须得七日时光,可不能躁进。”令狐冲应道:“是。”

任我行招招手,叫向问天和盈盈过来,说道:“冲儿,那日在孤山梅庄,我邀你入我日月神教,当时你一口拒却。今日情势已大不相同,老夫旧事重提,这一次,你再不会推三阻四了吧?”令狐冲踌躇未答,任我行又道:“你习了我的吸星大法之后,他日后患无穷,体内异种真气发作之时,当真是求生不能,求死不得。老夫说过的话,决无反悔,你若不入本教,纵然盈盈嫁你,我也不能传你化解之道。就算我女儿怪我一世,我也是这一句话。我们眼前大事,是去向东方不败算账,你是不是随我们同去?”

令狐冲道:“教主莫怪,晚辈决计不入日月神教。”这两句话朗朗说来,斩钉截铁,绝无转圜余地。

任我行等三人一听,登时变色。向问天道:“那却是为何?你瞧不起日月神教吗?”

令狐冲指着雪地上十余具尸首,说道:“日月神教中尽是这些人,晚辈虽然不肖,却也羞与为伍。再说,晚辈已答允了定闲师太,要去当恒山派的掌门。”

任我行、向问天、盈盈三人脸上都露出怪异之极的神色。令狐冲不愿入教,并不如何出奇,而他最后这一句话当真奇峰突起,三人简直不相信自己的耳朵。

任我行伸出食指,指着令狐冲的脸,突然哈哈大笑,直震得周遭树上的积雪簌簌而落。他笑了好一阵,才道:“你……你……你要去做尼姑?去做众尼姑的掌门人?”

令狐冲正色道:“不是做尼姑,是去做恒山派掌门人。定闲师太临死之时,亲口求我,晚辈若不答允,老师太死不瞑目。定闲师太是为我而死,晚辈明知此事势必骇人听闻,当时却没法推却。”

任我行仍笑声不绝。盈盈道:“定闲师太是为了女儿而死的。”令狐冲向她瞧去,眼光中充满了感激之意。任我行慢慢止住了笑声,道:“你是受人之托,忠人之事?”令狐冲道:“不错。定闲师太是受我之托,因此丧生。”

任我行点头道:“那也好!我是老怪,你是小怪。不行惊世骇俗之事,何以成惊天动地之人?你去当大小尼姑的掌门人吧。你这就上恒山去?”

令狐冲摇头道:“不!晚辈要上少林寺去。”

任我行微微一奇,随即明白,道:“是了,你要将两个老尼姑的尸首送回恒山。”转头向盈盈道:“你要随冲儿一起上少林寺去吧?”盈盈道:“不,我随着爹爹。”

任我行道:“对啦,终不成你跟着他上恒山去做尼姑。”说着呵呵呵地笑了几声,笑声中却尽是苦涩之意。

令狐冲一拱到地,说道:“任教主,向大哥,盈盈,咱们就此别过。”转过身来,大踏步地去了。他走出十余步,回头说道:“任教主,你们何时上黑木崖去?”

任我行道:“这是本教教内之事,可不劳外人操心。”他知令狐冲问这句话,意欲届时拔刀相助,共同对付东方不败,当即一口拒却。

令狐冲点了点头,从雪地里拾起一柄长剑,挂在腰间,转身而去。

恒山派四名大弟子将法器依次递过，乃是一卷经书，一个木鱼，一串念珠，一柄短剑。令狐冲见到木鱼、念珠，不由得发窘。

二十九　掌　门

傍晚时分，令狐冲又到少林寺外，向知客僧说明来意，要将定闲、定逸两位师太的遗体迎归恒山。知客僧进内禀告，过了一会，出来说道："方丈言道：两位师太的法体已然火化。本寺僧众正在诵经恭送。两位师太的荼毗舍利，我们将派人送往恒山。"

令狐冲走到正在为两位师太做法事的偏殿，向骨灰坛和莲位灵牌跪倒，恭恭敬敬地磕了几个头，暗暗祷祝："令狐冲有生之日，定当尽心竭力，协助恒山一派发扬光大，不负师太的付托。"

令狐冲也不求见方证方丈，径和知客僧作别，便即出寺。到得山下，大雪兀自未止，便在一家农家中借宿。次晨又向北行，在市集上买了一匹马代步。每日只行七八十里，便即住店，依着任我行所授法门，缓缓打通经脉，七日之后，左臂经脉运行如常。

又行数日，这日午间在一家酒楼中喝酒，见街上人来人往，甚是忙碌，家家户户正预备过年，一片喜气洋洋。令狐冲自斟自饮，心想："往年在华山，师娘早已督率众师弟妹到处打扫，磨年糕，办年货，缝新衣，小师妹也已剪了不少窗花，热闹非凡。今年我却孤零零地在这里喝闷酒。"

正烦恼间，忽听得楼梯上脚步声响，有人说道："口干得很了，在这里喝上几杯，倒也不坏。"另一人道："就算口不干，喝上几杯，难道就坏了？"又一人道："喝酒归喝酒，口干归口干，两件事岂能混为一谈？"又一人道："越是喝酒口越干，两件事非但不能混为一谈，而且截然相反。"令狐冲一听，自知是桃谷六仙到了，心中大喜，叫道："六位桃兄，快快上来，跟我一起喝酒。"

突然间呼呼声响，桃谷六仙一起飞身上楼，抢到令狐冲身旁，伸手抓住他肩头、手臂，纷纷叫嚷："是我先见到他的。""是我先抓到他。""是我第一个说话，令狐公子才听到我声音。""若不是我说要到这里来，怎能见得到他？"

令狐冲大是奇怪，笑问："你们六个又捣什么鬼了？"

桃花仙奔到酒楼窗边，大声叫道："小尼姑，大尼姑，老尼姑，不老不小中尼姑！我桃花仙找到令狐公子啦，快拿一千两银子来。"桃枝仙跟着奔过去，叫道："是我桃枝仙第一个发现他，大小尼姑，快拿银子来。"桃根仙和桃实仙各自抓住令狐冲一条手臂，兀自叫嚷："是我寻到的！""是我！是我！"

只听得长街彼端有个女子声音叫道："找到了令狐大侠么？"

桃实仙道："是我找到了令狐冲，快拿钱来。"桃干仙道："一手交钱，一手交货！"桃根仙道："对，对！小尼姑倘若赖账，咱们便将令狐冲藏了起来，不给她们。"桃枝仙问道："怎生藏法？将他关起来，不给小尼姑们见到么？"

楼梯上脚步声响，抢上几个女子，当先一人正是恒山派弟子仪和，后面跟着四个尼姑，另有两个年轻姑娘，却是郑萼和秦绢。七人一见令狐冲，满脸喜色，有的叫"令狐大侠"，有的叫"令狐师兄"，也有的叫"令狐公子"的。

桃干仙等一齐伸臂，拦在令狐冲面前，说道："不给一千两银子，不能交人。"

令狐冲笑道："六位桃兄，那一千两银子，却是如何？"

桃枝仙道："刚才我们见到她们，她们问我有没见到你。我说暂时还没见到，过不多时便见到了。"秦绢道："这位大叔当面撒谎，他说：'没有啊，令狐冲身上生脚，他这会儿多半到了天涯海角，我们怎见得到？'"桃花仙道："不对，不对。我们早有先见之明，早就算到要在这里见到令狐冲。"桃干仙道："是啊！否则的话，怎地我们不去别的地方，偏偏到这里来？"

令狐冲笑道:“我猜到啦。这几位师姊师妹有事寻我,托六位相助寻访,你们便开口要一千两银子,是不是?”

桃干仙道:“我们开口讨一千两银子,那是漫天讨价,她们如会做生意,该当着地还钱才是。哪知她们大方得紧,这中尼姑说道:‘好,只要找到令狐大侠,我们便给一千两银子。’这句话可是有的?”仪和道:“不错,六位相帮寻访到了令狐大侠,我们恒山派该当奉上纹银一千两便是。”

六只手掌同时伸出,桃谷六仙齐道:“拿来。”

仪和道:“我们出家人,身上怎会带这许多银子?相烦六位随我们到恒山去取。”她只道桃谷六仙定然怕麻烦,岂知六人竟一般心思,齐声道:“很好,便跟你们上恒山去,免得你们赖账。”

令狐冲笑道:“恭喜六位发了大财哪,将区区在下卖了这么大价钱。”

桃谷六仙橘皮般的脸上满是笑容,拱手道:“托福,托福!沾光,沾光!”

仪和等七人却惨然变色,齐向令狐冲拜倒。令狐冲惊道:“各位何以行此大礼?”急忙还礼。仪和道:“参见掌门人。”令狐冲道:“你们都知道了?快请起来。”

桃根仙道:“是啊,跪在地下,说话可多不方便。”令狐冲站起身来,说道:“六位桃兄,我和恒山派这几位有要紧事情商议,请六位在一旁喝酒,不可打扰,以免你们这一千两银子拿不到手。”桃谷六仙本来要大大啰唆一番,听到最后一句话,当即住口,走到靠街窗口一张桌旁坐下,呼酒叫菜。

仪和等站起身来,想到定闲、定逸两位师太惨死,不禁都痛哭失声。

桃花仙道:“咦,奇怪,奇怪,怎么忽然哭了起来?你们见到令狐冲要哭,那就不用见了。”令狐冲向他怒目而视,桃花仙吓得伸手按住了口。

仪和哭道:“那日令狐师兄……不,掌门人你上岸喝酒,没再回船，后来衡山派的莫大师伯来向我们谕示，说你到少林寺去见掌门师叔和定逸师叔去了。大伙儿一商量，都说不如也往少林寺来，以便和两位师叔及你相聚。不料行到中途，便遇到几十个江湖豪客，听他们高谈阔论，大讲你如何率领群豪攻打少林寺，如何将少林寺数千僧众尽数吓跑之事。有一个大头矮胖子，说是姓老，还有个中年书生，说是姓祖，他二人……他二人说掌门师叔和定逸师叔两位，在少林寺中为人所害。掌门师叔临终之时，要你……要你接任本派掌门，你已答允了。这一句话，当时许多人都亲耳听见的……”她说到这里，已泣不成声，其余六名弟子也都抽抽噎噎地哭泣。

令狐冲叹道：“定闲师太当时确是命我肩负这个重任，但想我是个年轻男子，声名又极差，人人都知我是无行浪子，如何能做恒山派掌门？只不过眼见当时情势，我若不答允，定闲师太死不瞑目。唉，这可为难得紧了。”

仪和道：“我们……我们大伙儿都盼望你……盼望你来执掌恒山门户。”郑萼道：“掌门师叔，你领着我们出死入生，不止一次救了众弟子性命。恒山派众弟子人人都知你是位正人君子。虽然你是男子，但本门门规之中，也没不许男子做掌门那一条。”一个中年尼姑仪文道：“大伙儿听到师父和师叔圆寂的讯息，自是不胜悲伤，但得悉由掌门师叔你来接掌门户，恒山一派不致就此覆灭，都大感宽慰。”仪和道：“我师父和两位师叔都给人害死，恒山派‘定’字辈三位师长，数月之间先后圆寂，我们可连凶手是谁也不知道。掌门师叔，你来做掌门人当真最好不过，你算‘定’字辈，不妨改名令狐定冲。若不是你，也不能给我们三位师长报仇。”

令狐冲点头道：“为三位师太报仇雪恨的重任，我自当肩负。”

秦绢道：“你给华山派赶了出来，现下来做恒山派掌门。西岳北岳，武林中并驾齐驱。以后你见到岳先生，也不用叫他做师父啦，最多称他一声岳师兄便是。”

令狐冲只有苦笑，心道：“我可没面目再去见这位‘岳师兄'了。"

郑萼道："我们得知两位师尊的噩耗后，兼程赶往少林寺，途中又遇到了莫大师伯。他说你已不在寺中，要我们赶快寻访你掌门师叔。"秦绢道："莫大师伯说道，越早寻着你越好，要是迟了一步，你给人劝得入了魔教，正邪水火不容，恒山派可就没了掌门人啦。"郑萼向她白了一眼，道："秦师妹便口没遮拦。掌门师叔怎会去入魔教？"秦绢道："是，不过莫大师伯可真的这么说。"

令狐冲心想："莫大师伯推算得极准，我没参与日月神教，相差也只一线之间。当日任教主若不是以内功秘诀相诱，而是诚诚恳恳地邀我入教，我情面难却，又瞧在盈盈和向大哥份上，说不定会答允料理了恒山派大事之后便即加盟。"说道："因此你们便定下一千两银子赏格，到处捉拿令狐冲了？"

秦绢破涕为笑，说道："捉拿令狐冲？我们怎敢啊？"郑萼道："当时大家听了莫大师伯的吩咐，便分成七人一队，寻访掌门师叔，要请你早上恒山，处理派中大事。今日见到桃谷六仙，他们出口要一千两银子。只要寻到掌门师叔，别说一千两，就是要一万两，我们也会设法去化了来给他们。"

令狐冲微笑道："我做你们掌门，别的好处没有，向贪官污吏、土豪劣绅化缘要银子，这副本事大家定有长进。"

七名弟子想起那日在福建向白剥皮化缘之事，悲苦稍抑，忍不住都脸露微笑。

令狐冲道："好，大家不用担心，令狐冲既答允了定闲师太，说过的话不能不算。我倒不必改名为令狐定冲，只要你们大家不反对，我这恒山派掌门人是做定了。咱们吃饱了饭，这就上恒山去吧。"七名弟子尽皆大喜，连说："当然不反对。"

令狐冲和桃谷六仙共席饮酒，问起六人要一千两银子何用。桃根仙道："夜猫子计无施穷得要命，若没一千两银子便过不了日子，我们答允给他凑乎凑乎。"桃干仙道："那日在少林寺中，我们跟计无施打了个赌……"桃花仙抢着道："结果自然是计无施输了，这小子怎能赢得我们兄弟？”令狐冲心道：“你们和计无施打赌，输的定是你们。”问道：“赌什么事？”桃实仙道：“赌的这件事，可和你有关。我们料你一定不会做恒山派掌门，不……不……我们料定你必做恒山派掌门。”桃花仙道：“夜猫子却料你必定不做恒山派掌门，我们说，大丈夫言而有信，你已答允老尼姑做恒山派掌门，天下英雄，尽皆知闻，怎能抵赖？”桃枝仙道：“夜猫子说道，令狐冲浪荡江湖，不久便要娶魔教的圣姑做老婆，哪肯去跟老尼姑、小尼姑们磨菇？”

令狐冲心想：“夜猫子对盈盈十分敬重，怎会口称‘魔教’？定是桃谷六仙将言语颠倒了来说。”说道：“于是你们便赌一千两银子？”

桃根仙道：“不错，当时我们想那是赢定了的。计无施又道：这一千两银子可得正大光明挣来，不能去偷去抢。我说这个自然，桃谷六仙还能去偷去抢么？”桃叶仙道：“今天我们撞到这几个尼姑，她们打起了锣到处找你，说要请你去当恒山派掌门，我们答允帮她们找你，这寻访费是一千两银子。”令狐冲微笑道：“你们想到夜猫子要输一千两银子，太过可怜，因此要挣一千两银子来给他，好让他输给你们？”桃谷六仙齐声说道：“正是，正是。你料事如神。”桃叶仙道：“和我们六兄弟料事的本领，也就相差并不太远。”

令狐冲等一行往恒山进发，不一日到了山下。

派中弟子早已得讯，齐在山脚下恭候，见到令狐冲都拜了下去。令狐冲忙即还礼。说起定闲、定逸两位师太逝世之事，尽皆伤感。

令狐冲见仪琳杂在众弟子之中，容色憔悴，别来大见清减，问道：“仪琳师妹，近来你身子不适么？”仪琳眼圈儿一红，道：“也没什么。”顿了一顿，又道：“你做了我们掌门人，可不能再叫我做师妹啦。”

一路之上，仪和等都叫令狐冲做“掌门师叔”。他叫各人改口，众人总是不允，此刻听仪琳又这般叫，朗声道："众位师姊师妹，令狐冲承本派前掌门师太遗命，前来执掌恒山派门户，其实是无德无能，决不敢当。"众弟子都道："掌门师叔肯负此重任，实是本派大幸。"令狐冲道："不过大家须答允我一事。"仪和等道："掌门人有何吩咐，弟子等无有不遵。"令狐冲道："我只做你们掌门师兄，却不做掌门师叔。"

仪和、仪清、仪真、仪文等诸大弟子低声商议了几句，回禀道："掌门人既如此谦光，自当从命。"令狐冲喜道："如此甚好。"

当下众人共上恒山。恒山主峰甚高，众人脚程虽快，到得见性峰峰顶，也花了大半日时光。恒山派主庵无色庵是座小小庵堂，庵旁有三十余间瓦屋，分由众弟子居住。令狐冲见无色庵只前后两进，和构筑宏伟的少林寺相较，直如蝼蚁之比大象。来到庵中，见堂上供奉一尊白衣观音，四下里一尘不染，陈设简陋，想不到恒山派威震江湖，主庵竟然质朴若斯。

令狐冲向观音神像跪拜后，由于嫂引导，来到定闲师太日常静修之所，但见四壁萧然，只地下有个旧蒲团，此外一无所有。令狐冲最爱热闹，爱饮爱食，如何能在这静如止水般的斗室中清修？若将酒坛子、熟狗腿之类搬到这静室来，未免太过亵渎了，向于嫂道："我虽来做恒山掌门，但既不出家，又不做尼姑，派中师姊师妹们都是女流，我一个男子住在这庵中诸多不便。请你在远处搬空一间屋子，我和桃谷六仙到那边居住，较为妥善。"

于嫂道："是。峰西有三间大屋，原是客房，以供本派女弟子的父母们上峰探望时住宿之用。掌门人倘若合意，便暂且住在那边如何？咱们另行再为掌门人建造新居。"

令狐冲喜道："那再好没有了。另建什么新居，倒也不必了。"寻思："难道我一辈子当这恒山派掌门人？一旦在派中找到合适人选，只要群弟子服她，我这掌门人之位便即传了给她，我拍拍屁股走路，到江湖上逍遥快乐去也。以后恒山派若有危难，我全力扶持便是了。"

来到峰西客房，见床褥桌椅便和乡间的富农人家相似，虽仍粗陋，却已不似无色庵那样空荡荡的一无所有。

于嫂道："掌门人请坐，我去给你拿酒。"令狐冲喜道："这山上有酒？"这件事可令他喜出望外。于嫂微笑道："不但有酒，且有好酒，仪琳小师妹听说掌门人要上恒山来，跟我说若无好酒，只怕你这掌门人做不长。我们连夜派人下山，买得有数十坛好酒在此。"令狐冲有些不好意思，笑道："本派人人清苦，为我一人太过破费，那可说不过去。"仪清微笑道："那日向白剥皮化来的银子，虽分了一半救济穷人，还剩下许多，又卖了那几十匹官马，掌门师兄便喝十年二十年，酒钱也足够了。"

当晚令狐冲和桃谷六仙痛饮一顿。次日清晨，便和于嫂、仪清、仪和等人商议如何迎回两位师太的骨灰，如何设法为三位师太报仇。

仪清道："掌门师兄接任此位，须得公告武林中同道才是，也须得遣人告知五岳剑派的盟主左师伯。"仪和怒道："呸，我师父就是他嵩山派这批奸贼害死的，两位师叔多半也是他们下的毒手，告知他们干什么？"仪清道："礼数可不能缺了。待得咱们查明确实，倘若三位师尊真是嵩山派所害，那时在掌门师兄率领之下，自当大举向他们问罪。"

令狐冲点头道："仪清师姊言之有理。只是这掌门人嘛，做就做了，却不用行什么典礼啦。"记得幼年之时，师父接任华山掌门，繁文缛节，着实不少，上山来道贺观礼的武林同道不计其数；又想起衡山派刘正风"金盆洗手"，衡山城中也是群豪毕集。恒山派和华山、衡山两派齐名，自己出任掌门，到贺的人如寥寥无几，未免丢脸，但如到贺之人极多，眼见自己一个大男人做一群女尼的掌门人，又未免可笑。

仪清明白他心意，说道："掌门师兄既不愿惊动武林朋友，那么届时不请宾客上山观礼，也就是了，但咱们总得定下一个正式就任的日子，知会四方。"

令狐冲心想恒山派是五岳剑派之一，掌门人就任倘若太过草草，未免有损恒山派威名，点头称是。仪清取过一本历本，翻阅半晌，说道："二月十六、三月初八、三月二十七，这三天都是黄道吉日，大吉大利。掌门师兄你瞧哪一天合适？"

令狐冲素来不信什么黄道吉日、黑道凶日那一套，心想典礼越行得早，上山来参与的人越少，就免了不少尴尬狼狈，说道："正月里有好日子吗？"

仪清道："正月里好日子倒也不少，不过都是利于出行、破土、婚姻、开张等等的，要到二月里，才有利于'接印、坐衙'的好日子。"令狐冲笑道："我又不是做官，什么接印、坐衙？"仪和笑道："你不是做过大将军吗？做掌门人也是接印。"

令狐冲不愿拂逆众意，道："既是如此，便定在二月十六吧。"当下派遣弟子，分赴少林寺迎回两位师太的骨灰，向各门派分送通知。他向下山的诸弟子一再叮嘱，千万不可张扬其事，又道："你们向各派掌门人禀明，定闲师太圆寂，大仇未报，恒山派众弟子在居丧期内，不行什么掌门人就任的大典，请勿遣人上山观礼道贺。"

打发了下山传讯的弟子后，令狐冲心想："我既做恒山掌门，恒山派的剑法武功，可得好好揣摩一下才是。"当下召集留在山上的众弟子，命各人试演剑法武功，自入门的基本功夫练起，最后是仪和、仪清两名大弟子拆招，施展恒山剑法中最上乘的招式。

令狐冲见恒山派剑法绵密严谨，长于守御，而往往在最令人出其不意之处突出杀着，剑法绵密有余，凌厉不足，正是适于女子所使的武功。恒山派历代高手都是女流，自不及男子所练的武功那样威猛凶悍。但恒山剑法可说是破绽极少的剑法之一，若言守御之严，仅逊于武当派的"太极剑法"，但偶尔忽出攻招，却又在"太极剑法"之上。恒山一派在武林中卓然成家，自有其独到处。

心想在华山思过崖后洞石壁之上，曾见到刻有恒山剑法，变招之精奇，远在仪和、仪清所使剑法之上。但纵是那套剑法，亦为人所破，恒山派日后要在武林中发扬光大，其基本剑术显然尚须好好改进才是。又想起曾见定静师太与人动手，内功浑厚，招式老辣，远非仪和等诸弟子所及，听说定闲师太的武功更高，看来三位前辈师太的功夫，尚有一大半未能为诸弟子所习得。三位师太数月间先后谢世，恒山派许多精妙功夫，只怕就此失传了。

仪和见他呆呆出神，对诸弟子的剑法不置可否，便道："掌门师兄，我们的剑法你自瞧不入眼，还请多多指点。"令狐冲道："有一套恒山派的剑法，不知三位师太传过你们没有？"从仪和手中接过剑来，将石壁上所刻的恒山派剑法，一招招使了出来。他使得甚慢，好让众弟子看得分明。

使不数招，群弟子便都大声喝彩，但见他每一招均包含了本派剑法的精要，可是变化之奇，却比自己以往所学的每一套剑法都高明得不知多少，一招一式，人人瞧得血脉贲张，心旷神怡。这套剑招刻在石壁之上，乃是死的，令狐冲使动之时，将一招招串连在一起，其中转折连贯之处，不免加上一些自创的新意。一套剑法使罢，群弟子轰然喝彩，个个喜不自胜，一齐躬身拜服。

仪和道："掌门师兄，这明明是我们恒山派剑法，可是我们从未见过，只怕师父和两位师叔也是不会，不知你从何处学来？"令狐冲道："我是在一个山洞中的石壁上看来的。你们倘若愿学，便传了你们如何？"群弟子大喜，连声称谢。

这日令狐冲便传了她们三招，将这三招中奥妙之处细细分说，命各弟子自行练习。

剑法虽只三招，但这三招博大精深，纵是仪和、仪清等大弟子，也得七八日功夫，才略明其中精要所在，至于郑萼、仪琳、秦绢等人，更加不易领悟。到第九日上，令狐冲又传了她们两招剑法。这套石壁上的剑法，招数并不甚多，却也花了一个多月时光，才大致授完，至于是否能融会贯通，那得瞧各人的修为与悟性了。

这一个多月中，下山传讯的众弟子陆续回山，大都面色不愉，向令狐冲回禀时说话吞吞吐吐。令狐冲情知她们必是受人讥嘲羞辱，说她们一群尼姑，却要个男子来做掌门，也不细问，只好言安慰几句，要她们分别向师姊学习所传剑法，遇有不明之处，亲自再加指点。

华山派那通书信，由于嫂与仪文两名老成持重之人送去。华山和恒山相距不远，按理该当早回。但往南方送信的弟子都已归山，于嫂和仪文却一直没回来，眼见二月十六将届，始终不见于嫂和仪文的影踪，于是又派了两名弟子仪光、仪空前去接应。

群弟子料想各门各派无人上山道贺观礼，也不准备宾客的食宿，大家只除草洗地，将数十座屋子打扫得干干净净，各人又均缝了新衣新鞋。郑萼等为令狐冲缝了一件黑布长袍，以待这日接任时穿着。恒山是五岳中的北岳，服色尚黑。

二月十六清晨，令狐冲起床后出来，只见见性峰上每一座屋子前悬灯结彩，布置得一片喜气。一众女弟子心细，连一纸一线之微，也均安排得十分妥帖。令狐冲又惭愧，又感激，心道："因我之故，累得两位师太惨死，她们非但不来怪我，反而对我如此看重。令狐冲若不能为三位师太报仇，好好为恒山派出一番大力，当真枉自为人了。"

忽听得山坳后有人大声叫道："阿琳，阿琳，你爹爹瞧你来啦，你好不好？阿琳，你爹爹来啦！"声音洪亮，震得山谷间回声不绝："阿琳……阿琳……你爹爹……你爹爹……"仪琳听到叫声，忙奔出庵来，叫道："爹爹，爹爹！"

山坳后转出一个身材魁梧的和尚，正是仪琳的父亲不戒和尚，他身后又有个和尚。两人行得甚快，片刻间已走近身来。不戒和尚大声道："令狐公子，你受了重伤居然不死，还做了我女儿的掌门人，那可好得很啊。"令狐冲笑道："这是托大师的福。"

仪琳走上前去，拉住父亲的手，甚是亲热，笑道："爹，你知道今日是令狐师兄接任恒山派掌门的好日子，因此来道喜吗？"

不戒笑道："道喜也不用了，我是来投入恒山派。大家是自己人，又道什么喜？”

令狐冲微微一惊，问道：“大师要投入恒山派？”

不戒道：“是啊。我女儿是恒山派，我是她老子，自然也是恒山派。他奶奶的，我听到人家笑话你，说你一个大男人，却来做一群尼姑和女娘们的掌门人。他奶奶的，他们可不知你多情多义，别有居心……”他眉花眼笑，显得十分欢喜，向女儿瞧了一眼，又道：“老子一拳就打落他满口牙齿，喝道：‘你这小子懂个屁！恒山派怎么全是尼姑和女娘们？老子就是恒山派的，老子虽剃了光头，你瞧老子是尼姑吗？老子解开裤子给你瞧瞧！’我伸手便解裤子，这小子吓得掉头就跑，哈哈，哈哈！”

令狐冲和仪琳也都大笑。仪琳笑道：“爹爹，你做事就这么粗鲁，也不怕人笑话！”

不戒道：“不给他瞧个清楚，只怕这小子还不知老子是尼姑还是和尚。令狐兄弟，我自己入了恒山派，又带了个徒孙来。不可不戒，快参见令狐掌门。”

他说话之时，随着他上山的那个和尚一直背转了身子，不跟令狐冲、仪琳朝相，这时转过身来，满脸尴尬之色，向令狐冲微微一笑。

令狐冲只觉那和尚相貌极熟，一时却想不起是谁，一怔之下，才认出他竟然便是万里独行田伯光，不由得大为惊奇，冲口而出：“是……是田兄？”

那和尚正是田伯光。他微微苦笑，躬身向仪琳行礼，道：“参……参见师父。”

仪琳也诧异之极，问道：“你……你怎地出了家？是假扮的吗？”

不戒大师洋洋得意，笑道：“货真价实，童叟无欺，的的确确是个和尚。不可不戒，你法名叫做什么，说给你师父听。”田伯光苦笑道：“师父，太师父给我取了个法名，叫什么‘不可不戒’。”仪琳奇道：“什么‘不可不戒’，哪有这样长的名字？”

不戒道："你懂得什么？佛经中菩萨的名字要多长便有多长。'大慈大悲救苦救难观世音菩萨'，名字不长吗？他的名字只四个字，怎会长了？"仪琳点头道："原来如此。他怎么出了家？爹，是你收了他做徒弟吗？"不戒道："不。他是你的徒弟，我是他祖师爷。不过你是小尼姑，他拜你为师，若不做和尚，于恒山派名声有碍。因此我劝他做了和尚。"仪琳笑道："什么劝他？爹爹，你定是硬逼他出家，是不是？"

不戒道："他是自愿，出家是不能逼的。这人什么都好，就是一样不好，因此我给他取个法名叫做'不可不戒'。"仪琳脸上微微一红，明白了爹爹用意。田伯光这人贪花好色，以前不知怎样给她爹爹捉住了，饶他不杀，却有许多古怪的刑罚加在他身上，这一次居然又硬逼他做了和尚。

只听不戒大声道："我法名叫不戒，什么清规戒律，一概不守。可是这田伯光在江湖上做的坏事太多，倘若不戒了这一桩坏事，怎能在你门下做你弟子？令狐公子也不喜欢啊。他将来要传我衣钵，因此他法名之中，也应该有'不戒'二字。"

忽听得一人说道："不戒和尚和不可不戒投入恒山派，我们桃谷六仙也入恒山派。"正是桃谷六仙到了，说话的是桃干仙。桃根仙道："我们最先见到令狐冲，因此我们六人是大师兄，不戒和尚是小师弟。"

令狐冲心想："恒山派既有不戒大师和田伯光，不妨再收桃谷六仙，免得江湖上说令狐冲是一群尼姑、姑娘的掌门。"说道："六位桃兄肯入恒山派，那是再好不过。师兄师弟大小排起来麻烦得紧，大家都免了吧！"

桃叶仙忽道："不戒的弟子叫做不可不戒，不可不戒将来收了徒弟，法名叫做什么？"桃实仙道："不可不戒的弟子，法名中须有不可不戒四字，可称为'当然不可不戒'。"桃枝仙问道："那么'当然不可不戒'的弟子，法名又叫做什么？"

令狐冲见田伯光处境尴尬，便携了他手道："我有几句话问你。”田伯光道：“是。”二人加紧脚步，走出了数丈，却听得背后桃干仙说道：“他的法名可以叫做‘理所当然不可不戒’。”桃花仙道：“那么‘理所当然不可不戒’的弟子，法名又叫做什么？”桃根仙道：“上面加不上了，只好加在下面，叫做‘理所当然不可不戒之至’。”

田伯光苦笑道：“令狐掌门，那日我受太师父逼迫，来华山邀你去见小师太，这中间的经过，当真一言难尽。”令狐冲道：“我只知他逼你服了毒药，又骗你说点了你的死穴。”

田伯光道：“这件事得从头说起。那日在衡山群玉院外跟余矮子打了一架，心想这当儿湖南白道上的好手太多，不能多耽，于是北上河南。这天说来惭愧，老毛病发作，在开封府黑夜里摸到一家富户小姐的闺房之中。我掀开纱帐，伸手一摸，竟摸到个光头。”

令狐冲笑道：“不料是个尼姑。”田伯光苦笑道：“不，是个和尚。”令狐冲哈哈大笑，说道：“小姐绣被之内，睡着个和尚，想不到这位小姐偷汉，偷的却是个和尚。”

田伯光摇头道：“不是！那位和尚便是太师父了。原来太师父一直便在找我，终于得到线索，找到了开封府。我白天在这家人家左近踩盘子，给太师父瞧在眼里。他老人家料到我不怀好意，跟这家人说了，叫小姐躲了起来，他老人家睡在床上等我。”

令狐冲笑道：“田兄这一下就吃了苦头。”田伯光苦笑道：“那还用说吗？当时我一伸手摸到太师父的光头，便知不妙，跟着小腹上一麻，已给点中了穴道。太师父跳下床来，点了灯，问我要死要活。我自知一生作恶多端，终有一日会遭到报应，当下便道：‘要死！’太师父大为奇怪，问我：‘为什么要死？’我说：‘我不小心给你制住，难道还能想活命吗？’太师父脸孔一板，怒道：‘你说不小心给我制住，倒像如果小心些，便不会给我制住了。好！’他说了这‘好’字，一伸手便解开了我穴道。

“我坐了下来，问道：‘有什么吩咐？’他说：‘你带得有刀，干吗不向我砍？你生得有脚，干吗不跳窗逃走？’我说：‘姓田的男子汉大丈夫，岂是这等无耻小人？’他哈哈一笑，道：‘你不是无耻小人？你答允拜我女儿为师，怎地赖了？’我大是奇怪，问道：‘你女儿？’他道：‘在那酒楼之上，你跟那华山派的小伙子打赌，说道输了便拜我女儿为师，难道那是假的？我上恒山去跟我女儿相认，她一五一十，从头至尾地都跟我说了。’我道：‘原来如此。那个小尼姑是你大和尚的女儿，那倒奇了。’他道：‘有什么奇怪了？’我自然说不出。”

令狐冲笑道：“这件事本来颇为奇怪。人家是生了儿女再做和尚，不戒大师却是做了和尚再生女儿，他法名叫做不戒，便是什么清规戒律都不遵守之意。”

田伯光道：“是。当时我说：‘打赌之事，乃是戏言，又如何当得真？这场打赌是我输了，那不错，我再也不去骚扰那位小师太，也就是了。’太师父道：‘那不行。你说过要拜师，一定得拜师。你非拜我女儿为师不可。我可不能生了个女儿，却让人欺侮。我一路上找你，功夫花得着实不小。你这小子滑溜得紧，你如不再干这采花的勾当，要捉到你可还真不容易。’我见他纠缠不清，当下一个‘倒踩三叠云’，从窗口中跳了出去。在下自以为轻功了得，太师父定然追赶不上，不料只听得背后脚步声响，太师父直追了下来。我叫道：‘大和尚，刚才你没杀我，我此刻也不杀你。你再追来，我可要不客气了。’

“太师父哈哈笑道：‘你怎生不客气？’我拔刀转身，向他砍了过去。但太师父的武功也真高强，他以一双肉掌和我拆招，封得我的快刀没法递进招去，拆到四十招后，他一把抓住我后颈，跟着又将我单刀夺了下来，问我：‘服了没有？’我说：‘服了，你杀了我吧！’他道：‘我杀了你有什么用？又救不活我女儿了。’我吃了一惊，问道：‘小师太死了吗？’他道：‘这时候还没死，可也就差不多了。我在恒山见到她，她瘦得皮包骨头似的，见到我就哭，我慢慢问明白了她的事，原来都是给你害的。’我说：‘你要杀便杀，田伯光生平光明磊落，不打诳语。我本想对你的小姐无礼，可是她给华山派的令狐冲救了，田某可没侵犯到你小姐，她仍是一位冰清玉洁的姑娘，不，是冰清玉洁的尼姑师太。'太师父道：'你奶奶的，冰清玉洁有什么用？我闺女生了相思病啦，倘若令狐冲不娶她，她便活不了。但我一提到这件事，我闺女便骂我，说什么出家人不可动凡心，否则菩萨要责怪，死后打入十八层地狱。'他说了一会，忽然揪住我头颈，骂我：'臭小子，都是你搞出来的事。那日若不是你对我女儿非礼，令狐冲便不会出手相救，我女儿就不致瘦成这个样子。'我道：'那倒不然。小师太美若天仙，当日我就算不对她无礼，令狐冲也必定会另借因头，上前去勾勾搭搭。'"

令狐冲皱眉道："田兄，你这几句话可未免过分了。"

田伯光笑道："对不起，这可得罪了。当时情势危急，我若不这么说，太师父决计不会放我。果然他一听之下，便即转怒为喜，说道：'臭小子，你自己想想，你一生做过多少坏事？要不是你非礼我女儿，老子早就将你脑袋捏扁了。'"

令狐冲奇道："你对他女儿无礼，他反而高兴？"田伯光道："那也不是高兴，他赞我有眼光。"令狐冲不禁莞尔。

田伯光道："太师父左手将我提在半空，右手打了我十七八个耳光，我给他打得晕了过去。他将我浸入小河之中，浸醒了我，说道：'我限你一个月之内，去请令狐冲到恒山来见我女儿，就算一时不能娶她，让他们说说情话，也是好的，我女儿的一条性命就可保得下来。师父有难，你做徒弟的怎可不救？'他点了我几处穴道，说是死穴，又逼我服了一剂毒药，说道倘若一个月之内邀得你去见小师太，便给解药，否则剧毒发作，无药可救。"

令狐冲这才恍然，当日田伯光到华山来邀自己下山，满腹难言之隐，什么都不肯明说，怎料到其间竟有这许多过节。

田伯光续道："我到华山来邀你大驾，却给你打得一败涂地，只道这番再也性命难保，不料太师父放心不下，亲自带同小师太上华山找你，又给了我解药，我听你的劝，从此不再做采花奸淫的勾当。不过田伯光天生好色，女人是少不了的，反正身边金银有的是，要找荡妇淫娃、娼妓歌女，丝毫不是难事。半个月前，太师父又找到了我，说你做了恒山派掌门，却给人家背后讥笑，江湖上的名声不大好听，他老人家爱屋及乌，爱女及婿……”

令狐冲皱眉道：“田兄，这等无聊的话，以后可再也不能出口。”

田伯光道：“是，是。我只不过转述太师父的话而已。他说他老人家要投入恒山派，叫我跟着一起来，第一步他要代女收徒。我不肯答应，他老人家挥拳就打，我打是打不过，逃又逃不了，只好拜师。”说到这里，愁眉苦脸，神色甚是难看。

令狐冲道：“就算拜师，也不一定须做和尚。少林派不也有许多俗家弟子？”

田伯光摇头道：“太师父是另有道理的。他说：‘你这人太也好色，入了恒山派，师伯师叔们都是美貌尼姑，那可大大不妥。须得斩草除根，方为上策。’他出手将我点倒，拉下我的裤子，提起刀来，就这么喀的一下，将我那话儿斩去了半截。”

令狐冲一惊，“啊”的一声，摇了摇头，虽觉此事甚惨，但想田伯光一生所害的良家妇女太多，那也是应得之报。

田伯光也摇了摇头，说道：“当时我便晕了过去。待得醒转，太师父已给我敷上了金创药，包好伤口，命我养了几日伤。跟着便逼我剃度，做了和尚，给我取个法名，叫做‘不可不戒’。他说：‘我已斩了你那话儿，你已干不得采花坏事，本来也不用做和尚。我叫你做和尚，取个“不可不戒”的法名，以便众所周知，那是为了恒山派的名声。本来嘛，做和尚的人，跟尼姑们混在一起，大大不妥，但打明招牌“不可不戒”，就不要紧了。’”

令狐冲微笑道：“你太师父倒挺细心，想得周到。”田伯光道：“太师父说：为了宝贝女儿，只好用尽心思，要救她一命。太师父要我向你说明此事，又要我请你别责怪我师父。”令狐冲奇道：“我为什么要责怪你师父？全没这回子事。”

田伯光道：“太师父说：每次见到我师父，她总更加瘦了一些，脸色也越来越坏，问起她时，她总是流泪，一句话不说。太师父说：定是你欺负了她。”令狐冲惊道：“没有啊！我从来没重言重语说过你师父一句。再说，她什么都好，我怎会责骂她？”

田伯光道：“就是你从来没骂过她一句，因此我师父要哭了。”令狐冲道：“这个我可不明白了。”田伯光道：“太师父为了这件事，又狠狠打了我一顿。”

令狐冲搔了搔头，心想这不戒大师之胡缠瞎搅，与桃谷六仙实有异曲同工之妙。

田伯光道：“太师父说：他当年和太师母做了夫妻后，时时吵嘴，越骂得凶，越是恩爱。你不骂我师父，就是不想娶她为妻。”

令狐冲道：“这个……你师父是出家人，我可从来没想过这件事。”田伯光道：“我也这样说，太师父大大生气，便打了我一顿。他说：我太师母本来是尼姑，他为了要娶他，才做和尚。如果出家人不能做夫妻，世上怎会有我师父这人？如果世上没我师父，又怎会有我？”令狐冲忍不住好笑，心想你比仪琳小师妹年纪大得多，两桩事怎能拉扯在一起？田伯光又道：“太师父还说：如果你不是想娶我师父，干吗要做恒山派掌门？他说：恒山派尼姑虽多，可没一个比我师父更貌美的，人人差得远了！你不是为我师父，却又为了哪一个尼姑？”

令狐冲暗暗叫苦不迭，心想：“不戒大师当年为要娶一个尼姑为妻，才做和尚，他只道普天下人个个和他一般心肠。这句话如传了出去，岂不糟糕之至？”

田伯光苦笑道：“太师父问我：我师父是不是世上最美貌的女子。我说：‘就算不是最美，那也是美得很了。’他一拳打落了我两枚牙齿，大发脾气，说道：‘为什么不是最美？如果我女儿不美，你当日为什么意图对她非礼？令狐冲这小子为什么舍命救她？’我连忙说：‘最美，最美。太师父你老人家生下来的姑娘，岂有不是天下最美貌之理？’他听了这话，这才高兴，大赞我眼光高明。”

令狐冲微笑道：“仪琳小师妹本来相貌甚美，那也难怪不戒大师夸耀。”田伯光喜道：“你也说我师父相貌甚美，那就好极啦。”令狐冲奇道：“为什么那就好极啦？”田伯光道：“太师父交了一件好差使给我，说道着落在我身上，要我设法叫你……叫你……”令狐冲道：“叫我什么？”田伯光笑道：“叫你做我的师公。”

令狐冲一呆，道：“田兄，不戒大师爱女之心，无微不至。然而这桩事情，你也明知是办不到的。”田伯光道：“是啊。我说那可难得很，说你曾为了神教的任大小姐，率众攻打少林寺。我说：‘任大小姐的相貌虽及不上我师父的一成，可是令狐公子和她有缘，已给她迷上了，旁人那也没法可施。’令狐公子，在太师父面前，我不得不这么说，以便保得几枚牙齿来吃东西，你可别见怪。”令狐冲微笑道：“我自然明白。”

田伯光道：“太师父说：这件事他也知道，他说那很好办，想个法子将任大小姐杀了，不让你知道，那就成了。我忙说不可，倘若害死了任大小姐，令狐公子一定自杀。太师父道：‘这也说得是。令狐冲这小子死了，我女儿要守活寡，岂不倒霉？这样吧，你去跟令狐冲这小子说，我女儿嫁给他做二房，也无不可。’我说：‘太师父，你老人家的堂堂千金，岂可如此委屈？’他叹道：‘你不知道，我这个姑娘如嫁不成令狐冲，早晚便死，定然活不久长。’他说到这里，突然流下泪来。唉，这是父女天性，真情流露，可不是假的。”

两人面面相对，都感尴尬。田伯光道：“令狐公子，太师父对我的吩咐我都对你说了。我知道这其中颇有难处，尤其你是恒山派掌门，更加犯忌。不过我劝你对我师父多说几句好话，让她高高兴兴，将来再瞧着办吧。”

令狐冲点头道：“是了。”想起这些日来每次见到仪琳，确是见她日渐瘦损，却原来是为相思所苦。仪琳对他情深一往，他如何不知？但她是出家人，又年纪幼小，料想这些闲情稍经时日，也便收拾起了，此后在仙霞岭上和她重逢，自闽至赣，始终没单独跟她说过什么话。此番上恒山来，更加大避嫌疑。自己名声早就不佳，于世人毁誉原不放在心上，可不能坏了恒山派的清名，是以除了向恒山女弟子传授剑法之外，平日极少和谁说什么闲话，往日装疯乔痴的小丑模样，更早已收得干干净净。此刻听田伯光说到往事，仪琳对自己的一番柔情，蓦地里涌上心头。

眼望着远处山头皑皑积雪，正自沉思，忽听得山道上有大群人喧哗之声。见性峰上向来清静，从无有人如此吵嚷，正诧异间，只听得脚步声响，数百人拥将上来，当先一人叫道：“恭喜令狐公子，你今日大喜啊！”这人又矮又肥，正是老头子。他身后计无施、祖千秋以及黄伯流、司马大、蓝凤凰、游迅、漠北双熊等一干人竟都到了。

令狐冲又惊又喜，忙迎上前去，说道：“在下受定闲师太遗命，只得前来执掌恒山派门户，没敢惊动众位朋友。怎地大伙儿都到了？”

这些人曾随令狐冲攻打少林寺，经过一场生死搏斗，已是患难之交。众人纷纷抢上，将他围在中间，十分亲热。老头子大声道：“大伙儿听得公子已将圣姑接了出来，人人都十分欢喜。公子出任恒山派掌门，此事早已轰传江湖，大伙儿今日若不上山道喜，可真该死之极了。”这些人豪迈爽快，三言两语之间，已笑成一片。

令狐冲自上恒山之后，对着一群尼姑、姑娘，说话行事，无不极尽拘束，此刻陡然间遇上这许多老友，自不胜之喜。

黄伯流道：“我们是不速之客，恒山派未必备有我们这批粗胚的饮食。酒食饭菜这就挑上山来了。”令狐冲喜道：“那再好也没有了。”心想：“这情景倒似当年五霸冈上的群豪大会。”说话之间，又有数百人上山。计无施笑道：“令狐公子，咱们自己人不用客气。你那些斯斯文文的女弟子，也招呼不来我们这些浑人。大家自便最好。”

这时见性峰上已喧闹成一片。恒山众弟子绝未料到竟有这许多宾客到贺，均各兴奋。有些见多识广的老成弟子，察觉来贺的这些客人颇为不伦不类，虽有不少知名之士，却均是邪派高手，也有许多是绿林英雄、黑道豪客。恒山派门规素严，群弟子人人洁身自爱，纵然同是正教之士，也少交往。这些左道旁门的人物，向来对之绝不理睬，今日竟一窝蜂地拥上峰来。但眼见掌门人和他们抱腰拉手，神态亲热，也只得自己心下嘀咕而已。

到得午间，数百名汉子挑了鸡鸭牛羊、酒菜饭面来到峰上。令狐冲心想："见性峰上供奉白衣观音，自己一做掌门人，便即大鱼大肉，杀猪宰羊，未免对不住恒山派历代祖宗。"当下命这些汉子在山腰间埋灶造饭。一阵阵酒肉香气飘将上来，群尼无不暗暗皱眉。

群豪用过中饭，团团在见性峰主庵前的旷地上坐定。令狐冲坐在西首之侧，数百名女弟子依着长幼之序，站在他身后，只待吉时一到，便行接任之礼。

忽听得丝竹声响，一群乐手吹着箫笛上峰。中间两名青衣老者大踏步走上前来，豪群中"咦、啊"之声四起，不少人站起身来。

左首青衣老者蜡黄面皮，朗声说道："日月神教东方教主，委派两位长老贾布、上官云，前来祝贺令狐大侠荣任恒山派掌门。恭祝恒山派发扬光大，令狐掌门威震武林。"

此言一出，群豪都"啊"的一声，轰然叫了起来。

这些左道之士大半与魔教颇有瓜葛，其中还有人服了东方不败的"三尸脑神丹"，听到"东方教主"四字便即心惊胆战。群豪就算不识得这两个老者的，也都久闻其名，左首那人是"黄面尊者"贾布，右首那人复姓上官，单名一个云字，外号叫做"雕侠"。两人武功之高，据说远在一般寻常门派的掌门人与帮主、总舵主之上。两人在日月神教中的资历也不甚深，但近数年来教中变迁甚大，元老耆宿如向问天一类人或遭排斥，或自行退隐，眼前贾布与上官云是教中极有权势、极有头脸的第一流人物。这一次东方不败派他二人亲来，对令狐冲可说是给足面子了。

令狐冲上前相迎，说道："在下与东方先生素不相识，有劳二位大驾，愧不敢当。"他见那"黄面尊者"贾布一张瘦脸蜡也似黄，两边太阳穴高高鼓起，便如藏了一枚核桃相似。那“雕侠”上官云长手长脚，双目精光灿烂，甚有威势，足见二人内功均甚深厚。

贾布说道：“令狐大侠今日大喜，东方教主说道原该亲自前来道贺才是。只是教中俗务羁绊，难以分身，令狐掌门勿怪才好。”

令狐冲道：“不敢。”心想：“瞧东方不败这副排场，任教主自是尚未夺回教主之位，不知他和向大哥、盈盈三人现下怎样了？”

贾布侧过身来，左手一摆，说道：“一些薄礼，是东方教主的小小心意，请令狐掌门哂纳。”丝竹声中，百余名汉子抬了四十口朱漆大箱上来。每一口箱子都由四名壮汉抬着，瞧各人脚步沉重，箱子中所装物事着实不轻。

令狐冲忙道：“两位大驾光临，令狐冲已感荣宠，如此重礼，却万万不敢拜领。还请上复东方先生，说道令狐冲多谢了，恒山弟子山居清苦，也不需用这些华贵的物事。”

贾布道：“令狐掌门若不笑纳，在下与上官兄弟可为难得紧了。”略略侧头，向上官云道：“上官兄弟，你说这话对不对？”上官云道：“正是！”

令狐冲心下为难：“恒山派是正教门派，和你魔教势同水火，就算双方不打架，也不能结交为友。再说，任教主和盈盈就要去跟东方不败算账，我怎能收你的礼物？”便道：“两位兄台请上复东方先生，所赐万万不敢收受。两位倘若不肯将原礼带回，在下只好遣人送到贵教总坛来了。”

贾布微微一笑，说道：“令狐掌门可知这四十口箱中，装的是什么物事？”令狐冲道：“在下自然不知。”贾布笑道：“令狐掌门看了之后，一定再也不会推却了。这四十口箱子中所装，其实也并非全是东方教主的礼物，有一部分原是该属令狐掌门所有，我们抬了来，只物归原主而已。”令狐冲大奇，道：“怎么会是我的东西？那是什么？”贾布踏上一步，低声道：“其中大多数是任大小姐留在黑木崖上的衣衫首饰和常用物事，东方教主命在下送来，以供任大小姐应用。另外也有一些，是教主送给令狐大侠与任大小姐的薄礼。

许多事物混在一起,分也分不开,令狐掌门也不用客气了。哈哈,哈哈!”

令狐冲生性豁达随便,向来不拘小节,见东方不败送礼之意甚诚,其中又有许多是盈盈的衣物,却也不便坚拒,跟着哈哈一笑,说道:“如此便多谢了。”

只见一名女弟子快步过来,禀道:“武当派冲虚道长亲来道贺。”

令狐冲吃了一惊,忙迎到峰前。只见冲虚道人带着八名弟子走上峰来。令狐冲躬身行礼,说道:“有劳道长大驾,令狐冲感激不尽。”冲虚道人笑道:“老弟荣任恒山掌门,贫道闻知,不胜之喜。少林寺方证、方生两位大师也要前来道贺,不知他们两位到了没有?”令狐冲更是惊讶。

便在此时,山道上走上来一群僧人,当先二人大袖飘飘,正是方证方丈和方生大师。方证叫道:“冲虚道兄,你脚程好快,可比我们先到了。”

令狐冲迎下山去,叫道:“两位大师亲临,令狐冲何以克当?”方生笑道:“令狐少侠,你曾三入少林,我们到恒山来回拜一次,那也是礼尚往来啊。”

令狐冲将一众少林僧和武当道人迎上峰来。峰上群豪见少林、武当两大门派的掌门人亲身驾到,无不骇异,说话也不敢这么大声了。

恒山一众女弟子个个喜形于色,均想:“掌门师兄的面子可大得紧啊。”

贾布与上官云对望一眼,站在一旁,对方证、方生、冲虚等人上峰,似是视而不见。

令狐冲招呼方证大师和冲虚道人上座,寻思:“记得师父当年接任华山派掌门,少林派和武当派的掌门人并未到来,只遣人到贺而已。其时我虽年幼,不知有哪些宾客,但师父、师娘后来跟众弟子讲述当年就任掌门时的风光,也从未提过少林、武当的掌门人大驾光临。今日他二位同时到来，难道真的是向我道贺，还是别有用意？”

这时上峰来的宾客络绎不绝，大都是当日曾参与攻打少林寺之役的群豪。此外昆仑派、点苍派、峨嵋派、崆峒派、青城派、丐帮等各大门派帮会，也都派人呈上掌门人、帮主的贺帖和礼物。令狐冲见贺客众多，心下释然：“他们都是瞧着恒山派和定闲师太的脸面，才来道贺，可不是凭着我令狐冲的面子。”

嵩山、华山、衡山、泰山四派，却均并未遣人来贺。

耳听得砰砰砰三声号炮，吉时已届。令狐冲站到场中，躬身抱拳，向众人团团为礼，朗声说道：“恒山派前任掌门定闲师太不幸遭人暗算，与定逸师太同时圆寂。小子令狐冲秉承定闲师太遗命，接掌恒山一派的门户。承众位前辈、众位朋友不弃，大驾光临，恒山派上下同蒙荣宠，不胜感激。”

磬钹声中，恒山派群弟子列成两行，鱼贯而前，居中是仪和、仪清、仪真、仪质四名大弟子。四名大弟子手捧法器，走到令狐冲面前，躬身行礼。令狐冲长揖还礼。

仪和说道：“四件法器，乃恒山派创派之祖晓风师太所传，向由本派掌门人接管。新任掌门人令狐师兄便请收领。”令狐冲应道：“是。”

四名大弟子将法器依次递过，乃是一卷经书，一个木鱼，一串念珠，一柄短剑。令狐冲见到木鱼、念珠，不由得发窘，只得伸手接过，双眼视地，不敢与众人目光相接。

仪清展开一个卷轴，说道：“恒山派门人，须当严守佛戒，以及本门五大戒律：一戒犯上忤逆，二戒同门相残，三戒妄杀无辜，四戒持身不正，五戒结交奸邪。恒山派祖宗遗训，掌门师兄须当身体力行，督率弟子，一概凛遵。”令狐冲应道：“是！”心想：“前三戒倒也罢了，可是令狐冲持身不大端正，至于不得结交奸邪那一款，更加令人为难。今日上峰来的宾客，倒有一大半是左道旁门之士。”

忽听得山道上有人叫道："五岳剑派左盟主有令，令狐冲不得擅篡恒山派掌门之位。"呼喝声中，五个人飞奔而至，后面跟着数十人。当先五人各执一面锦旗，正是五岳剑派的盟旗。五人奔至人群外数丈处站定，居中那人高大魁梧，五十来岁年纪。

令狐冲认得此人姓丁名勉，外号"托塔手"，是嵩山掌门左冷禅的师弟，"嵩山十三太保"中的第一太保，当日曾在药王庙外见过，当下抱拳说道："丁前辈，您好。"

丁勉将手中锦旗一展，说道："恒山派是五岳剑派之一，须遵左盟主号令。"

令狐冲道："丁前辈想必忘了。那日在浙南龙泉铸剑谷中，嵩山派的朋友们假扮日月教人士，围攻定闲、定逸两位师太，死伤了多位恒山师姊妹。定闲师太早已声明，恒山派从此不奉左盟主号令，这番言语，想来姓赵、姓张、姓司马那三位仁兄，都已禀明左掌门了。令狐冲接掌恒山门户，自当遵奉定闲师太遗命，不再加盟五岳剑派。"

这时其余数十人都已上峰，却是嵩山、华山、衡山、泰山四派的弟子。华山派那八人都是令狐冲当年的师弟，林平之却不在其内。这数十人分成四列，手按剑柄，默不作声。

丁勉大声道："恒山一派，向由出家的女尼执掌门户。令狐冲身为男子，岂可坏了恒山派数百年来的规矩？"

令狐冲道："规矩是人所创，也可由人所改，况且恒山派早已不奉左盟主号令，恒山派之事，与嵩山派全不相干。"

群豪之中已有人向丁勉叫骂起来："他恒山派的事，要你嵩山派来多管什么鸟闲事？""你奶奶的，快给我滚吧！""什么五岳盟主？狗屁盟主，好不要脸。"

当年衡山派刘正风意欲金盆洗手，退出武林，左冷禅派出丁勉、陆柏、费彬等嵩山派高手，率领史登达等弟子，持五岳令旗前来阻止。由于事先布置周详，声势浩大，泰山、华山、恒山各派首脑均无法与抗，最后刘正风不但金盆洗手之举作罢，其弟子家人亦都死于非命。定逸师太曾欲主持公道,从中调解,反为丁勉击伤,愤而退走。今日嵩山派的作为,与当年阻止刘正风金盆洗手甚为相似,而派来的人马,除嵩山派之外,尚有华山、衡山、泰山三派弟子,声势更较当日"衡山攻刘"为盛。

仪和、仪清等恒山弟子原不免心中栗栗,然见贺客甚众,不但少林、武当两派掌门亲临,更有五湖四海的豪士近千人,嵩山派再想旧事重演,强行阻止令狐冲接掌恒山派门户,只怕难以办到了。眼见群豪气势甚壮,心中登即大定,反觉这些人乱糟糟地来捣乱一番,倒于己方有利。

丁勉向令狐冲道:"这些口出污言之人,在这里干什么来着?"

令狐冲道:"这些兄台都是在下的朋友,是上峰来观礼的。"丁勉道:"这就是了。恒山派五大戒律,第五条是什么?"令狐冲心道:"你存心跟我过不去,我便来跟你强辩。"说道:"恒山五大戒律,第五戒是不得结交奸邪。像丁兄这样的人,以及嵩山派其余的奸邪之徒,令狐冲是决计不会结交的。"

群豪一听,登时轰笑起来,都道:"奸邪之徒,快快滚吧!"

丁勉以及嵩山、华山等各派弟子见了这等声势,均想敌众我寡,对方倘若翻脸动手,那可糟糕。丁勉更想:"左师哥这次可失算了。他料想见性峰上冷冷清清,只不过一些恒山派的尼姑、姑娘,我们四派数十名好手,尽可制得住。令狐冲剑术虽精,我们乘他手中无剑之时,师兄弟五人突以拳脚夹攻,必可取他性命。哪知贺客竟这么多,连少林、武当的两大掌门也到了。"当下转身向方证和冲虚说道:"两位掌门是当今武林中的泰山北斗,人所共仰,今日须请两位说句公道话。令狐冲招揽了这许多妖魔鬼怪来到恒山,是不是坏了恒山派不得结交奸邪这条门规?恒山派这样一个历时已久、享誉甚隆的名门正派,在令狐冲手中转眼便闹得万劫不复,两位是否坐视不理?"

方证咳嗽一声,说道:"这个……这个……唔……"心想此人的话倒也在理,这里果然大多数是旁门左道之士,可是难道要令狐冲将他们都逐下山去不成?

忽听得山道上传来一个女子清脆的叫声:"日月神教任大小姐到!"

令狐冲惊喜交集,情不自禁地冲口而出:"盈盈来了!"急步奔到崖边,只见两名大汉抬着一乘青呢小轿,快步上峰。小轿之后跟着四名青衣女婢。

左道群豪听得盈盈到来,纷纷冲下山道去迎接,欢声雷动,拥着小轿,来到峰顶。

小轿停下,轿帷掀开,走出一个身穿淡绿衣衫的艳美少女,正是盈盈。

群豪大声欢呼:"圣姑! 圣姑!"一齐躬身行礼。瞧这些人的神情,对盈盈又敬畏,又感佩,欢喜之情出自心底。

令狐冲走上几步,微笑道:"盈盈,你也来啦!"

盈盈微笑道:"今日是你大喜的日子,我怎能不来?"眼光四下一扫,走上几步,向方证与冲虚二人敛衽为礼,说道:"方丈大师,掌门道长,小女子有礼。"

方证和冲虚一齐还礼,心下都想:"你和令狐冲再好,今日却也不该前来,这可叫令狐冲更加为难了。"

丁勉大声道:"这个姑娘,是魔教中的要紧人物。令狐冲,你说是也不是?"令狐冲道:"是又怎样?"丁勉道:"恒山派五大戒律,规定不得结交奸邪。你若不与这些奸邪人物一刀两断,便做不得恒山派掌门。"令狐冲道:"做不得便做不得,那又有什么打紧?"

盈盈向他瞧了一眼,目光中深情无限,心想:"你为了我,什么都不在乎了。"问道:"请问令狐掌门,这位朋友是什么来头? 凭什么来过问恒山派之事?"

令狐冲道:"他自称是嵩山派左掌门派来的,手中拿的,便是左掌门的令旗。别说这是左掌门的一面小小令旗,就是左掌门自己亲至,又怎能管得了我恒山派的事。"

盈盈点头道:"不错。"想起那日少林寺比武,左冷禅千方百计地为难，寒冰真气又使爹爹身受重伤，险些性命不保，不由得恼怒，说道：“谁说这是五岳剑派的盟旗？他是来骗人的……”一言未毕，身子微晃，左手中已多了柄寒光闪闪的短剑，疾向丁勉胸口刺去。

丁勉武功虽高，但万万料不到这样一个娇怯怯的美貌女子说打便打，事先更没半点朕兆，出手如电，挺剑便刺了过来，拔剑招架已然不及，只得侧身闪避。他更没料到盈盈这一招乃是虚招，身子略转之际，右手稍松，锦旗已给这姑娘夺了过去。盈盈身子不停，连刺五剑，连夺五面锦旗，所使身法剑招一模一样，五招皆是如此。嵩山派其余四人都是丁勉的师弟，个个拳脚功夫甚为了得，左冷禅派了来，原是要避令狐冲剑招之长，以拳脚袭击令狐冲的，可是盈盈出手实在太快，一霎之间，给她奇兵突出，攻了个措手不及，与其说是输招，还不如说是中了奇袭暗算。

盈盈手到旗来，转到了令狐冲身后，大声道：“令狐掌门，这些旗果然是假的。这哪里是五岳剑派的令旗，这是五仙教的五毒旗啊。”

她将手中五面锦旗张了开来，人人看得明白，五面旗上分别绣着青蛇、蜈蚣、蜘蛛、蝎子、蟾蜍五样毒物，色彩鲜明，奕奕如生，哪里是五岳剑派的令旗了？

丁勉等人只惊得目瞪口呆，说不出话来。老头子、祖千秋等群豪却大声喝彩。人人均知盈盈夺到令旗之后，立即便掉了包，将五岳令旗换了五毒旗，只她手脚实在太快，谁也没看清楚她掉旗之举。

盈盈叫道：“蓝教主！”人群中一个身穿苗家装束的美女站了出来，笑道：“在！圣姑有何吩咐？”正是五仙教教主蓝凤凰。盈盈问道：“你教中的五毒旗，怎会落入了嵩山派手中？”蓝凤凰笑道：“这几个嵩山弟子，都是我教下女弟子的好朋友，想必是他们甜言蜜语，将我教中的五毒旗骗了去玩儿。”盈盈道：“原来如此。这五面旗儿，便还了你吧。”说着将五面旗子掷将过去。蓝凤凰笑道：

"多谢。"伸手接了。

丁勉怒极大骂:"无耻妖女,在老子面前使这掩眼的妖法,快将令旗还来。"盈盈笑道:"你要五毒旗,不会向蓝教主去讨吗?"丁勉无法可施,向方证和冲虚道:"方丈大师、冲虚道长,请你二位德高望重的前辈主持公道。"

方证道:"这个……唔……不得结交奸邪,恒山派戒律中原是有这么一条,不过……今日江湖上朋友们前来观礼,令狐掌门也不能闭门不纳,太不给人家面子……"

丁勉突然指着人群中一人,大声道:"他……我认得他是采花大盗田伯光,他这么扮成个和尚,便想瞒过我的眼去吗?像这样的人,也是令狐冲的朋友?"厉声道:"田伯光,你到恒山干什么来着?"田伯光道:"拜师来着。"丁勉奇道:"拜师?"

田伯光道:"正是。"走到仪琳面前,跪下磕头,叫道:"师父,弟子请安。弟子痛改前非,法名叫做'不可不戒'。"仪琳满脸通红,侧身避过,道:"你……你……"

盈盈笑道:"田师傅有心改邪归正,另投明师,那是再好不过。他落发出家,法名'不可不戒',更显得其意极诚。方证大师,有道是放下屠刀,立地成佛。一个人只要决心改过迁善,佛门广大,便会给他一条自新之路,是不是?"

方证喜道:"正是!不可不戒投入恒山派,从此严守门规,实是武林之福。"

盈盈大声道:"众位听了,咱们今日到来,都是来投恒山派的。只要令狐掌门肯收留,咱们便都是恒山弟子了。恒山弟子,怎能算是妖邪?"

令狐冲恍然大悟:"原来盈盈早料到我身为众女弟子的掌门,十分尴尬,倘若派中有许多男弟子,那便无人耻笑了。因此特地叫这一大群人来投入恒山派。"当即朗声问道:"仪和师姊,本派可有不许收男弟子这条门规么?"

仪和道:"不许收男弟子的门规倒没有,不过……不过……"

她脑子一时转不过来，总觉派中突然多了这许多男弟子出来，实是大大不妥。

令狐冲道："众位要投入恒山派，那是再好不过。但也不必拜师。恒山派另设一个……唔……一个'恒山别院'，安置各位，那边通元谷，便是一个极好去处。"

那通元谷在见性峰之侧，相传唐时仙人张果老曾在此炼丹。恒山大石上有蹄印数处，历代相传为张果老所骑驴子所踏出。如此坚硬的花岗石上，居然有驴蹄之痕深印，若不是仙人遗迹，何以生成？唐玄宗封张果老为"通元先生"，通元谷之名，便由此而来。通元谷和见性峰上主庵相距虽然不远，但由谷至峰，山道绝险。令狐冲将这批江湖豪客安置在通元谷中，令他们男女隔绝，以免多生是非。

方证连连点头，说道："如此甚好。这些朋友们归入了恒山派，受恒山派门规约束，真是武林中一件大大的美事。"

丁勉见方证大师也如此说，对方又人多势众，看来今日已无法阻止令狐冲出任恒山派掌门，只得传达左冷禅的第二道命令，咳嗽一声，朗声说道："五岳剑派左盟主有令：三月十五清晨，五岳剑派各派师长弟子齐集嵩山，推举五岳派掌门人，务须依时到达，不得有误。"

令狐冲问道："五岳剑派并为一派，是谁的主意？"

丁勉道："嵩山、泰山、华山、衡山四派，均已一致同意。你恒山派倘若独持异议，便是公然跟四派过不去，只有自讨苦吃了。"转身向泰山派等人问道："你们说是不是？"站在他身后的数十人齐声道："正是！"丁勉一阵冷笑，转身便走。走出几步，不禁回头向盈盈瞧了一眼，心想："那五面令旗，如何想法子夺回来才好。"

蓝凤凰笑道："丁老师，你失了旗子，回去怎么向左掌门交代啊？不如我还了你吧！"说着右手一挥，将一面锦旗掷了过去。

丁勉见一面小旗势挟劲风飞来，心想："这是你的五毒旗，又不是五岳令旗，我要来干什么？"心念甫转，那旗已飞向面前，戳向他咽喉，当即伸手抄住。突然一声大叫，急忙将旗掷下，只觉掌心犹似烈火燃炙，提手一看，掌心已成淡紫之色，才知旗杆上喂有剧毒，已受了五毒教暗算，又惊又怒，气急败坏地骂道："妖女……"

蓝凤凰笑道："你叫一声'令狐掌门'，向他求情，我便给你解药，否则你这只手掌要整个儿烂掉。"

丁勉素知五毒教使毒的厉害，一犹豫间，但觉掌心麻木，知觉渐失，心想我毕生功力，全在两掌，烂掉手掌便成废人，情急之下，只得叫道："令狐掌门，你……"蓝凤凰笑道："求情啊。"丁勉道："令狐掌门，在下得罪了你，是我不是。求……求你赐给解……解药。"

令狐冲微笑道："蓝姑娘，这位丁兄不过奉左掌门之命而来，请你给他解药吧！"

蓝凤凰一笑，向身畔一名苗女挥手示意。那苗女从怀中取出一个白纸小包，走上几步，抛给了丁勉。丁勉伸手接过，在群豪轰笑声中疾趋下峰。其余数十人都跟了下去。

令狐冲朗声道："众位朋友，大伙儿既愿在恒山别院居住，可得遵守本派的戒律。这戒律其实也不怎么难守，只是第五条不得结交奸邪，有些麻烦。但自今而后，大伙儿都算是恒山派的人，恒山派弟子自然不是奸邪。不过和派外之人交友时，却得留神些了。"群豪轰然称是。令狐冲又道："你们要喝酒吃肉，也无不可，可是吃荤之人，过了今日，便不能再上这见性峰来。"

方证合十道："善哉，善哉！清净佛地，原是不可亵渎了。"

令狐冲笑道："好啦，我这掌门人，算是做成了。大家肚子也饿啦，快开素斋来，我陪少林方丈、武当掌门和各位前辈用饭。到得明日，再和各位喝酒。"

素斋后，方证道："令狐掌门，老衲和冲虚道兄二人有几句话，想和掌门人商议。"

令狐冲应道："是。"心想："当今武林中二大门派的掌门人亲身来到恒山，必有重要话说。见性峰上龙蛇混杂，不论在哪里说话，都不免隔墙有耳。”当下吩咐仪和、仪清等弟子分别招待宾客，向方证、冲虚二人道：“下此峰后，磁窑口侧有一座山，叫做翠屏山，峭壁如镜。山上有座悬空寺，是恒山的胜景。二位前辈若有雅兴，让晚辈导往一游如何？”

冲虚道人喜道：“久闻翠屏山悬空寺建于北魏年间，于松不能生、猿不能攀之处，发偌大愿力，凭空建寺。那是天下奇景，贫道仰慕已久，正欲一开眼界。”

令狐冲和方证、冲虚来到飞桥之上。飞桥阔仅数尺，放眼四周皆空，云生足底，有如身处天上，三人临此胜境，胸襟大畅。

三十 密 议

令狐冲引着方证大师和冲虚道长下见性峰，趋磁窑口，来到翠屏山下。方证与冲虚仰头而望，但见飞阁二座，耸立峰顶，宛似仙人楼阁，现于云端。方证叹道："造此楼阁之人当真妙想天开，果然是天下无难事，只怕有心人。"

三人缓步登山，来到悬空寺中。那悬空寺共有楼阁二座，皆高三层，凌虚数十丈，相距数十步，二楼之间，联以飞桥。寺中有一年老仆妇看守打扫，见到令狐冲等三人到来，瞠目以视，既不招呼，也不行礼。令狐冲于十多日前曾偕仪和、仪清、仪琳等人来过，知这仆妇又聋又哑，什么事也不懂，当下也不理睬，径和方证、冲虚来到飞桥之上。

飞桥阔仅数尺，若是常人登临，放眼四周皆空，云生足底，有如身处天上，自不免心目俱摇，手足如废，但三人皆是一等一的高手，临此胜境，胸襟大畅。

方证和冲虚向北望去，于缥缈烟云之中，隐隐见到城郭出没，磁窑口双峰夹峙，一水中流，形势极为雄峻。方证说道："古人说一夫当关，万夫莫开，这里的形势，确是如此。"冲虚道："北宋年间杨老令公扼守三关，屯兵于此，这原是兵家必争的要塞。始见悬空寺，但觉鬼斧神工，惊诧古人的功夫毅力，待见到这五百里开凿的山道，悬空寺又渺不足道了。"

令狐冲奇道："道长，你说这数百里山道，都是人工开凿出来的？"冲虚道："史书记载，北魏道武帝天兴元年克燕，将兵自中山归平城，发卒数万人凿恒岭，通直道五百余里，磁窑口便是这直道的北端。”方证道：“所谓直道五百余里，当然大多数是天生的。北魏皇帝发数万兵卒，只是将其间阻道的山岭凿开而已。但纵是如此，工程之大，也已令人挢舌难下。”

令狐冲道：“无怪乎有这许多人想做皇帝。他只消开一句口，数万兵卒便将阻路的山岭给他凿了开来。”冲虚道：“权势这一关，古来多少英雄豪杰，却都难以凿开。别说做皇帝了，今日武林中所以风波迭起，纷争不已，还不是为了那‘权势’二字。”

令狐冲心下一凛：“他说到正题了。”便道：“晚辈不明，请二位前辈指点。”

方证道：“令狐掌门，今日嵩山派的丁老师率众前来，为的是什么？”令狐冲道：“他传达左盟主的号令，不许晚辈接任恒山派掌门。”方证道：“左盟主为什么不许你做恒山派掌门？”令狐冲道：“左盟主要将五岳剑派并而为一，晚辈曾一再阻挠他的大计，杀了不少嵩山派之人，左盟主对晚辈自是痛恨之极。”方证问道：“你为什么要阻挠他的大计？”

令狐冲一呆，一时难以回答，顺口重复了一句：“我为什么要阻挠他的大计？”

方证问道：“你以为五岳剑派合而为一，这件事不妥么？”

令狐冲道：“晚辈当时也没想过此事妥或不妥。只是嵩山派为了胁迫恒山派答允，假扮日月教教众，劫掳恒山弟子，围攻定静师太，所使的手段太过卑鄙。晚辈刚巧遇上此事，心觉不平，是以出手相助。后来嵩山派火烧铸剑谷，要烧死定闲、定逸两位师太，那是更加可恶了。晚辈心想，五岳剑派合并之举倘是美事、好事，嵩山派何不正大光明地与各派掌门商议，却要干这鬼鬼祟祟的勾当？”

冲虚点头道：“令狐掌门所见不差。左冷禅野心极大，要做武林中的第一人。自知难以服众，只好暗使阴谋。”方证叹道：“左盟主文才武略，确是武林中的杰出人物，五岳剑派之中，原本没第二人比得上。不过他抱负太大，急欲压倒武当、少林两派，未免有些不择手段。”冲虚道：“少林派向为武林领袖，数百年来众所公认。少林之次，便是武当。更其次是昆仑、峨嵋、崆峒诸派。令狐贤弟，一个门派创建成名，那是数百年来无数英雄豪杰，花了无数心血累积而成，一套套的武功家数，都是一点一滴、千锤百炼地积聚起来，决非一朝一夕之功。五岳剑派在武林崛起，不过是近六七十年的事，虽然兴旺得快，家底总还不及昆仑、峨嵋，更不用说和少林派博大精深的七十二绝艺相比了。”令狐冲点头称是。

冲虚又道：“各派之中，偶尔也有一二才智之士，武功精强，雄霸当时。一个人在武林中出人头地，扬名立万，事属寻常。但若只凭一人之力，便想压倒天下各大门派，那可从所未有。左冷禅满腹野心，想干的却正是这件事。当年他一任五岳剑派的盟主，方丈大师就料到武林中从此多事。近年来左冷禅的所作所为，果然证明了方丈大师的先见。”方证念了一句：“阿弥陀佛！”

冲虚道：“左冷禅当上五岳剑派盟主，那是第一步。第二步是要将五派归一，由他自任掌门。五派归一之后，实力雄厚，便可隐然与少林、武当成为鼎足而三之势。那时他会进一步蚕食昆仑、峨嵋、崆峒、青城诸派，一一将之合并，那是第三步。然后他向魔教启衅，率领少林、武当诸派，一举将魔教挑了，这是第四步。”

令狐冲内心感到一阵惧意，说道：“这等事情难办之极，左冷禅的武功未必当世无敌，他何以要花偌大心力？”

冲虚道：“人心难测。世上之事，不论多么难办，总是有人要去试上一试。你瞧，这五百里山道，不是有人凿开了？这悬空寺，不是有人建成了？左冷禅若能灭了魔教，在武林中已是唯我独尊之势，再要吞并武当，收拾少林，也未始不能。干办这些大事，那也不是全凭武功，更要紧的是凭着一股势头。兵败如山倒固然不错，腾势若潮涌也非奇事。”方证又念了一句：“阿弥陀佛！”

令狐冲道：“原来左冷禅是要天下武林之士，个个遵他号令。”

冲虚说道：“正是！那时候只怕他想做皇帝了，做了皇帝之后，又想长生不老，万寿无疆！这叫做‘人心不足蛇吞象’，自古以来，皆是如此。英雄豪杰之士，绝少有人能逃得过这‘权位’的关口。”

令狐冲默然，一阵北风疾刮过来，不由得机伶伶地打了个寒噤，说道：“人生数十年，但贵适意，却又何苦如此？左冷禅要挑了魔教，要消灭崆峒、昆仑，要吞并少林、武当，不知将杀多少人，流多少血？”

冲虚双手一拍，说道：“照啊，咱三人身负重任，须得阻止左冷禅，不让他野心得逞，以免江湖之上，遍地血腥。”

令狐冲悚然道：“道长这等说，可令晚辈大是惶恐。晚辈见识浅陋，谨奉二位前辈教诲驱策。”

冲虚说道：“那日你率领群豪，赴少林寺迎接任大小姐，不损少林寺一草一木，方丈大师很承你的情。”令狐冲脸上微微一红，道：“晚辈胡闹，甚是惶恐。”冲虚道：“你走了之后，左冷禅等人也分别告辞，我却又在少林寺中住了七日，和方丈大师日夜长谈，深以左冷禅的野心勃勃为忧。那日任我行使诡计占了方证大师的上风，左冷禅即以其人之道，还治其人之身，本来那也算不了什么，但武林中无知之徒不免会说：‘方证大师敌不过任我行，任我行又敌不过左冷禅……’”

令狐冲连连摇头，道：“不见得，不见得！”冲虚道：“我们都知不见得。可是经此一战，左冷禅的名头终究又响了不少，也增长了他的自负与野心。后来我们分别接到你老弟出任恒山派掌门的讯息，决定亲自上恒山来，一来是向老弟道贺，二来是商议这件大事。”令狐冲道：“两位如此抬举，晚辈实不敢当。”

冲虚道：“那丁勉传来左冷禅的号令，说道三月十五，五岳剑派人众齐集嵩山，推举五岳派的掌门人。此举原早在方丈大师的意料之中，只是我们没想到左冷禅竟会如此性急。他说推举五岳派掌门人，倒似五岳剑派合而为一之事已成定局。其实，衡山莫大先生脾气怪僻，是不会附和左冷禅的。泰山天门道兄性子刚烈，也决计不肯屈居人下。令师岳先生外圆内方，对华山一派的道统看得极重，左冷禅要他取消华山派的名头，岳先生该会据理力争。只恒山一派，三位前辈师太先后圆寂，一众女弟子无力和左冷禅相抗，说不定就此屈服。岂知定闲师太竟能破除成规，将掌门人一席重任，交托在老弟手中。我和方丈师兄谈起定闲师太的胸襟远见，当真钦佩之极。她在身受重伤之际，仍能想到这一着，更是难得，足见定闲师太平素修为之高，直至寿终西归，始终灵台清明。只要泰山、衡山、华山、恒山四派联手，不允并成五岳派，左冷禅为祸江湖的阴谋便不能得逞了。”

令狐冲道：“然而瞧丁勉今日前来传令的声势，似乎泰山、衡山、华山三派均已受了左冷禅的挟制。”冲虚点头道：“正是。令师岳先生的动向，也令方丈大师和贫道大惑不解。听说福州林家有一名子弟，拜在令师门下，是不是？”令狐冲道：“正是。这林师弟名叫林平之。”冲虚道：“他祖传有一部《辟邪剑谱》，江湖上传言已久，均说谱中所载剑法，威力极大，老弟想来必有所闻。”令狐冲道：“是。”当下将如何在福州向阳巷中寻到一件袈裟、如何嵩山派有人谋夺、自己如何受伤晕倒等情说了。

冲虚沉吟半晌，道：“按情理说，令师见到了这件袈裟，自会交给你林师弟。”

令狐冲道：“是。可是后来师妹却又向我追讨《辟邪剑谱》。其中疑难，实无法索解。晚辈蒙冤已久，那也不去理他，但辟邪剑法到底实情如何，要向二位前辈请教。”

冲虚向方证瞧了一眼，道：“方丈大师，其中原委，请你向令狐老弟解说吧。”

方证点了点头，说道：“令狐掌门，你可听到过《葵花宝典》的名字？”

令狐冲道：“曾听晚辈师父提起过，他老人家说，《葵花宝典》是武学中至高无上的秘笈，可是失传已久，不知下落。后来晚辈又听任教主说，他曾将《葵花宝典》传给了东方不败，然则这部《葵花宝典》，目下是在日月教手中了。”

方证摇头道：“日月教所得的残缺不全，并非原书。”令狐冲应道：“是。”心想武林中的重大隐秘之事，这两位前辈倘若不知，旁人更不会知道了，料来有一件武林大事，即将从方证大师口中透露出来。

方证抬起头来，望着天空悠悠飘过的白云，说道：“华山派当年有气宗、剑宗之分，一派分为两宗。华山派前辈，曾因此而大动干戈，自相残杀，这一节你是知道的？”令狐冲道：“是。只是我师父亦未详加教诲。”方证点头道：“本派中同室操戈，实非美事，是以岳先生不愿多谈。华山派所以有气宗、剑宗之分，据说便是因那部《葵花宝典》而起。”

他顿了一顿，缓缓说道：“这部《葵花宝典》，武林中向来都说，是前朝皇宫中一位宦官所著。”令狐冲道：“宦官？”冲虚道：“宦官就是太监。”令狐冲点头道：“嗯。”方证道：“至于这位前辈的姓名，已无可查考，以他这样一位大高手，为什么在皇宫中做太监，那更加谁也不知道了。至于宝典中所载的武功，却精深之极，三百余年来，始终没一人能据书练成。百余年前，这部宝典为福建泉州少林寺下院所得。其时泉州少林寺方丈红叶禅师，乃是一位大智大慧的了不起人物，依照他老人家的武功悟性，该当练成宝典上所载武功才是。但据他老人家的弟子说道，红叶禅师并未练成。更有人说，红叶禅师参究多年，直到逝世，始终就没起始修炼宝典中所载武功。”

令狐冲道：“说不定此外另有秘奥诀窍，却不载在书中，以致以红叶禅师这样的智慧之士，也难以全部领悟，甚至根本无从着手。”

方证大师点头道：“这也大有可能。老衲和冲虚道兄都无缘法见到宝典，否则虽不敢说修习，但看看其中到底是些什么高深莫测的文字，也是好的。”

冲虚微微一笑，道："大师却动尘心了。咱们学武之人，不见到宝典则已，要是见到，定然会废寝忘食地研习参悟，结果不但误了清修，反而空惹一身烦恼。咱们没缘分见到，其实倒是福气。"

方证哈哈一笑，说道："道兄说得是，老衲尘心不除，好生惭愧。"他转头又向令狐冲道："据说华山派有两位师兄弟，曾到泉州少林寺做客，不知因何机缘，竟看到了这部《葵花宝典》。"

令狐冲心想："《葵花宝典》既如此要紧，泉州少林寺自然秘不示人。华山派这两位前辈得能见到，定是偷看。方证大师说得客气，不提这个'偷'字而已。"

方证又道："其实匆匆之际，二人不及同时遍阅全书，当下二人分读，一个人读一半，后来回到华山，共同参悟研讨。不料二人将书中功夫一加印证，竟然牛头不对马嘴，全然合不上来。二人都深信对方读错了书，只有自己所记才是对的。可是单凭自己所记得的一小半，却又不能依之照练。两个本来亲逾同胞骨肉的师兄弟，到后来竟变成了对头冤家。华山派分为气宗、剑宗，也就由此而起。"

令狐冲道："这两位前辈师兄弟，想来便是岳肃和蔡子峰两位华山前辈了？"岳肃是华山气宗之祖，蔡子峰则是剑宗之祖。华山一派分为二宗，那是许多年前之事了。

方证道："正是。岳蔡二位私阅《葵花宝典》之事，红叶禅师不久便即发觉。他老人家知道这部宝典中所载武学不但博大精深，兼且凶险之极。据说最难的还是第一关，只消第一关能打通，以后倒也没什么了。天下武功都是循序渐进，越到后来越难。这葵花宝典最艰难之处却在第一步，修习时只要有半点岔错，立时非死即伤。当下派遣他的得意弟子渡元禅师前往华山，劝谕岳蔡二位，不可修习宝典中的武学。"

令狐冲道："这门功夫竟是第一步最难，如无人指点，照书自练，定然凶险之极。但想来岳蔡二位前辈并未听从。"方证道："其实那也怪不得岳蔡二人。想我辈武学之人，一旦得窥精深武学的秘奥，如何肯不修习？老衲出家修为数十载，一旦想到宝典的武学，也不免起了尘念，冲虚道兄适才以此见笑，何况是俗家武师？不料渡元禅师此一去，却又生出一番事来。”令狐冲道：“难道岳蔡二位，对渡元禅师有所不敬吗？”

方证摇头道：“那倒不是。渡元禅师上得华山，岳蔡二人对他好生相敬，承认私阅《葵花宝典》，一面深致歉意，一面却以经中所载武学向他请教。殊不知渡元禅师虽是红叶禅师的得意弟子，宝典中的武学却未蒙传授。只因红叶禅师自己也不大明白，自不能以之传授弟子。岳蔡二人只道他定然精通宝典中所载的学问，哪想得到其中另有原由。渡元禅师也不点明，听他们背诵经文，随口解释，心下却暗自记忆。渡元禅师武功本极高明，又是绝顶机智之人，听到一句经文，便以己意演绎几句，居然也说来头头是道。”

令狐冲道：“这样一来，渡元禅师反从岳蔡二位那里，得悉了宝典中的经文？”方证点头道：“不错。不过岳蔡二人所记的，本来便已不多，经过这么一转述，不免又打了折扣。据说渡元禅师在华山上住了八日，这才作别，但从此却也没再回泉州少林寺去。”令狐冲奇道：“他不再回去？却到了何处？”方证道：“当时就没人得知了。不久红叶禅师就收到渡元禅师的一通书信，说道他凡心难抑，决意还俗，无面目再见师父云云。”令狐冲大为奇怪，心想此事当真出乎意料之外。

方证道：“由于这一件事，少林下院和华山派之间，便生了许多嫌隙，而华山弟子偷窥《葵花宝典》之事，也流传于外。过不多时，即有魔教十长老攻华山之举。”

令狐冲登时想起在思过崖后洞所见的骷髅，以及石壁上所刻的武功剑法，不禁“啊”的一声。方证道：“怎么？”令狐冲脸上一红，道：“打断了方丈的话题，恕罪则个。”

方证点了点头，说道：“算来那时候连你师父也还没出世呢。魔教十长老攻华山，便是想夺这部《葵花宝典》，其时华山派已与泰山、嵩山、恒山、衡山四派结成了五岳剑派，其余四派得讯便即来援。华山脚下一场大战，魔教十长老多数身受重伤，铩羽而去，但岳肃、蔡子峰两人均在这一役中毙命，而他二人所笔录的《葵花宝典》残本，也给魔教夺了去，因此这一仗的输赢却也难说得很。五年之后，魔教卷土重来。这一次十长老有备而来，对五岳剑派剑术中的精妙之着，都想好了破解之法。冲虚道兄与老衲推想，魔教十长老武功虽高，但要在短短五年之内，尽破五岳剑派的精妙剑招，多半也还是由于从《葵花宝典》中得到了好处。二次决斗，五岳剑派着实吃了大亏，高手耆宿，死伤惨重，五派许多精妙剑法从此失传湮没。只是那魔教十长老却也不得生离华山。想象那一场恶战，定是惨烈非凡。”

令狐冲道：“晚辈曾在华山思过崖的一个石洞之中，见到这魔教十长老的遗骨，又见到石壁上刻下的若干题字。”冲虚道：“有这等事？题字中写些什么？”令狐冲道：“有十六个大字，写的是‘五岳剑派，无耻下流，比武不胜，暗算害人。’此外还有许多小字，都是咒骂五岳剑派卑鄙无赖，不要脸等等。”冲虚道：“华山派怎地容得这些诽谤的字迹留在石壁之上，这倒奇了。”令狐冲道：“这石洞是晚辈无意中发现的，旁人均不知道。”当下将如何发现这石洞的经过说了，又说那使斧之人以利斧开山数十丈，却只相差不到一尺，力尽而死，毅力可佩，而命运之蹇，着实令人可叹。

方证大师道：“使斧头的？难道是十长老中的‘大力神魔’范松？”令狐冲道：“正是！石壁上刻有一行字，说‘范松赵鹤破恒山派剑法于此’。”方证道：“赵鹤？他是十长老中的‘飞天神魔’。他是不是使雷震挡的？”令狐冲道：“这个晚辈却不知道，但石洞中地下，确有一具雷震挡。晚辈记得石壁上题字，破了华山派剑法的，是两个姓张的，叫什么张乘风、张乘云。”方证道：“果然不错，‘金猴神魔’张乘风、‘白猿神魔’张乘云，乃兄弟二人，据说所使兵刃是熟铜棍。”令狐冲道：“正是。石壁上图形，确是以棍棒破了我华山派的剑法，设想之奇，令人叹服。”

方证道：“从你所见者推想，似乎魔教十长老中了五岳剑派的埋伏，被诱入山洞之中，囚禁了起来，没法脱身。”令狐冲道：“晚辈也这么想，料想因此这些人心怀不平，既在石壁上刻字痛骂五岳剑派，又刻下破解五岳剑派剑招的法门，好使后人得知，他们并非战败，只是误中机关而已。石壁上所刻华山派剑法，确是精妙非凡，我师父师娘似乎并不知晓。此中缘故，晚辈一直大惑不解，适才听了方丈大师述说往事，才知华山派前辈大都在此役中丧命，这些高招就此失传。恒山、泰山等四派想来也是这样。”冲虚道：“确是如此。”

令狐冲道：“在魔教十长老的骷髅之旁，还有好几柄长剑，却是五岳剑派的兵刃。”

方证出了一会神，道：“那就难以推想了，说不定是十长老从五岳剑派手中夺来的。你在后洞中所见，一直没跟人说起过？”令狐冲道：“晚辈发现了后洞中的奇事之后，变故迭生，一直没机缘向师父、师娘提起此事。风太师叔却早就知道了。”

方证点头道：“我方生师弟当年曾与风老前辈有数面之缘，颇受过他老人家的恩惠。方生师弟说道，你的剑法确是风老前辈嫡传。我们只道风老前辈当年在华山气剑两宗火并之后便已仙去，原来尚仍健在，实乃可喜。”

冲虚道：“当年武林中传说，华山两宗火并之时，风老前辈刚好在江南娶亲，得讯之后赶回华山，剑宗好手已伤亡殆尽，一败涂地。否则以他剑法之精，倘若参与斗剑，气宗无论如何不能占到上风。风老前辈随即发觉，江南娶亲云云，原来是一场大骗局，他那岳丈暗中受了华山气宗之托，买了个妓女来冒充小姐，将他羁绊在江南。风老前辈重回江南岳家，他的假岳丈全家早已逃得不知去向。江湖上都说，风老前辈恼怒羞愧，就此自刎而死。”

方证连使眼色，要他住口。冲虚却装作并未会意，最后才道：“令狐掌门，贫道对风老前辈好生敬仰，决不敢揭他老人家的旧日阴私。今日所以重提此事，是盼你明白，英雄难过美人关，大丈夫一时误中奸计，那也算不了什么，只不可愈陷愈深。”

令狐冲知他其意所指，说的是盈盈，他言语中比喻不伦，不过总是一番好意，当下喟然不答，寻思：“风太师叔这些年来一直在思过崖畔隐居，原来是忏悔前过，想是他无面目见武林中同道，因此命我决计不可泄露他的行踪，又说从此不再见华山派之人。他一生遭遇极惨，数十年来孤单寂寞，待我大事一了，须得上思过崖去陪陪他说话解闷才是。我现下已不属华山派，去拜见他老人家，不算是不遵嘱咐。”

三人说了半天话，太阳快下山了，照映得半天皆红。

方证道：“华山派岳肃、蔡子峰二人录到《葵花宝典》不久，便即为魔教十长老所杀，两人都来不及修习，宝典又给魔教夺了去。因此华山派中没人学到宝典中的丝毫武功。但两人由于所见宝典经文不同，在武学上重气、重剑的偏歧，却已分别跟门人弟子详细讲论过，华山派后来分为气剑两宗，同门相残，便种因于此。说这部宝典是不祥之物，也不为过。”冲虚点头道：“五色令人目盲，五音令人耳聋，本来就是这个道理。”

方证道：“魔教得到了岳蔡二人手录的宝典残本，恐怕也没什么得益。十长老惨死华山，那不必说了。令狐掌门说道，任教主将那宝典传给了东方不败。那么两人交恶，说不定也与这部手录本有关。其实这部手录本残缺不全，本上所录，只怕还不及林远图所悟。”

令狐冲问道：“林远图是谁？”方证道：“嗯，林远图便是你林师弟的曾祖，福威镖局的创办人，以七十二路辟邪剑法镇慑群小的，便是他了。”令狐冲道：“这位林前辈，也曾得见《葵花宝典》吗？”

方证道：“他便是渡元禅师，便是红叶禅师的弟子！”令狐冲身子一震，道：“原来如此。”方证道：“渡元禅师本来姓林，还俗之后，便复了本姓。”

令狐冲道：“原来以七十二路辟邪剑法威震江湖的林前辈，便是这位渡元禅师，那真料想不到。”那天晚上衡山城外破庙中林震南临死时的情景，蓦地里涌上心头。

方证道:“渡元就是图远。这位前辈禅师还俗之后,复了原姓,却将他法名颠倒过来,取名为远图,后来娶妻生子,创立镖局,在江湖上轰轰烈烈地干了一番事业。这位林前辈立身甚正,吃的虽是镖局子饭,但行侠仗义,急人之难,他不在佛门,行的却是佛门之事。一个人只要心地好,心即是佛,是否出家,也没多大分别。红叶禅师当然不久即知,这林镖头便是他的得意弟子,但听说师徒之间,以后也没来往。”

令狐冲道:“这位林前辈从华山派岳蔡二位前辈口中,获知《葵花宝典》的精要,不知那《辟邪剑谱》又从何而来?而林家传下来的辟邪剑法,却又不甚高明?”

方证道:“辟邪剑法是从葵花宝典残本中悟出来的武功,两者系出同源,但都只得到了原来宝典的一小部分。”转头向冲虚道:“道兄,剑法之道,你是大行家,比我懂得多了,这中间的道理,你向令狐少侠说说。”

冲虚笑道:“你这么说,若非多年知已,老道可要怪你取笑我了。当今剑术之精,除了风老前辈,又有谁及得上令狐少侠?”方证道:“令狐少侠剑术虽精,剑道上的学问却远不及你。大家是自己人,无话不说,那也不用客气。”

冲虚叹道:“其实以老道之所知,与剑道中浩如烟海的学问相比,实只太仓一粟而已。将来也不知是否得有机缘拜见风老前辈,向他老人家请教疑难。”向令狐冲道:“今日林家的辟邪剑法平平无奇,而林远图前辈曾以此剑法威震江湖,却又绝不虚假。当年青城派掌门长青子,号称‘三峡以西剑法第一’,却也败在林前辈手下。今日青城派的剑法,可就比福威镖局的辟邪剑法强得太多,其中一定别有原因。这个道理,老道已想了很久,其实,天下学剑之士,人人都曾想过这个道理。”

令狐冲道:“林师弟家破人亡,父母双双惨死,便是由于这疑团难解而起?”

冲虚道:“正是。辟邪剑法的威名太甚,而林震南的武功太低，这中间的差别，自然而然令人推想，定然是林震南太蠢，学不到家传武功。进一步便想，倘若这剑谱落在我手中，定然可以学到当年林远图那辉煌显赫的剑法。老弟，百余年来以剑法驰名的，原不只林远图一人。但少林、武当、峨嵋、昆仑、点苍、青城以及五岳剑派诸派，后代各有传人，旁人决计不会去打他们的主意。只因林震南武功低微，那好比一个三岁娃娃，手持黄金，在闹市之中行走，谁都会起心抢夺了。”

令狐冲道：“这位林远图前辈既是红叶禅师的高足，然则他在泉州少林寺中，早已学到了一身惊人武功，什么辟邪剑法，说不定只是他将少林派剑法略加变化而已，未必真的另有剑谱。”

冲虚道：“这么想的人，本来也是不少。不过辟邪剑法与少林派武功截然不同，任何学剑之士，一见便知。嘿嘿，起心抢夺剑谱的人虽多，终究还是青城矮子脸皮最老，第一个动手。可是余矮子脸皮虽厚，脑筋却笨，怎及得上令师岳先生不动声色，坐收巨利。”令狐冲脸上变色，颤声道：“道长，你……你说什么？”

冲虚微微一笑，道：“那林平之拜入了你华山门下，《辟邪剑谱》自然跟着带进来了。听说岳先生有个独生爱女，也要许配你那林师弟，是不是？果然是深谋远虑。”

令狐冲初时听冲虚说“令师岳先生不动声色、坐收巨利”，辱及师尊，颇为气恼，待又听他说到师父“深谋远虑”，突然想起，那日师父派遣二师弟劳德诺乔装改扮，携带小师妹到福州城外开设酒店，当时不知师父用意，此刻想来，自是为了针对福威镖局。林震南武功平平，师父如此处心积虑，若说不是为了《辟邪剑谱》，又为了什么？只是师父所用的策略乃是巧取，不像余沧海和木高峰那样豪夺罢了。随即又想：“小师妹是个妙龄闺女，师父为什么要她抛头露面，去开设酒店？”想到这里，不由得心头涌起一阵寒意，突然省悟：“师父要将小师妹许配给林师弟，其实在他二人相见之前，早就有这安排了。”

方证和冲虚见他脸上阴晴不定，神气甚为难看，知他向来尊敬师父，这番话颇伤他心意。方证道：“这些言语，也只是老衲与冲虚道兄闲谈之时胡乱推测的。尊师为人方正，武林中向有君子之称。只怕我们是以小人之心，妄度君子之腹了。”冲虚微微一笑。

令狐冲心下一片混乱，只盼冲虚所言非实，但内心深处，却知他每句话说的都是实情，忽然又想：“是了，林远图前辈本是和尚，因此他向阳巷老宅之中，有一佛堂，而那剑谱又是写在袈裟上。猜想起来，他在华山与岳肃、蔡子峰两位前辈探讨《葵花宝典》，一字一句记在心里，当时他尚是禅师，到得晚上，便笔录在袈裟之上，以免遗忘。”

冲虚道：“时至今日，这部《葵花宝典》上所载的武学秘奥，魔教手中有一些，令师岳先生手上有一些。你林师弟既拜入华山派门下，左冷禅便千方百计地来找岳先生麻烦，用意显然有二：一是想杀了岳先生，便于他归并五岳剑派；其二自然是劫夺《辟邪剑谱》了。”

令狐冲连连点头，说道：“道长推想甚是。那宝典原书是在泉州少林寺，左冷禅可知道吗？倘若他得知此事，只怕更要去滋扰泉州少林寺。”

方证微笑道：“泉州少林寺中的《葵花宝典》早已毁了，那倒不足为虑。”令狐冲奇道：“毁了？”方证道：“红叶禅师临圆寂之时，召集门人弟子，说明这部宝典的前因后果，便即投入炉中火化，说道：‘这部武学秘笈精微奥妙，但其中许多关键之处，当年的撰作人并未能妥为参通解透，留下的难题太多，尤其是第一关难过，不但难过，简直是不能过、不可过，流传后世，实非武林之福。’他有遗书写给嵩山本寺方丈，也说及了此事。”

令狐冲叹道：“这位红叶禅师前辈见识非凡。倘若世上从来就没有《葵花宝典》，这许许多多变故，也就不会发生了。”他心中想的是：“倘若没有《葵花宝典》，就没有辟邪剑法，师父就不会安排将小师妹许配给林师弟，林师弟不会投入华山派门下，也就不会遇见小师妹。”但转念又想：“可是我令狐冲浮滑无行，与旁门左道之士结交，又跟《葵花宝典》有什么干系了？男子汉大丈夫，自己种因，自己得果，不用怨天尤人。”

冲虚道：“下月十五，左冷禅召集五岳剑派齐集嵩山推举掌门，令狐少侠有何高见？”令狐冲微笑道：“那有什么推举的？掌门之位，自然是非左冷禅莫属。”冲虚道：“令狐少侠便不反对吗？”令狐冲道：“他嵩山、泰山、衡山、华山四派早已商妥，我恒山派孤掌难鸣，纵然反对，也属枉然。恒山派既已不再听令于左冷禅，这嵩山之会那也不必去了。”

冲虚摇头道：“不然！泰山、衡山、华山三派，慑于嵩山派之威，不敢公然异议，容或有之，若说当真赞成并派，却为事理之所必无。”

方证道：“以老衲之见，五岳剑派唇齿相关，恒山一派绝难置身事外。这嵩山之会，少侠理应前往，而且一上来该反对五派合并，理正辞严，他嵩山派未必说得人心尽服。倘若五派合并之议终于成了定局，那么掌门人一席，便当以武功决定。少侠如全力施为，剑法上当可胜得过左冷禅，索性便将这掌门人之位抢在手中。”

令狐冲大吃一惊，道：“我……我……那怎么成？万万不能！”

冲虚道：“方丈大师和老道商议良久，均觉老弟是直性子人，随随便便，无可无不可，又跟魔教左道之士结交，你如做了五岳派掌门人，老实说，五岳派不免门规松弛，众弟子行为放纵，未必是武林之福……”

令狐冲哈哈大笑，说道：“道长说得真对，要晚辈去管束别人，那如何能够？上梁不正下梁歪，令狐冲自己，便是个浮滑无行、好酒贪杯的浪子。”

冲虚道：“浮滑无行，为害不大，好酒贪杯更于人无损，野心勃勃，可害得人多了。老弟如做了五岳派掌门，第一，不会欺压五岳剑派的前辈耆宿与门人弟子；第二，不会大动干戈，想去灭了魔教，不会来吞并我们少林、武当；第三，大概吞并峨嵋、昆仑诸派的兴致，老弟也不会太高。”方证微笑道：“冲虚道兄和老衲如此打算，虽说是为江湖同道造福，一半也是自私自利。”冲虚道：“打开天窗说亮话，老和尚、老道士来到恒山，一来是为老弟捧场，二来是为正邪双方万千同道请命。”方证合十道：“阿弥陀佛！左冷禅倘若当上了五岳派掌门人，这杀劫一起，可不知伊于胡底了。”

令狐冲沉吟道：“两位前辈如此吩咐，令狐冲原不敢推辞。但两位明鉴，晚辈后生小子，这么一块糊涂材料，做这恒山掌门，已经狂妄之极，实是迫于无奈；如再想做五岳派掌门，势必给天下英雄笑掉了牙齿。这三分自知之明，晚辈总还是有的。这么着，做五岳派掌门，晚辈万万不敢，但三月十五这一天，晚辈一定去嵩山大闹一场，说什么也要让左冷禅做不成五岳派掌门。令狐冲成事不足，捣捣乱或许还行。”

冲虚道：“一味捣乱，也不成话。届时倘若事势所逼，你非做掌门人不可，所谓当仁不让，可就不能推辞。”令狐冲只是摇头。

冲虚道：“你如不跟左冷禅抢，当然是他做掌门。那时五派归一，左掌门手操生杀之权，第一个自然来对付你。”令狐冲默然，叹了口气，说道：“那也无可奈何。”冲虚道：“就算你一走了之，他捉不到你，左冷禅对付你恒山派门下的弟子，却也不会客气。定闲师太交在你手上的这许多弟子，你便任由她们听凭左冷禅宰割么？”令狐冲伸手在栏杆一拍，大声道：“不能！”冲虚又道：“那时你师父、师娘、师弟、师妹，左冷禅一定也容他们不得。数年之间，他们一个个大祸临头，你也忍心不理吗？”

令狐冲心头一凛，不由得全身毛骨悚然，退后两步，向方证与冲虚二人深深作揖，说道：“多蒙二位前辈指点，否则令狐冲不自努力，贻累多人。”

方证、冲虚行礼作答。方证道：“三月十五，老衲与冲虚道兄率同本门弟子，前赴嵩山为令狐少侠助威。”冲虚道：“他嵩山派若有什么不轨异动，我们少林、武当两派自当出手制止。”

令狐冲大喜，说道：“得有二位前辈在场主持大局，谅那左冷禅也不敢胡作非为。”

三人计议已罢，虽觉前途多艰，但既有了成算，便觉宽怀。冲虚笑道：“咱们该回去了吧。新任掌门人陪着一个老和尚、一个老道士不知去了哪里，只怕大家已在担心了。”

三人转过身来，刚走得七八步，突然间同时停步。令狐冲喝道：“什么人？”他察觉天桥彼端传来多人的呼吸之声，显然悬空寺左首的灵龟阁中伏得有人。

他一声呼喝甫罢，只听得砰砰砰几声响，灵龟阁的几扇窗户同时给人击飞，窗口露出十余枝长箭的箭头，对准了三人。便在此时，身后神蛇阁的窗门也为人击飞，窗口也有十余人弯弓搭箭，对准三人。

方证、冲虚、令狐冲三人均是当世武林中顶尖高手，虽然对准他们的强弓硬弩，自非寻常弓箭之可比，而伏在窗后的箭手料想也非庸手，但毕竟奈何不了三人。只是身处二阁之间的天桥上，下临万丈深渊，既不能纵跃而下，而天桥桥身窄仅数尺，亦无回旋余地，加之三人身上均未携带兵刃，猝遇变故，不禁都吃了一惊。

令狐冲身为主人，斜身闪过，挡在二人身前，喝道：“大胆鼠辈，怎地不敢现身？”

只听一人喝道：“射！”却见窗中射出十七八道黑色水箭。这些水箭竟是从箭头上射将出来，原来这些箭并非羽箭，而是装有机括的水枪，用以射水。水箭斜射向天，颜色乌黑，在夕阳反照之下，显得诡异之极。

令狐冲等三人跟着便觉奇臭冲鼻，既似腐烂的尸体，又似大批死鱼死虾，闻着忍不住便要作呕。十余道水箭射上天空，化作雨点，洒将下来，有些落上了天桥栏杆，片刻之间，木栏杆上腐蚀出一个个小孔。方证和冲虚虽见多识广，却也从未见过这等猛烈的毒水。若是羽箭暗器，他三人手中虽无兵刃，也能以袍袖运气挡开，但这等遇物即烂的毒水，身上只须沾上一点一滴，只怕便腐烂至骨。二人对视一眼,都见到对方脸上变色,眼中微露惧意。要令这二大掌门眼中显露惧意,那可真难得之极了。

一阵毒水射过,窗后那人朗声说道:"这阵毒水是射向天空的,要是射向三位身上,那便如何?"只见十七八枝长箭慢慢斜下,又平平地指向三人。天桥长十余丈,左端与灵龟阁相连,右端与神蛇阁相连,双阁之中均伏有毒水机弩,要是两边机弩齐发,三人武功再高,也必难以逃生。

令狐冲听得这人的说话声音,微一凝思,便已记起,说道:"东方教主派人前来送礼,送的好礼!"

伏在灵龟阁中说话之人,正是东方不败派来送礼道贺的那个黄面尊者贾布。

贾布哈哈一笑,说道:"令狐公子好聪明,认出了在下口音。既是在下暗使卑鄙诡计,占到了上风,聪明人不吃眼前亏,令狐公子便暂且认输如何?"他把话说在头里,自称是"暗使卑鄙诡计",倒免得令狐冲出言指责了。

令狐冲气运丹田,朗声长笑,山谷鸣响,说道:"我和少林、武当两位前辈在此闲谈,只道今日上山来的都是好朋友,没作防范的安排,可着了贾兄的道儿。此刻便不认输,也不可得了。"

贾布道:"如此甚好。东方教主素来尊敬武林前辈,看重后起之秀的少年英侠。何况任大小姐自幼在东方教主照料下长大,便如是东方教主的嫡亲侄女一般,便看在任大小姐面上,我们也不敢对令狐公子无礼。"令狐冲哼了一声,并不答话。

方证和冲虚当令狐冲和贾布对答之际,察看周遭情势,要寻觅空隙,冒险一击,但见前后水枪密密相对,僧道二人同时出手,当可扫除得十余枝水枪,但若要一股尽歼,却万万不能,只须有一枝水枪留下发射毒水,三人便均难保性命。僧道二人对望了一眼,眼光中所示心意都是说:"不能轻举妄动。"

只听贾布又道:"既然令狐公子愿意认输,双方免伤和气,正合了在下心愿。我和上官兄弟下山之时,东方教主吩咐下来,要请公子和少林寺方丈、武当掌门道长，同赴黑木崖敝教总坛盘桓数日。此刻三位同在一起，那是再好不过，咱们便即起行如何？”

令狐冲又哼了一声，心想天下哪有这样的便宜事，己方三人只消一离开天桥，要制住贾布、上官云和他一干手下，自是易如反掌。

果然贾布跟着便道：“只不过三位武功太高，倘若行到中途，忽然改变主意，不愿去黑木崖了，我们可没法交差，吃罪不起，因此斗胆向三位借三只右手。”令狐冲道：“借三只右手？”贾布道：“正是，请三位各自砍下右臂，那我们就放心得多了。”

令狐冲哈哈一笑，说道：“原来如此。东方不败是怕了我们三人的武功剑术，因此布下了这圈套。只消我们砍下了自己右臂，使不了兵刃，他便高枕无忧了。”贾布道：“高枕无忧倒不见得。任我行少了令狐公子这样一位强援，便势孤力弱得多了。”令狐冲道：“阁下说话倒坦率得很。”

贾布道：“在下是真小人。”他提高嗓子说道：“方丈大师，掌门道长，两位是宁可舍却一臂呢，还是甘愿把性命拼在这里？”

冲虚道：“好！东方不败要借手臂，我们把手臂借给他便是。只是我们身上不带兵刃，要割手臂，却有些难。”

他这个“难”字刚脱口，窗口中寒光一闪，一个钢圈掷了出来。这钢圈直径近尺，边缘锋利，圈中有一横条作为把手，乃是外门的短打兵刃，若有一对，便是“乾坤圈”之类了。令狐冲站在最前，伸手一抄，接了过来，不由得微微苦笑，心想这贾布也真工于心计，这钢圈外缘锋利如刀，一转之下，便可割断手臂，但不论舞得如何迅捷，总因兵刃太短，没法挡开飞射过来的水箭。

贾布厉声喝道：“既已答应，快快下手！别要拖延时刻，妄图救兵到来。我叫一、二、三！若不断臂，毒水齐发。一！”

令狐冲低声道：“我向前急冲，两位跟在我身后！”冲虚道：“不可！”

贾布道：“二！”

令狐冲左手将钢圈一举，心想：“方证大师和冲虚道长是我恒山客人，说什么也不能让他二位受到伤害。他‘三’字一叫出口，我掷出钢圈，舞动袍袖冲上，只要毒水都射在我身上，他二位便有机会乘隙脱身。”

只听得贾布叫道：“大家预备，我要叫‘三’了！”

忽听得灵龟阁屋顶一个清脆的女子声音喝道：“且慢！”跟着便似有一团绿云冉冉从阁顶飘落，挡在令狐冲身前，正是盈盈。

令狐冲急叫：“盈盈，退后！”盈盈反过左手，在身后摇了摇，叫道：“贾叔叔，黄面尊者在江湖上好响的万儿，怎地干起这等没出息的勾当来啦！”贾布道：“这个……大小姐，你……退开，别蹚浑水。”盈盈道：“你在这里干什么来着？东方叔叔叫你和上官叔叔来送礼给我，你怎地受了嵩山派左冷禅的贿赂，竟来对恒山派掌门无礼？”贾布道：“谁说我受了左冷禅的贿赂？我奉有东方教主密令，捉拿令狐冲送交总坛。”

盈盈道：“你胡说八道。教主的黑木令在此。教主有令：贾布密谋不轨，一体教众见之即行擒拿格杀，重重有赏！”说着右手高高举起，手中果然是一根黑木令牌。

贾布大怒，喝道：“放箭！”盈盈道：“东方教主叫你杀我吗？”贾布道：“你违抗教主令旨……”盈盈叫道：“上官叔叔，你将叛徒贾布拿下，你便升作青龙堂长老。”

上官云自负武功较贾布为高，入教资历也较他为深，但贾布是青龙堂长老，自己是白虎堂长老，排名反在其下，本来就对贾布颇有心病，听得盈盈的呼唤，不禁迟疑。盈盈是前任教主之女，现下任教主重入江湖，谋复教主之位，东方教主虽向来对这位任大小姐尊重有加，今后却势必不同，但要他指挥部属向盈盈发射毒水，却万万不能。

贾布又叫：“放箭！”但他那些部属一直视盈盈有若天神，又见她手中持有黑木令，如何敢对她无礼？

正僵持间，灵龟阁下忽然有人叫道：“火起，火起！”红光闪动，黑烟冲上，正是阁楼底下着了火。盈盈大声叫道：“贾布，你好狠心，干吗放火想烧死你的老部下？”贾布怒道：“胡说八……”

盈盈叫道：“千秋万载，一统江湖！日月神教教众，东方教主有令：快下去救火！”说着向前疾冲。令狐冲、方证、冲虚三人乘势奔前。盈盈叫的是本教切口，加之阁下火起，混乱中诸教众只一呆，令狐冲等三人便已横越半截飞桥，破窗入阁。

三人冲入阁内，毒水机弩即已无所施其技。令狐冲抢到真武大帝座前，提起一只烛台，右臂一振，蜡烛飞出。他知道毒水实在太过厉害，只须身上溅到一点，那便后患无穷，眼见方证、冲虚二人掌劈足踢，下手毫不容情，霎时间已料理了七八人，他提起烛台当剑使，手臂一抬便刺入一人咽喉，顷刻间杀了六人。

贾布与上官云这次来到恒山，共携带四十口箱子，每口箱子两人扛抬，一共有八十名汉子。这八十人都是日月教中的得力教众，武功均颇了得。四十人分布悬空寺四周，其余四十人便取出暗藏在身的机弩，分自神蛇阁、灵龟阁中出袭。令狐冲等三人片刻之间，将贾布手下的二十人屠戮干净，毒水机弩散了一地。

贾布手持一对判官笔，和盈盈手中一长一短的双剑斗得甚紧。

令狐冲和盈盈交往，初时是闻其声而不见其人，随后是见其威慑群豪而不知其所由，感其深情而不知其所踪。当日她手杀少林弟子，力斗方生大师，令狐冲也只是见其影而不见其形，直至此刻，才初次正面见到她与人相斗。但见她身形轻灵，倏来倏往，剑招攻人，出手诡奇，长短剑或虚或实，极尽飘忽，虽然一个实实在在的人便在眼前，令狐冲心中，仍觉得飘飘缈缈，如烟如雾。

贾布所使的一对判官笔分量极重，挥舞之际，发出有似钢鞭、铁锏般声息。盈盈的双剑始终不和他判官笔相碰。贾布每一招都是笔尖指向盈盈身上各处大穴，但总是差之毫厘。

方证大师喝道：“孽障，还不撤下兵刃就擒？”

贾布眼见今日之势已有死无生，双笔归一，疾向盈盈喉头戳去。令狐冲一惊，生怕盈盈避不开这招，手中烛台刺出，嗤嗤两声，刺在贾布双手腕脉之上。贾布手指无力，判官笔脱手，双掌上挥，和身向令狐冲扑来。

方证大师斜刺里穿上，一举臂，两只手掌将他双掌拿住了。贾布使力挣扎，没法脱出对方手掌，当即飞起左腿，踢向方证下阴，招式毒辣。方证叹一口气，双手一送，贾布向外直飞，穿门而出。只听得叫声惨厉，越叫越远，跌入翠屏山外深谷之中。

令狐冲向盈盈一笑，说道："亏得你来相救！"

盈盈笑道："总算及时赶到！"纵声叫道："扑熄了火！"阁下有人应道："是！"原来楼阁下起火，是以硫磺硝石之属烧着茅草，用以扰乱贾布心神，并非真的起火。

盈盈走到窗口，向对面神蛇阁叫道："上官叔叔，贾布抗命，自取其祸，你率领部属下阁来吧，我不跟你为难。"上官云道："大小姐，你可得言而有信。"盈盈道："我向本教历代神魔发誓，只消上官云听我号令，今后我决不加害于他。若违此誓，给三尸虫嚼食脑髓而死。"这是日月教最重的毒誓，上官云一听，便即放心，率领二十名部属下阁。

令狐冲等四人走下灵龟阁，只见老头子、祖千秋等数十人已候在阁下。令狐冲问盈盈道："你怎知贾布他们前来偷袭？"盈盈道："东方不败哪有这等好心，会诚心来给你送礼？我初时还道四十口箱子之中藏着什么诡计，后来见贾布鬼鬼祟祟，领着从人到这边来，我起了疑心，带老先生他们一起过来瞧瞧。那些守在翠屏山下的饭桶居然不许我们上山，一下子便露出了马脚。"老头子、祖千秋等尽皆大笑。

上官云低下了头，脸上深有惭色。

令狐冲叹道："我这恒山派掌门第一天上任，也便露出了马脚，糊涂无能！明知东方不败派人前来决无善意，却也不加防范。令狐冲死了，那是活该，倘若方证大师和冲虚道长竟也遭到奸人暗算……唉！"说着不住摇头。

盈盈道："上官叔叔，今后你是跟我呢，还是跟东方不败？"上官云脸上变色，在这顷刻之间，要他决定背叛东方教主，那可为难之极。

盈盈道:“神教十长老之中,已有六人服了我爹爹给他们的三尸脑神丹。这一颗丹丸,你服是不服?”说着伸出手掌,一颗殷红色的药丸,在她手中滴溜溜地打转。上官云颤声道:“大小姐,你说本教十大长老之中,已有六位长老……六位长老……”盈盈道:“不错,你从未跟过我爹爹办事,这几年跟随东方不败,并不算是背叛我爹爹。你若能弃暗投明,我固然定当借重,我爹爹自也另眼相看。”

上官云向四周一瞧,心想:“我若不投降,眼见便得命丧当场,既然十长老中已有六人归顺了任教主,大势所趋,我上官云也不能独自向东方教主效忠。”当即上前,从盈盈掌上取过三尸脑神丹,咽入腹中,说道:“上官云蒙大小姐不杀之恩,今后奉命驱使,不敢有违。”一面说,一面躬身行礼。盈盈笑道:“今后咱们都是自己人,不必如此多礼。你手下这些兄弟,自然也跟着你吧?”

上官云转头向二十名部属瞧去。那些汉子见首领已降,且已服了三尸脑神丹,当即向盈盈拜伏于地,说道:“愿听圣姑差遣,万死不辞。”

这时群豪已扑熄了火,见盈盈收服上官云,尽皆庆贺。上官云在日月教中武功既高,职位又尊,归降盈盈,于任我行夺回教主之事自必助力甚大。

方证和冲虚见事已平息,当即告辞下山。令狐冲送出数里,这才互道珍重而别。

盈盈与令狐冲并肩缓缓回见性峰来,说道:“东方不败此人行事阴险毒辣,适才你已亲见。我爹爹和向叔叔刻下正在向教中故旧游说,要他们重投旧主。欣然顺服的自然最好,不肯归降的便一一解决,以削弱东方不败的势力。东方不败这当儿也已展开反攻,他派遣贾布和上官云来向你下手,便是一着极厉害的棋子。只因我爹爹和向叔叔行踪隐秘,东方不败没法找到他们,若能伤害了你，我……我……”说到这里，脸上微微一红，转过了头。

其时暮色苍茫，晚风吹动她柔发，从后脑向双颊边飘起。令狐冲见到她雪白的后颈，心中一荡，寻思：“她对我一往情深，天下皆知，连东方不败也想到要擒拿了我，向她要胁，再以此要胁她爹爹。适才悬空寺天桥之上，她明知毒水中人即死，却挡在我身前，唯恐我受伤。有妻如此，令狐冲复有何求？”伸出双臂，便往她腰中抱去。

盈盈嗤的一笑，身子微侧，令狐冲便抱了个空。他剑法虽精，内力虽厚，但于拳脚、擒拿、轻身等功夫，却差得远了。盈盈笑道：“一派掌门大宗师，如此没规没矩吗？”

令狐冲笑道：“普天下掌门人之中，以恒山派掌门最为莫名奇妙，贻笑大方了。”

盈盈正色道：“为什么这样说？连少林方丈、武当掌门对你也礼敬有加，还有谁敢瞧你不起？你师父将你逐出华山门墙，你可别老将这件事放在心头，自觉愧对于人。”

盈盈这几句话，正说中了令狐冲的心事，他生性虽然豁达，但于被逐出师门之事，却一直既惭愧又痛心，不由得长叹一声，低下了头。

盈盈拉住他手，说道：“你身为恒山掌门，已于天下英雄之前扬眉吐气。恒山华山两派向来齐名，难道堂堂恒山派掌门，还及不上一个华山派的弟子吗？”令狐冲道：“多谢你相劝。只是我总觉做尼姑头儿，有点儿尴尬可笑。”盈盈道：“今日已有近千名英雄好汉投入恒山派麾下，五岳剑派之中，说到声势之盛，只嵩山派尚可跟你较量一下，泰山、衡山、华山三派，又怎及得上你？”

令狐冲道：“这件大事，我还没谢你呢。”盈盈微笑道：“谢什么？”令狐冲道：“你怕我做尼姑头儿不大体面光彩，于是派遣手下好汉，投归恒山。若不是圣姑有令，这些放荡不羁、桀骜不驯的江湖朋友，怎肯来做大小尼姑的同门？来乖乖地受我约束？”盈盈抿嘴一笑，说道：“那也未必尽然，你做他们的盟主，攻打少林寺，大伙儿都很服你呢。”

两人谈谈说说，离主庵已近，隐隐听到群豪笑语喧哗。盈盈停步道：“咱们暂且分手，待爹爹大事已定，我再来见你。”

令狐冲胸口突然一热，说道：“你去黑木崖吗？”盈盈道：“是。”令狐冲道：“我和你同去。”盈盈目光中放出十足喜悦的光彩，却缓缓摇头。

令狐冲道：“你不要我同去？”盈盈道：“你今天刚做恒山派掌门，便和我一起去办日月教的事。虽说恒山派新掌门行事令人莫测高深，但这样干，总未免过分些吧？”令狐冲道：“对付东方不败，那是艰危之极的事，我难道能置身事外，忍心你去涉险？”盈盈道：“那些江湖汉子住在恒山别院之中，难保他们不向恒山派的姑娘啰唣。”令狐冲道：“只须你去传个号令，谅他们便有天大胆子，再也不敢。”

盈盈道：“好，你肯和我同去，我代爹爹多谢了。”令狐冲笑道：“咱二人你谢我、我谢你的，干吗这样客气？”盈盈嫣然一笑，道：“以后我对你不客气，可别怪我。”

走了一阵，盈盈道：“我爹爹说过，你既不允入教，他去夺回教主之事，便不能要你相助，可是……可是……”说着红晕上脸。令狐冲道：“我虽不属日月神教，跟你却是生死与共。就算你爹爹要撵我走，我也是厚了脸皮，死赖活挨。”盈盈微笑道：“我爹爹得你相助，心中也一定挺欢喜的。”

二人回到见性峰上，分别向众弟子吩咐。令狐冲命诸弟子勤练武功，说自己要送盈盈一程，办完事后，即行回山。盈盈则叮嘱群豪，过了今天之后，若是有人踏上见性峰一步，上左足砍左足，上右足砍右足，双足都上便两腿齐砍。

次日清晨，令狐冲和盈盈跟众人别过，带同上官云及二十名教众，向黑木崖进发。

黑木崖是在河北境内，由恒山而东，不一日到了平定州。令狐冲和盈盈一路都分别坐在两辆大车之中，车帷低垂，以防为东方不败的耳目知觉。当晚盈盈和令狐冲在平定客店之中歇宿。该地和日月神教总坛相去不远，城中颇多教众来往，上官云派遣四名得力部属，在客店前后把守，不许闲杂人等行近。

晚膳之时，盈盈陪着令狐冲小酌。店房中火盆里的熊熊火光映在盈盈脸上，更增娇艳。令狐冲喝了几杯酒，说道："你爹爹那日在少林寺中，说道他于当世豪杰之中，佩服三个半人，其中以东方不败居首。此人既能从你爹爹手中夺得教主之位，自然是个才智极高之士。江湖上又向来传言，天下武功以东方不败为第一，不知此言真假如何？"

盈盈道："东方不败这厮富于机智，极工心计，那不必说了。武功到底如何，我却不大了然，近几年来我极少见到他面。"

令狐冲点头道："近几年你在洛阳城中绿竹巷住，自是少见他面。"盈盈道："那倒也不尽然。我虽在洛阳城，每年总回黑木崖一两次，但回到黑木崖，往往也见不着东方不败。听教中长老说，这些年来，越来越难见到教主。"令狐冲道："身居高位之人，往往装神弄鬼，令人不易见到，以示与众不同。"盈盈道："这自然是一个原因。但我猜想他是在苦练《葵花宝典》上的功夫，不愿教中事物打扰他心神。"令狐冲道："你爹爹曾说，当年他日夕苦思'吸星大法'中融合异种真气之法，不理教务，这才让东方不败篡夺了权位。难道东方不败又来重蹈覆辙么？"

盈盈道："东方不败自从不亲教务之后，这些年来，教中事务，尽归那姓杨的小子大权独揽了。这小子不会夺东方不败的权，重蹈覆辙之举，倒决不至于。"令狐冲道："姓杨的小子？那是谁啊？怎地我从来没听见过？"盈盈脸上忽现忸怩之色，微笑道："说起来没的污了口。教中知情之人，谁也不提；教外之人，谁也不知。你自然不会听到了。"

令狐冲好奇之心大起，道："好妹子，你便说给我听听。"盈盈道："那姓杨的叫做杨莲亭，只二十来岁年纪，武功既低，又没办事才干，但近来东方不败却对他宠信得很，当真莫名奇妙。”说到这里，脸上一红，嘴角微斜，显得甚是鄙夷。

令狐冲恍然道：“啊，这姓杨的是东方不败的男宠了。原来东方不败虽是英雄豪杰，却喜欢……喜欢娈童。”

盈盈道：“别说啦，我不懂东方不败捣什么鬼。总之他把什么事儿都交给杨莲亭去办，教里很多兄弟都害在这姓杨的手上，当真该杀……”

突然之间，窗外有人笑道：“这话错了，咱们该得多谢杨莲亭才是。”

盈盈喜叫：“爹爹！”快步过去开门。

任我行和向问天走进房来。二人都穿着庄稼汉衣衫，头上破毡帽遮住了大半张脸，若非听到声音，当真见了面也认不出来。令狐冲上前拜见，命店小二重整杯筷，再加酒菜。

任我行精神勃勃，意气风发，说道：“这些日子来，我和向兄弟联络教中旧人，竟出乎意料之外的顺利。十个中倒有八个不胜之喜，均说东方不败近年来倒行逆施，已近于众叛亲离的地步。尤其那杨莲亭，本来不过是神教中一个无名小卒，只因巴结上东方不败，大权在手，作威作福，将教中不少功臣斥革的斥革，害死的害死。若不是限于教中严规，早已有人起来造反了。那姓杨的帮着咱们干了这桩大事，岂不是须得多谢他才是。”

盈盈道：“正是。”又问：“爹爹，你们怎知我们到了？”

任我行笑道：“向兄弟和上官云打了一架，后来才知他已归降了你。”盈盈道：“向叔叔，你没伤到他吧？”向问天微笑道：“要伤到上官雕侠，可也真不容易。”

正说到这里，忽听得外面嘘溜溜、嘘溜溜的哨子声响，静夜中听来，令人毛骨悚然。

盈盈道：“难道东方不败知道我们到了？”转向令狐冲解说：“这哨声是教中捉拿刺客、叛徒的讯号，本教教众一闻讯号，便当一体戒备，奋勇拿人。”

过了片刻，听得四匹马从长街上奔驰而过，马上乘者大声传令：“教主有令：风雷堂长老童百熊勾结敌人，谋叛本教，立即擒拿归坛，如有违抗，格杀勿论。”

盈盈失声道：“童伯伯！那怎么会？”只听得马蹄声渐远，号令一路传了下去。瞧这声势，日月教在这一带嚣张得很，简直没把地方官放在眼里。

任我行道：“东方不败消息倒也灵通，咱们前天刚和童老会过面。”盈盈吁了口气，道：“童伯伯也答应帮咱们？”

任我行摇头道：“他怎肯背叛东方不败？我和向兄弟二人跟他剖析利害，说了半天，最后童老说道：‘我和东方兄弟是过命的交情，两位不是不知，今日跟我说这些话，那分明是瞧不起童百熊，把我当做了出卖朋友之人。东方教主近来受小人之惑，的确干了不少错事。但就算他身败名裂，我姓童的也决不做半件对不起他的事。姓童的不是两位敌手，要杀要剐，便请动手。’这位童老，果然是老姜越老越辣。”

令狐冲赞道：“好汉子！”

盈盈道：“他既不答应帮咱们，东方不败又怎地要拿他？”

向问天道：“这就叫做倒行逆施了。东方不败年纪没怎么老，行事却已颠三倒四。像童老这么对他忠心耿耿的好朋友，普天下又哪里找去？”

任我行拍手笑道：“连童老这样的人物，东方不败竟也和他翻脸，咱们大事必成！来，干一杯！”四个人一齐举杯喝干。

盈盈向令狐冲道：“这位童伯伯是本教元老，昔年曾立有大功，教中上下，人人对他甚为尊敬。他向来和爹爹不和，跟东方不败却交情极好。按情理说，他便犯了再大的过失，东方不败也决不会难为他。”

任我行兴高采烈，说道：“东方不败捉拿童百熊，黑木崖上自是吵翻了天，咱们乘这时候上崖，当真最好不过。”向问天道：“咱们请上官兄弟一起来商议商议。”任我行点头道：“甚好。”向问天转身出房，随即和上官云一起进来。

上官云一见任我行，便即躬身行礼，说道："属下上官云，参见教主，教主千秋万载，一统江湖。"任我行笑道："上官兄弟，向来听说你是个不爱说话的硬汉子，怎地今日初次见面，却说这等话？"上官云一愣，道："属下不明，请教主指点。"

盈盈道："爹爹，你听上官叔叔说'教主千秋万载，一统江湖'，觉得这句话很突兀，是不是？"任我行道："什么千秋万载，一统江湖，当我是秦始皇吗？"

盈盈微笑道："这是东方不败想出来的玩意儿，他要下属众人见到他时，都说这句话，就是他不在跟前，教中兄弟们互相见面之时，也须这么说。那还是不久之前搞的花样。上官叔叔说惯了，对你也这么说了。"

任我行点头道："原来如此。千秋万载，一统江湖，倒想得挺美！然而又非神仙，哪有千秋万载的事？上官兄弟，听说东方不败下了令要捉拿童老，料想黑木崖上甚是混乱，咱们今晚便上崖去，你说如何？"

上官云道："教主令旨英明，算无遗策，烛照天下，造福万民，战无不胜，攻无不克。属下谨奉令旨，忠心为主，万死不辞。"

任我行心下暗自嘀咕："江湖上多说'雕侠'上官云武功既高，为人又极耿直，怎地说起话来满口谀词，陈腔滥调，直似个不知廉耻的小人？难道江湖上传闻多误，他只是浪得虚名？"不由得皱起了眉头。

盈盈笑道："爹爹，咱们要混上黑木崖去，第一自须易容改装，别给人认了出来。可是更要紧的，却得学会一套黑木崖上的切口，否则你开口便错。"任我行道："什么叫做黑木崖上的切口？"盈盈道："上官叔叔说的什么'教主令旨英明，算无遗策'，什么'属下谨奉令旨，忠心为主，万死不辞'等等，便是近年来在黑木崖上流行的切口。这一套都是杨莲亭那厮想出来奉承东方不败的。他越听越喜欢，到得后来，只要有人不这么说，便是大逆不道的罪行，说得稍有不敬,立时便有杀身之祸。”任我行道:“你见到东方不败之时,也说这些狗屁吗?”盈盈道:“身在黑木崖上,不说又有什么法子?女儿所以常在洛阳城中住,便是听不得这些叫人生气的言语。”

任我行道:“上官兄弟,咱们之间,今后这一套全都免了。”上官云道:“是。教主指示圣明,历百年而常新,垂万世而不替,明如日月,光照天下,属下自当凛遵。”

盈盈抿着嘴,不敢笑出声来。

任我行道:“你说咱们该当如何上崖才好?”上官云道:“教主胸有成竹,神机妙算,当世无人能及万一。教主座前,属下如何敢参末议?”任我行皱眉道:“东方不败会商教中大事之时,也没人敢发一言吗?”盈盈道:“东方不败才智超群,别人原不及他的见识。就算有人想到什么话,那也是谁都不敢乱说,免遭飞来横祸。”

任我行道:“原来如此。那很好,好极了!上官兄弟,东方不败命你去捉拿令狐冲,当时如何指示?”上官云道:“他说捉到令狐大侠,重重有赏,捉拿不到,提头来见。”任我行笑道:“很好,你就绑了令狐冲去领赏。”

上官云退了一步,脸上大有惊惶之色,说道:“令狐大侠是教主爱将,有大功于本教,属下何敢得罪?”任我行笑道:“东方不败的居处,甚是难上,你绑缚了令狐冲去黑木崖,他定要传见。”

盈盈笑道:“此计大妙,咱们便扮作上官叔叔的下属,一同去见东方不败。只要见到他面,大伙儿抽兵刃齐上,凭他武功再高,总是双拳难敌四手。”向问天道:“令狐兄弟最好假装身受重伤,手足上绑了布带,染些血迹,咱们几个人用担架抬着他,一来好叫东方不败不防,二来担架之中可暗藏兵器。”任我行道:“甚好,甚好!”

只听得长街彼端传来马蹄声响,有人大呼:“拿到风雷堂主了,拿到风雷堂主了!”

盈盈向令狐冲招了招手。两人走到客店大门后,只见数十人骑在马上,高举火把,拥着一个身材魁梧的老者疾驰而过。那老者须发俱白,满脸是血,当是经过一番剧斗。他双手给绑在背后,双目炯炯,如要喷出火来,显是心中愤怒已极。盈盈低声道:“以前,东方不败见到童伯伯时,熊兄长、熊兄短,亲热之极,哪想到今日竟会反脸无情。”

过不多时,上官云取来了担架等物。盈盈将令狐冲的左臂用白布包扎了,吊在他头颈之中,宰了口羊,将羊血洒得他满身都是。任我行和向问天都换上教中兄弟的衣服,盈盈也换上男装,涂黑了脸。各人饱餐之后,带同上官云的部属,向黑木崖进发。

离平定州西北四十余里,山石殷红如血,一片长滩,水流湍急,那便是有名的猩猩滩。更向北行,两边石壁如墙,中间仅有一道宽约五尺的石道。一路上日月教教众把守严密,但一见到上官云,都十分恭谨。一行人经过三处山道,来到一处水滩之前,上官云放出响箭,对岸摇过来三艘小船,将一行人接了过去。令狐冲暗想:“日月教数百年基业,果然非同小可。若不是上官云做了内应,咱们要从外攻入,那是谈何容易?

到得对岸,一路上山,道路陡峭。上官云等在过渡之时便已弃马不乘,一行人在松柴火把照耀下徒步上坡。盈盈守在担架之侧,手持双剑,全神监视。这一路上山,地势极险,抬担架之人倘若拼着性命不要,将担架往万丈深谷中一抛,令狐冲不免命丧宵小之手。

到得总坛时天尚未明,上官云命人向东方不败急报,说道奉行教主令旨,已成功而归。过了一会,半空中银铃声响,上官云立即站起,恭恭敬敬地等候。

盈盈拉了任我行一把,低声道:“教主令旨到,快站起来。”任我行当即站起,放眼瞧去,只见总坛中一干教众在这刹那间突然都站在原地不动,便似中邪着魔一般。

银铃声从高而下地响将下来,十分迅速,铃声止歇不久,一名身穿黄衣的教徒走进来,双手展开一幅黄布,读道:“日月神教文成武德、仁义英明教主东方令曰:贾布、上官云遵奉令旨,成功而归,殊堪嘉尚,着即带同俘虏,上崖进见。”

上官云躬身道:“教主千秋万载,一统江湖。”

令狐冲见了这情景,暗暗好笑:“这不是戏台上太监宣读圣旨吗?”

只听上官云大声道:“教主赐属下进见,大恩大德,永不敢忘。”他属下众人一齐说道:“教主赐属下进见,大恩大德,永不敢忘。”

任我行、向问天等随着众人动动嘴巴,肚中暗暗咒骂。

一行人沿着石级上崖,经过了三道铁门,每一处铁闸之前,均有人喝问当晚口令,检查腰牌。到得一道大石门前,只见两旁刻着两行大字,右首是“文成武德”,左首是“仁义英明”,横额上刻着“日月光明”四个大红字。

过了石门,只见地下放着一只大竹篓,足可装得十来石米。上官云喝道:“把俘虏抬进去。”和任我行、向问天、盈盈三人弯腰抬了担架,跨进竹篓。

铜锣三响,竹篓缓缓升高。原来上有绞索绞盘,将竹篓绞了上去。

竹篓不住上升,令狐冲抬头上望,只见头顶有数点火星,这黑木崖着实高得厉害。盈盈伸出右手,握住了他左手。黑夜之中,仍可见到一片片轻云从头顶飘过,再过一会,身入云雾,俯视篓底,但见黑沉沉的一片,连灯火也望不到了。

过了良久,竹篓才停。上官云等抬着令狐冲踏出竹篓,向左走了数丈,又抬进了另一只竹篓,原来崖顶太高,中间有三处绞盘,共分四次才绞到崖顶。令狐冲心想:“东方不败住得这样高,属下教众要见他一面自是极难。”

好容易到得崖顶,太阳已高高升起。日光从东射来,照上一座汉白玉的巨大牌楼,牌楼上四个金色大字“泽被苍生”,在阳光下发出闪闪金光,不由得令人肃然起敬。

令狐冲心想："东方不败这副排场，武林中确实无人能及。少林、嵩山，俱不能望其项背，华山、恒山，那更差得远了。他胸中大有学问，可不是寻常的草莽豪雄。"任我行轻声道："泽被苍生，哼！"

上官云朗声叫道："属下白虎堂长老上官云，奉教主之命，前来进谒。"

右首一间小石屋中出来四人，都身穿紫袍，走了过来。为首一人道："恭喜上官长老立了大功，贾长老怎地没来？"上官云道："贾长老力战殉难，已报答了教主的大恩。"那人道："原来如此，然则上官长老立时便可升级了。"上官云道："若蒙教主提拔，决不敢忘了老兄的好处。"那人听他答应行贿，眉花眼笑地道："我们可先谢谢你啦！"他向令狐冲瞧了一眼，笑道："任大小姐瞧中的，便是这小子吗？我还道是潘安宋玉一般的容貌，原来也不过如此。青龙堂上官长老，请这边走。"上官云道："教主还没提拔我，可别叫得太早了，倘若传进了教主和杨总管耳中，可吃罪不起。"那人伸了伸舌头，当先领路。

从牌楼到大门之前，是一条笔直的石板大路。进得大门后，另有两名紫衣人将五人引入后厅，说道："杨总管要见你，你在这里等着。"上官云道："是！"垂手而立。

过了良久，那"杨总管"始终没出来，上官云一直站着，不敢就座。令狐冲寻思："这上官长老在教中职位着实不低，可是上得崖来，人人没将他放在眼里，倒似一个厮养侍仆也比他威风些。那杨总管是什么人？多半便是那杨莲亭了，原来他只是个总管，那是打理杂务琐事的仆役头儿，可是日月教的白虎堂长老，竟要恭恭敬敬地站着，静候他到来。东方不败当真欺人太甚！"

又过良久，才听得脚步声响，步声显得这人下盘虚浮，无甚内功。一声咳嗽，屏风后转出一个人来。令狐冲斜眼瞧去，只见这人三十岁不到年纪，穿一件枣红色缎面皮袍，身形魁梧，满脸虬髯，形貌极为雄健威武。

令狐冲寻思:“盈盈说东方不败对此人甚是宠信,又说二人之间关系暧昧。我总道是个姑娘般的美男子,哪知竟是个彪形大汉,可大出意料之外了。难道他不是杨莲亭?”

只听这人说道:“上官长老,你大功告成,擒了令狐冲而来,教主极是欢喜。”声音低沉,甚为悦耳动听。

上官云躬身道:“那是托赖教主的洪福,杨总管事先的详细指点,属下只是遵照教主的令旨行事而已。”

令狐冲心下暗暗称奇:“这人果然便是杨莲亭!”

杨莲亭走到担架旁,向令狐冲脸上瞧去。令狐冲目光散涣,嘴巴微张,装得一副身受重伤后的痴呆模样。杨莲亭道:“这人死样活气的,当真便是令狐冲,你可没弄错?”

上官云道:“属下亲眼见到他接任恒山派掌门,并没弄错。只是他给贾长老点了三下重穴,又中了属下两掌,受伤甚重,一年半载之内,只怕不易复原。”杨莲亭笑道:“你将任大小姐的心上人打成这副模样,小心她找你拼命。”上官云道:“属下忠于教主,旁人的好恶也顾不得了。若得能为尽忠于教主而死,那是属下毕生之愿。”

杨莲亭道:“很好。你这番忠心,我必告知教主知道,教主定然重重有赏。风雷堂堂主背叛教主,犯上作乱之事,想来你已知道了?”上官云道:“属下不知其详,正要向总管请教。教主和总管若有差遣,属下奉命便行,赴汤蹈火,万死不辞。”

杨莲亭在椅中一坐,叹了口气,说道:“童百熊这老儿,平日仗着教主善待于他,一直倚老卖老,把谁都不放在眼里。近年来他暗中营私结党,阴谋造反,我早已瞧出不妥,哪知他越来越无法无天,竟然去和反教大逆任我行勾结,真正岂有此理。”

上官云道:“他竟去和那……那姓任的勾结吗?”话声发颤,显然大为震惊。

杨莲亭道:“上官长老,你为什么怕得这样厉害?那任我行也不是什么三头六臂之徒,教主昔年便将他玩弄于掌心之中,摆布得他服服帖帖。只因教主开恩,才容他活到今日。他不来黑木崖便罢,倘若胆敢到来,还不是像宰鸡一般地宰了。”上官云道:“是,是。只不知童百熊如何暗中和他勾结?”

杨莲亭道:“童百熊和任我行偷偷相会,长谈了几个时辰,还有一名反教的大叛徒向问天在侧。那是有人亲眼目睹的。跟任我行、向问天这两个大叛徒有什么好谈的?那自是密谋反叛教主了。童百熊回到黑木崖来,我问他有无此事,他竟然一口认了!”上官云道:“他竟一口承认,那自然不是冤枉的了。”

杨莲亭道:“我问他既和任我行见过面,为什么不向教主禀报?他说:‘任老弟瞧得起我姓童的,跟我客客气气地说话。他当我是朋友,我也当他是朋友,朋友之间说几句话,有什么了不起?’我问他:‘任我行重入江湖,意欲和教主捣乱,这一节你又不是不知。他既对不起教主,你怎可还当他是朋友?’他可回答得更加不成话了,他妈的,这老家伙竟说:‘只怕是教主对不起人家,未必是人家对不起教主!’”

上官云道:“这老儿胡说八道!教主义薄云天,对待朋友向来是最厚道的,怎会对不起人?那自然是忘恩负义之辈对不起教主。”这几句话在杨莲亭听来,自然以为“教主”二字是指东方不败,令狐冲等却知他是在讨好任我行,只听他又道:“属下既决意向教主效忠,有哪个鼠辈胆敢言语中对教主他老人家稍有无礼,我上官云决计放他不过。”

这几句话,其实是当面在骂杨莲亭,可是他却哪里知道,笑道:“很好,教中众兄弟倘若都能像你上官长老一般,对教主忠心耿耿,何愁大事不成?你辛苦了,这就下去休息吧。”

上官云一怔,说道:“属下很想参见教主。属下每见教主金面一次,便觉精神大振,做事特别有劲,全身发热,似乎功力修为陡增十年。”

杨莲亭淡淡一笑,说道:“教主很忙,恐怕没空见你。”

上官云探手入怀,伸出来时,掌心中已多了十来颗大珍珠,走上几步，低声道："杨总管，属下这次出差，弄到了这十八颗珍珠，尽数孝敬了总管，只盼总管让我参见教主。教主一欢喜，说不定升我的职，那时再当重重酬谢。"

杨莲亭皮笑肉不笑地道："自己兄弟，又何必这么客气？那可多谢你了。"放低了喉咙道："教主座前，我尽力为你多说好话，劝他升你做青龙堂长老便了。"

上官云连连作揖，说道："此事若成，上官云终身不敢忘了教主和总管的大恩大德。"杨莲亭道："你在这里等着，待教主有空，便叫你进去。"上官云道："是，是！"将珍珠塞在他手中，躬身退下。杨莲亭站起身来，大模大样地进内去了。